KB269439

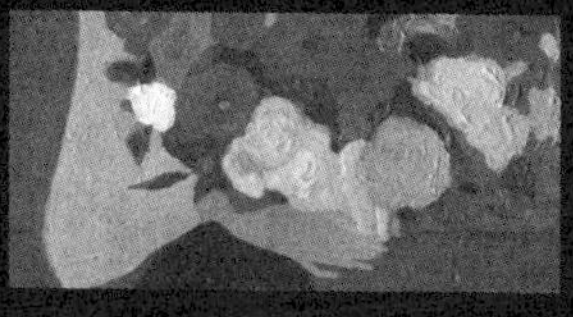

댈러웨이 부인

세계문학전집
262

Virginia Woolf : Mrs Dalloway

댈러웨이 부인

버지니아 울프 장편소설

민은영 옮김

문학동네

일러두기

1. 번역 대본으로는 *Mrs Dalloway* (Virginia Woolf, Vintage Classics, 2016)를 사용했다.
2. 주석은 모두 옮긴이주다.
3. 본문 중 고딕체는 원서에서 이탤릭체로 강조한 부분이다.

미시즈 댈러웨이는 직접 가서 꽃을 사 오겠다고 말했다.

루시는 따로 해야 할 일이 많았기 때문이다. 경첩을 풀러 문들을 떼어내야 했고, 럼플메이어스*에서 사람들이 오기로 했다. 그런데, 하고 클래리사 댈러웨이는 생각했다. 이 얼마나 멋진 아침인가―해변의 아이들에게 주어진 것 같은 신선한 아침.

종달새처럼 즐거워! 물속에 뛰어든 것처럼 아찔해! 보턴**에서, 경첩이 살짝 삐걱거리는 소리가 지금도 들리는 것만 같은 프랑스식 창문을 활짝 열고 바깥 공기 속으로 뛰어들 때면, 언제나 그런 느낌이 들었다.

---

* 오스트리아의 요식업자 안톤 룸펠마이에르가 창립한 제과 및 연회 요리 전문업체의 런던 분점으로 본점은 파리에 있었다.

** 영국의 해변도시 이름이자 클래리사 댈러웨이가 유년기를 보낸 고향집의 이름이다.

이른아침의 공기는 얼마나 신선하고 얼마나 고요했는지. 당연히 지금 여기보다 더 정적이었고, 마치 철썩이는 파도처럼, 물결의 입맞춤처럼 차갑고 예리하면서도 (당시 열여덟 살이던 소녀에게는) 엄숙했다. 그녀는 열린 창가에 서서 뭔가 엄청난 일이 곧 일어날 것 같다고 느끼며 꽃과 나무, 그 위로 피어오르는 연기와 오르락내리락하는 까마귀들을 바라보았다. 그렇게 서서 바라보고 있으면 피터 월시가 말을 걸었다. "채소들 사이에서 사색에 잠겼나요?"―그렇게 말했던가?―"난 꽃양배 추보다는 사람이 더 좋아요"―그렇게 말했던가? 어느 날 아침식사 때 테라스로 나갔다 온 그녀에게 그렇게 말했을 것이다―피터 월시. 조만 간 그가 인도에서 돌아온다. 유월이나 칠월인데, 언제인지는 잊어버렸 다. 그의 편지는 늘 지독하게 지루하니까. 기억나는 것은 그의 말들, 눈 빛, 주머니칼, 미소, 투덜거림, 그리고 수많은 기억이 완전히 사라졌는 데도―이 얼마나 이상한가!―남아 있는 양배추 운운했던 말을 비롯 한 몇 마디 말들.

미시즈 댈러웨이는 보도 연석 위에 서서 살짝 긴장한 채로 더트닐 사^社의 화물차가 지나가기를 기다렸다. 참 매력적인 여인이야, 스크로 프 퍼비스는 생각했다(웨스트민스터에서 이웃끼리 서로 아는 정도로 만 아는 사람이기는 해도). 어딘가 새 같은 분위기, 경쾌하고 활기찬 청 록색 어치 같은 느낌이 나는 여인이었다. 나이가 쉰이 넘었고 병을 앓 은 뒤로 머리가 하얗게 세었는데도 그랬다. 그렇게 횃대에 내려앉은 새 처럼 꼿꼿이 서서 스크로프 퍼비스를 보지 못한 채로, 클래리사 댈러웨 이는 길을 건너려고 기다리고 있었다.

웨스트민스터에서 살다보면―얼마나 됐을까? 이십 년은 넘었지―

차량이 붐비는 거리에서나 자다가 밤중에 깨어서도 빅벤이 울리기 전 어떤 특별한 정적 혹은 숙연함을 느끼게 된다고 클래리사는 확신했다. 뭐라고 형언할 수 없는 정지 상태에서 잠시 마음을 졸이다보면 (독감* 때문에 그녀의 심장이 약해져서 그럴 거라고들 말하지만) 이윽고 빅벤이 울리는 소리. 저기! 종소리가 울려퍼진다. 처음에는 선율적인 예고음, 그다음에는 되돌릴 수 없는 시각을 알리는 시종時鐘. 납덩이 같은 소리가 둥글게 퍼져나가 허공에 녹아들었다. 우리는 참 어리석어, 그녀는 빅토리아 스트리트를 건너며 생각했다. 그 누가 알까, 우리가 왜 이토록 삶을 사랑하는지. 삶을 꾸미고 자기 주위에 쌓아가고 무너뜨리고 매 순간 새롭게 창조하면서, 그것을 어떻게 바라보는지. 가장 초라하고 볼품없는 이들, 남의 집 문 앞에 주저앉은 (술이 화근이지) 밑바닥 인생들도 똑같이 그러잖아. 바로 그래서 의회의 법안으로 그들을 다룰 수 없는 거야, 클래리사는 확신했다. 그들도 삶을 사랑하니까. 사람들의 눈 속에, 경쾌하거나 저벅거리거나 터덜거리는 발걸음 속에, 고함과 소란 속에, 마차와 자동차, 버스, 화물차, 광고판을 몸에 매달고 으쓱으쓱 흔들며 돌아다니는 남자들, 취주악대, 손풍금, 웅장한 분위기와 경쾌한 소음, 머리 위 비행기에서 들려오는 고음의 기이한 소리 속에 클래리사가 사랑하는 것들이 있었다. 삶이, 런던이, 유월의 이 순간이.

유월 중순이었다. 전쟁**이 끝났지만, 미시즈 폭스크로프트 같은 이들에겐 끝난 게 아니어서, 어젯밤 대사관에서 부인은 그 착한 아들이 전사했고 오래된 장원 저택은 이제 사촌에게 넘어가게 되었다며 애통

---

* 1918~1919년에 영국에서만 23만 명에 이르는 사망자를 낸 스페인독감으로 추정된다.
** 제1차세계대전을 의미한다.

해했다. 혹은 가장 아끼던 아들 존이 전사했다는 전보를 손에 쥔 채 바자회를 열었다는 레이디* 벡스버러 같은 사람도 있었다. 하지만 전쟁은 끝났다, 너무나 다행히도―다 지나갔다. 유월이었다. 국왕과 왕비는 궁전에 있었다.** 아직 이른 시간인데도 질주하는 조랑말들, 크리켓 방망이 소리가 일으키는 생동감과 활기가 사방에 퍼져나가는 느낌이었다. 로즈, 애스콧, 래닐러***를 비롯해 그 밖의 모든 곳이 회청색 아침 공기의 부드러운 망사에 감싸여 있지만, 해가 점점 떠오르면 망사가 걷히면서 잔디밭과 크리켓 경기장에는 앞발이 땅에 닿기 무섭게 되튀어오르는 조랑말들, 부산히 돌아다니는 젊은 남자들, 속이 비치는 모슬린 옷을 입고 웃음꽃을 터트리는 소녀들이 나올 것이다. 밤새 춤을 췄을 소녀들은 지금도 저렇게 우스꽝스러운 털북숭이 개들을 데려 나와 달리고 있다. 그리고 지금도 신중한 귀족 노부인들은 이토록 이른 시간에 어떤 비밀스러운 용무 때문인지 자동차를 타고 달려나가고, 상점 주인들은 진열창 안에서 꼼지락거리며 인조 보석과 진짜 다이아몬드를 비롯해 미국인들을 유혹하기 위해 18세기풍으로 세팅한 아름답고 고풍스러운 청록색 브로치 등을 진열하고 있다. (하지만 절약해야 해, 엘리자베스에게 주고 싶다고 해서 물건을 경솔하게 사서는 안 돼.) 클래리사 역시 맹목적이고 순수한 열정으로 이런 것들을 사랑하고, 조지왕조 시대 궁중 관료들의 후손으로서 그 유산의 일부이기도 했다. 그래서 그

---

* 세습이나 공훈에 의해 기사 작위를 받은 이의 아내에게 주어지는 칭호.
** 왕이나 여왕이 버킹엄궁전에 있을 때는 지붕 위에 왕실 깃발을 내걸어 표시하는 전통이 있다.
*** 각각 로즈 크리켓 경기장, 애스콧 경마장, 래닐러 폴로 경기장을 가리킨다.

녀 역시 바로 오늘밤에 사방을 환히 밝히고 파티를 열려는 것이다. 하지만 얼마나 이상한가, 공원에 들어서자 문득 느껴지는 이 고요함은. 안개와 나지막한 웅웅거림과 느릿느릿 헤엄치는 행복한 오리들, 부리 주머니를 달고 뒤뚱거리는 새들, 그런데 관공서 건물들을 등진 채 걸어오는 저 사람, 딱 어울리게도 왕실 문장이 찍힌 공문서 송달함을 들고 다가오는 저 사람은 누구인가, 그건 다름 아닌 바로 휴 휫브레드였다. 오랜 친구 휴―감탄스러운 휴!

"좋은 아침이에요, 클래리사!" 휴가 다소 과장된 말투로 인사했다. 그들은 어릴 때부터 알고 지낸 사이였다. "어디 가는 길이에요?"

"런던 거리를 걷는 게 좋아서요." 미시즈 댈러웨이가 말했다. "정말이지 시골에서 걷는 것보다 더 좋다니까요."

그들은―안타깝게도―의사의 진찰을 받기 위해 막 런던에 온 참이었다. 다른 이들은 그림을 보려고, 오페라를 관람하려고, 딸들에게 바깥 구경을 시키려고 런던에 오지만 휫브레드 부부는 "의사의 진찰을 받기 위해" 왔다. 클래리사는 수도 없이 여러 번 에벌린 휫브레드가 머무는 요양원으로 문병하러 갔다. 에벌린이 또 아픈 거예요? 휴는 에벌린이 요즘 몸이 좀 안 좋다고 말했다. 그러면서 살집이 좀 있고 남자다우며 더할 나위 없이 준수하고 완벽히 치장한 모습으로(휴는 언제나 과도하게 옷을 차려입었는데 아마도 궁정에서 맡은 소소한 일 때문에 그래야 하는 것 같았다) 입을 삐죽거리거나 가슴을 살짝 부풀리는 동작을 통해, 아내가 몸이 좀 아픈데 그리 심각하진 않고, 오랜 친구인 클래리사 댈러웨이는 더 자세히 설명하지 않아도 잘 이해할 거라는 뜻을 넌지시 전했다. 아, 그럼요, 물론 이해하죠. 얼마나 힘들까. 그렇게 친자

매라도 되는 양 안타까우면서도, 그녀는 동시에 자기 모자가 묘하게 신경쓰였다. 이른아침에는 적절하지 않은 모자가 아닐까? 휴 옆에서는 늘 그런 기분이 들었다. 지금도 그는 모자를 다소 야단스럽게 치켜올리면서 그녀가 마치 열여덟 살 소녀 같다고 호기롭게 말하고는, 오늘밤 파티에는 당연히 갈 거라고, 에벌린이 반드시 참석하라고 했다고, 다만 그전에 궁전에서 열리는 파티에 짐의 아들 한 명을 데려가야 해서 조금 늦을 수도 있다고 계속 떠들며 바삐 지나갔다―휴 옆에 있으면 클래리사는 늘 자신이 뭔가 부족한 느낌, 여학생이 된 느낌이 들었지만 그래도 끈끈한 정이 있었다. 어려서부터 그를 알기도 했고, 휴가 제 나름대로 좋은 사람이라는 확신도 있었다. 비록 리처드는 휴 때문에 미칠 지경이라고 하고, 피터 월시로 말하자면, 그는 지금까지도 클래리사가 휴를 좋아하는 걸 못마땅해하지만.

보턴에서의 장면이 하나하나 꼬리를 물고 떠올랐다―머리끝까지 화가 난 피터, 당연히 어느 모로 보나 피터와 상대가 되지 않는 휴. 그래도 휴는 피터가 주장하듯 형편없는 얼간이, 머리가 텅 빈 허영덩어리는 아니었다. 연로한 어머니가 사냥을 그만두라고 했을 때나 바스*에 데려가달라고 했을 때 그는 군소리 한마디 없이 따랐다. 정말이지 전혀 이기적이지 않은 사람인데, 그런 휴가 가슴도 머리도 없으며 영국 신사의 예절과 교양 빼면 아무것도 아니라고 말하는 것은 그녀의 소중한 벗 피터가 극도로 화가 났을 때나 하는 짓이었다. 피터는 가끔 도저히 봐주기 힘들고 또 가끔은 지나치게 까다롭지만 이런 아침에 함께 산책

---

* 영국 남서부의 온천 휴양도시.

하기엔 매력적인 사람이었다.

(유월은 나무의 이파리들을 모조리 끌어내 무성하게 피워냈다. 핌리코*의 어머니들은 아기들에게 젖을 물렸다. 함대의 전갈이 해군성**으로 전달되었다. 알링턴 스트리트와 피커딜리***에서 불어온 바람이 공원의 공기를 휘젓는지, 뜨겁게 솟구친 나뭇잎들이 찬란하게 반짝거리면서 클래리사가 사랑하는 신성한 활기로 일렁였다. 춤추기, 말타기, 예전의 클래리사는 그 모든 것을 몹시 좋아했다.)

헤어진 지 수백 년은 된 것 같았다, 피터와는. 클래리사는 편지를 쓰지 않았고 그의 편지는 무미건조했다. 하지만 문득 그런 생각이 들곤 했다. 피터가 지금 나와 함께 있다면 뭐라고 말할까?―어떤 날에는, 혹은 어떤 광경을 보면 고요하게 피터가 떠올랐다. 예전 같은 쓰라린 감정 없이 그를 떠올릴 수 있게 된 것은 누군가를 진심으로 아낀 경험이 남긴 보상일 것이다. 두 사람은 어느 화창한 아침의 세인트제임스파크 한복판으로 돌아왔다―정말로 돌아와 있다. 하지만 피터는―아무리 날씨가 좋아도, 나무와 풀밭과 분홍 옷을 입은 어린 소녀가 아무리 아름다워도―아무것도 보지 않는다. 클래리사가 시키면 그제야 안경을 쓸 테고 그제야 주위를 바라볼 것이다. 그의 흥미를 자극하는 것은 세상사였다. 바그너, 포프의 시, 사람들의 성격이라는 영원한 관심사, 그리고 클래리사의 영혼이 지닌 결점. 사사건건 얼마나 나무랐는지! 둘

---

* 웨스트민스터 인근의 지역 이름.

** 1909년 런던의 해군성 건물 옥상에 무선전신용 안테나를 설치했고 이를 통해 함대와 통신을 주고받았다.

*** 피커딜리서커스에서 하이드파크코너에 이르는 넓은 도로.

이서 얼마나 다퉜는지! 총리와 결혼해 계단 꼭대기에 우뚝 서겠군. 완벽한 안주인이야, 하고 비아냥거렸고(클래리사는 자기 방에서 그 말을 떠올리며 울었다) 완벽한 안주인이 될 재목이라고 그는 말했다.

그렇게 아직도 클래리사는 세인트제임스파크에서 자기도 모르게 마음속 논쟁을 벌이곤 했다. 그러면서 피터와 결혼하지 않기로 한 것은 옳은 결정이었다고 주장하는 것이다—실제로 옳았다. 결혼해서 날이면 날마다 같은 집에서 함께 사는 사람들 사이에는 약간의 자유, 약간의 독립성이 필요하기 때문이다. 그것을 리처드와 클래리사는 서로 주고받았다. (예컨대 오늘 아침 그이는 어디에 있을까? 어떤 위원회겠지, 물어본 적은 없지만.) 하지만 피터와는 모든 것을 나눠야 했다. 모든 것을 시시콜콜 말해야 했다. 그것은 견디기 힘든 일이었고, 분수 옆 작은 정원에서 그런 일이 생긴 뒤로는 그와 헤어져야만 했다. 안 그랬다면 둘 다 무너졌을 거라고, 망가졌을 거라고 클래리사는 확신했다. 비록 그래서 긴 세월 동안 그 슬픔과 고통을 심장에 박힌 화살처럼 감내해야 했지만. 게다가 언젠가 연주회에 갔다가 피터가 인도로 가는 배에서 만난 여자와 결혼했다는 소식을 들은 순간의 참담함이란! 그 모든 것을 절대로 잊을 수 없을 것이다! 냉정하다고, 매정하다고, 고상한 체한다고, 피터는 비난했다. 그가 어떻게 사랑한다는 건지 도무지 이해할 수 없었다. 하지만 인도에 사는 그 여자들은 아마도 이해했겠지—어리석고 예쁘기만 하고 하찮은 멍청이들. 그리고 연민은 부질없었다. 그는 자기가 아주 행복하다고 장담했으니까—완벽히 행복하다고. 둘이서 이야기한 일들은 한 가지도 이루지 못했으면서. 그의 전 생애는 실패작이었다. 아직도 그런 생각을 하면 화가 났다.

클래리사는 공원 출입구에 다다랐다. 잠시 서서 피커딜리를 오가는 버스들을 바라보았다.

그녀는 이제 세상의 그 누구에 대해서도 이러니저러니 말하지 않을 생각이었다. 무척 젊어진 기분과 더불어 이루 말할 수 없이 늙어버린 기분도 들었다. 클래리사는 칼처럼 모든 것의 중심을 가르고 지나갔으나, 그러면서도 밖에 서서 바라보고 있었다. 오가는 택시들을 바라보는 동안에도 언제나 그렇듯 밖에서. 밖에서, 저멀리 바다로 나가 홀로 있게 된 듯한 그 기분이 여전했다. 살아가는 일은 단 하루일지라도 늘 아주, 아주 위험하게 느껴졌다. 자신이 똑똑하다거나 유난히 특별하다고 생각하는 건 아니었다. 프로일라인* 대니얼스가 전수해준 변변찮은 지식만으로 어떻게 지금껏 살아왔는지 이해가 되지 않았다. 아는 것이 하나도 없었다. 언어도, 역사도. 그리고 이제는 잠자리에서 읽는 회고록을 빼면 책도 좀처럼 읽지 않았다. 그런데도 이 모든 것이, 지나가는 택시들까지도 더할 나위 없이 흥미진진했다. 이제는 피터가 이러니저러니, 내가 이러니저러니 말하지 않을 것이다.

자신의 유일한 재능은 사람들을 거의 직감적으로 알아보는 것이라고, 클래리사는 계속 걸어가며 생각했다. 누군가와 한 공간에 있으면 그녀는 고양이처럼 등을 세우거나 아니면 가르릉거렸다. 데번셔 하우스, 바스 하우스, 도자기 앵무새가 있는 집,** 그녀는 한때 그 모든 곳이

---

* Fräulein. 비혼 여성에 대한 독일어 경칭으로 가정교사가 독일계였음을 나타낸다.
** 전부 런던 사교계 유명인들의 저택. 데번셔 하우스는 데번셔 공작의 저택, 바스 하우스는 바스 백작의 저택, 도자기 앵무새가 있는 집은 버뎃쿠츠 남작부인의 저택으로, 피커딜리 스트리트를 향한 창문에 흰 도자기 앵무새를 매달아 주인이 집에 있음을 표시했다.

환히 불을 밝힌 모습을 보았고, 실비아, 프레드, 샐리 시턴―수많은 사람―을 기억했다. 밤새 춤을 춘 일, 시장으로 가는 짐수레들이 느릿느릿 지나가던 광경, 마차를 타고 공원을 통과해 집으로 돌아가던 길도. 언젠가 서펀타인호수*에 1실링 동전을 던진 일도 기억했다. 하지만 누구나 뭔가를 기억한다. 클래리사가 사랑하는 것은 바로 이것, 여기, 지금, 자기 앞에 있는 것, 예컨대 택시 안의 저 뚱뚱한 여인이었다. 그렇다면 문제가 될까, 그녀는 본드 스트리트 쪽으로 걸어가며 자문했다. 언젠가는 존재의 완전한 소멸을 피할 수 없다는 사실, 자기 없이도 이 모든 것이 계속될 거라는 사실이 문제가 될까. 그래서 억울한가, 아니면 죽음으로써 모두 완전히 끝난다고 믿으면 위로가 될까? 그렇지만 어떻게든 런던의 거리에서, 세상사의 밀물과 썰물을 타고, 여기저기에서 자신이 살아남고 피터도 살아남아 서로의 안에서 살아간다고, 자신은 고향 나무들 속에도 있고, 얼기설기 덧붙인 별채들이 어수선하게 늘어선 고향집 속에도 있으며, 한 번도 만난 적 없는 사람들 속에도 있다고 클래리사는 확신했다. 언젠가 본 나무들이 안개를 떠받치는 풍경에서처럼 그녀를 자신들의 가지 위로 떠받쳐주는 절친한 사람들 사이에 안개처럼 퍼져 있다고, 그러나 삶도 그녀 자신도 한곳에 머무르지 않고 멀리멀리 퍼져나간다고. 그런데 해처드 서점의 진열창을 들여다보며 클래리사는 무엇을 꿈꾸는 걸까? 무엇을 되찾으려는 걸까? 펼쳐진 책의 문구를 읽으며 창백한 새벽을 맞은 시골의 어떤 이미지를 떠올릴까?

---

* 런던의 하이드파크 안에 있는 인공호수.

더는 두려워 말라, 태양의 열기를

맹렬한 겨울의 분노를.*

최근 한동안 세계가 겪은 일들로 인해 모든 이들, 모든 남자와 여자의 마음에는 눈물의 샘이 생겨났다. 눈물과 슬픔, 용기와 인내, 더없이 올곧고 의연한 태도. 예컨대 존경스럽기 그지없는 여인 레이디 벡스버러가 바자회를 연 일을 생각해보라.

서점 진열창에는 『조록스의 유람과 유흥』,** 『소피 스펀지』***와 미시즈 애스퀴스의 『회고록』, 『나이지리아의 큰 동물 사냥』 등이 전부 펼쳐진 채 놓여 있었다. 책이 정말로 많았지만 요양원에 있는 에벌린 휫브레드에게 가져가기에 딱 맞아 보이는 책은 없었다. 에벌린이 즐겁게 읽을 만한 책, 클래리사가 병실로 들어갈 때 극도로 비쩍 마른 그 왜소한 여인이 잠시나마 상냥한 표정을 짓고, 그런 다음에야 평소처럼 여자들의 갖가지 병에 관한 끝없는 대화로 접어들게 해줄 만한 책은 없었다. 자기가 안으로 들어설 때 사람들이 기쁜 표정을 짓기를 얼마나 바라는지, 클래리사는 그런 생각을 하며 돌아서서 다시 본드 스트리트 쪽으로 걸었다. 어떤 일을 그 일 자체 외에 다른 이유로 한다는 것은 어리석다는 생각에 언짢은 기분이 들었다. 일 자체를 위해 일하는 리처드 같은 사람이 될 수 있다면 좋을 텐데, 클래리사는 길을 건너려고 기다리며

---

* 셰익스피어의 희곡 『심벌린』 4막 2장의 한 구절.

** 로버트 스미스 서티스의 희극적 모험담 연작 속 주인공 조록스는 런던의 식품점 주인으로 여우 사냥을 좋아하고 중산층인 척 허세를 부리는 인물이다.

*** 원제는 '미스터 스펀지의 사냥 여행'으로 로버트 스미스 서티스가 19세기 중반의 여우 사냥 클럽을 배경으로 쓴 희극적 풍자소설.

생각했다. 그런데 자신은 단순히 그 일 자체를 위해 행동하지 않고 사람들이 이렇게 혹은 저렇게 생각하게 하려고 행동할 때가 태반이지 않은가. 완전히 우둔한 짓이라는 걸 알고는 있었는데 (이제 경찰관이 손을 들어올렸다) 누구에게나 바로 간파당했기 때문이다. 아, 인생을 다시 살 수만 있다면! 클래리사는 보도로 올라서며 생각했다. 심지어 다른 모습으로 살 수 있다면!

무엇보다 레이디 벡스버러처럼 검은 머리에 살결이 주름진 가죽 같고 눈이 아름다운 사람이었으면 했다. 레이디 벡스버러처럼 느긋하고 위풍당당하면서, 다소 체구가 크고 남자처럼 정치에 관심이 많으며 컨트리 하우스를 소유한, 매우 품위 있고 매우 진실한 사람이었으면 했다. 그런데 현실은 콩 줄기 지지대처럼 앙상한 몸과 한심스러운 작은 얼굴과 매부리코였다. 몸가짐이 단정한 것은 사실이고 손과 발이 예쁘며 돈을 적게 쓰면서도 옷을 잘 입었다. 하지만 이제는 자신이 걸친 이 몸이, (그녀는 네덜란드 화가의 그림을 보려고 잠시 걸음을 멈췄다) 온갖 기능을 수행하는 이 몸이 아무것도 아니라는—정말 아무것도 아니라는—생각이 자주 들었다. 자신이 보이지 않는 사람, 누구도 쳐다보지 않고 알지 못하는 사람인 것만 같은, 정말이지 몹시도 이상한 기분이 들었다. 이젠 결혼할 일도, 아이를 가질 일도 없이, 다른 사람들과 함께 본드 스트리트를 따라 이렇게 놀랍고도 조금은 엄숙한 행진을 할 일만 남았다. 미시즈 댈러웨이로, 더이상 클래리사도 아니고 그저 미시즈 리처드 댈러웨이로 사는 일만이.

본드 스트리트는 매혹적이었다. 사교 시즌*에 접어든 이른아침의 본드 스트리트. 펄럭이는 깃발들, 상점들. 지나친 화려함도 현란함도 없었다. 아버지가 오십 년 동안 양복을 샀던 상점에 진열된 트위드 원단 한 롤, 진주 몇 알, 얼음 위에 놓인 연어.

"그게 다야." 클래리사는 생선가게를 바라보며 말했다. "그게 다라고." 그녀는 다시 한번 말하며 장갑 상점 진열창 앞에 잠시 멈춰 섰다. 전쟁 전에는 이곳에서 흠잡을 데 없는 장갑을 살 수 있었다. 숙녀는 구두와 장갑을 보면 어떤 사람인지 알 수 있다고 윌리엄 삼촌은 말하곤 했다. 삼촌은 전쟁이 한창이던 어느 날 아침에 잠자리에서 세상에 영영 등을 돌렸다. 그는 말했다. "이젠 지긋지긋해." 장갑과 구두. 클래리사는 장갑에 대한 애정이 각별한데 딸 엘리자베스는 둘 중 어느 것이든 털 끝만큼도 좋아하지 않았다.

털끝만큼도, 클래리사는 파티 때마다 꽃을 준비해주는 단골 상점을 향해 본드 스트리트를 걸어가며 생각했다. 엘리자베스가 진심으로 좋아하는 것은 개였다. 오늘 아침에도 온 집안에 타르 냄새가 진동했다. 그래도 미스 킬먼보다는 불쌍한 개 그리즐이 낫지. 기도서를 들고 답답한 침실에 처박혀 있는 것보다는 디스템퍼**와 타르 등등의 문제들이 차라리 더 낫지! 뭐든 더 낫다고 말하고 싶었다. 하지만 리처드의 말처럼, 그저 모든 소녀가 한 번쯤 거치는 단계에 불과할지도 모른다. 사랑에 빠진 건지도 모른다. 하지만 왜 하필 미스 킬먼과? 물론 부당한 시련을 겪은 사람이라는 점은 이해해야 하겠지. 그리고 리처드는

---

* 런던에서 왕실 전통 행사와 사교계 행사가 집중되는 시기로, 대체로 4월부터 7월을 가리킨다.
** 개에게 나타나는 감염병으로, 과거에는 타르 오일을 콧잔등에 발라놓으면 치료 효과가 있다는 믿음이 있었다.

미스 킬먼이 매우 유능하고 역사를 진정으로 이해하는 사고력을 갖췄다고 말했다. 어쨌거나 그 둘은 도무지 갈라놓을 수가 없고, 그녀의 딸 엘리자베스는 무려 성찬식에도 갔다. 미스 킬먼은 어떤 옷을 입을지, 점심 모임에 온 손님들을 어떻게 대할지는 조금도 신경쓰지 않았다. 그간의 경험에 따르면, 종교적 희열은(대의명분도 마찬가지지만) 사람들을 냉담하고 무신경하게 변화시킨다. 미스 킬먼은 러시아인들을 위해서는 무슨 일이든 할 테고 오스트리아인들을 위해 단식도 마다하지 않겠지만,* 사적인 관계에서는 초록색 매킨토시 비옷을 입은 너무나 둔감한 모습으로 보는 사람을 지독히 괴롭혔다. 미스 킬먼은 사시사철 그 비옷을 입고 다니며 땀을 흘렸다. 같은 방에 오 분만 함께 있어도 어김없이 자기는 우월하고 당신은 열등하다는 암시를 풍겼다. 자기는 이렇게 가난한데 당신은 얼마나 부유한가, 자기는 빈민가에서 쿠션도 침대도 담요도, 아무튼 아무것도 없이 살뿐더러 전쟁중에 학교에서 해고된 일로 마음 깊이 새겨진 억울함 때문에 영혼이 얼마나 피폐해졌는가―원한에 찌든 불운하고 딱한 것! 싫은 것은 미스 킬먼 자체가 아니라 그 사람에 대한 관념이고, 그 안에는 분명 미스 킬먼이 아닌 것들이 많이 쌓여 있을 것이다. 그리하여 그 관념은 우리가 밤에 맞서 싸우는 유령, 우리 위에 올라앉아 생명소를 반쯤 빨아먹는 유령, 지배자, 폭군이 되는 것이다. 만일 운명의 주사위를 다시 던져 흰색이 아니라 검은색이 나왔다면, 분명 미스 킬먼을 사랑했겠지! 하지만 이 세상에서

---

* 1920년대 초반 러시아는 볼셰비키혁명과 내전으로 큰 어려움을 겪었고, 제1차세계대전이 끝나고 오스트리아-헝가리 제국이 해체된 후 오스트리아는 패전국 독일과 동일한 사회적, 경제적 혼란을 겪었다.

는 아니다. 아니고말고.

하지만 마음속에서 이 잔혹한 괴물이 용틀임하면, 신경이 곤두섰다. 영혼이라는 낙엽 쌓인 숲 깊은 곳에서 잔가지가 부러지는 소리와 함께 발굽이 땅을 짓누르는 느낌이 들면! 이 혐오라는 야수가 언제라도 마음속에서 용틀임할 테니 온전히 만족하거나 안심할 수가 없었다. 특히 병을 앓고 난 뒤부터, 이 야수는 신경을 긁고 등골을 쑤시며 신체적 고통을 가했고, 아름다움과 우정을 누리는 즐거움, 건강하고 사랑받고 가정을 화기애애하게 꾸리는 기쁨을 뒤흔들고 들쑤시고 구부려 꺾었다. 정말로 마음속에 뿌리를 파헤치는 괴물이 있는 것처럼, 갖가지 만족감이 전부 자기애에 지나지 않는 것처럼! 이 혐오란!

말도 안 돼, 말도 안 돼! 클래리사는 속으로 외치며 멀베리스 꽃집의 회전문을 밀고 들어갔다.

경쾌하고 당당하게 허리를 쭉 편 모습으로 나아가자 얼굴이 조그맣고 동그란 미스 핌이 즉시 인사했다. 미스 핌의 손은 꽃과 함께 차가운 물에 담가둔 것처럼 늘 선홍색을 띠었다.

많은 꽃이 있었다. 델피늄, 스위트피, 라일락 다발, 그리고 카네이션, 수많은 카네이션. 장미도 있고 붓꽃도 있었다. 아, 그래—클래리사는 그렇게 흙내 나는 정원의 향긋한 냄새를 들이마시며 선 채로 미스 핌과 이야기를 나눴다. 클래리사의 도움을 받은 적이 있는 미스 핌은 그녀가 친절하다고 생각했다. 오래전에 베푼 어떤 친절 때문이었다. 정말로 친절한 분인데 올해는 더 나이들어 보이네. 붓꽃과 장미와 살랑거리는 라일락 다발 사이에서 고개를 좌우로 돌리고 눈을 반쯤 감은 채로, 거리의 요란한 소음을 뒤로하고 감미로운 향기와 섬세한 냉기를 들이 마시는 그 모습이. 그러다가 눈을 뜬 클래리사에게 장미가 얼마나 생생한지, 깨끗이 빨아 고리버들 쟁반에 놓아둔 프릴 달린 침구 같고, 봉오리를 꼿꼿이 세운 빨간 카네이션은 또 얼마나 색이 진하고 단정해 보이는지, 그리고 수반 위에 펼쳐놓은 다양한 스위트피, 보라색을 띠거나 새하얗거나 연한 빛깔의 저 꽃들―마치 모슬린 원피스를 입은 소녀들이 스위트피와 장미를 꺾으러 나온 저녁 풍경 같다. 짙푸른 하늘 아래 델피늄과 카네이션과 칼라가 피어 있는 눈부신 여름의 낮이 저물어가는 여섯시와 일곱시 사이, 모든 꽃―장미, 카네이션, 붓꽃, 라일락―이 빛을 발하는 순간. 흰색, 보라색, 빨간색, 진한 주황색, 모든 꽃이 안개가 피어오르는 꽃밭에서 저마다 부드럽고 순수하게 불타오르는 듯한데, 헬리오트로프와 달맞이꽃 위를 넘나들며 맴도는 연회색 나방들은 또 얼마나 사랑스러운지!

클래리사는 미스 핌과 함께 꽃단지들을 하나하나 돌아보며 꽃을 고르기 시작할 때도 마음속으로는 말도 안 돼, 말도 안 돼, 하고 되뇌었지만 말투는 점점 더 부드러워졌다. 마치 이 아름다움, 이 향기, 이 색채, 그리고 미스 핌의 호의와 신뢰가 한데 어우러져 그녀를 휘감는 파도가 되어 혐오를, 그 괴물을, 모든 것을 휩쓸어가는 듯했다. 그 파도에 실려 점점 위로 떠오르는 그때―아! 바깥 거리에서 들려오는 권총소리!

"아휴 정말, 저 자동차들." 미스 핌이 창가로 가서 밖을 내다보며 말했다. 그러고는 양손 가득 스위트피를 들고 돌아오며 겸연쩍은 미소를 지었다. 마치 저 자동차들이, 그 자동차들의 타이어가 모두 자기 잘못이라는 듯이.

미시즈 댈러웨이를 깜짝 놀라게 하고 미스 핌을 창가로 유인해 겸연쩍게 돌아오게 한 굉음의 근원지는 멀베리스 꽃집의 진열창 바로 앞 보도변에 정차한 자동차였다. 지나가던 행인들은 당연히 걸음을 멈추고 바라보았고, 그들이 비둘기색 좌석 등받이에 기댄 최고위층 인물의 얼굴을 얼핏 볼 만큼 시간이 흐르자 한 남자의 손이 블라인드를 내렸으며, 그뒤로는 비둘기색이 내비치는 네모난 차창 외에는 아무것도 보이지 않았다.

하지만 소문은 삽시간에 퍼져나갔다. 본드 스트리트 중간쯤에서 한쪽으로는 옥스퍼드 스트리트까지, 다른 한쪽으로는 앳킨슨스 향수 상점까지, 언덕을 아련하게 뒤덮고 질주하는 구름처럼 투명하고 소리 없이 퍼져나가다, 과연 구름다운 변덕스러움으로 갑자기 냉정을 되찾아 잠잠해져서 바로 조금 전까지도 철저히 무질서했던 얼굴들 위로 내려앉았다. 하지만 이제 신비의 날갯짓이 그들을 스쳐갔고 권위의 목소리가 들려왔다. 맹신의 정령이 눈을 붕대로 꽁꽁 싸매고 입을 크게 벌린 채 널리 퍼져나갔다. 하지만 잠깐 보인 얼굴이 누구의 것이었는지는 아무도 몰랐다. 왕세자였을까, 왕비였을까, 총리였을까? 아무도 알지 못했다.

에드거 J. 왓키스는 둘둘 만 납 파이프 한 뭉치를 팔에 걸고 지나가다 주위에 들리게끔, 물론 농담조로 말했다. "총니님 차였겠지."

인파에 갇힌 셉티머스 워런 스미스가 그 말을 들었다.

창백한 얼굴에 매부리코가 도드라진 서른 살가량의 청년 셉티머스 워런 스미스는 갈색 신발과 추레한 외투 차림이었다. 녹갈색 눈에 서린 불안감은 전혀 모르는 사람들마저도 불안하게 만들었다. 세상이 채찍을 쳐들었어. 과연 어디를 내려칠까?

모든 것이 정지했다. 자동차 엔진의 떨림은 몸 전체를 타고 불규칙하게 울리는 고동소리처럼 들렸다. 멀베리스 꽃집 진열창 밖에 멈춘 자동차 때문에 태양이 유난히 뜨거워졌다. 버스 위층에 앉아 있던 노부인들이 검은 양산을 펼쳤고 이윽고 여기저기에서 초록색, 빨간색 양산들이 팡팡 펼쳐졌다. 미시즈 댈러웨이는 스위트피를 한아름 안고 창가로 가서 호기심에 살짝 찌푸려진 분홍빛 얼굴로 밖을 내다보았다. 모두가 자동차를 바라보았다. 셉티머스도 바라보았다. 소년들이 자전거에서 훌쩍 뛰어내렸다. 길이 막히기 시작했다. 자동차는 거기 그대로 정차해 있었고, 닫힌 블라인드 표면에 나무를 닮은 특이한 무늬가 그려져 있는 것 같다고 셉티머스는 생각했다. 모든 것이 서서히 눈앞의 한 점으로 모여드는 듯해서 그는 두려움에 사로잡혔다. 어떤 참혹한 것이 표면으로 떠올라 금방이라도 활활 타오를 것 같았다. 세상이 흔들리고 파르르 떨며 곧이라도 활활 타오를 조짐을 보였다. 길을 막고 있는 사람은 나다, 그는 생각했다. 사람들이 쳐다보며 손가락질하지 않나. 보도에서 그렇게 무겁게 짓눌린 채 붙박여 있는 것은 어떤 목적을 위해서가 아니던가? 하지만 어떤 목적일까?

"어서 가자, 셉티머스." 그의 아내가 말했다. 해쓱하고 뾰족한 얼굴에 눈이 커다랗고 몸집이 작은 여자, 이탈리아 여자였다.

하지만 루크레치아 본인도 자동차와 블라인드에 새겨진 나무무늬에서 눈을 뗄 수가 없었다. 저 안에 왕비가 있을까—왕비가 물건을 사러 나왔을까?

뭔가를 열고 돌리고 닫고 하던 운전기사가 운전석에 올라탔다.

"어서." 루크레치아가 말했다.

그런데 결혼한 지 사오 년쯤 된 루크레치아의 남편은 깜짝 놀라 움찔하며 "알았어!" 하고 말했다. 아내에게 뭔가를 제지당한 사람처럼 성난 목소리였다.

사람들이 눈치채고 말 거야, 보고 말 거야. 사람들 말이야, 루크레치아는 자동차를 구경하는 군중을 바라보며 생각했다. 영국 사람들, 그들의 아이들과 말馬과 옷차림 등을 루크레치아는 어떤 면에서 우러러보았지만, 이제 그들은 그저 '사람들'이 되었다. 셉티머스가 "죽어버릴 거야"라고 말했기 때문이다. 정말 끔찍한 말이었다. 그들이 그 말을 들었다면? 루크레치아는 군중을 둘러보았다. 도와주세요, 도와주세요! 정육점 청년들과 여자들에게 외치고 싶었다. 도와주세요! 작년 가을에만 해도 두 사람은 망토 하나를 함께 둘러쓴 채 템스강 제방에 서 있었다. 루크레치아는 말없이 신문만 읽는 셉티머스에게서 신문을 낚아챈 뒤 두 사람을 바라보던 노인을 향해 깔깔 웃었다! 하지만 실패는 감추는 법이다. 그를 어딘가 공원으로 데려가야 한다.

"자, 이제 길을 건널 거야." 루크레치아가 말했다.

루크레치아는 그의 팔을 붙잡을 권리가 있었다. 비록 아무런 감정도 담기지 않은 팔이지만. 몹시 단순하고 충동적이며 이제 겨우 스물네 살인, 오로지 셉티머스를 위해 이탈리아를 떠나 아는 사람 하나 없는 영국에 온 루크레치아에게, 그는 팔뼈 한 마디 정도는 내어줄 것이다.

블라인드를 닫은 자동차는 묘하게 비밀스러운 분위기를 띤 채 피커딜리를 향해 나아갔다. 그 뒤를 계속 눈으로 좇으며 거리 양편에 늘어선 이들의 얼굴에는 상대가 왕비인지 왕세자인지 총리인지 아무도 모르지만 그래도 다를 바 없는 숙연한 경외감이 아로새겨졌다. 차 안의 얼굴을 단 몇 초나마 본 사람은 딱 세 명이었다. 이젠 그 성별까지 논쟁거리가 되었다. 하지만 차 안에 위대한 인물이 자리했다는 사실, 위대한 인물이 평범한 사람들과 고작 한 뼘 정도 거리를 두고 정체를 숨긴 채 본드 스트리트를 지나가고 있다는 사실만은 의심의 여지가 없었다. 그들이 영국의 군주, 국가의 영구적 상징과 말을 나눌 수도 있을 만큼 가까이 있는 일은 지금이 처음이자 마지막일지도 모르며, 그 인물의 정체는 먼 훗날 시간의 폐허를 뒤지는 호기심 많은 골동품 전문가들이 알아낼 것이다. 런던이 풀이 무성한 오솔길이 되고 이 수요일 아침에 보도 위를 바삐 오가는 사람들도 한낱 뼛조각이 되어 몇 개의 결혼반지, 충치에 씌운 무수한 금니들과 흙속에 뒤섞이게 되는 먼 훗날. 자동차 안 얼굴의 정체는 그때 비로소 밝혀질 것이다.

아마도 왕비님이시겠지, 미시즈 댈러웨이는 꽃을 들고 멀베리스에서 나오며 생각했다. 왕비님이셔. 클래리사가 꽃집 앞에서 햇살을 받으며 위엄 넘치는 표정으로 잠시 서 있는 동안 블라인드를 닫은 자동차는 사람 걸음만큼이나 느리게 지나갔다. 왕비께서 병원에 가시나. 왕비께서 바자회를 여시나, 클래리사는 생각했다.

이른 시간대치고 교통 혼잡이 극심했다. 로즈, 애스콧, 헐링엄,* 그중 어디 때문일까? 클래리사는 꽉 막힌 길을 보고 의아해했다. 버스 위층에서 옆으로 돌아앉아 짐과 양산을 든 채 이런 날씨에 모피를, 그래, 모

---

* 런던 풀럼 지역에 있는 사교 및 스포츠 클럽.

피를 걸친 중산층 영국인들은 상상하기 힘들 정도로 우스꽝스럽고 지금까지 존재한 그 무엇보다 특이하다고 그녀는 생각했다. 왕비마저도 정체되었다. 왕비마저도 지나갈 수가 없는 것이다. 클래리사는 브룩 스트리트의 이쪽에서, 연로한 판사 서Sir 존 벅허스트는 그 건너편에서 발이 묶였고 자동차가 그들 사이에 있었다. (서 존은 오랜 세월 판결로 사람들의 삶을 좌지우지해왔고 잘 차려입은 여자를 좋아했다.) 그때 운전기사가 미세하게 몸을 기울여 경찰관에게 뭔가를 말했거나 보여주었고, 그러자 경찰관이 거수경례를 한 뒤 팔을 높이 들고 고갯짓으로 버스를 옆으로 이동시켰다. 그리하여 그 자동차가 차량 사이를 비집고 지나갔다. 천천히, 아주 조용히, 자동차는 제 길을 갔다.

클래리사는 추측했다. 클래리사는 물론 알았다. 운전기사의 손에 들려 마력을 발휘하는 희고 둥근 물건을 보았으니까. 이름—왕비의, 왕세자의, 총리의 이름?—이 새겨진 원반, 그것은 안에서 발하는 광채로 길을 내며 나아갔고 (클래리사는 자동차가 점점 작아져 사라지는 모습을 바라보았다) 그날 밤 그것은 버킹엄궁전에서도 가지 달린 장식촛대들, 빛나는 훈장들, 참나뭇잎 모양 휘장을 단 가슴을 뻣뻣하게 내민 고위층 인사들, 휴 휏브레드와 그의 동료들, 영국의 신사들 사이에서 환히 빛날 것이다. 그리고 클래리사 역시 파티를 연다. 그녀는 허리를 살짝 폈다. 그런 모습으로 계단 꼭대기에 설 것이다.

자동차는 지나가면서 본드 스트리트 양쪽의 장갑 상점, 모자 상점, 양복점 등을 훑는 잔잔한 파문을 남겼다. 삼십 초 동안 모든 이의 머리가 같은 방향—그 창문—을 향했다. 숙녀들은 장갑을 고르다가—팔꿈치까지 덮는 걸로 할까, 아니면 더 긴 걸로 할까, 레몬색이 낫나, 아니면 연한 회색이 낫나?—멈췄고, 그 말이 끝날 때쯤 무슨 일인가가 벌어졌다. 개별 사례로는 너무나 사소해서 그 진동은 중국에서 발원한 충격도 감지하는 정밀한 기구로도 측정할 수 없겠지만, 전체로는 상당히 막강했고 보편적 감정에 호소하는 힘을 지녔다. 모자 상점과 양복점 등 모든 곳에서 낯선 사람들이 서로를 바라보며 전사자들과 깃발과 대영제국을 생각했다. 뒷골목 주점에서는 식민지 이주민이 윈저왕가를 모욕하자 언쟁이 일어나 맥주잔이 깨지는 대소동으로 비화했고, 이는 이상하게도 길 건너편까지 퍼져나가 결혼식 준비로 순백의 리본 장식이 있는 흰 속옷을 사던 아가씨들의 귀에까지 들어갔다. 지나가는 자동차가 일으킨 표면적인 동요가 가라앉으며 매우 깊숙한 무엇인가를 자극했기 때문이다.

피커딜리를 부드럽게 건너간 자동차는 세인트제임스 스트리트로 접어들었다. 키가 큰 남자들, 체격이 건장한 남자들, 연미복과 흰 조끼를 입고 머리를 뒤로 빗어 넘긴 맵시 좋은 남자들이 가늠하기 힘든 어떤 이유로 화이츠 클럽의 반원형 내닫이창 안쪽에 서 있었다. 연미복 자락 뒤로 뒷짐을 진 채 창밖을 바라보던 그들은 위대한 인물이 지나가고 있음을 본능적으로 감지했고 불멸의 존재가 발하는 창백한 빛은 클래리사 댈러웨이와 마찬가지로 그들에게도 내려앉았다. 남자들은 즉시 허리를 더욱 곧추세우고 서서 뒷짐을 풀었고, 그들의 선조들이 앞서 그랬듯이 필요하다면 대포의 아가리 앞으로 뛰어들어서라도 군주를 모실 태세였다. 그들 뒤에 있는 흰색 흉상들과, 〈태틀러〉 잡지나 탄산수병 따위로 뒤덮인 작은 탁자들도 거기에 찬동하는 듯했고, 영국의 넘실거리는 밀밭과 장원 저택들을 떠올리게 했으며, 속삭임의

회랑* 벽이 한 사람의 목소리를 성당 전체의 힘으로 증폭해 낭랑하게 되울리듯이 그 자동차 바퀴의 희미한 진동음을 메아리로 퍼뜨리는 듯했다. 보도 위에서 숄을 두른 채 꽃을 팔던 몰 프랫은 그 고귀한 소년의 행복을 빌었고, (틀림없이 왕세자일 테니까) 몰리는 마음이 한없이 들떠서 가난 따윈 아랑곳하지 않고 맥주 한 잔 값에 달하는 물건—장미 한 다발—을 세인트제임스 스트리트에 뿌렸을지도 모른다. 그때 늙은 아일랜드 여인의 충성심에 물을 끼얹듯 자신을 바라보는 순경의 시선을 느끼지 않았다면 말이다. 세인트제임스궁전의 보초병들이 거수경례를 했고 알렉산드라 왕대비의 경찰관들도 통행을 승인했다.**

한편, 버킹엄궁전 정문 앞에는 작은 무리가 모여들었다. 모두가 빈민인 그들은 생기는 없지만 확신을 품은 채 기다렸다. 깃발이 휘날리는 궁전을 바라보다가, 둥근 단 위에서 옷깃을 흩날리는 빅토리아여왕 동상과 계단식 분수로 흘러내리는 물과 주변 화단의 제라늄을 감탄하며 바라보기도 하고, 더 몰***을 지나가는 자동차들 가운데 처음에는 이 차를, 다음에는 저 차를 지목하며 그저 드라이브를 하러 나온 일반인들에게 헛되이 경배의 감정을 쏟았다가 다시 거둬들여 그 차들이 지나가는 동안 아껴두었다. 그러는 내내 소문은 그들의 핏줄에 차곡차곡 쌓이고 허벅지의 신경을 찌릿하게 자극했으며, 그들의 상상 속에서는 자신

---

* 돌이나 곡면으로 만들어진 건축 구조물에서 한쪽에서 내는 작은 소리가 곡면을 타고 멀리까지 전달되는 곳을 가리킨다. 세인트폴성당이 대표적이다.

** 세인트제임스궁전과 조지 5세의 어머니 알렉산드라 왕대비의 처소인 말버러 하우스는 도로 하나를 사이에 두고 인접해 있다.

*** The Mall. 런던 중심부에서 동서로 난 왕실 도로로, 버킹엄궁전에서 트래펄가광장까지 이어지며 국가적 행사나 왕실 퍼레이드 때 주로 사용된다.

을 바라보는 왕족 일원들이 있었다. 고개 숙여 인사하는 왕비, 거수경례하는 왕세자, 국왕들에게 신성하게 하사된 천상의 삶, 시종 무관들과 한쪽 무릎을 뒤로 빼고 고개를 깊숙이 숙여 인사하는 궁중 예법, 왕비의 오래된 인형의 집,* 내국인과 결혼한 메리공주, 그리고 왕세자—아! 왕세자! 선대왕 에드워드를 놀랍도록 닮았지만 훨씬 더 날씬하다는 그 왕세자. 왕세자는 세인트제임스궁전에서 살지만 아침에 자기 어머니를 보러 이곳에 올지도 모른다.

그렇게 말한 세라 블레츨리는 아기를 품에 안은 채, 마치 그곳이 핌리코에 있는 자기 집 벽난로 앞인 양 발끝을 위아래로 까닥거리면서도 눈길은 더 몰 쪽에 고정했다. 한편 에밀리 코츠는 궁전의 창문들을 훑어보며 그곳의 하녀, 셀 수 없이 많은 하녀와 그곳의 침실, 셀 수 없이 많은 침실을 생각했다. 애버딘테리어 개 한 마리를 데리고 나온 노신사와 무직자 남자들이 합세하면서 무리는 불어났다. 올버니**에 거처를 둔 체구 아담한 미스터 볼리에게 더 깊은 삶의 원천은 봉인되어 있지만 이런 광경—왕비가 지나가는 모습을 구경하려고 기다리는 가난한 여인들—을 보면 봉인이 갑자기, 부적절하게, 감상적으로 풀려버리는 수가 있었다. 가난한 여인들, 귀여운 아이들, 고아들, 과부들, 전쟁—쯧쯧—은 실제로 그의 눈물샘을 자극했다. 산들바람이 더 몰의 도로를 따라 여윈 나무 사이로 따뜻하게 불어 청동 영웅상들을 지

---

* 저명한 건축가 에드윈 러티언즈가 제작해 조지 5세의 배우자 메리왕비를 위해 선사한 정교한 저택 모형.
** 피커딜리 거리에 있는 대저택으로 1802년에 독신자들을 위한 거처로 개조되었고 정치인과 문인을 포함해 다수의 저명인사가 거주했다.

나고 미스터 볼리의 영국인 가슴 안에 펄럭이는 어떤 깃발을 들어올렸다. 그는 자동차가 더 몰로 접어들 때 모자를 벗어 들었고 자동차가 다가오자 더욱 높이 치켜들었다. 그는 핌리코의 가난한 어머니들이 바싹 다가붙어도 개의치 않고 대단히 올곧게 서 있었다. 자동차가 다가왔다.

문득 미시즈 코츠가 고개를 들어 하늘을 보았다. 비행기 소리가 군중의 귀를 불길하게 파고들었다. 저기 나무들 위로 비행기가 날아오며 하얀 연기를 뒤로 내뿜는데, 구불구불 꼬이는 연기로 실은 뭔가를 쓰고 있는 것이 아닌가! 하늘에 글자를! 모두가 하늘을 올려다보았다.

비행기는 아래로 곤두박질치다가 이내 똑바로 치솟았고, 둥글게 휘어졌다가 질주하고 가라앉았다가 다시 올라갔다. 무엇을 하든, 어디로 가든, 비행기 뒤에서는 두껍고 구불거리는 하얀 연기의 띠가 흘러나와 하늘에서 글자 모양으로 구부러지고 휘돌았다.* 하지만 어떤 글자일까? C인가? E, 그리고 L인가? 글자들은 잠시 그대로 있다가 움직이고 녹아내려 하늘에서 지워졌다. 비행기는 더 멀리 날아가 새로운 하늘 바탕에 다시 글자를 쓰기 시작했다. K와 E와 저건 Y인가?

"글락소Glaxo." 미시즈 코츠가 경외감에 젖은 긴장된 목소리로 말하며 머리 위를 똑바로 응시했고 그녀의 품에 흰 덩어리처럼 뻣뻣하게 안긴 아기도 위를 똑바로 쳐다보았다.

"크리모Kreemo." 미시즈 블레츨리가 몽유병자처럼 중얼거렸다. 미스터 볼리는 모자를 쳐든 손을 전혀 움직이지 않은 채 똑바로 하늘을 응

---

* 비행기가 연기를 뿜어 하늘에 상품명을 쓰는 스카이라이팅(skywriting)은 당시에 런던 상공에서 자주 활용되던 광고 기법이었다.

시했다. 더 몰 도로 전역에서 사람들이 서서 하늘을 올려다보았다. 그들이 하늘을 바라보는 동안 세상은 완전히 고요해졌고 갈매기떼가 하늘을 가로질렀다. 맨 앞에 한 마리, 그 뒤에 또 한 마리. 이 특별한 고요와 평온 속에서, 이 창백함, 이 순수 속에서 시계탑이 열한 번 종을 쳤고 그 소리는 갈매기들 사이로 퍼져나가 점점 희미해졌다.

비행기는 자유자재로 방향을 바꾸고 질주하고 급강하했다. 빠르고 자유롭게, 마치 스케이트 선수처럼—

"저건 E야." 미시즈 블레츨리가 말했다—

혹은 무용수처럼—

"토피로군." 미스터 볼리가 중얼거렸다—

(그런데 자동차가 궁전 문 안으로 들어갔고 이를 본 사람은 아무도 없었다), 비행기는 연기를 끊고 저멀리 쏜살같이 날아갔고 연기는 점점 흩어져 넓고 흰 모양의 구름조각들 주위로 합쳐졌다.

비행기는 사라져 구름 뒤로 숨었다. 아무 소리도 들리지 않았다. 글자 E나 G나 L 등이 흩어져 합쳐진 구름조각들은 거침없이 움직였다. 매우 중요한 임무를 띤 채 하늘을 서쪽에서 동쪽으로 질러가야 하는 것처럼. 무슨 임무인지는 절대로 밝혀지지 않겠지만 그래도 임무였다—매우 중요한 임무. 그때 별안간, 기차가 터널에서 나오듯이 비행기가 다시 구름 뒤에서 돌진해 나왔고, 그 소리는 더 몰, 그린파크, 피커딜리, 리젠트 스트리트, 리젠트파크 등지에 있던 모든 사람의 귀를 파고들었다. 연기 띠가 비행기 뒤에서 휘어졌다가 아래로 꺾이고 다시 위로 치솟으며 글자들을 차례로 만들어냈다—그런데 어떤 단어를 쓰는 걸까?

루크레치아 워런 스미스는 리젠트파크의 브로드워크*에 있는 벤치에 남편과 나란히 앉아 하늘을 올려다보았다.

"저기 좀 봐, 어서, 셉티머스!" 루크레치아가 외쳤다. 닥터 홈스가 남편이 (몸 상태가 약간 안 좋을 뿐 심각한 문제는 없으니) 자기 밖의 세상에 관심을 갖게 하라고 시켰기 때문이다.

그렇지, 셉티머스는 하늘을 올려다보며 생각했다. 저 글자들이 내게 신호를 보내고 있어. 현실의 말은 아니었다. 그러니까, 그는 아직 그 언어를 읽을 수 없지만 이 아름다움, 이 절묘한 아름다움은 명백했다. 연기 글자들이 하늘에서 흐물흐물 풀어지는 광경을 보자 눈에 눈물이 고였다. 그 글자들은 무한한 아량과 유쾌한 선의로 상상 밖의 아름다운 형상을 하나씩 보여주면서, 아무런 대가 없이, 그저 봐주는 것만으로도, 영원히 점점 더 많은 아름다움을 베풀겠다는 신호를 보내고 있었다! 눈물이 볼을 타고 흘러내렸다.

토피라고, 토피를 광고하는 거라고, 어느 보모가 레치아에게 말했다. 둘은 함께 철자를 읊기 시작했다. t······ o······ f······

"K······ R······" 보모가 말했고, 셉티머스는 귀 가까이에서 그녀가 "케이 아르"라고 하는 소리를 들었다. 그윽한 오르간소리처럼 깊고 부드러우면서도 메뚜기 소리처럼 거친 목소리가 그의 척추를 시원하게 긁고 내려가더니 소리의 물결이 머리로 치밀어올라가 거칠게 부서졌다. 실로 놀라운 발견이었다―인간의 목소리가 대기의 특정 조건에서는(이렇게 말하는 까닭은 과학적이어야 하니까, 무엇보다도 과학

---

* 리젠트파크를 남북으로 가로지르는 넓은 산책로.

적일 필요가 있으니까) 나무들에 활기를 불어넣어 저렇게 흔들 수 있다니! 다행히도 레치아가 그의 무릎에 손을 얹고 엄청난 힘으로 내리 누르고 있어서 그는 제자리에 꼼짝없이 박혀 있었다. 그러지 않았다면 느릅나무들이 일으키는 흥분 때문에, 모든 이파리가 불을 켠 듯 처음에는 파란색이었다가 이내 높이 솟아 부서져내리는 파도처럼 투명한 초록빛으로 옅어졌다 짙어지며 오르락내리락하는 모습에, 말의 머리에 꽂거나 숙녀들의 머리를 장식하는 크고 작은 깃털들처럼 너무나 당당하고 화려하게 오르락내리락하는 모습에 그는 미쳐버렸을 것이다. 하지만 미치지는 않으리라. 눈을 꼭 감고 더이상 바라보지 않으리라.

하지만 그것들이 손짓했다. 나뭇잎들은 살아 있었다, 나무들은 살아 있었다. 나뭇잎들이 수백만 가닥의 섬유로 그의 몸과 연결되어 의자에 앉아 있는 몸을 위아래로 살랑살랑 흔들었다. 나무가 가지를 뻗으면 그역시 그 움직임을 따라 했다. 일제히 푸드득 날아올랐다가 분수의 거친물방울처럼 흩어지며 내려앉는 참새들도 그 패턴의 일부였다. 하늘의 흰색과 파란색을 가로지르는 검은 가지들도 마찬가지였다. 갖가지 소리가 미리 맞춘 화음으로 울렸고 각기 다른 소리 사이의 공백은 그 소리 자체만큼이나 의미심장했다. 어느 아이가 울었다. 때마침 멀리서 경적소리가 났다. 모든 것을 고려할 때 이것이 의미하는 것은 새로운 종교의 탄생—

"셉티머스!" 레치아가 불렀다. 놀란 그가 격하게 소스라쳤다. 사람들이 틀림없이 알아차릴 거야.

"분수까지 걸어갔다 올게." 레치아가 말했다.

더이상 견딜 수가 없는걸. 닥터 홈스는 아무 문제가 없다고 말하겠지. 차라리 그이가 죽어버렸으면! 레치아는 남편이 자기는 보지도 않고 어딘가를 노려보면서 모든 것을 끔찍하게 바꿔버리면 그의 곁에 앉아 있을 수가 없었다. 하늘과 나무, 노는 아이들, 짐 끄는 수레, 호루라기 소리, 무언가가 넘어지는 순간 등등, 모든 것이 끔찍했다. 설마 그이가 정말로 자살하지는 않겠지. 그런데 말할 사람이 아무도 없었다. "셉티머스가 너무 과로했어요"—자기 어머니에게조차 그 정도밖에 말할 수 없었다. 사랑하면 외로워지는구나, 레치아는 생각했다. 아무에게도, 심지어 이제는 셉티머스에게도 말할 수가 없었다. 뒤를 돌아보니 허름한 외투 차림으로 혼자 웅크리고 앉아서 어딘가를 빤히 바라보는 그의 모습이 보였다. 남자가 자살하겠다고 말하는 건 비겁해. 하지만 셉티머스는 전쟁터에서도 용감하게 싸웠지. 그는 예전의 셉티머스가 아니야. 레치아는 레이스 옷깃을 달아보았다. 새로운 모자도 써봤지만 그는 알아차리지 못했다. 셉티머스는 나 없이도 행복해. 하지만 나는 셉티머스가 없다면 절대로 행복할 수 없어! 절대로! 셉티머스는 이기적이야. 남자들이 다 그렇듯이. 그이는 병에 걸린 게 아니니까. 닥터 홈스도 아무런 문제가 없다고 했잖아. 레치아는 손을 펼쳐 내밀었다. 이것 봐! 결혼반지가 헐렁하게 미끄러졌다—너무 야윈 것이다. 고통받는 사람은 오히려 자신이었다—하지만 말할 사람이 아무도 없었다.

이탈리아는 너무 멀었다. 하얀 집들, 언니와 모여 앉아 모자를 만들던 그 방, 저녁마다 거리에 몰려나와 시끌벅적하게 웃으며 거닐던 사람들도 다 너무 멀리 있었다. 그들은 달랐다. 반쯤 죽은 거나 다름없이 바스 의자*에 웅크리고 앉아 화분에 심은 볼품없는 꽃 몇 송이나 바라보는 여기 사람들과는!

"당신들도 밀라노의 정원들을 봐야 하는데." 레치아는 소리 내어 말했다. 하지만 누구에게 한 말일까?

아무도 없었다. 그녀가 뱉은 말은 점점 희미해졌다. 마치 하늘의 로켓이 희미해지듯이. 로켓의 불꽃이 밤하늘을 스치고 날아가 그 속으로 투항하고, 어둠이 내린다. 어둠은 집과 탑의 윤곽 위로 쏟아지고, 황량한 산비탈도 아련해져 어둠에 스며든다. 하지만 비록 보이지 않더라도 밤은 가득차 있다. 색채를 빼앗기고 창문도 지워졌지만 사물들은 더욱 육중하게 존재하면서 솔직한 대낮의 빛이 전하지 못하는 것을 드러낸다—새벽이 가져오는 안도감을 빼앗긴 채 어둠 속에 한데 뭉친, 어둠 속에 함께 웅크린 것들의 불안과 긴장. 그러다 새벽이 찾아와 벽을 흰색이나 회색으로 씻어내고 창문을 점점이 비추며 들판의 안개를 걷어내 한가롭게 풀을 뜯는 적갈색 암소들을 보여주면, 모든 것이 또다시 단장한 모습으로 눈앞에 나타나 다시 존재하게 된다. 나는 외톨이야, 나는 외톨이라고! 레치아는 리젠트파크의 분수 옆에서 (인도인과 그의 십자가**를 빤히 바라보면서) 외쳤다. 어쩌면 모든 경계가 지워지는 한밤중에는 온 나라가 고대의 모습으로 돌아가, 로마인들이 이곳에 막 상륙해 목격했던 대로, 이름 없는 언덕들과 어디로 굽이쳐 흘러가는지

---

* 접이식 지붕과 의자, 서너 개의 바퀴로 이루어져 손으로 끌거나 말에 매달 수 있는 장애인 및 노약자용 의자로 처음 고안한 사람이 바스 출신이어서 바스 의자라고 불렀다.
** 리젠트파크의 브로드워크 북쪽 끝에 있는 레디머니 분수로 추정된다. 1869년에 이 분수형 음수대를 축조해 기증한 인도인 서 레디머니의 두상과 십자가가 있었으나 1931년에 석판이 교체되면서 십자가는 사라졌다고 한다.

모를 강물들이 있는 자욱한 구름 속의 땅이 되듯이—레치아를 둘러싼 어둠은 바로 그런 것이었다. 그때 갑자기 발밑의 땅이 선반처럼 쑥 튀어나와 그 위에 올라선 양 그녀는 혼자 되뇌었다. 자기는 그의 아내라고, 몇 년 전에 밀라노에서 결혼식을 올린 그의 아내라고, 무슨 일이 있어도 남편이 미쳤다고 말하지는 않겠다고! 뒤돌아섰을 때 선반 같은 땅이 허물어졌고 레치아는 아래로, 아래로 떨어졌다. 셉티머스가 가버렸다고 생각한 것이다—가버렸다고, 여태 말한 대로 목숨을 끊으려고—마차 아래로 몸을 던지려고! 하지만 아니, 그는 아직 거기 있었다, 허름한 외투 차림으로 다리를 꼬고 홀로 앉아 어딘가를 빤히 바라보며 큰 소리로 혼잣말을 하고 있었다.

사람은 나무를 베어서는 안 된다. 신은 존재한다. (그는 봉투들의 뒷면에 이러한 계시를 적었다.) 세상을 바꿔라. 누구도 증오로 인해 살인해선 안 된다. 이를 알려라(그는 그 말도 적었다). 그는 기다렸다. 귀를 기울였다. 건너편 난간에 앉은 참새가 셉티머스, 셉티머스, 하고 네댓 번 짹짹거렸고, 이어서 새소리가 길게 늘어지는 생생하고 날카로운 선율로 바뀌더니 그리스어로, 죄란 없다고 노래했다. 이어 다른 참새가 합세해 역시나 길게 늘어지는 날카로운 선율로, 강 너머 죽은 자들이 거니는 생명의 초원 속 나무 위에서 그리스어로, 죽음이란 없다고 함께 노래했다.

저기 그의 손이, 저기에 죽은 이들이 있다. 건너편 난간 뒤에서 무언가 희끄무레한 것들이 모여들고 있다. 하지만 그는 감히 쳐다보지 못했다. 에번스가 난간 뒤에 있다!

"무슨 말을 하는 거야?" 레치아가 갑자기 말하며 옆에 앉았다.

또 방해하다니! 레치아는 언제나 방해한다.

사람들에게서 멀리—사람들에게서 멀리 떨어져야 해, 셉티머스가 (벌떡 일어나며) 말했다. 곧장 저기로 가야 해. 그곳의 나무 아래에 의자들이 놓여 있었고 공원의 긴 경사지가 초록빛 천 한 폭처럼 아래로 펼쳐졌으며 그 위로 높은 하늘에는 파란색과 분홍색 연기가 천장을 장식하는 직물처럼 드리워졌다. 멀리 들쭉날쭉 들어선 집들이 연무에 희미해진 성벽처럼 보였다. 차량 소음이 사방에서 낮게 울렸고, 오른쪽 동물원에서는 말뚝 울타리 너머로 긴 목을 내뻗은 회갈색 동물들이 컹컹거리고 울부짖었다. 그곳에서 그들은 나무 아래에 앉았다.

"봐." 레치아는 소년들이 작게 무리 지어 크리켓 기둥을 옮기는 모습을 가리키며, 그에게 애원했다. 그중 한 명이 뮤직홀에서 연기하는 광대처럼 발을 끌다가 뒤꿈치를 축으로 빙글 돌고는 다시 발을 끌었다.

"봐." 레치아는 애원했다. 그가 현실의 사물에 관심을 기울이게 하라고, 뮤직홀에 가고 크리켓을 하게 하라고 닥터 홈스가 말했기 때문이다—바로 그 운동을 해야 한다고 닥터 홈스는 말했다. 훌륭한 야외 운동, 그녀의 남편을 위한 운동.

"봐." 그녀는 거듭해서 말했다.

봐, 하고 보이지 않는 존재가 그에게 명했다. 지금 그 목소리는 인류 중에서 가장 위대한 자, 근래에 삶에서 죽음으로 옮겨간 셉티머스와 교신하고 있었다. 사회를 쇄신하러 온 구세주, 이불처럼, 오직 햇살만이 부술 수 있는 눈 담요처럼 펼쳐져, 영원히 소진되지 않고, 영원히 고통받는, 속죄양이자 영원한 고난의 피해자인 셉티머스. 하지만 그는 그 역할을 원치 않았다. 셉티머스는 신음을 내뱉으며 손을 휘저어 그 영원한 고통을, 그 영원한 고독을 밀쳐냈다.

"봐." 그녀는 또다시 말했다. 셉티머스가 밖에서 큰 소리로 혼잣말을 해서는 안 되니까.

"좀 보란 말이야." 그녀는 애원했다. 하지만 볼 게 뭐가 있을까? 양 몇 마리. 그게 전부였다.

리젠트파크 지하철역으로 가는 길—리젠트파크 지하철역으로 가는 길을 좀 알려주시겠어요—메이지 존슨이 두 사람에게 물었다. 메이지 존슨은 단 이틀 전에 에든버러에서 런던으로 왔다.

"이쪽 아니에요—저쪽이에요!" 레치아가 큰 소리로 대답하며, 셉티머스를 보지 못하게 하려고 상대방을 내쫓듯이 손을 흔들었다.

둘 다 참 이상해 보인다고 메이지 존슨은 생각했다. 모든 것이 몹시 이상해 보였다. 레든홀 스트리트에 있는 삼촌네에서 일하기로 하고 난 생처음 런던에 와서 리젠트파크에서 아침 산책을 하던 메이지 존슨은 의자에 앉은 이 커플, 외국인처럼 보이는 젊은 여자와 좀 이상해 보이는 남자의 모습에 가슴이 철렁했다. 그래서 그녀는 먼 훗날 노인이 되어서도 이들을 기억하며, 오십 년 전 어느 화창한 여름 아침에 리젠트파크를 걸었던 일을 불쑥 떠올리게 될 것이다. 이제 겨우 열아홉 살인 메이지 존슨은 마침내 독립하여 런던으로 왔다. 그런데 지금 이 얼마나 이상한 광경인가, 길을 좀 물었을 뿐인데 여자는 소스라치며 손을 휙휙 젓고 남자는—그 남자는 끔찍하게 기묘했다. 어쩌면 다투는 중일까, 어쩌면 영영 헤어지려는 걸까, 뭔가 문제가 있다, 메이지는 알 수 있었다. 그리고 (다시 브로드워크로 돌아왔을 때) 지금 이 모든 사람들, 대형 석조 화분들, 단정한 꽃, 남녀 노인들, 대부분 바스 의자에 앉은 병약자들—이 모든 것이 에든버러와 다르게 너무나 이상해 보였다. 메이지 존슨이 멍한 눈빛으로 산들바람을 맞으며 조심스럽게 터덜터덜 걷는 이들의 무리에 끼어들었을 때—다람쥐들이 나무에 앉아서 털을 다듬고 참새떼는 분수처럼 푸드득 흩어져 빵 부스러기를 찾고 개들은 분주히 난간과 다른 개들을 탐색하고, 그러는 동안 부드럽고 따스한 공기가 그들 위로 흘러가면서, 한곳만 바라보며 어지간해서는 놀라는 일 없이 삶을 받아들이는 이들에게 어떤 변덕스러움과 부드럽게 진정된 기색을 더해주는 가운데—메이지 존슨은 어! 하는 비명이 나올 것만 같았다. (의자에 앉은 그 젊은 남자 때문에 가슴이 철렁했기 때문이다. 뭔가 문제가 있다, 메이지는 알 수 있었다.)

무서워! 너무 무서워! 메이지는 소리치고 싶었다. (가족을 떠나왔는데. 어떤 일을 겪게 될지 다들 경고했는데.)

왜 그냥 집에 있지 않았을까? 메이지는 철제 난간의 손잡이를 비틀며 울었다.

저 아이는, 미시즈 뎀스터는 생각했다(그녀는 빵 부스러기를 모아 다람쥐들에게 먹이거나 가끔은 점심을 싸 와 리젠트파크에서 먹곤 했다), 저 아이는 세상 물정을 하나도 모르는구나. 차라리 조금 뚱뚱하고 조금 해이하고 기대할 만한 일이 많지 않은 편이 더 나을 것 같았다. 퍼시는 술꾼이지. 뭐, 그래도 아들이 아예 없는 것보단 나아, 미시즈 뎀스터는 생각했다. 힘든 시절을 지나온 부인은 그런 아가씨를 보면 그저 웃음이 나왔다. 넌 결혼을 하게 될 거야, 꽤 예쁘장하니까, 미시즈 뎀스터는 생각했다. 결혼해봐, 그녀는 생각했다. 그러면 알게 될 거야. 오, 요리사들이나 그 밖의 다른 남자들. 남자들은 다 제멋대로야. 하지만 내가 미리 알았다면 그런 선택을 했을까, 미시즈 뎀스터는 생각했다. 메이지 존슨에게 무슨 말이라도 속삭여주고 싶고, 쭈글쭈글한 주머니처럼 닳은 늙은 얼굴에 연민의 입맞춤을 받고 싶은 마음을 억누를 수가 없었다. 힘든 인생이었으니까, 미시즈 뎀스터는 생각했다. 지금껏 얼마나 많은 것을 포기해왔나? 장미, 몸매, 그리고 발까지도. (부인은 울퉁불퉁 마디진 발을 끌어당겨 치마 밑으로 숨겼다.)

장미라, 부인은 냉소를 지으며 생각했다. 죄다 쓰레기란다, 아가야. 사실, 먹고 마시고 짝짓기하고 좋은 일이든 궂은 일이든 다 겪다보면 인생은 장밋빛이 아닐 때가 많더라. 그뿐인가, 내가 말해주마, 캐리 뎀스터는 켄티시타운*의 어느 여자와도 운명을 바꾸고 싶은 생각이 없단다! 하지만 그녀는 연민을 갈구했다. 연민, 장미의 시절은 가버렸으니까. 그녀는 히아신스 화단 옆에 서 있는 메이지 존슨에게서 연민을 바랐다.

아, 그런데 저 비행기! 미시즈 뎀스터는 늘 외국 땅을 간절히 보고 싶어하지 않았던가? 선교사인 조카도 있었다. 비행기는 날아올라 질주했다. 그녀는 항상 마게이트**로 가서 바다로 헤엄쳐나갔다. 해변이 보이지 않을 정도로 멀리 나가지는 않았지만 그래도 물을 무서워하는 여자들 꼴은 봐주기 힘들었다. 비행기는 선회하다 하강했다. 그 모습을 보자니 속이 울렁거렸다. 다시 위로. 저 안에 멋진 청년이 타고 있겠지, 미시즈 뎀스터는 확신했다. 비행기는 멀리, 더 멀리, 빠르게 날아가 점점 희미해지면서 더욱 멀리 질주하다, 그리니치 상공으로 날아올라 수

많은 돛대 위로, 작은 섬처럼 한데 모인 회색 교회들 위로, 세인트폴대성당과 그 밖의 모든 것의 위로, 런던 양옆에 들판과 어두운 갈색 숲이 펼쳐질 때까지 날아올랐다. 숲에서는 모험심 넘치는 개똥지빠귀들이 과감하게 땅 위에서 폴짝폴짝 뛰어다니다가 재빨리 주위를 흘낏거리고는 달팽이 한 마리를 낚아채 돌에 대고 한 번, 두 번, 세 번 내리쳤다.

멀리, 저멀리 날아간 비행기는 밝은 불꽃 하나로 남았다. 열망이자 집중이자 상징(그리니치에서 활기차게 잔디를 다지던 미스터 벤틀리의 눈에는 그렇게 보였다), 인간 영혼의 상징이라고, 미스터 벤틀리는 삼나무 주위를 둥글게 돌면서 생각했다. 인간이 사고의 힘으로, 아인슈타인, 사색, 수학, 멘델의 법칙 등을 이용해 자기 육체와 집을 초월하려는 의지의 상징 — 비행기는 저멀리 날아갔다.

그때 꾀죄죄한 모습의 평범한 남자 하나가 가죽가방을 들고 세인트폴대성당 앞 계단에 서서 망설였다. 안에는 얼마나 아늑한 위안과 얼마나 훌륭한 환대가 있을까, 깃발을 휘날리는 무덤이 얼마나 많을까. 그 깃발들은 승리의 표지겠지. 군대와 싸워 이겨서가 아니라, 골치 아픈 진리 추구 정신과 싸워 이룩한 승리. 내가 지금 오갈 데 없는 실직자 신세가 된 것도 그런 정신 때문이니까. 게다가 성당은 공동체를 제공하고 사람을 한 사회의 일원으로 받아들여주지, 그는 생각했다. 위대한 인물들이 여기 속해 있고 순교자들은 이곳을 위해 목숨을 바쳤잖아. 그러니 안으로 들어가서, 그는 생각했다, 선전물이 가득 든 이 가죽가방을 제단 앞에 내려놓으면 어떨까. 진리 추구와 지적 탐험과 잡다한 논쟁을 초월해 높이 날아올라 육체를 벗고 영화靈化한 순수한 정신을 상징하는 십자가 앞에 놓는 것이다 — 안으로 들어가면 어떨까? 그는 생각했다.

그렇게 망설이는 동안 비행기는 러드게이트서커스 위를 날아갔다.

이상했다. 고요했다. 차량 소음 위로 하늘에서는 아무 소리도 들리지 않았다. 비행기는 조종사 없이 자체의 자유의지로 질주하는 듯했다. 점점 위로 선회하던 비행기가 황홀경에 빠져 순수한 기쁨에 취해 솟구치듯 똑바로 치솟았고, 뒤에서는 흰 연기가 뿜어나와 둥글게 휘어지며 T와 O와 F를 그렸다.

"사람들이 뭘 보고 있는 거지?" 클래리사 댈러웨이가 문을 열어준 하녀에게 물었다.

현관 안쪽은 지하 납골당처럼 서늘했다. 미시즈 댈러웨이는 한 손을 들어 눈을 가렸다. 문을 닫는 하녀 루시의 치맛자락이 스치는 소리에 문득 속세를 떠나온 수녀 같은 기분이 들면서, 익숙한 수녀복이 몸을 감싸고 오래된 기도문에 화답하는 음성이 들려오는 듯했다. 주방에서 요리사가 휘파람을 불었다. 타자기가 탁탁거리는 소리도 들렸다. 이것이 그녀의 삶이었다. 현관 탁자 위로 몸을 굽히는데 삶의 그 영향력에 절로 고개가 숙어지면서 축복받고 정화된 기분이 들었다. 클래리사는 전화 연락 내용이 적힌 메모장을 집어들며, 이런 순간들은 생명의 나무에 피어나는 꽃봉오리와 같다고 속으로 중얼거렸다. 그건 어둠 속에 피어난 꽃이지, 하고 그녀는 생각했다(오직 자신의 눈에만 보이는 어여쁜 장미가 피어나기라도 한 것처럼). 클래리사는 단 한 순간도 신을 믿지 않았다. 하지만 그러니 오히려 더욱, 그녀는 메모장을 집어들며 생각했다, 일상에서 보답해야 해. 하인들에게, 그렇지, 개들과 카나리아들에게도, 무엇보다 이 모든 일상—즐거운 소리, 푸르른 빛, 심지어 아일랜드 사람이라 온종일 휘파람을 부는 요리사 미시즈 워커의 휘파람소리까지—의 토대가 되어주는 남편 리처드에게 보답해야 해. 이러한 절묘한 순간들을 은밀히 차곡차곡 쌓았다가 갚아나가야 해. 메모장을 집어들며 그런 생각을 하고 있을 때 옆에 서 있던 루시가 알리려 한 것은,

"미스터 댈러웨이께서요, 부인—"

클래리사는 전화 연락 메모장을 읽었다. "레이디 브루턴이 미스터 댈러웨이가 오늘 점심을 함께 들 수 있는지 알고 싶어하신다고."

"미스터 댈러웨이께서요, 부인, 점심을 밖에서 드신다면서 말씀 전하라고 하셨어요."

"이런!" 클래리사가 외쳤다. 루시는 클래리사의 바람대로 실망감을 (찌르는 듯한 아픔까지는 아니지만) 함께 나누며 둘 사이의 교감을 느꼈고 말하지 않아도 마음을 읽었다. 상류층 사람들이 사랑하는 방식에 대해 생각했고 자신의 미래도 빛나리라고 차분히 확신했다. 그러면서 미시즈 댈러웨이에게서 받아든 양산을 마치 여신이 전장에서 명예롭게 임무를 완수한 뒤 내려놓는 신성한 무기처럼 다루며 우산꽂이에 보관했다.

"더는 두려워 말라," 클래리사가 읊조렸다. 더는 두려워 말라, 태양의 열기를. 레이디 브루턴이 자신을 뺀 채 리처드만 점심에 초대했다는 사실이 충격적이어서 발 디디고 선 그 순간이 부르르 떨리는 느낌이었다. 강바닥의 수초가 지나가는 배의 노에서 전해진 충격에 부르르 떨듯이, 그녀는 그렇게 흔들렸고 그렇게 떨었다.

대단히 즐거운 오찬파티를 연다고 알려진 밀리센트 브루턴이 클래리사를 초대하지 않았다. 그녀가 한낱 속된 질투 때문에 리처드에게 서

운한 마음을 품을 리는 없었다. 하지만 시간 그 자체는 두려웠다. 레이디 브루턴의 얼굴이 무심한 돌에 새겨진 시계판이라도 되는 것처럼, 그 얼굴을 보면 점점 저물어가는 삶을 실감할 수 있었다. 해가 갈수록 제 몫의 삶이 잘려나간다는 것을, 얼마 남지 않은 삶은 넓게 펼칠 수가 없고 그 자투리만으로는 존재의 색채와 풍미와 음색을 한껏 빨아들여 젊은 시절에 그랬듯이 자신이 들어선 공간을 꽉 채우는 일이 점점 어려워진다는 것을 통감했다. 그녀는 응접실 문턱에 서서 잠시 머뭇거리며 예리한 긴장감을 느낄 때가 많았다. 그것은 잠수부가 물에 뛰어들기 직전에 잠시 멈칫하며 느끼는 긴장감과 같았다. 바다가 발밑에서 캄캄해지다 밝아지고 거세게 부서질 것 같던 파도가 수면을 잔잔히 가르며 밀려와 해초를 살짝 뒤집어 진줏빛 물거품으로 뒤덮는 것이다.

클래리사는 현관 탁자 위에 메모장을 내려놓고 계단을 천천히 오르기 시작했다. 손으로 난간을 붙잡은 채로, 마치 파티에서 돌아온 사람처럼. 파티에서 이 친구, 저 친구를 만나 자신의 말과 표정을 비춰 보이는 그들과 있다가 문을 닫고 밖으로 나와 이제는 두려운 밤을 배경으로 혼자 서 있는 사람처럼, 아니 더 정확히 말해, 이 무감한 유월 아침의 강렬한 시선을 받으며 혼자 서 있는 사람처럼, 그렇게 올라갔다. 누군가에겐 이 아침이 장미꽃잎처럼 빛나고 부드러우리라는 것을 알았다. 그런데 계단참의 열린 창가에서 잠시 걸음을 멈췄을 때, 창문 안쪽으로 블라인드가 펄럭거리고 개 짖는 소리가 흘러들었다. 이 하루가 서서히 시작되어 부풀어오르고 활짝 피어나 창문 안으로 밀려든다는 생각과 함께 갑자기 늙고 쭈그러들어 가슴도 졸아붙은 듯한 느낌이 들었을 때, 그녀에게 이 아침은 문밖에, 창밖에, 무기력해진 자신의 몸과 머리 밖에 있다고 느껴졌다. 대단히 즐거운 오찬파티를 연다고 알려진 레이디 브루턴의 초대를 받지 못했기 때문이었다.

처소로 돌아가는 수녀처럼, 혹은 높은 탑을 탐험하는 아이처럼, 클래리사는 계단을 올라가 창문 앞에서 잠시 멈췄다가 욕실로 갔다. 바닥에 초록색 리놀륨이 깔려 있고 수도꼭지에서는 물방울이 떨어졌다. 삶의 한가운데 어디쯤 텅 빈 공간이 있다. 다락방과 같은 공간. 여자들은 화려한 의상을 벗어야 한다. 정오에는 옷을 벗어야만 한다. 클래리사는 모자 핀을 핀 쿠션에 찔러넣고 깃털 달린 노란 모자를 침대 위에 올려놓았다. 시트는 깨끗했고, 양옆에서 팽팽하게 당겨 넓고 하얀 띠를 이루도록 정돈되었다. 침대는 점점 더 좁아질 것이다. 반쯤 타다 만 양초가 있고, 마르보 남작의 『회고록』은 진도가 꽤 많이 나갔다. 모스크바에서 퇴각하는 부분까지 밤늦도록 읽었다. 의회가 늦은 시간까지 열리는 터라 리처드는 병을 앓고 난 아내가 방해 없이 잘 수 있어야 한다고 주장했다. 사실 클래리사는 모스크바 퇴각에 대해 읽는 편이 더 좋았다. 리처드도 알았다. 그래서 다락이 침실이 되었고, 침대는 좁았으며, 잠 못 이룬 채 누워서 책을 읽노라면 출산을 거치고도 유지되어 시트처럼 달라붙은 처녀성을 떼어낼 수가 없었다. 소녀시절에는 사랑스러웠으나 갑자기―예를 들면 클리브던의 숲 아래 강에서처럼―감정이 차갑게 얼어붙으면서 그를 실망시키는 순간이 찾아왔다. 그다음은 콘스탄티노플에서, 그후로도 거듭해서. 클래리사는 자신에게 무엇이 부족한지 알 수 있었다. 그것은 미모도 아니고 지성도 아니었다. 내면 한가운데 자리잡은 채 널리 퍼져나가는 것, 표면을 깨고 남자와 여자, 혹은 여자와 여자의 차가운 접촉에 파장을 일으키는 따뜻한 어떤 것이 부족했다. 바로 그 점을 클래리사는 어렴풋이 감지할 수 있었다. 그 결핍이 못마땅했고, 어디에서 생긴 건지 알 수 없는, 혹은 (늘 한결같이 현명한) 자연이 보낸 것 같기도 한 가책을 느꼈다. 그러면서도 때로는 여성의 매력에 속수무책으로 굴복하곤 했다. 소녀가 아닌 여성, 그들이 그녀에게 자주 그러듯이, 어떤 곤경이나 바보짓을 고백할 때 그들이 발산하는 매력 말이다. 그것이 연민 때문인지 그들의 아름다움 때문인지, 아니면 자신이 더 연장자라서인지, 혹은 어떤 우연―아련한 향기라든가 옆집에서 들리는 바이올린소리(어떤 순간에 소리는 얼마나 기이한 힘을 발휘하는가)―때문인지 몰라도 그런 순간에 분명히 클래리사는 남자들이 느끼는 것을 느꼈다. 단지 잠깐뿐이지만 그것으로 충분했다. 그것은 돌연한 계시였고, 얼굴에 떠오른 홍조 같은 기운이었다. 처음에는 억제하려 하지만 일단 홍조가 퍼져나가면 이내 포기하고 가장 먼 가장자리로 내달려가 벌벌 떨면서 세상이 바짝 좁혀들고 놀라운 의미를 지닌 채 부풀어오르는 것을 느낀다. 황홀감이 팽창해 얇은 피부를 찢고 그 틈과 벌건 상처 위로 분출하여 어마어마한 해방감과 더불어 쏟아져나온다! 그런 순간에 클래리사는 밝은 빛을, 크로커스꽃 속에서 성냥처럼 타오르는 불을, 거의 표출될 뻔한 내적 의미를 보았다. 하지만 바짝 좁혀든 것은 물러났고 딱딱한 것은 물렁해졌다. 끝났다―그 순간은. (상대가 여자일 때도 마찬가지였던) 그런 순간들과 비교하면 (그녀가 모자를 내려놓은) 침대와 마르보 남작, 반쯤 타다 만 양초는 무척 대조적이었다. 잠들지 못한 채 누워 있으면 마루가 삐걱거렸다. 환하던 집이 갑자기 어두워지고, 고개를 들고 귀를 기울이면 리처드가 문손잡이를 최대한 부드럽게 돌리는 딸깍 소리가 들렸다. 리처드는 기껏 신발을 벗고 양말만 신은 발로 살금살금 위층으로 올라와놓고 자꾸만 탕파를 바닥에 떨어뜨려 혼자서 욕을 내뱉곤 했다! 그 소리에 얼마나 웃었는지!

하지만 사랑이라는 이런 문제, (클래리사는 코트를 치우며 생각했다) 여자와 사랑에 빠지는 이런 경우. 샐리 시턴을 예로 들어보자. 오래전 샐리 시턴과의 관계, 그것은 결국 사랑이 아니었던가?

그녀는 바닥에 앉았다―그것이 샐리의 첫인상이었다―샐리는 바닥에 앉아 무릎을 팔로 감싼 채 담배를 피웠다. 거기가 어디였을까? 매닝 가족의 집이었나? 아니면 킨럭존스 가족의 집? (어디였는지는 확실하지 않지만) 어떤 파티였다. 함께 있던 남자에게 "저 **사람**은 누구죠?"라고 물은 기억이 또렷하니까. 그 남자가 대답해주며 샐리의 부모는 사이가 나쁘다고 말했다(얼마나 충격적이었는지―부모들이 싸우다니!). 하지만 저녁 내내 샐리에게서 눈을 뗄 수가 없었다. 클래리사가 가장 우러러보는 유형의 특별한 아름다움이었다. 검은 머리에 커다란 눈, 그리고 자신에겐 없기에 늘 선망했던 특성―하지 못할 말도, 하지 못할 행동도 없다는 듯한 어떤 방종의 분위기―영국 여성들보다는 외국인들에게 훨씬 더 흔한, 그런 특성이 있었다. 자기 핏줄에는 프랑스인의 피가 흐른다고 샐리는 늘 말했다. 조상 중 한 명이 마리 앙투아네트의 측근이었고 단두대에서 죽었으며 루비 반지를 남겼다고도 했다. 아마도 그 여름에 샐리는 보턴에 와서 지냈을 것이다. 어느 날 밤 저녁식사도 다 끝난 시간에 돈 한 푼 없이 불쑥 찾아온 샐리 때문에 몹시 화가 난 헬레나 고모는 샐리를 계속 마땅찮아했다. 샐리의 집에서 어떤 싸움이 있었고, 그날 밤 찾아왔을 때 샐리에게는 말 그대로 땡전 한 푼 없었다―여비는 브로치를 전당포에 맡겨 마련했다. 격분해서 집을 뛰쳐나온 것이다. 둘은 밤새 앉아서 얘기를 나눴다. 보턴의 삶이 얼마나 안온한 것인지 처음으로 느끼게 해준 사람이 샐리였다. 클래리사는 성性에 대해―사회문제에 대해서도―아무것도 알지 못했다. 언젠가 들판에서 갑자기 쓰러져 죽은 노인을 본 적이 있었다―송아지를 막 낳은 암소들을 본 적도 있었다. 하지만 헬레나 고모는 그런 화제를 거론하기 싫어했다(샐리가 준 윌리엄 모리스*의 책도 표지를 갈색 종이로 싸야만 했다). 둘은 집 꼭대기층 클래리사의 방에서 삶에 대해, 세상을 어떻게 개혁할 것인지에 대해 밤새 이야기를 나눴다. 그들은 사유재산 철폐를 위한 단체를 세우려 했고 실제로 서한도 작성했으나 외부로 보내지는 않았다. 물론 아이디어는 샐리에게서 나왔지만 머지않아 클래리사도 마찬가지로 열에 들떠, 아침을 먹기 전에 침대에서 플라톤을 읽었고, 모리스를 읽었고, 시시때때로 셸리를 읽었다.

샐리의 힘은, 그 재능과 개성은 놀라웠다. 예컨대 꽃을 다루는 방식도 독특했다. 보턴에서는 항상 단정한 작은 꽃병들을 식탁 한쪽 끝에서 반대편 끝까지 늘어놓았다. 샐리는 밖으로 나가 접시꽃, 달리아―함께 꽂힌 모습을 본 적 없는 온갖 종류의 꽃―를 꺾어다가 꽃송이만 똑 잘라서 수반에 담긴 물 위에 동동 띄웠다. 그 효과는 특별했다―해질녘에 저녁식사를 하러 들어가서 보면. (물론 헬레나 고모는 꽃을 그렇게 다루는 건 무도한 짓이라고 생각했다.) 어떤 때는 목욕 스펀지를 깜빡

---

* 빅토리아시대 영국에 혁명적 사상을 고취한 작가, 시인, 디자이너. 후기에는 사회민주주의에 심취해 기성세대의 비판적 시선을 받기도 했다.

했다며 알몸으로 복도를 내달렸다. 엄숙한 늙은 하녀 엘런 앳킨스는 푸념을 늘어놓았다—"신사분들 중 누구라도 봤다면 어쩔 뻔했어요?" 실제로 샐리는 사람들에게 충격을 주었다. 단정치 못한 아이야, 아빠도 그렇게 말씀하셨다.

돌이켜보면 신기한 점은 샐리를 향한 감정의 순수함과 진실함이었다. 남자를 대상으로 한 감정과는 달랐다. 이 감정에는 사심이 전혀 없었을뿐더러 여자들, 막 어른이 된 여자들 사이에만 존재할 수 있는 어떤 특성이 있었다. 클래리사 쪽에서는 보호하려는 마음이 생겼는데, 그건 둘이서 동맹을 맺고 있다는 느낌, 그들을 갈라놓게 될 어떤 것에 대한 예감에서 비롯되었다(그들은 항상 결혼은 재앙이라고 말했다). 그로 인해 흡사 기사도 정신과 같은, 보호하려는 마음이 생겨났고 그런 감정은 샐리보다 클래리사 쪽에서 훨씬 강했다. 그 시절에 샐리는 완전히 무모했기 때문이다. 객기를 부리며 어리석기 그지없는 짓들을 했고 자전거를 탄 채 테라스 난간 위를 돌았으며 시가를 피웠다. 엉뚱했지, 샐리는—너무나 엉뚱했지. 하지만 그 매력은 압도적이었다, 적어도 클래리사에게는. 그래서 아직도 기억했다. 집 꼭대기층에 있는 침실에서 더운물이 담긴 양철통을 든 채 "샐리가 한 지붕 아래에 있어…… 샐리가 한 지붕 아래에!"라고 소리 내어 중얼거리던 때를.

아니, 그 말은 이제 클래리사에게 아무런 의미가 없었다. 예전의 감정은 그 메아리조차 울리지 않았다. 하지만 흥분으로 온몸에 소름이 돋던 기억, 황홀감에 들떠 머리를 손질하던 기억은 아직 남아 있었다(지금 머리핀을 빼내 화장대에 놓고 머리를 매만지려 하니 해묵은 감정이 다시 떠오르기 시작했다). 떼까마귀들이 활개치며 분홍빛 저녁하늘을 오르내릴 때 클래리사는 옷을 차려입고 아래층으로 내려가 현관 앞을 지나며 "지금 죽더라도 지금이 가장 행복하리"*라고 느꼈었다. 그것이 클래리사의 감정이었다―오셀로의 감정, 그녀는 자신이 느끼는 감정이 셰익스피어가 오셀로에게 부여한 감정만큼이나 강렬하다고 확신했다. 오로지 흰 드레스를 입고 저녁 식탁으로 내려가 샐리 시턴을 만난다는 이유만으로!

샐리는 얇은 분홍색 거즈 드레스를 입고 있었다―정말로 그런 옷을 입었었나? 어쨌거나 샐리는 안으로 날아들어와 가시덤불에 잠시 내려앉은 한 마리 새, 혹은 풍선같이 가볍고 빛나는 존재처럼 **보였다**. 하지만 사랑에 빠진 사람에게(이게 사랑이 아니면 뭐란 말인가?) 다른 사람들의 완전한 무관심만큼 이상한 것은 없다. 헬레나 고모는 저녁식사 후 어디론가 가버렸고 아빠는 신문을 읽었다. 피터 월시는 거기에 있었던 것 같고 나이 많은 미스 커밍스도 있었을 것이다. 조지프 브라이트코프는 확실히 있었다. 그는 여름마다 몇 주씩 와서 머물렀으니까, 불쌍한 늙은이, 그녀에게 독일어를 가르쳐주는 척했지만 사실은 피아노를 치며 음치 같은 목소리로 브람스 가곡을 노래하곤 했다.

이 모든 것은 샐리를 위한 배경에 불과했다. 샐리는 벽난로 옆에 서 있었고, 어떤 말을 해도 부드러운 손길처럼 느껴지게 하는 아름다운 목소리로 아빠와 이야기하고 있었다. 아빠는 (샐리에게 빌려준 책이 젖은 채 테라스에 방치된 꼴을 본 실망에서 헤어나지 못해) 안 그러려고 하면서도 샐리에게 이끌리기 시작했다. 그때 샐리가 갑자기 말했다.

---

* 셰익스피어의 희곡 『오셀로』 2막 1장의 한 구절.

"실내에만 앉아 있다니 말도 안 돼요!" 모두가 테라스로 나가 이리저리 거닐었다. 피터 월시와 조지프 브라이트코프는 계속 바그너에 대해 이야기했다. 클래리사와 샐리는 살짝 뒤로 처졌다. 그때 꽃이 꽂힌 돌 항아리 옆을 지나갈 때 일평생 가장 강렬한 순간이 찾아왔다. 샐리가 걸음을 멈추고 꽃을 한 송이 뽑아 들더니 클래리사의 입술에 키스했다. 온 세상이 뒤집히는 것 같았다! 다른 사람들은 시야에서 사라졌고 샐리와 단둘만 남았다. 선물을 받은 느낌, 잘 포장된 선물을 받으며 열어보지 말고 간직하라는 말을 들은 느낌이었다―다이아몬드, 혹은 뭔가 한없이 귀중한 것이 잘 싸여 있는데, 둘이서 (테라스를 끝에서 끝까지 왔다 갔다) 걷는 동안 클래리사가 포장을 풀어봤다거나, 아니면 안에서 이글이글한 광채가, 계시가, 종교적인 감정이 뚫고 나온 듯이!―그때 조지프 노인과 피터가 그들을 돌아보았다.

"별 구경을 하시나?" 피터가 말했다.

흡사 어둠 속에서 화강암 벽에 얼굴을 문지른 느낌이었다! 충격적이었다, 끔찍했다!

클래리사 자신 때문이 아니었다. 샐리가 전부터 계속 부당한 비난과 푸대접을 받고 있다고 느꼈을 뿐이다. 그의 적의, 그의 질투, 둘의 우정에 난입하려는 그의 결의를 느꼈다. 마치 번개가 번쩍 치는 순간에 보이는 풍경처럼 이 모든 것이 눈에 들어왔다―그런데 샐리는(이때처럼 샐리가 존경스러운 적이 없었다!) 전혀 위축되지 않고 꿋꿋한 태도를 고수했다. 그녀는 웃음을 터트렸다. 조지프에게 별 이름을 알려달라고 했고, 그것은 조지프가 매우 진지하게 즐기는 일이었다. 샐리는 거기 서서 귀를 기울였다. 별들의 이름을 들었다.

'아, 이 참담한 느낌!' 클래리사는 속으로 말했다. 행복의 순간을 무언가가 방해하리라는 것을, 망치리라는 것을 처음부터 알고 있었던 것처럼.

하지만 결국, 나중에 피터에게는 참 많은 걸 빚졌다. 왠지 그를 생각하면 늘 싸운 일이 떠올랐다―아마도 그에게서 좋은 평가를 절실히 원했기 때문이겠지. 피터에게는 '감상적이다', '교양 있다' 같은 말을 빚졌다. 마치 피터가 옆에서 지켜보듯이 그 단어들이 매일 클래리사의 삶 속에 떠올랐다. 책이 너무 감상적이구나, 삶의 태도가 참 감상적이구나. 그녀 자신도 아마 '감상적'일 것이다, 이렇게 지난날을 회상하고 있으니. 피터는 돌아오면 무슨 생각을 할까, 클래리사는 궁금했다.

많이 늙었다고 생각할까? 직접 그렇게 말을 할까, 아니면 돌아온 피터가 속으로 당신 참 많이 늙었구나, 하고 생각하는 기색이 보이려나? 늙은 건 사실이었다. 병을 앓은 뒤로 머리가 거의 하얗게 세어버렸다.

브로치를 탁자에 놓으며 클래리사는 갑작스러운 경련을 느꼈다. 마치 생각에 잠겨 있는 틈새를 노려 얼음 같은 발톱이 가슴을 후벼파기라도 한 것처럼. 아직 늙진 않았다. 이제 막 쉰두 살로 접어들었을 뿐이다. 앞으로도 새로운 달이 무수히 다가올 것이다. 유월, 칠월, 팔월! 한 달, 한 달이 거의 온전하게 남아 있었다. 클래리사는 (화장대 쪽으로 걸어가며) 마치 떨어지는 물방울을 잡으려는 양 그 순간의 한복판으로 뛰어들어 거기에 그대로 고정시켰다―다른 모든 아침이 축적된 이 유월 아침의 순간을. 거울과 화장대와 화장품병들을 새삼스럽게 바라보고, (거울을 들여다보며) 자신의 온 존재를 한 지점에 모으고, 그날 밤에 파티를 열 여인의 섬세한 분홍빛 얼굴을 보았다. 클래리사 댈러웨이의 얼굴, 바로 자신의 얼굴을.

그 얼굴을 수백만 번은 족히 들여다보지 않았을까, 매번 보일 듯 말 듯 미세하게 힘을 주면서! 클래리사는 거울을 볼 때 입술을 오므렸다. 얼굴에 초점이 생기도록. 뾰족하고 날렵하고 확고한—그것이 그녀의 자아였다. 본연의 자신이 되려는 어떤 노력, 그렇게 되라는 어떤 요구에 의해, 서로 얼마나 다르고 얼마나 양립하기 힘든지는 오로지 본인만이 아는 각 부분들이 하나로 모일 때의 자아였다. 그렇게 하나로 모이고 재구성되어 오직 세상을 위한 하나의 중심, 하나의 다이아몬드, 응접실에 앉은 한 여자가 되었다. 어떤 이들의 지루한 삶에서는 분명 활력소가 되고 외로운 이들이 찾아올 수 있는 피난처가 될 사교의 장을 만들어주는 여자. 클래리사는 젊은이들을 도왔고 그들에게 감사를 받았다. 늘 한결같은 모습을 보이면서 자신의 다른 일면들은 내보이지 않으려고 노력했다—결점, 질투, 허영, 의심. 점심에 초대해주지 않은 레이디 브루턴에 대한 이런 감정처럼. 그건 정말이지, 그녀는 (마지막으로 머리를 빗으며) 생각했다, 너무나 저열해! 그런데, 드레스는 어디 있더라?

이브닝드레스들은 옷장에 걸려 있었다. 그 부드러운 옷감 속으로 손을 넣은 클래리사는 초록색 드레스를 조심스럽게 꺼내 창가로 가져갔다. 옷이 찢어졌구나. 누군가 치맛자락을 밟은 것이다. 일전에 대사관 파티에서 주름 윗부분이 미어지는 느낌이 들었는데. 인공조명 아래에서는 초록색이 화사하게 빛났는데 햇빛에서보니 더 칙칙한 색이었다. 직접 수선해야겠어. 하녀들은 할일이 너무 많잖아. 이따가 밤에 이 드레스를 입을 거야. 비단실과 가위와—또 뭐더라?—그렇지, 골무를 가지고 응접실로 내려가야지. 편지도 써야 하고 준비가 전반적으로 순조로운지도 확인해야 하니까.

이상하기도 하지, 하고 클래리사는 생각하며 계단참에 멈춰 서서 한 사람을 이루는 다면적인 다이아몬드의 형태를 하나로 모았다. 안주인은 자기 집이 바로 이 순간 어떤 상태인지, 어떤 기분인지 알 수 있다니, 이상하기도 하지! 희미한 갖가지 소리가 나선형 계단을 타고 올라왔다. 쓰윽쓰윽 대걸레 미는 소리, 톡톡 쾅쾅 두드리는 소리, 현관문이 요란하게 열리는 소리, 지하실에서 어떤 말을 반복하는 목소리, 쟁반 위에 놓인 은식기가 쨍그랑거리는 소리. 파티를 위해 깨끗이 닦은 은식기. 전부 파티를 위한 것이었다.

(루시가 쟁반을 받쳐들고 응접실로 들어가 벽난로 선반 위에 커다란 촛대들을 놓고 은제 장식함을 가운데에 놓은 뒤 수정 돌고래를 시계 쪽으로 돌려놓았다. 손님들이 온다. 그들이 여기 서 있겠지. 그들은 대화를 나눌 테고 그녀는 그 고상한 체하는 말투를 흉내낼 수도 있었다. 신사들과 숙녀들, 그중 이 집의 안주인이 가장 근사했다—은식기의, 리넨의, 도자기의 안주인. 루시는 상감으로 장식된 탁자 위에 종이칼을 올려놓으며 햇살과 은식기와 떼어낸 문, 그리고 럼플메이어스에서 온 사람들을 생각하니 뭔가를 이루었다는 느낌이 들었다. 보라! 여기를 보라! 루시는 케이터럼의 빵집에서 처음 일하던 시절의 옛 친구들을 향해 말하며 거울에 비친 제 모습을 유심히 살펴보았다. 루시는 메리공주를 모시는 레이디 앤절라였다. 미시즈 댈러웨이가 안으로 들어온 그 순간에.)

"아, 루시," 미시즈 댈러웨이가 말했다. "은식기가 정말 근사해!"

"그래서, 어땠어?" 그녀는 수정 돌고래를 정면으로 돌려놓으며 말했다. "어젯밤 연극은 재미있었어?" "아, 다들 연극이 끝나기도 전에 나와야 했다니!" 미시즈 댈러웨이가 말했다. "열시까지 돌아와야 해서 그랬구나!" 그녀는 말했다. "그래서 결말도 모른다고." "참 안된 일이네." 미시즈 댈러웨이가 말했다(미리 말하면 하인들이 늦게까지 있을 수 있었다). "좀 안타깝네." 그녀는 거듭 말했다. 그러고는 소파 가운데에 놓인 오래되어 매끈해진 쿠션을 루시의 팔에 끼워주고 살짝 밀며 외쳤다.

"이것 좀 가져가! 미시즈 워커에게 이걸 주면서 수고했다고 전해! 어서 이걸 가져가!" 클래리사가 소리쳤다.

그런데 루시는 응접실 문가에서 쿠션을 들고 선 채 얼굴을 살짝 붉히며 몹시 수줍게 물었다. 그 드레스 수선을 도와드리면 안 되겠는지?

하지만, 미시즈 댈러웨이는 말했다. 다른 할일도 이미 많지 않으냐고, 이 일 아니라도 할일이 너무 많을 거라고.

"하지만, 고마워, 루시. 아, 고마워." 미시즈 댈러웨이가 말했다. 고마워, 고마워, 그녀는 계속 되뇌었다. (소파에 앉아 드레스를 무릎 위에 펼치고 가위와 실을 챙기면서도) 고마워, 고마워, 하고 계속 말했다. 자신이 이렇게 될 수 있도록, 스스로에게 바라는 대로 온화하고 너그러운 사람이 될 수 있도록 도와준 하인들 모두에게 감사한 마음이 들어서였다. 하인들은 그녀를 좋아했다. 그런데 이 드레스는—찢어진 데가 어디더라? 그리고 이제 바늘에 실을 꿰어야겠지. 이것은 클래리사가 가장 아끼는 드레스였다. 샐리 파커가 만든 옷인데 거의 마지막 작품이나 다름없었다. 안타까워라, 샐리는 은퇴해버렸고 이젠 일링에서 살고 있으니. 언제 시간이 나면 일링으로 가서 샐리를 만나야겠어, 클래리사는 생각했다(하지만 이제 더이상 그런 시간을 낼 순 없을 것이었다). 그 사람 참 개성적이었지, 클래리사는 생각했다, 진정한 예술가였어. 생각하는 방식이 좀 별나지만 드레스는 절대로 이상하지 않았어. 햇필드*에서도, 버킹엄궁전에서도 입을 만한 드레스였으니까. 실제로 클래리사는 샐리의 드레스를 햇필드에서도, 버킹엄궁전에서도 입었다.

사방이 고요해지면서, 차분하고 만족스러운 기분이 들었다. 바늘이 비단실을 매끄럽게 끌어당겨 부드럽게 멈추자 초록색 주름들이 한데 모아지며 허리띠에 살며시 붙었다. 여름날 파도가 한데 모였다가 기울어져 무너지고, 또 한데 모였다가 무너지듯이. 온 세상이 매번 더 장중해지는 소리로 '그게 전부다'라고 말하는 것 같다. 해변의 태양 아래 누운 이의 몸속 심장까지도 이제 그렇게 말한다, 그게 전부다. 더는 두려워 말라, 심장은 말한다. 더는 두려워 말라, 심장이 바다에 제 짐을 내맡기며 말한다. 바다는 모든 슬픔을 위해 함께 한숨 쉬고, 새로워지고, 다시 시작해 파도를 한데 모았다가 무너뜨린다. 그 몸만이 홀로 듣는다. 지나가는 벌의 윙윙거림을, 부서지는 파도 소리를, 개가 짖는 소리를, 멀리서 짖고 또 짖는 소리를.

"이런, 초인종이 울리네!" 클래리사가 바느질을 멈추며 외쳤다. 정신이 번쩍 들어 귀를 기울였다.

"미시즈 댈러웨이는 날 만나줄 거요." 현관에 있는 나이든 남자가 말했다. "아, 그래요, 나를 만나줄 거라고요." 그는 거듭 말하고는 루시를 아주 자상하게 옆으로 제친 뒤 계단을 재빠르게 올라갔다. "그래, 그래,

---

* 솔즈베리 후작 로버트 세실 가문의 저택인 햇필드 하우스.

그래." 그는 위층으로 뛰어올라가며 중얼거렸다. "날 만나줄 거야. 인도에서 오 년을 지내고 왔는데, 클래리사는 날 만나줄 거야."

"누가 이렇게—뭐가 이렇게—" 미시즈 댈러웨이는 의아해하며 (파티가 열리는 날 오전 열한시에 방해를 받다니 있을 수 없는 일이라는 생각에) 계단을 내딛는 발소리에 귀를 기울였다. 누군가 문에 손대는 소리가 들렸다. 클래리사는 드레스를 숨기려 했다. 순결을 지키는, 사적 영역을 중시하는 처녀처럼. 이제 황동 손잡이가 돌아갔다. 이제 문이 열리고, 안으로 들어온 사람은—찰나의 순간에 이름도 떠오르지 않았다! 그를 보니 너무 놀랍고, 너무 반갑고, 너무 수줍고, 완전히 당황해서였다. 피터 월시가 예고도 없이 아침에 찾아오다니! (그가 보낸 편지를 읽지 않은 것이다.)

"어떻게 지냈어요?" 피터 월시가 확연히 떨면서 클래리사의 양손을 잡고, 양손에 입을 맞추며 말했다. 그새 많이 나이들었군, 피터는 앉으며 생각했다. 그런 말은 하지 않겠어, 그는 생각했다, 나이든 건 사실이잖아. 클래리사가 나를 보고 있어, 그는 생각했다. 손에 입을 맞추기까지 했는데도 갑자기 쑥스러운 기분이 들었다. 피터는 주머니에 손을 넣어 커다란 주머니칼을 꺼내 칼날을 반쯤 꺼냈다.

완전히 그대로야, 클래리사는 생각했다. 별난 표정도 그대로, 체크무늬 양복도 그대로. 약간 비뚤어진 얼굴, 약간 야위었고 좀 푸석한가 싶기는 해도 아주 건강해 보이고 예전과 똑같아.

"이렇게 다시 만나다니, 정말로 너무 기뻐요!" 클래리사가 외쳤다. 피터는 칼을 꺼내 들고 있었다. 정말로 저 사람다워, 클래리사는 생각했다.

바로 어젯밤에 시내에 도착했다고 그는 말했다. 곧 시골로 내려가야한다고. 두루두루 평안한지, 다들 잘 지내는지—리처드는? 엘리자베스는?

"그런데 이건 다 뭡니까?" 그가 클래리사의 초록색 드레스 쪽으로 주머니칼을 기울이며 물었다.

저이는 옷을 참 잘 차려입었네, 클래리사는 생각했다. 그런데 항상 나를 비판하지.

여기서 드레스를 수선하고 있군, 늘 그렇듯 드레스를 수선하고 있어, 피터는 생각했다. 내가 인도에 가 있는 동안 내내 여기 앉아서 드레스나 수선하고 노닥거리고 파티에나 가고 하원을 들락날락하면서, 그렇게 살아온 거야, 그는 생각했다. 점점 짜증이 치밀었고 점점 심사가 뒤틀렸다. 어떤 여자들에겐 세상에 결혼만큼 해로운 게 없는 법이지, 그는 생각했다. 정치도 그렇고, 그 잘난 리처드 같은 보수당 정치인 남편을 둔 것도 그래. 해롭지, 해롭고말고. 피터는 그런 생각을 하며 주머니칼을 탁 소리나게 접었다.

"리처드는 아주 잘 지내요. 지금은 위원회에 가 있고요." 클래리사가 말했다.

그녀는 가위의 날을 벌리며, 오늘밤에 파티가 있어서 그러는데 드레스 손질을 마저 끝내도 괜찮겠는지 물었다.

"그런데 당신을 초대하진 않을 거예요." 클래리사는 말했다. "나의 친애하는 피터!"

하지만 그녀에게서 그 말—나의 친애하는 피터!—을 들으니 흐뭇했다. 정말이지 모든 것이 흐뭇했다—은식기, 의자들, 모든 것이 너무나 흐뭇했다!

왜 파티에 초대하지 않겠다는 것인지, 그가 물었다.

자, 물론, 클래리사는 생각했다. 피터는 매혹적이야! 완전히 매혹적이야! 클래리사는 생각했다. 피터와 결혼하지 않기로 결심하기가 얼마나 힘들었는지 기억나―그런데 그 끔찍했던 여름에 난 왜 그런 결심을 했을까, 클래리사는 자문했다.

"하지만 오늘 아침에 당신이 찾아오다니 정말로 놀라운 일이에요!" 클래리사는 큰 소리로 말하며 두 손을 드레스 위에 포개어 올려놓았다.

"기억나요?" 클래리사가 물었다. "보턴에서 바람에 펄럭거리던 블라인드?"

"그랬죠." 피터가 말했다. 그러면서 그녀의 아버지와 단둘이 무척 어색하게 아침을 먹던 일을 떠올렸다. 그분은 이미 세상을 떠났는데, 클래리사에게 조문 편지도 쓰지 않았구나. 하지만 패리 노인과는 잘 지낼 수가 없었다. 그 신경질적이고 유약한 노인, 클래리사의 아버지 저스틴 패리.

"당신 아버지와 더 잘 지냈더라면 좋았겠다는 아쉬움이 들 때가 많아요." 그가 말했다.

"하지만 아버지는 누구든 나와…… 그러니까 우리의 친구들을, 좋아하지 않으셨죠." 클래리사는 말했다. 그러면서 피터가 자신과 결혼하고 싶어했다는 사실을 일깨우고 말았다는 생각에 혀를 깨물고 싶은 심정이었다.

물론 난 결혼하고 싶었지, 피터는 생각했다. 마음에 큰 상처를 입었어, 그는 그렇게 생각하면서 슬픔에 휩싸였다. 슬픔이 테라스에서 바라보던 달처럼, 지는 햇빛을 받아 섬뜩하게 아름다웠던 그 달처럼 떠올랐다. 지금껏 그때처럼 불행한 적은 없었지, 피터는 생각했다. 그러면서 정말로 그 테라스에 앉아 있기라도 한 것처럼 클래리사 쪽으로 슬며시 다가가 손을 내밀고는 들어올렸다가 이내 떨어뜨렸다. 두 사람의 머리 위에 그 달이 걸려 있었다. 클래리사도 그 테라스에서 달빛을 받으며 피터와 함께 앉아 있는 것만 같았다.

"그 집은 이제 허버트 거예요." 클래리사가 말했다. "이제 난 거기에 가지 않아요."

그런데, 달빛 쏟아지는 테라스에 나온 이들이 흔히 그러듯이, 한 사람이 벌써 지루해져서 민망한 기분이 들기 시작하는데도, 상대가 아무 말 없이 조용히 앉아 달만 슬프게 바라보고 있으니 자기도 말을 걸고 싶지 않아서, 발을 까닥거렸다가, 목청을 가다듬었다가, 탁자 다리의 철제 소용돌이 장식을 눈여겨도 보고 나뭇잎을 흔들기도 하면서 끝내 아무 말도 하지 않는—지금 피터 월시가 그런 상황이었다. 왜 이처럼 과거로 돌아갈까? 그는 생각했다. 왜 다시 그때를 생각하게 할까? 그렇게 지독하게 마음을 후벼파놓고 왜 또 괴롭게 할까? 대체 왜?

"호수 기억나요?" 클래리사가 불쑥 물었다. 가슴이 조여들고 목 안쪽 근육이 뻣뻣해지고 입술에 경련이 날 만큼 감정의 압박에 짓눌린 채로 그녀는 '호수'라고 말했다. 그녀는 엄마와 아빠 사이에서 오리들에게 빵조각을 던지는 어린아이이면서, 동시에 호숫가에 서 있는 부모님께 제 삶을 품에 안고 다가가는 어른이기도 했기 때문이다. 품안의 삶은 부모님께 다가갈수록 점점 커져 마침내 온전한 삶, 완성된 삶이 되었고, 그것을 부모님 옆에 내려놓고서 그녀는 말했다. "이것을 제가 만들어냈어요! 이것을요!" 그런데 무엇을 만들어냈다는 걸까? 도대체 무엇일까? 이 아침에 바느질을 하며 피터와 함께 앉아 있는 자신이 만들어낸 것은.

클래리사는 피터 월시를 바라보았다. 그녀의 눈빛은 그간의 세월과 감정을 훑고 지난 뒤 그에게 머뭇머뭇 다가가 눈물겹게 내려앉았다가 다시 떠올라 파르르 흩어졌다. 새가 가지에 닿았다가 다시 떠올라 푸르르 날아가듯이. 클래리사는 담담하게 눈가를 닦았다.

"기억나요." 피터 월시는 말했다. "그래요, 그래, 기억나요." 마치 그녀가 표면으로 끌어올린 어떤 것에 연신 긁혀 고통스럽다는 듯이 그렇게 말했다. 그만! 그만! 그는 외치고 싶었다. 그는 늙지 않았고 인생은 끝나지 않았다. 결코 아니었다. 이제 막 쉰이 넘었을 뿐이었다. 말해야 할까? 그는 생각했다. 하지 말아야 하나? 그는 모든 것을 털어놓고 싶었다. 하지만 클래리사는 너무 냉정해, 그는 생각했다. 가위를 들고 바느질하는 저 모습. 클래리사 옆에 있으면 데이지는 평범해 보일 거야. 내가 실패자라고 생각하겠지. 저들의 기준으로 보면 사실이긴 하지, 그는 생각했다. 댈러웨이 부부의 기준으로 보면 말이야. 아, 그렇다, 그 점에는 전혀 의심의 여지가 없었다. 그는 실패자였다, 이 모든 것과 비교하면—상감세공 탁자, 손잡이가 달린 종이칼, 돌고래와 촛대, 의자 덮개와 값진 골동품 영국식 채색 판화—그는 실패자였다! 난 이 모든 허세를 혐오해, 그는 생각했다. 리처드의 작품이겠지, 클래리사가 아니라. 그런 남자와 결혼한 장본인이긴 하지만. (이때 루시가 응접실로 들어왔다. 은식기를 더 챙겨서 가지고 왔는데 그것을 내려놓으려고 몸을 숙이는 모습이 매력적이고 날씬하고 우아해 보인다고 그는 생각했다.) 그동안 내내 이런 생활의 연속이었겠지! 그는 생각했다. 한 주, 또 한 주, 클래리사는 이렇게 살아왔겠지. 반면에 나는—그는 생각했다. 갑자기 모든 것이 그에게서 퍼져나오는 듯했다. 여행, 승마, 싸움, 모험, 브리지 게임 파티, 연애, 일, 일, 일! 그는 칼을 스스럼없이 꺼내—그 오래된 뿔 손잡이 칼을 그가 지난 삼십 년 동안 지니고 있었을 거라고 클래리사는 확신했다—손으로 꽉 쥐었다.

참 특이한 버릇이다, 클래리사는 생각했다. 늘 칼이나 만지작거리고. 게다가 예나 지금이나 늘 상대가 스스로를 머리가 텅 빈 경박한 사람, 어리석은 수다쟁이일 뿐이라고 느끼게 하고. 하지만 내게도 있지, 하고 생각하며 그녀는 바늘을 들었고, 마치 호위병들이 잠들어 무방비상태가 되는 바람에, 거침없이 걸어들어온 사람들에게 나무딸기 덤불로 뒤덮인 처소를 들켜버린 여왕처럼(무척 당황스러운 방문이었으니까—마음이 어지러웠으니까), 도움이 되어줄 것들을 마음속으로 불러들였다. 자신이 하는 일, 좋아하는 것, 남편과 엘리자베스를, 다시 말해 이제 피터는 잘 알지 못하는 자신의 일면들을. 그 모든 것이 주위에 포진해 적을 물리쳐주기를 바랐다.

"그래, 그동안 무슨 일이 있었나요?" 클래리사가 물었다. 전투 직전에 말들이 땅바닥을 긁고 머리를 흔들듯이, 미끈한 옆구리로 햇빛을 튕겨내며 목을 구부러뜨린 그 말들처럼, 그렇게 피터 월시와 클래리사는 파란 소파에 나란히 앉아 서로를 도발했다. 피터의 내면에서 여러 힘이 들끓고 요동쳤다. 그는 여러 방면에서 온갖 것들을 끌어다 모았다. 타인의 찬사, 옥스퍼드에서의 학업, 클래리사는 전혀 모르는 결혼생활, 어떻게 사랑했는지, 그리고 전반적으로 어떻게 일해왔는지.

"셸 수 없이 많은 일이 있었죠!" 그는 외쳤다. 사방에서 끌어다 모은 여러 힘이 이리저리 몰아치면서, 이제는 더이상 볼 수 없는 사람들의 어깨에 올라타 허공을 질주하는 듯한 공포스러우면서도 지극히 짜릿한 느낌을 불러일으켜, 그는 이마에 두 손을 올렸다.

클래리사는 허리를 바짝 세우고 앉아 숨을 들이쉬었다.

"난 사랑에 빠졌어요." 피터가 말했다. 하지만 클래리사가 아니라 어둠 속에서 떠오른 누군가에게 한 말이었다. 닿을 수 없는 대상이라서 마음을 전하기 위해서는 화환을 어둠 속 풀밭에 내려놓아야 하는 누군가에게.

"사랑에 빠졌어요." 그는 거듭 말했다. 이번에는 다소 건조한 말투로 클래리사 댈러웨이에게 한 말이었다. "인도에서 어떤 여자와." 그는 이미 화환을 바쳤다. 클래리사가 그 말을 어떻게 이해하든 상관없었다.

"사랑이라니!" 클래리사가 말했다. 그 나이의 남자가, 목에 작은 나비넥타이를 맨 채로, 그 괴물에게 휘말려들다니! 목이 비쩍 마르고, 손은 벌겋고, 나보다 여섯 달이나 더 나이 먹은 사람이! 그를 보던 시선이 그녀 자신에게로 향했다. 하지만 마음속으로는 느꼈다. 그는 사랑에 빠졌어. 그걸 가졌어, 그녀는 느낄 수 있었다. 사랑에 빠진 거야.

하지만 영원히 모든 반대세력을 짓밟고 나아가는 저 거침없는 자존심, 어쩌면 목표 같은 것은 아예 없을지 모른다고 인정하면서도 끊임없이 앞으로, 앞으로, 앞으로, 흘러가는 저 강물 같은 자존심이 클래리사의 뺨을 붉게 물들였다. 그래서 그녀는 볼이 발그레하고 눈빛이 초롱초롱한 아주 젊어 보이는 모습으로 무릎 위에 드레스를 올리고 앉은 채, 초록색 비단실을 끝까지 당긴 바늘을 파르르 떨었다. 그는 사랑에 빠졌다! 그녀가 아닌 사람과. 당연히 더 젊은 여자와.

"그래서 그 여자는 누군가요?" 클래리사는 물었다.

이제 이 동상을 높은 곳에서 끌어내려 두 사람 사이에 놓아야 했다.

"결혼한 여자예요, 불행히도." 피터가 말했다. "인도 주둔군 소령의 아내."

그는 야릇하게 자조적인 다정함을 담아 미소 지으며 이 여자를 이리도 우스꽝스러운 방식으로 클래리사 앞에 내려놓았다.

(그래도 어쨌든 그는 사랑에 빠졌어, 클래리사는 생각했다.)

"그 여자에겐," 그는 매우 이성적으로 말을 이어갔다. "어린 자식이 둘 있어요. 아들 하나, 딸 하나. 그리고 나는 내 변호사들과 이혼 문제를 상담하러 왔죠."

저기 그들이 있어! 피터는 생각했다. 당신 마음대로 생각해, 클래리사! 저기 그들이 있으니까! 그런데 클래리사가 그들을 바라보는 동안 그에게 인도 주둔군 소령의 아내(그의 데이지)와 그녀의 어린 두 자식은 순간순간 점점 더 사랑스러워졌다. 마치 접시 위에 놓인 잿빛 탄알에 그가 불을 붙이자 상쾌한 바닷바람 같은 두 사람의 친밀감―그들만의 섬세한 친밀감―속에서 사랑스러운 나무가 솟아난 것처럼(어떤 면에서는 클래리사처럼 그를 이해하고 공감하는 사람은 아무도 없으니까).

그 여자가 알랑거린 거야, 피터를 구슬린 거야, 클래리사는 생각했다. 그렇게 그 여자를, 인도 주둔군 소령의 아내를 클래리사는 조각칼을 단 세 번 휘둘러 간단히 깎아냈다. 이 무슨 낭비인가! 무슨 바보짓인가! 피터는 평생 그렇게 당해왔다. 처음에는 옥스퍼드에서 퇴학당하더니, 그다음엔 인도로 가는 배에서 만난 여자와 결혼하고, 이제는 인도 주둔군 소령의 아내라니―피터와 결혼하지 않겠다고 한 것이 얼마나 다행인지! 그래도 어쨌거나 그는 사랑에 빠졌다. 그녀의 오랜 친구, 친애하는 피터가 사랑에 빠졌다.

"하지만 어떡하려고요?" 그녀가 물었다. 아, 그건 링컨스 인*의 후퍼 앤드 그레이틀리 법률사무소, 그곳 변호사들이 맡아서 처리할 거라고, 그는 말했다. 그러더니 주머니칼로 손톱을 다듬기 시작했다.

제발, 그 칼 좀 가만 놔둬! 클래리사는 치미는 짜증을 견딜 수 없어 마음속으로 소리질렀다. 인습을 무시하는 그의 어리석은 태도, 나약함, 타인의 감정을 눈치채지 못하는 무신경함이 거슬렸다. 그것이 항상 거슬렸다. 그런데 이제 그 나이를 먹고서도, 얼마나 어리석은지!

난 다 알아, 피터는 생각했다. 내가 무엇과 맞서고 있는지 안단 말이야, 그는 손가락으로 칼날을 쓸어내리며 생각했다. 클래리사와, 댈러웨이와, 그 족속의 모든 사람들이지. 그렇지만 클래리사에게 보여주겠어―그런데 너무나 놀랍게도, 갑자기 통제 불가능한 힘에 튕겨나간 듯, 공중에 내동댕이쳐진 듯 그는 눈물을 터트렸다. 그는 울었다. 소파에 앉은 채 부끄러운 줄도 모르고 울었다. 눈물이 뺨을 타고 흘러내렸다.

클래리사는 앞으로 몸을 숙여 그의 손을 잡았고 그를 끌어당겨 키스했다―실제로 얼굴에 닿는 그의 얼굴을 느꼈을 때는 열대 돌풍 속 흔들리는 팜파스풀처럼 가슴속을 휘젓는 은빛 찬란한 깃털을 미처 잠재

---

* 14세기 중반에 설립되어 변호사 임명을 전담하는 런던의 법학협회 네 곳 중 하나.

우기도 전이었다. 그런 요동이 점점 가라앉자 그녀는 피터의 손을 잡은 채 무릎을 토닥이고 다시 똑바로 앉으면서 그와 함께 있는 시간이 유달리 마음 가볍고 편안하다고 느꼈다. 그때 불현듯 깨달았다. 피터와 결혼했다면 온종일 이런 즐거움을 누렸을 텐데!

다 끝난 일이었다. 시트가 팽팽하게 정리되어 있고 침대는 좁았다. 다른 이들은 햇살을 받으며 블랙베리를 따는데 자기만 홀로 탑으로 올라갔다. 문이 닫혔고, 회벽 파편의 부연 먼지와 어질러진 새둥지의 잔해 사이에서 바깥의 풍경은 얼마나 멀어 보였던가. 소리도 희미하고 싸늘하게 들려왔는데(언젠가 갔던 리스힐*이 떠올랐다), 아차, 리처드, 리처드! 그녀는 외쳤다. 밤중에 곤히 자다가 갑자기 소스라치며 어둠 속으로 손을 뻗어 도움을 청하는 사람처럼. 그가 레이디 브루턴과 함께 점심을 들고 있다는 사실이 생각났다. 리처드는 나를 떠났어, 나는 영원히 혼자야, 하고 생각하며 클래리사는 무릎에 손을 포개 올려놓았다.

피터 월시는 자리에서 일어나 창가로 가 등을 돌린 채 서더니 손수건을 옆으로 휙휙 털었다. 능숙하고 무감하고 적막해 보였다. 야윈 어깨뼈로 코트를 살짝 들어올리면서 그가 코를 세게 풀었다. 나를 데려가 줘요, 클래리사는 충동적으로 생각했다. 마치 그가 곧바로 굉장한 여행을 떠나기라도 할 것처럼. 그런데 다음 순간, 무척 흥미진진하고 감동적이었던 다섯 막짜리 연극이 금방 끝난 듯한 느낌이 들었다. 그 연극 속에서 그녀는 멀리 도망쳐 피터와 함께 일평생을 살았고, 이제 그 연극은 막을 내렸다.

---

* 런던 이남에서 가장 고도가 높은 곳. 꼭대기에 탑이 있다.

이제 움직일 시간이었다. 망토와 장갑과 오페라글라스 따위의 소지품을 챙겨들고 일어나 극장 밖 거리로 나가는 여인처럼, 클래리사는 소파에서 일어나 피터에게로 갔다.

정말로 이상한 일이다, 그는 생각했다. 그녀에게 아직도 그 힘이 있다니. 찰랑거리고 사락거리는 소리를 내며 다가오는 클래리사, 응접실을 가로질러 다가오는 그녀에게 보턴의 테라스 위 여름 하늘에 그가 끔찍이도 싫어하는 그 달을 띄울 수 있는 힘이 아직도 있다니.

"말해봐요," 그는 클래리사의 어깨를 붙잡으며 말했다. "당신은 행복한 거예요, 클래리사? 리처드가—"

문이 열렸다.

"나의 엘리자베스예요." 클래리사가 말했다. 감정에 북받친, 어쩌면 연극적으로 꾸민 듯한 목소리로.

"안녕하세요?" 엘리자베스가 다가오며 인사했다.

빅벤이 삼십분을 알리는 종이 그들 사이에 유난히 활기차게 울려퍼졌다. 힘이 세고 무심하고 사려 깊지 못한 젊은 남자가 아령을 이리저리 휘두르는 것 같았다.

"안녕, 엘리자베스!" 피터가 손수건을 주머니에 쑤셔넣고 그녀에게 다가가며 크게 외치더니 "잘 있어요, 클래리사" 하고 똑바로 쳐다보지도 않은 채 말하고는 재빨리 응접실을 나가 계단을 달려내려간 뒤 현관문을 열었다.

"피터! 피터!" 클래리사는 그를 뒤따라가 계단참에서 소리쳤다. "내 파티! 오늘밤 내 파티를 잊지 말아요." 클래리사는 바깥에서 들어오는 소음 때문에 목소리를 한껏 높여 외쳤다. 차량의 소음과 종을 울리는 시곗소리에 묻혀 "오늘밤 내 파티를 잊지 말아요!" 하고 외치는 클래리사의 목소리는 문을 닫는 피터의 귀에 연약하고 가냘프고 아주 멀게 들렸다.

내 파티를 잊지 말아요, 내 파티를 잊지 말아요, 피터는 거리를 걸어 내려가며 혼자서 말했다. 빅벤이 삼십분을 알리는 곧고 또렷한 소리의 흐름에 맞춰 리듬감 있게 혼자 중얼거렸다. (납덩이같은 소리가 둥글게 퍼져나가 허공에 녹아들었다.) 오, 이런 온갖 파티들, 그는 생각했다. 클래리사의 파티들 말이야. 왜 이런 파티를 여는 걸까? 그는 생각했다. 그녀를, 혹은 단춧구멍에 카네이션을 꽂은 연미복 차림으로 그에게 다가올 허수아비 같은 어느 남자를 탓하는 것은 아니었다. 세상에 단 한 사람만이 자신처럼 사랑에 빠질 수 있었다. 그리고 저기 그 행운아가 있었다. 빅토리아 스트리트의 자동차회사 전시장 유리창에 비친 바로 그 자신. 그의 등뒤로 인도 전체가 펼쳐져 있었다. 평원, 산맥, 콜레라 유행, 아일랜드 면적의 두 배쯤 되는 관할구역, 그리고 그가 독자적으로 내린 결정들. 이제 그가―이 피터 월시가―정말로 평생 처음 진짜 사랑에 빠졌다. 클래리사는 냉정해졌다, 그는 생각했다. 게다가 살짝 감상적으로 변한 듯도 하다. 그런 생각을 하며 대형 자동차들을 구경하는데, 이 차들은 성능이―연료 몇 갤런으로 몇 마일을 달릴 수 있는 걸까? 그는 기계 조작에 소질이 있었다. 자신의 관할구역에서 쟁기를 고안했고 영국에서 외발 손수레를 주문해 들여놓았지만 쿨리들은 그걸 사용하지 않으려 했다. 이 모든 것을 클래리사는 전혀 알지 못했다.

"나의 엘리자베스예요!"라는 클래리사의 말이 거슬렸다. 왜 간단히

"엘리자베스예요"라고 말하지 않을까? 가식적이었다. 그리고 엘리자베스도 그 말을 좋아하지 않았다. (그 웅장한 시곗소리는 아직도 떨리는 여운으로 남아 주변 대기를 흔들었다. 삼십분, 아직은 이른 시간, 이제 겨우 열한시 삼십분이다.) 그는 젊은 사람들을 이해했다. 그들을 좋아했다. 클래리사에게는 언제나 어딘지 차가운 데가 있었어, 그는 생각했다. 심지어 소녀시절에도 늘 좀 소심한 편이었는데 그런 면은 중년에 이르면 인습적으로 변하고, 그러면 끝장이지, 끝장이야, 그는 생각했다. 유리창 너머 안쪽을 우울하게 들여다보면서, 혹시 그 시간에 찾아가 클래리사를 성가시게 한 건 아닐까 자문했다. 갑자기 수치심에 사로잡혔다. 바보짓을 하고 울고 감정적으로 굴고 그녀에게 모든 것을 털어놓다니, 늘 그렇게, 늘 그렇게.

구름이 해를 가리고 지나가면서 런던에 정적이 내려앉는다. 마음에도 정적이 내려앉는다. 노고는 멈춘다. 시간이 돛대 위에서 펄럭인다. 거기에서 우리는 멈춘다. 우리는 그대로 서 있다. 뻣뻣하게 굳은 채, 습관의 뼈대만이 인간의 틀을 지탱한다. 그 안에는 아무것도 없다, 피터 월시는 속으로 말했다. 속이 파내어진 느낌, 내면이 텅 빈 느낌이 들었다. 클래리사가 나를 거부했어, 그는 생각했다. 가만히 선 채로 생각했다, 클래리사가 나를 거부했어.

오, 하는 감탄사 같은 세인트마거릿교회의 종소리가 울렸다. 시계 종소리와 함께 응접실로 들어왔다가 이미 와 있는 손님들과 맞닥뜨린 안주인처럼. 난 늦지 않았어요. 맞아요, 정확히 열한시 반이잖아요, 그녀는 말한다. 틀림없는 말이지만, 그 목소리는 안주인의 목소리인지라 자기만의 성격을 담지 않으려 한다. 과거에 대한 어떤 슬픔, 현재에 대한 어떤 걱정이 그 목소리를 억누른다. 열한시 반이에요, 그녀는 말한다. 그리고 세인트마거릿교회의 종소리는 가슴속 깊은 곳으로 미끄러져 들어와 연신 울리는 소리의 파장 속에 파묻힌다. 마음을 털어놓고, 산산이 흩어지고, 기쁨에 떨며 안식을 취하기를 바라는 생물처럼ー클래리사처럼, 피터 월시는 생각했다. 시계 종소리와 함께 흰옷을 입고 계단을 내려오는 클래리사처럼. 이 종소리는 클래리사 그 자체야, 그는 깊은 감정에 젖어, 그리고 유달리 또렷하면서도 이해하기 힘든 그녀에 대한 기억을 떠올리며 그렇게 생각했다. 마치 이 종소리가 오래전 둘이 함께 앉아 극히 친밀한 순간을 보내던 그 방으로 들어와 한 사람에게서 다른 사람에게로 옮겨갔다가 꿀을 머금은 벌처럼 그 순간을 가득 싣고 떠나간 듯한 느낌이었다. 하지만 어떤 방이었을까? 어떤 순간이었을까? 그리고 시계가 종을 쳤을 때 그는 왜 그토록 깊이 행복했던 걸까? 세인트마거릿의 종소리가 나른하게 잦아들면서 피터는 생각했다, 클래리사가 요사이 많이 아팠지, 그러자 종소리는 무기력과 고통을 전했다. 심장에 문제가 있었어, 그는 기억을 떠올렸고, 돌연 크게 들리는 마지막 타종소리가 삶의 한복판을 기습하는 죽음을 알렸다. 응접실에서 서 있다가 그대로 쓰러지는 클래리사. 안 돼! 안 돼! 그는 소리쳤다. 클래리사는 죽지 않았어! 난 늙지 않았어, 그는 외치며 화이트홀 거리를 따라 힘차게 걸어갔다. 마치 끝없는 활기찬 미래가 그를 향해 다가오는 것처럼.

그는 전혀 늙지 않았고 고지식하지도 메마르지도 않았다. 사람들ー댈러웨이 부부나 휫브레드 부부를 비롯한 무리ー이 뭐라고 하든 털끝만큼도 개의치 않았다ー털끝만큼도(실은 조만간 리처드가 구직에 도움을 줄 수 있는지 알아봐야겠지만). 그는 눈을 부릅뜨고 성큼성큼 걸으며 케임브리지 공작의 동상을 노려보았다. 그는 옥스퍼드에서 쫓겨났다─사실이다. 그는 사회주의자였고, 어떤 의미에서는 실패자였다─사실이다. 하지만 문명의 미래는 그런 청년들 손에 달려 있지, 그는 생각했다. 삼십 년 전의 자신과 같은 청년들. 추상적 원칙을 사랑하고, 런던에 책을 주문해 히말라야산맥의 산꼭대기에서 받아 보고, 과학을 읽고 철학을 읽는 청년들. 미래는 그런 청년들 손에 달려 있어, 그는 생각했다.

숲에서 나뭇잎을 밟는 것 같은 발소리가 뒤에서 들려왔다. 바스락거리며 규칙적으로 쿵쿵 울리는 그 소리가 그를 따라잡으며 머릿속을 두드려대는 바람에 그의 생각도 저절로 박자를 딱딱 맞춰 화이트홀 거리를 따라 흘러갔다. 제복을 입고 총을 든 소년들이 전방을 응시하고 팔을 뻣뻣하게 휘두르며 행진했다. 그들의 얼굴에 떠오른 표정은 의무, 감사, 충성, 애국을 찬양하는, 동상 기단에 빙 둘러 각인된 명문을 상기시켰다.

아주 훌륭한 훈련이야, 피터 월시는 차츰 그들과 보조를 맞춰가며 생각했다. 하지만 그들은 강건해 보이지 않았다. 대부분 열여섯 정도 되는 깡마른 소년들로 내일이면 쌀이나 비누를 파는 상점 계산대에 서 있을 아이들 같았다. 하지만 현재는 관능적 쾌락이나 일상의 관심사가 끼어들 틈 없는 엄숙함을 풍기며 핀즈버리 페이브먼트에서 빈 무덤*까지 화환을 옮기고 있었다. 그들은 국가에 충성을 맹세했다. 오가는 차

---

* 제1차세계대전 전사자들을 추모하는 국가 기념비(The Cenotaph)로 1920년에 화이트홀에 건립되었다. 'cenotaph'라는 단어는 '빈 무덤'을 뜻하는 그리스어에서 유래한다.

량들도 이를 존중하여 화물차들도 멈춰 섰다.

도저히 발맞춰 따라갈 수가 없어, 피터 월시는 화이트홀을 따라 행진하는 소년들을 보며 생각했다. 정말로 그들은 피터를, 그리고 다른 모든 사람을 지나쳐 꾸준히 행진해 나아갔다. 흡사 단일한 의지가 수많은 다리와 팔을 일사분란하게 조종하는 것처럼 보였다. 삶이 그 다양성과 거침없는 속성까지 모조리 기념비와 화환의 시멘트 포장에 덮여버리고 규율이라는 약에 취해 눈을 부릅뜬 뻣뻣한 시체로 변해버린 듯했다. 그 또한 존중해야지, 웃음이 터져나올지도 모르지만, 그래도 존중해야지, 그는 생각했다. 저기 그들이 가는구나, 보도 가장자리에 멈춰 선 채 피터 월시는 생각했다. 숭고한 조각상들, 넬슨과 고든과 해블록, 위대한 군인들의 웅장한 검은 형상들이 앞을 응시하며 우뚝 서 있었다. 그들도 똑같이 많은 것을 단념했고(피터 월시는 자신도 엄청난 단념을 감행했다고 느꼈다) 똑같이 유혹을 밟고 지나갔으며 그리하여 마침내 대리석처럼 흔들림 없는 시선을 갖게 된 듯했다. 하지만 피터 월시는 다른 이들의 그런 시선을 존중할 수는 있어도 자신은 전혀 원하지 않았다. 소년들의 그런 시선은 존중할 수 있었다. 그들은 아직 육체의 골칫거리를 몰라, 그는 생각했다. 행진하는 소년들이 스트랜드 방향으로 사라지고 있었다―내가 지금까지 겪은 모든 고난을 그들은 모르지. 그는 도로를 건너 고든 동상 아래에 섰다. 소년시절에 숭배했던 고든, 다리 하나를 살짝 들고 팔짱을 낀 채 외롭게 서 있는 고든―불쌍한 고든, 그는 생각했다.

그가 런던에 있다는 사실은 아직 클래리사 외에 아무도 모르기에, 긴 항해 뒤에 밟은 이 땅이 그에게는 여전히 섬처럼 느껴졌다. 열한시 삼십분에 트래펄가광장에서, 살아 있으나 아무도 모르는 존재로 홀로 서 있는 느낌이 갑자기 아찔할 정도로 생소했다. 이건 대체 뭘까? 지금 여기는 어딜까? 사람은 결국 왜 이렇게 살아가는 걸까? 피터는 생각했다. 이혼이고 뭐고 다 헛소리 같았다. 마음은 습지처럼 평평하게 가라앉았고, 세 가지 강렬한 감정이 밀려왔다. 이해심, 광대한 박애심, 그리고 마지막으로, 다른 두 감정의 결과인 듯한, 억누르기 힘든 강렬한 기쁨. 마치 그의 뇌 속에서 타인의 손이 줄을 당기고 덧문을 연 듯했고, 그 움직임과 아무런 상관이 없는 그는 마음만 먹으면 자유롭게 떠돌 수 있는 끝없는 길들의 입구에 서 있는 것 같았다. 이토록 젊은 기분이 들기는 참 오랜만이었다.

그는 벗어났다! 완전히 자유로웠다―습관이 와해되고, 정신이 무방비한 불꽃처럼 너울거리다 묶인 자리에서 풀려나 확 퍼져나가려 할 때처럼. 이토록 젊은 기분이 들기는 참 오랜만이야! 피터는 생각했다. 본래의 제 모습에서 벗어난 기분(물론 한두 시간에 불과했지만), 늙은 보모에게서 도망친 어린아이가 밖에서 내달리다가, 보모가 잘못 짚어 들어간 방 창가에서 손짓하는 모습을 본 듯한 기분이었다. 그런데 저 여자는 굉장히 매력적인걸, 그는 헤이마켓 방향으로 트래펄가광장을 가로지를 때 앞에서 걸어오는 젊은 여자를 보며 생각했다. 그 여자가 고든의 동상 앞을 지나가는 동안 (감수성이 예민한 사람이기에) 피터 월시는 생각했다. 여자가 베일을 하나하나 벗어던져 마침내 그가 언제나 마음속에 간직한 바로 그 여인이 되는 것 같다고. 젊지만 위엄 있고, 명랑하지만 신중한, 어둡지만 매혹적인 여인.

그는 허리를 똑바로 세우고 주머니칼을 은밀히 만지작거리며 여자의 뒤를 밟기 시작했다. 이 여인, 등을 돌리고 있는데도 그를 향해 빛을 뿌리는 듯한 이 흥미로운 여인을 따라가기 위해서였다. 그 빛은 두 사람을 연결했고 그를 지목했다. 마치 오가는 차량에서 마구잡이로 흘러나오는 소음이 손을 둥글게 모아 입에 대고 그의 이름을, 피터가 아니라 그가 속으로 자신을 부를 때 혼자서 쓰는 이름을 속삭인 것 같았다. '당신.' 그 여자는 말했다. 그저 '당신'이라고, 흰 장갑과 어깨로 말했다. 그런데 콕스퍼 스트리트에 있는 덴츠 상점을 지나는 그녀의 얇고 긴 망토가 바람에 들썩이면서 친절하게 감싸는 듯, 애절하고도 다정하게 펄럭였다. 마치 지친 이들을 안아주려고 팔을 벌리는 것처럼—

결혼하지 않은 여자로군, 젊어, 아주 젊어, 피터는 생각했다. 트래펄가광장을 가로질러 걸어올 때 여자가 달고 있던 빨간 카네이션이 그의 눈 속에서 다시 타오르며 그녀의 입술을 붉게 물들였다. 하지만 여자는 연석 위에 서서 기다렸다. 어딘가 위엄이 있었다. 클래리사처럼 세속적이지 않고, 클래리사처럼 부유하지 않다. 점잖은 여자일까? 그녀가 다시 걷기 시작할 때 피터는 생각했다. 도마뱀이 혀를 휙휙 휘두르듯 재치 있을 거야, 그는 생각했다(상상의 나래를 펼치는 거야, 약간의 기분 전환도 필요하니까). 침착하게 기다렸다가 재빨리 쏘아 꽂는, 시끄럽지 않은 재치.

여자가 움직였다. 길을 건넜다. 피터는 여자를 따라갔다. 그녀를 당혹스럽게 할 생각은 전혀 없었다. 그래도 만일 그녀가 걸음을 멈추면 '아이스크림이나 먹으러 가죠'라고 말해야지. 그러면 여자는 '아, 네' 하고 더없이 간단히 대답하겠지.

하지만 다른 행인들이 둘 사이에 끼어들어 앞을 가로막고 여자를 지웠다. 그는 뒤를 쫓았다. 여자는 변했다. 뺨에 홍조가 돌았고 눈에 조롱의 빛이 어렸다. 자기는 모험가라고 그는 생각했다. 무모하고 재빠르고 대담한, 그야말로 (바로 어젯밤에 인도에서 막 도착하지 않았나) 낭만적인 해적이라고. 망할 놈의 온갖 예의범절도, 상점 진열창 너머로 보이는 노란색 드레스와 파이프와 낚싯대 따위도, 체면이나 이브닝 파티나 정장 조끼 밑에 흰 셔츠를 받쳐 입은 말쑥한 노인들 따위도 아랑곳하지 않는, 그는 해적이었다. 여자는 계속 걸어가 피커딜리를 가로지른 뒤 리젠트 스트리트를 따라 그의 앞에서 걸어갔다. 여자의 망토, 장갑, 어깨가 상점 진열창 너머의 술 장식, 레이스, 깃털 목도리 등과 어우러지면서 화려하고 변화무쌍한 분위기가 상점에서 보도로 번져나와 흩어졌다. 한밤에 산울타리를 비추는 등불 빛이 어둠 속에서 아른거리듯이.

여자는 소리 내어 웃으며 매력적인 모습으로 옥스퍼드 스트리트와 그레이트포틀랜드 스트리트를 건넌 뒤 작은 옆길로 꺾어 들었다. 이때, 바로 이때, 중대한 순간이 다가오고 있었다. 여자가 걸음을 늦추고 가방을 열더니 그가 있는 방향으로 눈길을 돌렸다. 하지만 그를 똑바로 바라보지는 않은 채로 작별을 고하는 눈길을 던져 지금까지의 상황을 단번에 정리하고 영원히, 의기양양하게 떨쳐낸 뒤 열쇠를 꽂아 문을 열고 사라졌다! 클래리사의 목소리가, 내 파티를 잊지 말아요, 내 파티를 잊지 말아요, 하고 그의 귓가에 울려퍼졌다. 그 집은 은근히 저속하게 느껴지는 꽃바구니가 매달린 단조로운 붉은색 집들 가운데 하나였다. 이제 끝이었다.

뭐, 재미있긴 했잖아, 재미있었어, 피터는 위에서 흔들거리는 옅은색 제라늄 바구니들을 쳐다보며 생각했다. 그런데 그것은—재미는—산산이 부서졌다. 본인도 잘 알듯이 그것은 반쯤 지어낸 재미였기 때문이다. 여자의 뒤를 따라온 이 장난은 허구였다. 만들어진 거야, 인생만 해도 대부분 만들어낸 것이니까—자신을 만들어내고, 그녀를 만들어내고, 섬세한 유희와 아울러 그보다 더한 것도 창조하는 거지. 그러나 참 이상하고도 엄연한 사실은, 이 모든 것을 누구와도 함께 나눌 수 없다는 것—산산이 부서져버린다는 것—이었다.

그는 돌아섰다. 거리를 따라 걸어가며 어딘가 앉아 있을 곳을 찾아야겠다고 생각했다. 링컨스 인—후퍼 앤드 그레이틀리 법률사무소—에 갈 시간이 될 때까지. 어디로 가야 하나? 상관없다. 그러면 리젠트파크 쪽으로 계속 걸어가보자. 보도에 닿는 장화 소리가 '상관없다'고 말하는 듯했다. 아직 이른 시간이니까, 꽤 이른 시간이니까.

게다가 찬란한 아침이었다. 완벽한 심장의 고동처럼, 삶이 거리를 따라 휘몰아쳤다. 멈칫거림은 없었다—망설임도. 시간에 딱 맞춰 정확한 자리에 소리 없이 미끄러져 들어와 방향을 튼 자동차가 마침 적당한 순간에 문 앞에서 멈췄다. 실크스타킹을 신고 깃털 장식을 단 환영 같은, 하지만 그에게는 딱히 매력적이지 않은(이미 잠깐 불장난을 한 뒤니까) 젊은 여자가 차에서 내렸다. 멋있는 집사들, 황갈색 차우차우 개들, 흑백 마름모꼴 타일이 깔리고 흰 블라인드가 나부끼는 현관 등을 열린 문을 통해 바라보며 피터는 퍽 흡족했다. 어쨌거나 나름대로 눈부신 성취다, 런던과 사교 시즌과 이 문명은. 최소 삼대에 걸쳐 한 대륙의 행정을 관장해온 번듯한 인도 주재 영국인 가문의 일원으로서(이상도 하지, 내가 이런 감상을 품다니, 하고 인도와 제국과 군대를 몹시 혐오하는 그는 생각했다) 이런 방면의 문명조차도 그에게는 개인적 소유물처럼 소중하게 여겨지는 순간들이 있었다. 영국에 대해, 집사들과 차우차우 개들과 안전한 삶을 누리는 소녀들에 대해 자부심을 느끼는 순간들. 우습긴 하지만 그래도 자부심이 있어, 그는 생각했다. 저마다 정확하고 기민하고 강건하게 업무에 매진하는 의사들, 사업가들, 능력 있는 여성들이 그에게는 생명을 맡겨도 좋을 만한 존경스럽고 훌륭한 동료, 삶이라는 기술을 함께 펼쳐가며 끝까지 함께할 동반자처럼 보였다. 이런저런 것들을 따져볼 때 그 광경은 꽤 봐줄 만했고, 이제 그는 그늘에 앉아 담배를 피울 참이었다.

리젠트파크가 나왔다. 그렇다. 어린 시절에 그는 리젠트파크를 자주 거닐었다—이상하군, 어린 시절 기억이 자꾸 떠오르네—아마 클래리사를 만나서 그렇겠지. 여자들은 우리보다 훨씬 더 과거에 머무르는 편이니까, 그는 생각했다. 여자들은 특정 장소에 대한 애착, 그리고 아버지에 대한 애착이 강해—항상 자기 아버지를 자랑스럽게 여기지. 보턴은 멋진 곳이었어, 아주 멋진 곳. 하지만 난 그 노인과 도무지 잘 지낼 수가 없었어, 그는 생각했다. 어느 날 밤에는 상당히 불미스러운 일도 있었다—무언가를 두고 언쟁이 일어났는데, 그게 무엇이었는지는 기억나지 않았다. 아마도 정치였을 것이다.

그렇다, 그는 리젠트파크를 기억했다. 길고 곧게 뻗은 산책로, 왼편으로 풍선을 파는 작은 건물, 또 어디쯤엔가는 명문이 새겨진 황당무계한 동상. 그는 빈자리를 찾았다. (약간 졸린 느낌이 들었기에) 다가와서 시간이나 묻고 가는 사람들에게 방해받고 싶지 않았다. 잿빛 옷차림의 나이 많은 보모가 유아차에서 잠든 아기를 데리고 앉아 있는 벤치—

그 자리 맨 끝에 앉는 것이 그에게는 최선이었다.

좀 묘하게 생긴 여자애야, 그는 문득 엘리자베스를 떠올리며 생각했다. 응접실로 들어와 제 어머니 옆에 서던 아이. 많이 컸어. 어른이 다 됐더군. 예쁘장하다기보다는 오히려 잘생긴 외모라고 봐야지. 기껏해야 열여덟 살 정도겠지. 아마 클래리사와 사이가 좋지 않을 거야. "나의 엘리자베스예요"—그런 짓 말이야—왜 그냥 '엘리자베스예요'라고 하지 않을까?—어머니들이 대부분 그렇듯이 실제로는 아니면서 딸과 사이가 좋은 척하려고 해. 클래리사는 제 매력을 과신하지, 피터는 생각했다. 너무 지나쳐.

진하고 향긋한 시가 연기가 목구멍으로 시원하게 휘돌아 내려갔다. 연기를 고리 모양으로 다시 내뿜자 푸르스름하고 둥근 연기는 잠시나마 힘차게 공기를 밀어젖히다가—오늘밤에 엘리자베스와 단둘이 얘기할 기회를 엿봐야겠어, 그는 생각했다—모래시계 모양으로 흐트러지더니 점점 가늘어져 사라졌다. 이상한 모양으로 변하네, 피터는 생각했다. 그는 갑자기 눈을 감고 힘겹게 손을 들어올려 시가의 묵직한 꽁초를 내던졌다. 거대한 솔이 그의 정신을 부드럽게 쓸고 지나가면서, 흔들리는 나뭇가지, 아이들의 목소리, 터벅거리는 발소리, 지나가는 사람들, 커졌다 줄어들었다 하며 웅웅거리는 차량의 소음을 쓸어냈다. 아래로, 아래로, 그는 잠의 푹신한 깃털 속으로 가라앉아 아득히 멀어졌다.

잿빛 보모는 뜨개질을 다시 시작하고, 피터 월시는 볕에 데워진 그 옆의 자리에서 코를 골기 시작했다. 잿빛 원피스 차림으로 지치지 않고 조용히 손을 놀리는 보모는 잠든 이들의 수호자, 하늘과 나뭇가지로 이루어진 해질녘 숲에서 솟아나는 신령스러운 존재처럼 보였다. 고독한 여행자가 시골길을 쏘다니며 양치식물을 들쑤시고 커다란 독미나리를 짓밟다가 갑자기 고개를 들고 산책로 끝에 나타난 거대한 형상을 본다.

무신론의 신념을 견지하면서도 그는 간혹 비범한 고양의 순간들을 경험하며 깜짝 놀라곤 한다. 우리 바깥에는 아무것도 없고 오직 어떤 마음 상태가 있을 뿐이다, 그는 생각한다. 위안과 안도를 바라는 마음, 이 비참한 난쟁이들, 이 나약하고 추악하고 비겁한 남자들과 여자들 바깥에 무언가가 존재하기를 바라는 마음만 있을 뿐이라고. 하지만 자신이 상상으로 품을 수 있다면 그런 신령스러운 여인은 어떤 식으로든 존재하는 것이다, 그는 생각한다. 하늘과 나뭇가지에 눈길을 둔 채 오솔길을 따라 걸어가다가 곧바로 그 나뭇가지들에서 여성성을 발견한다. 나뭇가지들이 얼마나 장엄해지는지 경이에 젖어 바라본다. 산들바람이 나무를 흔들 때 가지들은 이파리들을 어둑하게 펄럭이면서 얼마나 숭고하게 자비와 이해와 용서를 베푸는지, 그러다가 갑자기 하늘 높이 자신을 팽개치며 얼마나 단숨에 그 경건하던 모습을 내버리고 광란의 환락으로 빠져드는지.

그런 환영들은 고독한 여행자에게 과일이 가득 담긴 거대한 풍요의 뿔을 내밀기도 하고, 초록빛 바다의 파도 위에서 노니는 세이렌처럼 그의 귓가에 속삭이기도 하고, 장미 꽃다발처럼 그의 얼굴 앞에 들이밀어지기도 하고, 어부들이 범람한 물속에서 허우적거리며 껴안으려 하는 창백한 얼굴들처럼 수면으로 떠오르기도 한다.

그런 환영들이 끊임없이 떠올라 현실의 사물 옆에서 나란히 걸어가

거나 앞에서 얼굴을 들이밀며, 가끔은 고독한 여행자를 압도해 대지의 감각이나 귀향의 소망을 앗아가고 이를 대신해 너른 평화를 준다. 마치 (그는 숲길을 따라 나아가며 생각한다) 이 모든 삶의 열병도 단순하기 이를 데 없다는 듯이, 삼라만상이 하나로 합쳐진 듯이, 그리고 하늘과 나뭇가지로 이루어진 이 신령스러운 형상이 격랑이 이는 바다에서 솟아오른 듯이, (그는 이제 나이 쉰을 넘겨 늙어간다) 흡사 파도에서 빨려올라온 어떤 형체가 그녀의 장엄한 손으로 연민과 이해와 용서를 쏟아붓는 것처럼. 그래서 그는 생각한다, 다시는 전등 불빛 아래로, 응접실로 돌아가 읽던 책을 마저 읽고 파이프의 재를 떨어내고 미시즈 터너를 불러 치우게 하며 살지 않으리라. 그러지 않고 이 거대한 형상을 향해 똑바로 걸어가리라. 단 한 번의 고갯짓으로 나를 자신의 휘날리는 옷자락에 태워 나머지 모든 것과 함께 바람에 날려 사라지게 할 그녀에게로.

그런 환영들을 경험한 고독한 여행자는 곧 숲을 벗어난다. 그런데 아마도 그의 귀향을 기다리는지 문가로 다가와 이마에 손그늘을 드리우고 흰 앞치마를 휘날리는 늙은 여인이 있다. 그 여인은 그의 눈에(이런 상상의 병은 얼마나 막강한가) 사막을 살피며 잃어버린 아들을 찾는 듯, 전사한 기병을 수색하는 듯, 세계의 전장에서 아들을 잃은 어머니의 형상이 되는 듯하다. 그래서 고독한 여행자는 여자들이 뜨개질을 하고 남자들은 텃밭을 가는 마을의 거리를 걸어내려간다. 저녁은 불길해 보이고 형상들은 움직임이 없다. 마치 이미 알고 두려움 없이 기다려온 어떤 장엄한 운명이 그들을 완전한 절멸로 휩쓸어버리기 직전인 것처럼.

여인숙 안에서 찬장과 식탁, 제라늄이 놓인 창틀과 같은 평범한 물건들 사이로 식탁보를 걷으려고 허리를 굽힌 주인 여자의 윤곽이 갑자기 빛을 받아 부드러워진다. 그 사랑스러운 상징을 우리가 온전히 끌어안지 못하는 것은 오로지 싸늘한 인간 사이의 접촉에 대한 기억 때문이다. 그녀는 마멀레이드를 가져가 찬장 안에 넣는다.

"오늘밤에 더 필요하신 건 없나요, 손님?"

하지만 고독한 여행자는 누구에게 대답하는가?

그렇게 리젠트파크의 나이든 보모는 잠든 아기 옆에서 뜨개질을 했고, 그렇게 피터 월시는 코를 골았다.

그는 갑자기 벌떡 깨어나며 속으로 말했다. '영혼의 죽음.'

"아이고, 이럴 수가!" 그는 혼자서 중얼거리며 몸을 쭉 펴고 눈을 떴다. '영혼의 죽음.' 그 말은 그가 꿈속에서 자주 본 어떤 장면, 어느 방, 어떤 과거와 연결되었다. 점점 더 선명해졌다. 꿈속에서 보아온 그 장면, 그 방, 그 과거.

1890년대 초의 그 여름, 보턴에서, 그가 클래리사를 열정적으로 사랑하던 시기의 일이었다. 정말로 많은 사람이 모여 차를 마신 후 탁자에 둘러앉아 웃으며 얘기를 나누고 있었다. 방안은 노란빛으로 물들었고 담배 연기가 자욱했다. 그들은 하녀와 결혼한 한 남자에 대해 이야기했다. 이웃에 사는 어느 지주계급이었는데 이름은 잊었다. 그는 하녀와 결혼했고 아내를 인사시키려고 보턴에 데려왔는데—끔찍하게 곤란한 방문이었다. 터무니없이 요란하게 치장하고 온 그 여자를 클래리사는 "앵무새 같다"고 말하며 흉내를 냈다. 여자는 잠시도 말을 멈추지 않고 계속해서 주절주절, 주절주절, 떠들었다. 클래리사는 그 여자를 흉내냈다. 그런데 누군가가 말했다—그래, 샐리 시턴이었다—그 여자가 혼전임신했다는 사실을 안다고 해서 그들을 보는 느낌이 그리 달라질까? (그 시절에 남녀가 섞인 자리에서 하기에는 대담한 말이었다.) 그때의 클래리사가 아직도 생생히 떠올랐다. 얼굴이 새빨개지면서 어쩐지 움츠러들며, "오, 난 그 여자와 다시는 말을 할 수 없을 거야!"라고 하던 모습을. 그 말에 탁자에 둘러앉은 사람들 전체가 당혹스러워하는 듯했다. 정말이지 불편한 순간이었다.

클래리사가 그 사실에 거부감을 느낀다는 것을 탓하지는 않았다. 당시에 클래리사처럼 자란 아가씨들은 아무것도 몰랐으니까. 하지만 그녀의 태도는 언짢았다. 소심하고 냉정하고 오만하고 새침 떠는 태도. "영혼의 죽음." 피터는 본능적으로 그렇게 말했다. 당시의 버릇대로 그 순간에 자기만의 제목을 붙였다—클래리사의 영혼의 죽음이라고.

모두가 당혹스러워했다. 클래리사가 그런 말을 했을 때 모두가 고개를 푹 숙였고 그러다가 고개를 들었을 때는 저마다 달라진 모습을 보였다. 샐리 시턴이 눈에 들어왔다. 마치 못된 장난을 저지르다 들킨 아이처럼, 몸을 앞으로 숙인 채 얼굴을 살짝 붉히며 무슨 말인가 하고 싶지만 좀 겁나는 듯한 모습이었다. 클래리사는 정말이지 사람들을 겁먹게 했다. (샐리는 클래리사의 가장 친한 친구로 늘 그곳에 들락거렸고, 검은 머리와 선이 굵은 미모에, 당시로서는 무척 대담하다는 평판을 듣는 매력적인 인물이었다. 피터는 샐리에게 시가를 주곤 했는데, 그녀는 그것을 침실에서 피웠다. 누군가와 약혼을 했었다던가, 자기 가족들과 갈등이 있었다던가 그랬는데, 패리 노인은 두 사람 다 싫어했고 그래서 둘 사이에는 상당한 유대감이 있었다.) 그때 클래리사가 거기 모인 사람들 때문에 여전히 기분이 상한 기색으로 일어서서 뭔가 핑계를 대고 혼자 자리를 떴다. 문을 열었을 때 커다란 털북숭이 양치기 개가 들어왔다. 클래리사가 개를 끌어안고 예뻐 죽겠다는 듯 법석을 떨었다. 마치 피터에게 말하는 듯했다―전부 자신을 향한 행동이라는 것을 알 수 있었다―'방금 내가 그 여자에 대해 부당하게 굴었다고 생각하는 거 다 알아요. 하지만 내가 얼마나 정이 많은 사람인지 봐요. 내가 얼마나 우리 롭을 사랑하는지 보란 말이에요!'

그들 사이에는 항상 말없이 소통하는 묘한 힘이 있었다. 피터가 자신을 비판한다는 것을 클래리사는 곧장 알아차렸다. 그러면 그녀는 이렇게 개를 두고 법석을 떤 것처럼 꽤 노골적으로 자기를 방어하는 행동을 하곤 했지만―절대로 그를 속여넘기지는 못했다. 피터는 항상 클래리사를 꿰뚫어보았다. 물론 그렇다고 무슨 말을 하지는 않았고, 그저 부루퉁한 표정으로 앉아 있을 뿐이었다. 그들의 다툼은 그런 식으로 시작되는 경우가 많았다.

클래리사는 문을 닫았다. 곧바로 그는 이루 말할 수 없이 우울해졌다. 전부 부질없어 보였다―계속 사랑하고, 계속 싸우고, 계속 화해하는 일을 되풀이한다는 것이. 그는 혼자서 밖으로 나가 헛간들 사이를 배회하고 마구간으로 가서 말들을 바라보았다. (보턴은 무척 소박한 곳이었다. 패리 가문은 대단히 부유하지는 않았지만 항상 말 사육사들과 마구간 일꾼들이 있었고―클래리사가 승마를 좋아했다―늙은 마부도 한 명 있었는데, 그 사람 이름이 뭐였더라? 그리고 늙은 보모도 있었다. 무디 할멈인지 구디 할멈인지, 대충 그런 이름으로 불리던 사람이었고, 그녀가 지내던 작은 방에 들어가본 적이 있는데 수많은 사진과 수많은 새장으로 가득했다.)

괴로운 저녁이었다! 그는 점점 더 우울해졌다. 그 일만이 아니라 모든 것이 문제였다. 클래리사를 만날 수 없고 설명할 수 없고 마음을 털어놓을 수 없었다. 항상 주변에 사람들이 있었다—그녀는 계속 아무 일도 없었다는 듯 행동했다. 그것이 그녀의 가장 짜증나는 면이었다—이런 냉정함, 이런 완고함, 내면 깊이 자리한 그런 면을 바로 오늘도 아침에 그녀와 이야기할 때 다시 한번 느낀 것이다. 뚫고 들어갈 수 없는 벽 같은 면. 맹세코 그는 클래리사를 사랑했다. 그녀에겐 사람의 신경을 건드리는 이상한 힘이 있었다. 사람의 신경을 바이올린 현처럼 팽팽하게 긴장하게 하는, 그래, 그런 힘.

그는 저녁식사 자리에 조금 늦게 갔다. 자신의 빈자리를 느끼게 하겠다는 어리석은 생각에서였다. 그는 미스터 패리의 누이이며 그 모임의 주관자인 미스 패리—헬레나 고모—옆자리에 앉았다. 미스 패리는 하얀 캐시미어 숄을 두르고 유리창에 뒤통수를 기댄 채 앉아 있었다—위압적인 노부인이었지만 피터에게는 친절했다. 그가 진귀한 꽃을 찾아준 덕분이었다. 그녀는 어깨에 검은 양철 수집통을 메고 두꺼운 장화를 신은 채 씩씩하게 돌아다니는 대단한 식물 애호가였다. 피터는 미스 패리 옆에 앉았지만 아무 말도 할 수 없었다. 모든 것이 빠르게 옆을 스쳐지나는 것 같았다. 그는 그저 앉아서 먹기만 했다. 그러다 식사가 반쯤 진행되었을 때 처음으로 클래리사 쪽을 바라보았다. 그녀는 오른쪽에 앉은 청년과 이야기를 나누고 있었다. 문득 계시처럼 깨달음이 찾아왔다. '저 남자와 결혼하겠구나.' 그는 속으로 말했다. 그 남자의 이름조차 모르는 채로.

물론 그날 오후였다. 바로 그날 오후에 댈러웨이가 보턴에 왔고 클래리사가 그를 "위컴"이라고 불렀으며, 그로부터 모든 것이 시작되었다. 누군가가 그를 데려왔고 클래리사는 그의 이름을 잘못 알았다. 사람들에게 그를 위컴이라고 소개했다. 마침내 그가 말했다. "내 이름은 댈러웨이입니다!"―그것이 그가 처음 본 리처드였다. 다소 어색하게 데크의 접이식 의자에 앉아 있다가 불쑥 "내 이름은 댈러웨이입니다!"라고 말한 금발 청년. 샐리는 그 말을 놓치지 않고, 그뒤로 계속 그를 '내 이름은 댈러웨이입니다!'라고 불렀다.

당시에 피터는 계시처럼 찾아오는 깨달음의 순간들에 시달렸다. 이번의 깨달음―클래리사가 댈러웨이와 결혼한다는―으로 인해 그는 눈앞이 캄캄해지고 잠시 정신이 멍해졌다. 그 남자를 대하는 클래리사의 태도가 어쩐지―뭐라고 하면 좋을까?―어쩐지 편안했다. 모성적이고 온화한 분위기. 그들은 정치 이야기를 하고 있었다. 저녁식사 내내 그는 두 사람이 무슨 말을 하는지 들으려 애썼다.

기억에 따르면 그는 나중에 응접실에서 의자에 앉은 미스 패리 옆에 서 있었다. 클래리사가 진짜 안주인처럼 완벽히 예의를 차리며 다가와 그를 누군가에게 소개하려 했다―마치 한 번도 만난 적 없는 사람처럼 대하는 말투에 그는 화가 치밀었다. 그런데 그때조차 클래리사의 그런 점이 감탄스러웠다. 그녀의 용기와 사교적 본능이 감탄스러웠다. 상황을 이끌어가는 그 능력이 감탄스러웠다. "완벽한 안주인이십니다." 그가 말하자 클래리사는 눈에 띄게 움찔했다. 하지만 그런 기분을 느끼기를 바라고 한 말이었다. 댈러웨이와 함께 있는 그녀를 본 뒤로는 무슨 짓을 해서라도 상처를 주려 했다. 그래서 클래리사는 다른 곳으로 가버렸다. 그는 모두가 똘똘 뭉쳐 자신을 적대시한다고―자기 등뒤에서 웃고 떠들고 있다고―느꼈다. 그는 미스 패리의 의자 옆에 목각인형처럼 서서 야생화에 대해 얘기했다. 단 한 번도 겪어본 적 없는 지옥 같은 고통이었다! 그래서 귀를 기울이는 척이라도 한다는 걸 잊어버렸을 것이다. 마침내 정신을 차렸을 때 툭 튀어나온 눈으로 빤히 바라보며 조금 심란하고 조금은 분개한 표정을 짓는 미스 패리가 보였다. 하마터면 그는 마음이 지옥 같아서 집중할 수가 없다고 소리지를 뻔했다. 사람들이 방에서 나가기 시작했다. 외투를 가져오겠다느니, 물위에 있으면 춥다느니, 두런거리는 소리가 들렸다. 달빛을 받으며 보트를 타러 호수에 가려는 것이었다―샐리의 정신 나간 아이디어였다. 달을 묘사하는 샐리의 목소리가 들렸다. 그리고 그들 모두 밖으로 나갔다. 그는 완전히 홀로 남겨졌다.

"자네는 함께 가고 싶지 않나?" 헬레나 고모가 물었다―미스 패리! 그녀는 간파한 것이다. 뒤로 돌아섰을 때 거기에 클래리사가 다시 와 있었다. 그를 데리러 돌아온 것이다. 그 관대함―그 선함―에 그는 감동했다.

"어서 와요." 그녀가 말했다. "사람들이 기다려요."

평생 그보다 더 행복한 적이 없었다! 한마디 말도 없이 두 사람은 화해했다. 그들은 호수로 걸어갔다. 그는 이십 분 동안의 완벽한 행복을 누렸다. 클래리사의 목소리, 그 웃음, 그 드레스(흰색과 진홍색이 섞인 하늘하늘한 옷), 그 활기, 그 모험심. 클래리사는 모두 배에서 내려 섬을 둘러보게 했다. 그녀는 암탉을 놀라게 했고, 웃음을 터트렸고, 노래를 불렀다. 그러는 동안 내내 피터는 아주 잘 알 수 있었다. 댈러웨이가 클래리사에게 빠져들고 있다는 것을, 클래리사가 댈러웨이에게 빠져들고 있다는 것을. 하지만 상관없을 것 같았다. 그 무엇도 상관없었다. 그들은—피터와 클래리사는—땅바닥에 앉아 이야기를 나눴다. 두 사람은 전혀 애쓰지 않고도 서로의 마음에 드나들었다. 그러다가 순식간에 연결은 끊겼다. 그는 보트에 오르며 속으로 말했다. '클래리사는 저 남자와 결혼할 거야.' 무감하게, 아무런 원한 없이. 하지만 너무나 명백했다. 댈러웨이는 클래리사와 결혼할 것이다.

돌아오는 길에 댈러웨이가 노를 저었다. 댈러웨이는 아무 말도 하지 않았지만, 그가 사람들의 배웅을 받으며 자전거에 올라타 숲을 가로질러 20마일을 달려가기 위해 출발할 때, 진입로를 비틀비틀 내려가 손을 흔들고 사라질 때, 피터는 분명히 느꼈다. 본능적으로, 어마어마하게, 강렬하게, 그 모든 것을 느꼈다. 그 밤을, 로맨스를, 클래리사를. 댈러웨이는 클래리사를 차지할 자격이 있었다.

그 자신으로 말하자면, 그는 터무니없었다. 클래리사에게 터무니없는 것을 요구했다(이제는 알 수 있었다). 그는 불가능한 것들을 바랐다. 너무나 부끄러운 꼴을 보였다. 조금만 이성적으로 굴었다면 클래리사는 어쩌면 그를 받아주었을지도 모른다. 그것이 샐리의 생각이었다. 샐리는 여름 내내 그에게 편지를 썼다. 클래리사와 둘이서 피터 얘기를 했다고, 자기가 그를 칭찬했다고, 클래리사가 울음을 터트렸다고! 참으로 별난 여름이었다—수많은 편지와 소동과 전보—아침 일찍 보턴에 가서 하인들이 일어날 때까지 어슬렁거리던 일, 냉랭한 분위기 속에서 미스터 패리와 함께 한 아침식사, 위압적이지만 친절한 헬레나 고모,

샐리에게 이끌려 텃밭으로 가서 나누던 얘기들, 두통 때문에 침대에 누워 있던 클래리사.

마지막 장면, 그가 일평생 그 무엇보다 더 중요했다고 믿는(과장일 수도 있지만, 아직도 그렇게 생각되었다) 그 끔찍한 소동은 무척 더웠던 어느 날 오후 세시에 벌어졌다. 시작은 사소했다─샐리가 점심 식탁에서 댈러웨이 얘기를 하다가 그를 '내 이름은 댈러웨이입니다'라고 불렀다. 그러자 클래리사가 갑자기 특유의 굳은 표정과 상기된 얼굴로 날카롭게 쏘아붙였다. "그런 시답잖은 농담 좀 그만해." 그게 전부였다. 하지만 그에게는 클래리사가 '당신과는 잠시 어울려 놀고 있을 뿐이야, 리처드 댈러웨이와 이미 마음을 확인했어'라고 말한 것과 다름없었다. 그는 그렇게 받아들였고, 며칠 동안 밤잠을 이루지 못했다. '이제 어떻게든 끝을 봐야 해.' 그는 생각했다. 샐리를 통해 클래리사에게 쪽지를 보내, 분수 옆에서 세시에 만나자고 했다. "아주 중요한 일이 생겼어요"라고 쪽지 끄트머리에 휘갈겨썼다.

분수는 본채에서 멀리 떨어진 작은 관목숲 한가운데에 있어서 사방이 덤불과 나무로 둘러싸여 있었다. 클래리사는 약속 시간보다 더 일찍 왔고, 그들은 분수를 사이에 두고 섰다. 분수 분출구에서(고장이었다) 물이 끊임없이 줄줄 흘렀다. 어떤 장면들은 얼마나 마음속에 깊이 새겨지는지! 예컨대 그 선명한 녹색 이끼처럼.

클래리사는 움직이지 않았다. "솔직히 말해줘요, 솔직히." 그는 계속 말했다. 이마가 터질 것 같은 느낌이었다. 클래리사는 겁에 질려 움츠러드는 것 같았다. 그녀는 움직이지 않았다. "솔직히 말해줘요" 하고 다시 한번 말했을 때, 갑자기 그 노인 브라이트코프가 〈타임스〉지를 든 채로 머리를 불쑥 내밀더니 그들을 빤히 보다가 입을 떡 벌리고 가버렸다. 둘 다 전혀 움직이지 않았다. "솔직히 말해줘요." 그는 또 한번 말했다. 뭔가 단단한 물체에 계속 갈아대고 있는 느낌이었다. 클래리사는 전혀 굽히지 않았다. 무쇠처럼, 부싯돌처럼, 단단하게 등을 세웠다. 그러다가 마침내 입을 열고, "소용없어요. 소용없다고요. 이제 끝이에요"라고―몇 시간처럼 느껴지는 시간 동안 그가 눈물을 줄줄 흘리며 온갖 말을 한 뒤에―말했다. 마치 그의 얼굴을 세게 후려친 것 같았다. 그녀는 돌아섰다, 그를 떠났다, 멀리 가버렸다.

"클래리사!" 그는 외쳤다. "클래리사!" 하지만 그녀는 돌아오지 않았다. 끝이었다. 그날 밤 그곳을 떠났다. 클래리사를 다시 보지 못한 채로.

끔찍했어, 그는 소리쳤다. 끔찍하고도 끔찍했지!

그래도 햇살은 따스하다. 그래도 사람은 극복하기 마련이다. 그래도 인생은 하루에 하루를 쌓아가며 계속된다. 그래도, 하고 생각을 이어가며 그는 하품을 하고 주변을 살피기 시작했다―리젠트파크는 다람쥐들만 빼면 어린 시절과 그리 달라지지 않았다―그래도 고통에 대한 보상은 있을 것이다. 그때, 오빠와 함께 놀이방 벽난로 선반 위에 모아놓은 조약돌 모음에 추가할 조약돌을 줍던 어린 엘리스 미첼이 보모의 무릎에 돌을 한 움큼 쏟아놓고 다시 전속력으로 달려가다가 어느 부인의 다리에 부딪혔다. 피터 월시는 웃음을 터트렸다.

하지만 루크레치아 워런 스미스는 마음속으로 말하는 중이었다. 이건 너무 지독해. 내가 왜 이렇게 고통받아야 하지? 그녀는 넓은 산책로를 걸으며 자문했다. 안 돼, 난 더이상 버틸 수가 없어, 그녀는 혼자서 말했다. 이제 더는 예전의 셉티머스가 아닌 셉티머스가 저쪽 벤치에 앉아 혹독하고 잔인하고 지독한 말을 내뱉고, 혼잣말을 중얼거리고, 죽은 이와 대화하도록 내버려둔 채 멀찍이 와 있었다. 그때 그 아이가 전속력으로 달려와 부딪히더니 바닥에 벌러덩 넘어져 울음을 터트렸다.

차라리 마음에 위로가 되었다. 루크레치아는 아이를 일으켜세워 원피스의 먼지를 떨고 뽀뽀해주었다.

하지만 레치아에게는 아무런 잘못이 없었다. 셉티머스를 사랑했고 행복하게 살았다. 아름다운 고향집이 있었고 지금도 언니는 그곳에 살면서 모자를 만들고 있었다. 왜 그녀가 고통받아야 하나?

아이가 곧장 보모에게로 달려갔고, 레치아는 뜨개질감을 내려놓은 보모가 아이를 꾸짖다가 달래고 안아올리는 모습을 보았다. 친절해 보이는 남자가 아이를 달래려고 자기 시계를 주면서 탁 소리가 나게 열어보게 했다―그런데 왜 그녀가 이렇게 비바람에 시달려야 하나? 왜 밀라노에 그대로 있지 않았을까? 왜 이런 극심한 고통을 겪어야 하나? 왜?

넓은 산책로와 보모와 회색 옷을 입은 남자와 유아차가 눈물에 어롱진 채 눈앞에서 오르내렸다. 이 악의에 찬 고문자에게 휘둘리는 것이 그녀의 운명이었다. 하지만 왜? 레치아는 나뭇잎 아래의 얇은 틈새에 피신한 새, 나뭇잎이 흔들리기만 해도 햇빛에 눈을 깜빡이고 마른 가지가 꺾이는 소리에 소스라치게 놀라는 새와 같았다. 아무런 보호도 받을 수 없었다. 무심한 세상의 거대한 나무들과 광활한 구름에 둘러싸인 채 비바람에 시달리며 극심한 고통을 받았다. 왜 이렇게 고통받아야 하나? 왜?

레치아는 울상을 짓고 발을 쿵쿵 굴렀다. 서 윌리엄 브래드쇼를 만나러 갈 시간이 가까워오니 이제 셉티머스에게로 돌아가야 했다. 돌아가서 말해야 했다. 나무 아래 초록색 의자에 앉아서 혼잣말을 하거나 그 죽은 남자 에번스와 대화를 나누는 그에게 돌아가야 했다. 레치아는 딱 한 번 에번스를 상점에서 잠깐 본 적이 있었다. 선하고 조용한 사람처럼 보였고, 셉티머스의 절친한 친구였는데 전쟁중에 목숨을 잃었다. 하지만 그런 일은 누구에게나 일어난다. 누구에게나 전쟁중에 죽은 친구가 있다. 누구나 결혼할 때는 뭔가를 포기한다. 레치아는 고향집을 포기했다. 그러고서 여기 이 끔찍한 도시에 살러 오지 않았나. 하지만 셉티머스는 무시무시한 생각에 자신을 내맡겨버렸다. 그녀도 작정하면 할 수 있지만 그러지 않을 뿐인 것을. 그는 점점 더 이상해졌다. 침실 벽 뒤에서 사람들이 말을 한다고 했다. 미시즈 필머도 의아해했다. 그는 헛것을 보기도 했다―양치식물 한가운데에서 늙은 여자의 머리를 본 적도 있었다. 하지만 셉티머스도 마음만 먹으면 행복해질 수 있었다. 둘이서 버스 위층에 타고 햄프턴코트에 갔을 때는 정말로 행복했다. 풀밭에 피어 있는 빨갛고 노란 작은 꽃들을 보고 셉티머스는 둥둥 떠 있는 등불 같다고 했고, 계속 이야기를 지어내며 말하고 떠들고 웃음을 터트렸다. 그러다가 갑자기 말했다. "이제 우리 죽기로 해." 둘이서 강가에 서 있던 그때, 그는 기차나 버스가 지나가는 걸 보고 짓곤 하던―무언가에 매혹된 듯한―표정으로 강물을 바라보고 있었다. 그가 멀어져가고 있다고 느낀 레치아는 그의 팔을 잡았다. 하지만 그는 집으로 돌아오는 동안에는 아무런 말도 하지 않았다―지극히 이성적이었다. 셉티머스는 종종 같이 죽자고 하며 말싸움을 벌였고 사람들이 얼마나 사악한지 구구절절 늘어놓았으며 그들이 거리를 지나가며 거짓말을 꾸며내는 모습이 보인다고도 했다. 그들의 생각을 속속들이 안다고 그는 말했다. 모든 것을 안다고, 세상의 의미를 안다고 했다.

그런데 집에 돌아왔을 때 셉티머스는 잘 걸을 수도 없었다. 소파에 누워 레치아에게 손을 붙잡아달라고, 추락하지 않게 해달라고 외쳤다. 아래로, 아래로, 불길 속으로 추락하지 않게! 벽에서 얼굴들이 나와 비웃으며 끔찍하고 역겨운 욕을 하고 가림막 주위에서 손들이 손가락질하는 모습을 보았다. 하지만 그곳에는 그들 둘뿐이었다. 그런데도 셉티머스는 목청 높여 말하고 대답하고 언쟁하고 웃고 울었으며, 흥분에 휩싸여 레치아에게 자기가 하는 말을 받아적으라고 했다. 그것은 죽음이 어떻다느니, 미스 이저벨 폴이 어떻다느니 하는, 완전한 헛소리였다. 레치아는 더이상 견딜 수 없었다. 고향으로 돌아갈 작정이었다.

이제 레치아는 남편에게 다가갔다. 그가 하늘을 노려보며 중얼거리고 손을 꽉 맞잡는 모습이 보였다. 그런데도 닥터 홈스는 그에게 아무런 문제가 없다고 말했다. 그렇다면 무슨 일이 벌어진 걸까—왜 그렇게 달라진 걸까, 왜, 그녀가 옆에 앉았을 때 그렇게 화들짝 놀라고 찌푸리며 비켜앉아 그녀의 손을 가리키다가 붙잡아 겁에 질려 바라본 걸까?

혹시 결혼반지를 뺐다고 그런 걸까? "손가락이 너무 야위어서 그래." 레치아는 말했다. "핸드백 속에 넣어두었어" 하고 그에게 말했다.

셉티머스는 아내의 손을 놓았다. 결혼생활은 끝났다, 그는 고통스럽게, 또한 안도하며 생각했다. 밧줄이 잘렸다. 그는 둥실 떠올랐다. 자유로웠다. 셉티머스, 인간의 군주인 그는 자유로워야 한다고 정해졌으니.

셉티머스, 그는 혼자였다(아내가 결혼반지를 내던졌으므로, 자신을 떠났으므로). 그는 혼자였고, 인류 대중보다 먼저 소명을 받아 진리를 듣고 그 의미를 알아냈다. 이제 마침내 문명의 온갖 노고─그리스인, 로마인, 셰익스피어, 다윈, 그리고 이제는 자신의 노고까지─를 뒤로하고 그 의미를 온전히 전해야 한다⋯⋯ "누구에게 전하지?" 그는 소리 내어 물었다. "총리에게." 그의 머리 위에서 버스럭거리는 목소리들이 대답했다. 지고한 비밀을 내각에 알려야 한다. 첫째로, 나무가 살아 있다는 것, 다음으로는 죄란 없다는 것, 그다음은 사랑, 우주와 같은 드넓은 사랑, 그는 중얼중얼 늘어놓으며 숨을 헐떡이고 몸을 바들바들 떨었다. 이렇게 고통스럽게 길어낸 심오한 진리는 지극히 깊고 난해하여 이를 전하기 위해서는 어마어마한 노력이 필요했지만 세상은 이로 인해 영원히, 완전히 변화되었다.

죄는 없다. 사랑. 그는 되뇌며 메모지와 연필을 꺼내려고 더듬거렸다. 그때 스카이테리어 한 마리가 그의 바지에 코를 대고 킁킁거렸고, 그는 두려움에 떨며 소스라쳤다. 개가 사람으로 변하고 있어! 그런 광경은 차마 볼 수가 없어! 개가 사람으로 변하다니, 소름 끼치고 무시무시한 일이다! 곧 개는 다른 곳으로 쪼르르 달려갔다.

하늘은 거룩하게 자비롭고 한없이 인자하다. 그를 곤경에서 구해주고 나약함을 용서한다. 하지만 과학적으로는 어떻게 설명할 수 있을까(사람은 무엇보다 과학적이어야 하니까)? 왜 그는 육체를 꿰뚫어보고 개가 사람이 되는 미래를 내다볼 수 있을까? 아마도 열파 때문일 것이다. 영겁에 걸친 진화로 예민해진 두뇌에 열파가 작용한 탓일 것이다. 과학적으로 말하자면, 육신이 융해되어 세상에서 없어졌다. 그의 몸은

물에 분해되어 신경섬유만 남았다. 그것은 바위 위에 베일처럼 펼쳐
졌다.

셉티머스는 의자에 등을 기대고 앉았다. 몸이 녹초가 되었지만 위
로 떠받들린 느낌이었다. 인류를 위해 다시 한번 고통스럽게 노력하여
자신이 해석한 진리를 전달하기 전에 의자에 기대어 쉬면서 기다렸다.
그는 세상의 등에 올라타 매우 높은 곳에 누워 있었다. 밑에서 땅이 전
율했다. 빨간 꽃들이 살을 뚫고 자랐고 뻣뻣한 이파리들이 머리 옆에
서 바스락거렸다. 음악이 여기 높은 곳의 바위에 쨍그랑 부딪혀 울리
기 시작했다. 저 아래에서 지나가는 자동차 경적이로군, 그는 중얼거렸
다. 하지만 이곳 위에서 그 소리는 바위들 사이를 쿵쿵 튕겨 나뉘었다
가 굉음을 내며 다시 만난 뒤 매끄러운 기둥처럼 솟아올라(음악이 눈
에 보인다는 건 대단한 발견이었다) 찬가가 되었고, 그 주위를 목동 소
년의 피리 소리가 휘감고 돌았다(저건 술집 앞에서 노인이 양철 피리
를 부는 소리로군, 그는 중얼거렸다). 소년이 가만히 서 있을 때 피리에
서 거품처럼 흘러나오던 그 소리는 소년이 점점 높이 올라갈수록 애절
하고 아름다운 곡조가 되었고 그동안 저 아래에서는 자동차들이 오갔
다. 이 소년의 비가는 붐비는 거리 한복판에서 연주되는 거야, 셉티머
스는 생각했다. 이제 소년은 눈 덮인 곳으로 올라가고 장미 꽃송이들이
그 주위에 떠 있구나―내 침실 벽에서 자라는 빽빽한 붉은 장미야, 그
는 기억을 되살렸다. 음악이 멈췄다. 노인이 동전을 받았군, 그는 추측
했다, 그래서 다음 주점으로 옮겨간 거야.

하지만 셉티머스 자신은 높은 바위 위에 그대로 남아 있었다. 물에
빠졌다가 바위 위에 널브러진 뱃사람처럼. 나는 뱃전 너머로 허리를 숙

이다가 물에 빠졌어, 그는 생각했다. 바다 밑으로 들어갔지. 죽었다가 다시 살아났어, 하지만 그래도 이대로 쉬게 해줘, 그는 애원했다(또다시 혼자 주절거리고 있었다―끔찍하고도 끔찍했다!). 이윽고, 잠든 사람이 미처 깨어나기 전에, 기묘하게 어우러진 새소리와 바퀴 구르는 소리가 점점 요란해지면서 삶의 해변으로 끌려나오는 것을 느끼듯이, 셉티머스도 삶을 향해 끌려가는 것을 느꼈다. 태양이 점점 더 뜨거워졌고 비명은 점점 더 커졌으며 무언가 엄청난 일이 곧 벌어질 것 같았다.

눈을 뜨기만 하면 되는데, 눈에 묵직한 추가, 두려움이 얹혀 있었다. 그는 안간힘을 써서 눈꺼풀을 밀어올리고 바라보았다. 눈앞에 리젠트 파크가 보였다. 긴 햇빛 자락들이 그의 발치에서 살랑거렸다. 나무들이 바람에 너울너울 흔들렸다. 우리는 환영합니다, 세상이 말하는 듯했다. 우리는 받아들이고, 창조합니다. 아름다움을, 하고 세상은 말하는 듯했다. 그리고 그 말을 (과학적으로) 증명이라도 하듯, 집과 난간과 울타리 너머로 목을 내미는 영양들까지, 눈길이 닿는 모든 곳에서 아름다움이 곧바로 퍼져나왔다. 바람결에 바르르 떠는 나뭇잎만 봐도 아찔한 기쁨이 느껴졌다. 하늘 저 높은 데서 곤두박질치다 휙 틀어 이리저리 돌진하며 빙글빙글 도는 제비들은 마치 고무줄에 매달린 듯 완벽히 통제된 움직임을 유지했다. 파리들이 위아래로 윙윙거리며 날아다니고, 한껏 기분이 좋아진 햇빛이 이 잎사귀 저 잎사귀를 장난스레 비추며 부드러운 금빛으로 물들였다. 이따금 어떤 종소리가(아마 자동차의 경적일지도) 풀대 위에서 경건하게 딸랑거렸다―평온하고 이성적인 이 모든 것, 평범한 것들로 이루어진 이 모든 것이 지금은 진실이다. 아름다움, 지금은 그것이 진실이다. 아름다움은 어디에나 있다.

"시간이 됐어." 레치아가 말했다.

'시간'이라는 단어가 껍질을 깨트려 그 풍성한 알맹이를 그에게 쏟아냈다. 그의 입술에서 자기가 만든 적 없는 말들이, 단단하고 하얀 불변의 말들이, 조개껍데기처럼, 대팻밥처럼 떨어져나와 시간을 기리는 송가로 제자리를 찾아갔다. 시간을 기리는 불멸의 송가. 그는 노래했다. 에번스가 나무 뒤에서 응답했다. 죽은 이들은 테살리아*에 있다, 하고 에번스가 난초들 사이에서 노래했다. 거기에서 전쟁이 끝나기를 기다린다, 그런데 이제 죽은 이들이, 그리고 에번스 자신도 마찬가지로—

"제발, 오지 마!" 셉티머스가 큰 소리로 외쳤다. 죽은 이들을 차마 바라볼 수가 없어서였다.

하지만 나뭇가지들이 갈라졌다. 회색 옷을 입은 한 남자가 실제로 그들을 향해 걸어오고 있었다. 에번스다! 하지만 그는 진흙도 묻지 않고 상처도 없는, 예전 모습 그대로였다. 온 세상에 알려야 해, 셉티머스는 소리치며 한 손을 들어올렸다. (회색 양복 차림의 죽은 남자가 점점 다가왔다.) 손을 들어올리는 셉티머스는 오랜 세월 동안 사막에서 홀로 인간의 운명을 애도해온 거인 같다. 이제 그 거인은 두 손으로 이마를 누르고 양볼에 절망의 주름을 깊게 새긴 채, 사막 가장자리에서 떠오른 빛이 점점 넓게 퍼지다 무쇳빛 검은 형상에 부딪히는 모습을 보는데, (그리고 셉티머스는 의자에서 엉거주춤 일어섰다) 땅바닥에 엎드린 수많은 군중을 등뒤에 거느린 그 거대한 애도자가 한순간 제 얼굴에 받아들이는 것은 그 모든—

____

* 그리스 북동부 지역으로 올림푸스산이 있다.

"하지만 난 너무 불행해, 셉티머스." 레치아가 그를 다시 앉히려 애쓰며 말했다.

수백만이 비탄에 빠졌다. 그들은 오랜 세월 동안 슬퍼했다. 그는 돌아서서 사람들에게 말할 것이다. 잠시만, 아주 잠시만 더 있다가, 이 안도감, 이 기쁨, 이 놀라운 계시에 대해―

"시간 말이야, 셉티머스." 레치아가 다시 말했다. "지금 몇시야?"

셉티머스가 중얼거린다, 셉티머스가 소스라치게 놀란다. 저 남자가 분명 셉티머스를 주목할 것이다. 남자가 이쪽을 보고 있다.

"시간을 알려줄게." 셉티머스가 말했다. 아주 느릿하게, 무척 졸린 듯이, 야릇한 미소를 띤 채로. 그가 의자에 앉아 회색 양복 차림의 죽은 남자를 보며 미소를 지을 때 종이 울렸다―열한시 사십오분이었다.

젊다는 건 저런 거지, 피터 월시는 그들 옆을 지나가며 생각했다. 아침나절부터 저렇게 야단스럽게―가엾은 젊은 여자가 몹시 절박해 보였다―소란을 떨고 있잖아. 하지만 무엇 때문에 저럴까, 그는 궁금했다. 외투를 입은 저 청년이 뭐라고 말하기에 여자는 저런 표정을 지을까. 어떤 끔찍한 곤경에 빠졌기에 화창한 여름 아침에 둘 다 저렇게 절박해 보일까? 오 년 만에 영국에 돌아오니 재미있는 점은, 적어도 처음 며칠은, 모든 것이 한 번도 본 적 없는 일처럼 도드라져 보인다는 사실이었다. 나무 아래에서 아옹다옹하는 연인들, 공원마다 펼쳐진 단란한 가정의 일상. 런던이 이토록 매혹적으로 보인 적은 없었다―멀리 보이는 풍경의 부드러운 윤곽, 그 풍성함, 푸르름, 인도에서 생활한 뒤라서 더 돋보이는 문물, 그는 그런 생각을 하며 풀밭을 가로질러 걸어갔다.

쉽게 인상에 좌우되는 이러한 감수성이 틀림없이 그가 실패한 원인으로 작용했으리라. 지금 나이에도 그는 소년, 아니 심지어 소녀처럼 기분이 오락가락했다. 아무런 이유도 없이 기분이 좋은 날, 기분이 나쁜 날이 있었다. 예쁜 얼굴을 보면 행복해지고, 초라하고 볼품없는 이들을 보면 참담해졌다. 물론 인도에서 돌아온 후라 만나는 모든 여자와 사랑에 빠지기 마련이기는 했다. 그들에게서 신선함이 느껴졌다. 가장 가난한 사람도 오 년 전보다는 차림새가 확실히 더 훌륭했다. 그가 보기에 패션은 그 어느 때보다 매력적이었다. 검은색 긴 망토, 호리호리하고 우아한 모습, 그리고 이제는 일반화된 듯한 화장이라는 보기 좋은 습관. 가장 점잖은 여자들까지도 이제는 누구나 유리온실에서 피어나는 장미와 같은 볼, 칼로 선을 그은 듯한 입술, 까맣게 말려올라간 속눈썹을 가졌다. 어디에나 디자인과 예술이 있었다. 분명히 모종의 변화가 일어난 것이다. 젊은이들은 무슨 생각을 할까? 피터 월시는 자문했다.

지난 오 년—1918년부터 1923년까지—은 어떻게든 무척 중요했을 거라고 그는 생각했다. 사람들이 달라 보였다. 신문도 달라진 것 같았다. 예컨대 요즘 어떤 남자는 점잖은 주간지에 수세식 화장실에 관한 글을 거리낌없이 썼다. 십 년 전이었다면 그런 일은 할 수 없었을 것이다—점잖은 주간지에 수세식 화장실에 관한 글을 거리낌없이 쓰는 일 말이다. 그리고 공공장소에서 립스틱이나 파우더 퍼프를 꺼내 화장을 고치는 이런 행동도 그렇고. 고국으로 돌아오는 배 위에서는 수많은 젊은 남녀가—베티와 버티가 특히 기억난다—노골적으로 애정행각을 벌였다. 늙은 어머니는 앉아서 뜨개질을 하며 그들을 태연하게 지켜보았다. 여자는 사람들 앞에 선 채로 콧등에 파우더를 발랐다. 게다가 두 사람은 약혼한 사이도 아니었고 그저 한때 즐기는 것뿐이어서 둘 중 누구도 마음을 다치지 않았다. 쇠못처럼 단단한 여자였지만—베티 아무개라 했는데—정말이지 좋은 사람이었다. 서른쯤 되면 아주 훌륭한 아내가 될 것이다—적절한 때가 오면 결혼을 할 테고, 어떤 부유한 남자와 결혼해 맨체스터 근방의 큰 집에서 살겠지.

그런데 그렇게 한 사람이 있었는데, 누구더라? 피터 월시는 브로드 워크로 들어서며 자문했다—부유한 남자와 결혼해 맨체스터 근방의 큰 집에서 사는 사람이? 최근에 그에게 '파란 수국'에 대해 길고 절절하게 편지를 쓴 어떤 사람. 파란 수국을 보면 피터가, 그리고 지나간 옛날이 생각난다는 얘기였는데—그렇지, 샐리 시턴! 샐리 시턴이었다—부유한 남자와 결혼해 맨체스터 근방의 큰 집에서 살게 되리라고는 상상도 되지 않았던 사람, 제멋대로에 대담하고 낭만적이던 샐리!

그러나 그 까마득한 옛날에 함께 어울리던 클래리사의 친구들 패거리—횟브레드, 킨더슬리, 커닝엄, 킨럭존스—를 통틀어 아마도 샐리가 최고였을 것이다. 샐리는 어떻게든 사물의 본질을 파악하려 했다. 어쨌든 휴 횟브레드—감탄스러운 휴—의 본모습을 꿰뚫어보았다. 클래리사와 나머지 친구들은 그를 떠받들었지만.

"횟브레드 가문이요?" 하고 말하는 샐리의 목소리가 들리는 듯했다. "횟브레드 가문이 어떤 사람들인가요? 석탄 상인이죠. 점잖은 장사꾼이라고요."

무슨 이유에선지 샐리는 휴를 몹시 싫어했다. 휴는 오로지 자기 겉모습만 생각해요, 샐리는 말했다. 휴는 공작이 되었어야 했는데. 틀림없이 왕족과 결혼할 거예요. 그리고 물론 휴는 영국 귀족 제도에 대해 피터가 만난 그 어떤 인간보다 더 특별하고 자연스럽고 웅대한 존경심을 품고 있었다. 클래리사조차도 그 점은 인정해야 했다. 아, 그래도 휴는 너무나 정다운 사람인데, 다른 사람들을 얼마나 위하는지, 어머니를 기쁘게 해드리려고 사냥을 포기하고―친척 아주머니들의 생일도 기억하고, 기타 등등.

샐리는, 제대로 말하자면, 그 모든 것을 꿰뚫어보았다. 가장 또렷이 기억나는 사건 중 하나는 어느 일요일 아침에 보턴에서 여성의 권리(그 케케묵은 주제)에 대해 벌인 논쟁이었다. 그때 샐리는 갑자기 흥분하여 분통을 터트리며 휴에게 그는 영국 중산층의 삶에서 가장 혐오스러운 모든 것을 대변한다고 말했다. 휴가 "피커딜리의 그 가련한 젊은 여자들"의 처지에 책임이 있다고도 했다―완벽한 신사 휴, 불쌍한 휴! 그렇게 경악한 표정을 짓는 남자는 본 적이 없었다! 일부러 그런 거라고 샐리는 나중에 말했다(그들은 텃밭에서 만나 각자의 감상을 비교하곤 했으니까). "휴는 읽은 것도, 생각해본 것도, 느낀 것도, 아무것도 없잖아요" 하고 샐리가 단호한 목소리로, 그것이 얼마나 멀리까지 들리는지는 알지 못하는 채로 말하던 기억이 생생했다. 마구간 일꾼 아이들이 휴보다 더 생기 있다고 샐리는 말했다. 사립학교 출신의 완벽한 표본이라고도 말했다. 영국이 아니라면 다른 어느 나라에서도 그런 사람은 만들어낼 수 없을 거라고. 무슨 이유에선지 샐리는 그에게 진심으로 악의와 유감을 품고 있었다. 무슨 일인가가 흡연실에서 벌어졌는데―무엇이었는지는 잊었다. 휴가 샐리를 모욕했다고―키스를 했다던가? 그럴 리가! 물론 휴를 비방하는 말은 아무도 믿지 않았다. 누가 믿을 수 있을까? 흡연실에서 샐리에게 키스를 하다니! 상대가 오너러블* 이디스라든가 레이디 바이올렛 정도라면 모를까, 자기 소유의 돈 한 푼 없고 아버지인지 어머니인지가 몬테카를로에서 도박을 한다는 그 남루한 샐리는 아니었다. 피터가 만난 모든 사람 중에 휴는 가장 고상한 체하는―가장 굽실거리는―속물이었는데, 아니다, 비굴하게 굴었다고는 할 수 없다. 그러기엔 그는 너무나 고고한 체하는 사람이었다. 일급 시종 같다는 말이 가장 어울릴 것이다―뒤에서 여행가방을 들고 따라가는 사람, 전보 발송을 믿고 맡길 수 있는 사람―파티를 여는 안주인들에게 없어서는 안 될 사람. 그래서 그는 적절한 일자리를 찾았다―오너러블 에벌린과 결혼했고 궁정에서 하찮은 직책을 맡아 국왕의 술 저장고를 관리했고, 왕실의 구두 버클에 광을 냈고, 무릎까지 내려오는 반바지에 주름 잡힌 목 장식을 착용하고 다녔다. 삶이란 참 무자비해! 궁정의 하찮은 일자리라니!

휴는 귀족 영애인 오너러블 에벌린과 결혼해 이 근처 어딘가에 살고 있다고, 그는 (공원을 향해 서 있는 으리으리한 집들을 바라보며) 생각했는데, 전에 한번 거기서 점심을 먹은 적이 있기 때문이었다. 그 집에는 휴가 가진 물건들이 다 그렇듯 다른 집에서는 찾아보기 힘든 어떤 물건이 있었다―리넨 수납장이었을 것이다. 그런 물건들을 보러 가야만 했다. 가서 그게 무엇이든―리넨 수납장, 베갯잇, 오래된 참나무 가구, 그림을 포함해 휴가 헐값을 주고 사 모은 물건들―한참을 감상해야만 했다. 하지만 가끔 미시즈 휴는 그런 번드르르한 표면을 본의 아니게 까발려버릴 때가 있었다. 그녀는 영향력 있는 남자들을 우러러보는, 어딘가 쥐를 닮은 작고 수수한 여자 유형이었는데, 언제나 있는 듯

---

* 주로 하위 귀족의 자녀에게 주어지는 칭호.

없는 듯 눈에 띄지 않았다. 그러다 불쑥 전혀 예상 밖의 말—날카로운 말—을 내뱉곤 했다. 아마도 콧대 높은 귀족적 태도의 잔재였을 것이다. 보일러용 석탄이 자기에겐 너무 독하다고 했던가—공기가 너무 탁해진다고. 그렇게 그들은 리넨 수납장과 옛 거장들의 그림과 진짜 레이스로 테두리를 장식한 베갯잇을 갖춘 생활에 아마도 일 년에 5천에서 만 파운드 정도를 들여가며 살고 있었다. 반면, 휴보다 두 살 많은 자신은 일자리를 구걸하고 있는데.

쉰셋의 나이에 피터는 그런 사람들에게 찾아가 어느 비서관의 사무실에나 넣어달라고, 어린 소년들에게 라틴어를 가르치는 보조교사 자리라든가, 고위관료의 뒤치다꺼리를 하면서 일 년에 5백 파운드 정도 받는 사무직을 찾아달라고 부탁해야 했다. 데이지와 결혼한다면 연금을 받는다 해도 최소한 그 정도는 벌어야 생활할 수가 있을 테니까. 아마도 휫브레드는 도움을 줄 수 있겠지. 아니면 댈러웨이라도. 댈러웨이에게는 뭘 부탁해도 괜찮았다. 그는 정말로 좋은 사람이었다. 융통성이 좀 없고 머리가 좀 둔하긴 해도, 그래, 그는 정말로 좋은 사람이었다. 그는 무슨 일을 맡든 똑같이 사무적이고 분별 있는 방식으로 처리했다. 상상력이 전혀 없고 번득이는 창의력도 없지만 그런 유형에서 볼 수 있는 설명하기 힘든 선량함이 있었다. 그는 시골의 신사로 살았어야 했다—괜히 정치에 몸담아 소모되었다. 그는 야외에서 말과 개 따위와 함께 있을 때 가장 빛났다. 예컨대, 클래리사의 커다란 털북숭이 개가 덫에 걸려 발 하나가 반쯤 잘렸을 때 그는 얼마나 유능했던가. 클래리사는 졸도하기 직전이어서 댈러웨이가 모든 일을 처리했다. 붕대를 감고 부목을 대고 클래리사에게 정신을 차리라고 말했다. 어쩌면 클래리사는 그의 그런 면을 좋아했을 것이다―그런 면이 필요했을 것이다. "어서요, 자, 정신 차려요. 이걸 좀 잡아요―저걸 가져와요." 그러는 내 내 그는 사람에게 하듯 개에게 말을 걸었다.

하지만 시에 관한 그런 헛소리를 클래리사는 어떻게 참을 수 있었을까? 그자가 셰익스피어에 대해 그렇게 지껄이는데 어떻게 가만히 내버려둘 수 있었을까? 리처드 댈러웨이는 분연히 일어서서 진지하고도 엄숙하게, 점잖은 남자는 셰익스피어의 소네트를 읽어선 안 된다고 말했다. 그건 마치 열쇠 구멍에 귀를 대고 사생활을 엿듣는 것과 같기 때문이라는 것이었다(게다가 거기에 묘사된 관계도 용인할 수 없다고 했다).* 점잖은 남자는 자기 아내가 지인의 사별한 아내의 자매와 교류하도록 놔두어서는 안 된다고도 말했다.** 기가 막혀서! 그를 향해 설탕 입힌 아몬드를 내던질 수밖에 없었다―저녁식사 자리였다. 하지만 클래리사는 다 받아들였고 댈러웨이가 솔직하다고, 소신 있다고 생각했다. 혹시 모르지, 그토록 독창적인 정신의 소유자는 처음 만나본다고 생각했을지도!

그 일도 샐리와 피터 사이에 유대감을 키웠다. 그들이 간혹 산책하던 정원이 있었는데, 담장으로 둘러싸인 그곳에는 장미 덤불과 거대한 꽃양배추가 자랐다―샐리가 장미 한 송이를 꺾거나 걷다가 멈춰 서서 달빛을 받은 양배추의 잎이 얼마나 아름다운지 감탄하던 기억이 났

---

* 1895년에 영국 사회를 뒤흔든 오스카 와일드와 퀸즈베리 후작 사이의 재판에서, 동성애자로 몰린 와일드는 이를 부인하며, 동성애를 다룬 작품의 아이디어를 셰익스피어의 소네트에서 가져왔다고 답했다.

** 영국 사회에서 남성이 사별한 아내의 자매와 재혼하는 것은 금지되어 있었으나 1907년에 이를 허용하는 법안이 발효되었다.

다. (기억이 생생해서 놀라웠다, 긴 세월 동안 떠올린 적 없는 일들인데도.) 그러면서 샐리는, 물론 반쯤은 농담조로, 제발 클래리사를 데리고 달아나라고 사정했다. 휴나 댈러웨이를 비롯해 클래리사의 "영혼을 질식시킬"(당시에 샐리는 시를 정말 많이 써댔다), 손님 접대하는 안주인 역할이나 시키고 그녀의 세속적인 면을 부추길 "완벽한 신사들"로부터 그녀를 구하라고 간청했다. 하지만 더 객관적인 시각으로 클래리사를 바라보아야 한다. 어쨌든 휴와는 결혼할 생각이 없었다. 클래리사는 자신이 무엇을 원하는지 명확히 이해하고 있었다. 감정적인 면은 껍데기일 뿐이었다. 표면 아래의 그녀는 매우 영리했다─예를 들면 사람을 보는 눈이 샐리보다 훨씬 더 정확했고, 거기에 더해 지극히 여성적이었으며, 어디에 있든 자신만의 세계를 만들어내는 그 특별한 재능, 여성 특유의 재능을 지녔다. 클래리사는 방으로 들어오면, 피터도 종종 보았듯이, 문가에서 많은 사람에게 둘러싸인 채 서 있었다. 하지만 사람들이 기억하는 건 클래리사였다. 특별히 개성적이어서가 아니고 용모가 아름다운 것도 아니었다. 그림처럼 눈길을 사로잡는 면도 없었고 특별히 재기 넘치는 말을 하는 것도 아니었다. 그렇지만 거기에 있었다. 클래리사는 거기에 있었다.

아니, 아니, 아니야! 이제 더는 클래리사를 사랑하지 않는다! 그저 아침에 가위와 비단실 따위를 놓고 앉아 파티를 준비하는 클래리사를 본 터라 그 생각이 머리를 떠나지 않을 뿐이었다. 기차 객실에서 졸면서 자꾸만 꾸벅꾸벅 기대는 옆자리 승객처럼 클래리사가 계속해서 떠올랐다. 물론 사랑은 아니었다. 그저 그녀를 생각하고 비판하고 삼십 년이 지난 지금 또다시 어떻게든 이해하려 애써보는 것일 뿐. 클래리사를 설명해줄 두드러진 성향은 세속적이라는 점, 지위와 사교계와 출세에 너무 신경을 쓴다는 점이었다―어떤 의미에서 이는 사실이고 본인도 인정한 적이 있었다. (굳이 묻는 수고를 하면 그녀는 늘 자인했다. 클래리사는 솔직했다.) 클래리사는 초라하고 볼품없는 이들, 시대에 뒤떨어진 이들, 그리고 아마도 피터와 같은 사람들을 가리키겠지만, 실패자들이 싫다고 말하곤 했다. 사람은 주머니에 손을 넣은 채 나른하게 빈둥거려서는 안 되며 무슨 일이든 하고 어떤 사람이든 되어야 한다고 했다. 그녀의 응접실에 나타나는 대단한 명사들, 공작부인들, 백발의 늙은 백작부인들은 그가 보기에 털끝만큼이라도 의미가 있는 것과는 한없이 괴리가 있지만 클래리사에게는 어떤 실제적인 가치를 대변했다. 언젠가 클래리사는 레이디 벡스버러의 자세가 늘 똑바르다고 말했다(그녀도 마찬가지였다. 어떤 의미로든 느긋하게 늘어지는 법이 없는 사람이었으니. 화살처럼 꼿꼿했고, 사실은 약간 경직되어 있었다). 클래리사는 그들에게 나이가 들수록 더욱 존경하게 되는 어떤 용기가 있다고 말했다. 물론 이 모든 말에서는 댈러웨이의 그림자가 짙게 느껴졌다. 공익의식, 대영제국, 관세 개혁, 지배계급의 정신 등이 아니나다를까 그녀에게 깊이 배어들었다. 댈러웨이보다 두 배쯤 총명한 여자가 그의 눈을 통해 세상을 보아야 하다니―결혼생활이 초래하는 비극이다. 그녀는 자신만의 사고능력이 충분한데도 항상 리처드의 말을 인용해야 했다―아침에 〈모닝 포스트〉*만 읽어도 리처드가 무슨 생각을 할지 훤히 알 수 있는데도! 예를 들어 그런 파티들도 전부 리처드를, 혹은

---

* 영국의 보수주의 일간지로 1937년에 〈데일리 텔레그래프〉와 통합되었다.

클래리사가 생각하는 리처드를 위한 것이었다(객관적인 시각으로 보자면 그는 노퍽에서 농사를 짓고 살았다면 더 행복했을 것이다). 클래리사는 응접실을 일종의 만남의 장소로 만들었다. 그런 재능이 있었다. 그는 클래리사가 미숙한 젊은이를 데려와 비틀고 돌리고 일깨워서 제 갈 길을 가게 변화시키는 모습을 여러 번 보았다. 당연히 그녀 주변에는 따분한 사람들이 무수히 모여들었다. 하지만 이따금 뜻밖의 사람들이 나타나기도 했는데, 어떤 때는 화가, 또 어떤 때는 작가이기도 해서 그런 분위기에서는 좀 튀는 인물들이었다. 그리고 이 모든 것 뒤에는 사람들을 서로 방문하고 명함을 남기고 친절을 베푸는 일, 꽃다발이나 작은 선물을 들고 뛰어다니는 일 등이 긴밀하게 연결되어 있었다. 누구 누구가 프랑스로 간다더라―에어쿠션이 있어야겠네. 클래리사와 같은 부류의 여자들이 유지하는 그 끝없는 소통은 정말로 기력을 소모하는 일이었다. 하지만 클래리사는 타고난 본능에 따라 그런 일을 진심으로 해냈다.

기이하게도 그녀는 피터가 만나본 가장 철저한 회의주의자 중 하나였고, 아마도(이는 어떤 면에서는 너무나 투명하고 다른 면에서는 너무나 불가사의한 클래리사를 설명하기 위해 그가 쌓아올린 이론이었다), 아마도 그녀는 속으로 이렇게 말했는지도 모른다. 우리는 어차피 파멸할 운명에 처한 종족이고 침몰하는 배에 묶여 있으므로(클래리사가 소녀시절에 즐겨 읽던 책은 헉슬리와 틴들이었는데 이 작가들은 그러한 항해의 은유를 좋아했다), 모든 것이 터무니없는 농담이므로, 우리는 어쨌든 맡은 역할에 충실하도록 하자. 동료 죄수들(또다시 헉슬리)의 고통을 덜어주고 지하감옥을 꽃과 에어쿠션으로 장식하며 최대한 품위를 지키자. 그 깡패 같은 신들이 모든 것을 자기 뜻대로 하게 두지 말자—그녀는 인간의 삶을 해치고 방해하고 망가뜨릴 기회를 절대로 놓치지 않는 그 신들을 약올리는 방법은 그런 악행에 아랑곳하지 않고 점잖은 숙녀처럼 행동하는 것이라고 생각했다. 그런 식으로 생각한 시기는 실비아의 죽음—그 끔찍한 사건—직후에 왔다. 눈앞에서 친자매가 쓰러지는 나무에 깔려 죽는 모습을 보면(전적으로 저스틴 패리의 잘못—그의 부주의 때문이었다), 그것도 인생을 막 시작한 나이의, 클래리사의 말대로라면 형제들 가운데 가장 출중했던 소녀가 그렇게 죽는 모습을 보면 누구든 냉소적으로 변할 법했다. 나중에는 아마도 그 정도로 확신하지는 않았을 것이다. 그저 신은 없다고, 누구의 탓도 아니라고 생각했고, 그래서 선 그 자체를 위해 선을 행한다는 무신론자의 종교를 만들어낸 것이리라.

물론 클래리사는 인생을 대단히 즐겼다. 즐기는 것은 그녀의 천성이었다(비록 자기 속내를 잘 드러내지 않는, 정말이지 알 수 없는 측면도 있긴 했지만. 이토록 오랜 세월이 지났으나 자신마저도 클래리사에 대해 그려낼 수 있는 것은 그저 스케치 정도에 지나지 않는다고 그는 종종 느꼈다). 어쨌든 클래리사에게는 냉소적인 면이 전혀 없었다. 착한 여자들에게서 흔히 볼 수 있는 그 혐오스러운 윤리의식도 전혀 없었다. 그녀는 사실상 모든 것을 즐겼다. 하이드파크에서 함께 산책한다고 치면, 그녀를 즐겁게 하는 것은 이번에는 튤립이 핀 꽃밭이었다가 다음에는 유아차에 탄 아이의 모습이고, 또 다음에는 어떤 광경을 보고 순간적으로 지어낸 터무니없는 드라마일 것이다. (아까의 그 연인들에게도, 그들이 불행하다고 생각했다면 틀림없이 말을 걸었겠지.) 클래리사에게는 정말로 절묘한 유머감각이 있었지만 사람들이 있어야만, 언제나 사람들이 있어야만 그런 면이 발휘되었고, 그래서 불가피하게 시간을 허비했다. 오찬에 가고 만찬에 가고 끊임없이 파티를 열고 헛소리를 하고 진심이 아닌 말을 하면서 정신의 예리함을 무디게 하고 분별력을 잃었다. 클래리사는 식탁 상석에 앉아 댈러웨이에게 쓸모가 있을지도 모르는 어떤 멍청한 노인네에게 한없이 공을 들이곤 했다—그 부부는 유럽에서 둘째가라면 서러울 정도로 지루한 인물들과 교류했다. 엘리자베스가 안으로 들어올 때도 있었는데, 그러면 모든 관심이 그 아이에게 집중되어야 했다. 피터가 마지막으로 봤을 때 엘리자베스는 중등학교에 다녔고 수줍어서 말을 잘 못하는 나이였다. 둥근 눈과 하얀 얼굴에 제 어머니와 닮은 데가 없는 말수 적고 무신경한 아이로, 모든 것을 그러려니 하면서 어머니의 호들갑을 견디다가 "이제 가도 돼요?" 하고 네 살배기처럼 말했다. 클래리사는 딸이 하키를 하러 간다고 말하며 즐거움과 함께 댈러웨이에게서 전염된 듯한 자랑스러움이 뒤섞인 감정을 드러냈다. 아마도 엘리자베스는 사교계에 '진출'했을 것이다. 그를 보면 고루한 늙다리라 생각할 테고 어머니의 친구들을 비웃겠지. 아, 그래, 그러라지. 늙어가는 사람에게 주어지는 보상이란 바로 이런 것이다, 피터 월시는 모자를 손에 들고 리젠트파크에서 나오며 생각했다. 예전과 같은 강렬한 열정이 남아 있으면서도 그와 더불어—마침내!—존재에 최고의 풍미를 더하는 힘—경험을 장악해 그것을 밝은 빛 속에서 이리저리 살펴볼 힘을 얻게 된다는 것.

지독한 고백이긴 하지만 (그는 모자를 다시 썼다) 쉰셋이 된 사람에겐 다른 사람이 그다지 필요하지 않았다. 인생 그 자체로, 인생의 매 순간, 그 한 방울 한 방울로, 지금 여기 리젠트파크에서 햇살 아래에 있는 이 순간으로 충분했다. 실은 차고 넘쳤다. 이제야 그럴 힘을 터득한 사람에게, 인생의 완전한 풍미를 끌어내고, 쾌락을 바닥까지 남김없이 뽑아내고, 의미를 그 미묘한 차이까지 파악하기에 한평생이라는 시간은 너무 짧았다. 쾌락도 의미도 예전보다 훨씬 더 실질적인 것, 훨씬 덜 사적인 것이 되었다. 전에 클래리사로 인해 겪었던 고통을 다시 겪는 일은 이제 불가능했다. 그는 데이지를 생각하지 않고 (이런 말을 아무에게도 들키지 않기를!) 몇 시간을, 아니 몇 시간이 아니라 며칠을 지나가는 경우도 있었다.

그러면 데이지를 사랑하긴 하는 걸까? 그 시절의 비참함과 극심한 고통과 특별한 열정을 기억하면서도? 이번은 완전히 다르다—훨씬 더 유쾌하다. 물론 진실을 말하자면 이번에는 더 사랑하는 쪽이 데이지니까. 아마도 바로 그래서였겠지. 배가 실제로 출항한 뒤 엄청난 안도감을 느끼고, 그저 혼자 있기만을 바라고, 선실 안에서 데이지가 남긴 소소한 배려의 흔적—시가, 쪽지, 여행용 담요—을 발견했을 때 오히려 언짢은 마음이 든 것은. 솔직한 사람이라면 누구나 그렇게 말할 것이다. 쉰 살이 넘으면 사람이 필요 없다고. 여자들에게 계속 예쁘다는 찬사를 늘어놓기 싫다고. 쉰 넘은 남자들은 대부분 그렇게 말할 거야, 피터 월시는 생각했다, 솔직한 남자들이라면 말이지.

하지만 이런 놀라운 감정적 자극은—오늘 아침의 그 갑작스러운 눈물은 다 무엇이었을까? 클래리사는 그를 도대체 어떻게 생각했을까? 아마도 바보라고 생각했겠지, 그런 생각을 처음 한 것도 아닐 테고. 밑바닥에 깔린 감정은 질투였다—인간이 지닌 다른 모든 열정을 능가하는 질투 말이다, 피터 월시는 팔을 쭉 뻗고 주머니칼을 손에 쥔 채 생각했다. 그사이 오드 소령을 몇 번 만났다고, 데이지가 최근 편지에 썼다. 의도적으로 그렇게 썼다는 것, 질투를 일으키기 위한 말이라는 것을 그는 알았다. 데이지가 그 편지를 쓰며 이마를 찌푸린 모습, 어떤 말을 하면 그를 아프게 할 수 있을까 고민하는 모습이 눈에 선했다. 하지만 그랬대도 상관없었다. 분노가 치밀었다! 영국까지 와서 변호사들을 만나러 다니는 이 번잡한 짓을 벌이는 것은 데이지와 결혼하기 위해서가 아니라 그녀가 다른 사람과 결혼하는 것을 막기 위해서였다. 바로 그래서 지독하게 괴로웠다. 바로 그래서 클래리사가 그토록 차분하고 냉정한 모습으로 드레스인지 뭔지에 열중한 모습을 보았을때 그렇게 감정에 휘둘린 것이다. 클래리사와 함께였다면 이런 짓은 안 해도 되었겠지 싶으면서, 자기는 또 얼마나 비루해졌을지 ― 징징대고 칭얼거리는 늙은 멍청이가 되었겠지 ― 깨달았다. 하지만 여자들은 열정이 뭔지 몰라, 그는 주머니칼을 접으며 생각했다. 남자들에게 열정이 어떤 의미인지 여자들은 몰라. 클래리사는 고드름처럼 차가웠다. 그녀는 그렇게 소파에 나란히 앉아 자기 손을 잡게 해주고 볼에 한 번의 입맞춤 정도나 해줄 것이다 ― 이제 그는 횡단보도에 도착했다.

어떤 소리가 그의 생각을 방해했다. 연약하게 떨리는 소리, 방향도 없고 활기도 없고 시작이나 끝도 없이 부글부글 끓어오르는 어떤 목소리가 모든 인간적 의미를 결여한 채 여리고도 날카롭게 울렸다.

이 엄 파 엄 소
푸 스위 투 임 우―

나이도 성별도 드러나지 않는 목소리, 대지에서 솟아나는 고대의 샘물 같은 목소리. 리젠트파크 지하철역 맞은편에서 흔들거리는 키가 큰 형체가 깔때기처럼, 녹슨 펌프처럼, 바람에 이파리를 떨군 나무처럼 흘려보내는 목소리. 바람이 제 가지를 타고 오르내리며,

이 엄 파 엄 소
푸 스위 투 임 우,

이렇게 노래하게 하고, 영원히 불어닥치는 바람에 흔들리고 삐걱거리고 신음하는 영원히 헐벗은 나무처럼.

만고의 세월을 거쳐오며ー포장도로가 초원이었을 때, 늪이었을 때, 상아와 매머드의 시대를 거쳐 고요한 일출의 시대까지 거슬러올라가는 긴 세월 동안ー그 남루한 여인은ー치마를 입었으니까 여인이겠지ー오른손을 내밀고 왼손으로는 허리를 움켜쥔 채 그렇게 서서 사랑의 노래를 불렀다. 백만 년 동안 계속된 사랑, 그 여인은 노래했다. 끝내 승리하는 사랑. 수백만 년 전의 어느 오월에 이젠 죽은 지 수 세기도 넘은 연인과 함께 걸었노라, 그녀는 노래했다. 하지만 붉은 과꽃만 흐드러지게 핀 뜨거운 여름날처럼 기나긴 세월이 흐르는 동안 그는 가버렸노라, 여자는 회상했다. 죽음의 거대한 낫이 그 광대한 언덕을 쓸어냈고, 마침내 그녀는 장구한 세월 동안 늙어 하얗게 센 머리를 꽁꽁 얼어붙은 숯덩이가 된 땅에 누이고 나서 신에게 간청했다. 태양의 마지막 빛줄기가 어루만지는 자신의 높은 묘지에 자주색 히스 한 다발을 놓아

달라고. 그즈음이면 우주의 화려한 가장행렬도 끝날 테니.

리젠트파크 지하철역 맞은편에서 그 고대의 노래가 부글부글 끓어오를 때, 그래도 대지는 아직 푸르르고 꽃이 만발한 듯했다. 비록 그 노래는 그토록 미천한 입에서 흘러나왔고 그 입은 수염뿌리와 풀 뭉치가 뒤엉킨 진흙투성이 땅에 뚫린 구멍에 불과했지만, 그래도 보글거리고 재잘거리는 그 오래된 노래는 무한한 세월의 뒤엉킨 뿌리와 해골과 보물들을 적시고 보도 위를 흐르는 시냇물이 되어 매럴러번 로드를 따라 유스턴을 향해 흘러갔다. 땅을 기름지게 하고 축축한 얼룩을 남기면서.

태곳적 어느 오월에 연인과 함께 걸었던 기억을 간직한 노파, 녹슨 펌프 같은 소리를 내는 이 남루한 노파는 한 손을 내밀어 동전을 구걸하고 다른 손은 옆구리를 움켜쥔 모습으로 천만 년이 지나도 여전히 그 자리에 있을 것이다. 어느 오월에 지금은 바다가 되어버린 곳에서 누군가와 함께 걸었던 기억을 되새기면서. 누구였는지는 중요하지 않았다—남자였다. 아, 그렇다, 그녀를 사랑했던 남자. 하지만 흐르는 세월이 그 태곳적 오월의 추억을 흐릿하게 지웠다. 화사하던 꽃잎들은 이제 은빛 서리로 뒤덮여 희끗희끗해졌고, 노파는 "당신의 다정한 눈으로 내 눈을 깊이 바라봐요" 하고 연인에게 애원했지만(지금 분명히 그렇게 애원하고 있었다) 그녀는 더이상 갈색 눈, 검은 구레나룻, 혹은 볕에 탄 얼굴을 보지 못하고 어렴풋한 형체, 그림자 같은 형체만을 알아볼 뿐이었다. 노파는 극도로 늙은 이들이 지닌 새 같은 활기로 여전히 지저귀고 있었다. "손을 내밀어 살며시 잡게 해주세요." (피터 월시는 택시에 오르며 그 불쌍한 인물에게 동전 한 개를 줄 수밖에 없었다.) "누가 본다 한들 무슨 상관이겠어요?" 그녀는 따져 물었다. 주먹으로 옆구리를 부여잡은 채 1실링 동전을 주머니에 넣으며 노파는 미소를 지었다. 호기심으로 기웃거리는 시선은 전부 지워진 듯했고 지나가는 여러 세대의 보행자들—보도는 바삐 움직이는 중산층 사람들로 북적였다—은 사라졌다. 마치 낙엽처럼, 그 영원한 봄의 발밑에서 짓이겨지고 물에 젖고 땅으로 스며들어 흙으로 돌아갔다.

이 엄 파 엄 소
푸 스위 투 임 우.

"불쌍한 할머니." 레치아 워런 스미스는 말했다.

오, 가련한 늙은이! 그녀는 길을 건너려고 기다리며 말했다.

비 오는 밤이라면 어쩔 것인가? 혹시 아버지라든가 예전 좋은 시절에 알던 누군가가 우연히 지나가다 길가 도랑 옆에 서 있는 그 모습을 보기라도 한다면? 그리고 대체 어디서 밤을 나는 걸까?

경쾌하게, 거의 명랑하게, 공기 중으로 끊김 없이 휘돌아올라가는 그 소리 줄기는 시골집 굴뚝에서 피어올라 너도밤나무들을 선명하게 휘감고 올라가 우듬지의 이파리들 사이로 희푸른 가닥을 내뿜는 연기 같았다. "누가 본다 한들 무슨 상관이겠어요?"

레치아는 지난 몇 주 동안 너무나 불행했기에 주변에서 일어나는 일에 의미를 두었고 때로는 길에서 만나는 사람이 선량하고 친절해 보이면 그들을 붙잡고 "난 불행해요"라고 말하고 싶은 마음이 들 지경이었다. 그런데 거리에서 이 노파가 "누가 본다 한들 무슨 상관이겠어요?"라고 노래하자 갑자기 모든 일이 잘될 거라는 확신이 들었다. 부부는 서 윌리엄 브래드쇼에게 가는 길이었다. 레치아는 그 이름이 멋지다고, 그 의사는 셉티머스를 당장 낫게 해줄 거라고 생각했다. 그때 양조업자의 마차가 보였고 회색 말들의 꼬리에 박힌 빳빳한 지푸라기들과 신문 가판대의 게시판도 보였다. 불행은 어리석고 어리석은 꿈이었다.

그렇게 셉티머스 워런 스미스 부부는 길을 건넜다. 과연 그들에게 남의 이목을 끌 만한 특징이 있을까? 지나가는 사람이 보고서, 여기 이 젊은이가 세상에서 가장 위대한 메시지를 품고 있다고, 더군다나 그는 세상에서 가장 행복하고 또 가장 비참한 젊은이라고 여길 만한 특징이 있을까? 아마도 그들은 다른 사람들보다 더 천천히 걸을 테고 남자의 걸음걸이가 어쩐지 주저하고 미적대는 느낌을 주긴 하겠지만, 남자가 수년째 평일 이 시간에 웨스트엔드에 와본 적 없는 사무원이라고 한다면 자꾸만 하늘을 올려다보고 여기저기 두리번거리며 구경한다고 해서 이상할 게 뭐가 있을까? 그는 포틀랜드플레이스를 집주인 가족이 멀리 떠난 사이 잠시 들어가본 방처럼 구경한다. 샹들리에는 표백하지 않은 삼베 자루로 싸여 있고, 관리인 여자는 긴 블라인드의 한쪽 귀퉁이를 들어올려 특이한 모양의 빈 안락의자들에 먼지 뿌연 빛줄기를 드리우며 방문객들에게 이곳이 얼마나 멋진 집인지 설명한다. 얼마나 멋지고, 또 동시에 얼마나 이상한지, 그는 의자와 테이블을 보며 생각한다.

겉으로 보기에 그는 사무원, 그중에서도 수준 높은 사무원일 것 같았다. 갈색 부츠를 신었고 손은 배운 사람의 손이었으며 옆모습—각지고 코가 크고 지적이며 예민한 옆모습—도 마찬가지였다. 하지만 입술만은 전혀 다르게 축 처졌고 녹갈색의 큰 눈은 (눈이라는 게 원래 그렇듯) 그저 눈일 뿐이어서, 전체적으로 볼 때 그는 이것도 아니고 저것도 아닌 경계에 있는 사람 같았다. 펄리에 집을 사고 자동차를 소유하게 될 수도 있고, 평생 뒷골목 아파트를 임대해 살 수도 있는 사람, 학교를 다니다 말고 직장에 다니며 유명한 작가들에게 편지로 구한 조언에 따라 공공도서관에서 빌린 책을 퇴근 후 저녁에 읽으며 독학하는 사람.

그 외에 다른 경험들이라면, 사람들이 침실에서, 사무실에서, 들판이나 런던의 거리를 걸으며 제각기 홀로 거치는 경험들은 그 역시 다 겪었다. 채 어른이 되기도 전에 집을 떠났다. 거짓말을 하는 어머니 때문에, 그가 오십번째로 손을 씻지 않은 채 차 마시러 내려갔기 때문에, 스트라우드에서는 시인으로 살아갈 미래가 보이지 않아서. 그래서 여동생에게만 비밀을 털어놓은 채 런던으로 떠나며 허무맹랑한 쪽지를 남겼는데, 그것은 지금까지 위대한 인물들이 남겼던 것과 같은, 나중에 그들이 고투한 이야기가 유명해지면 세상이 다 읽게 되는 것과 비슷한 종류의 쪽지였다.

런던은 스미스라는 성을 가진 수백만 젊은이들을 빨아들였다. 부모가 이름이라도 잘 구별되라고 지어준 셉티머스 같은 독특한 이름도 런던에서는 별것 아니었다. 유스턴 로드 근처에서 하숙하며 겪은 갖가지 경험은 순진한 분홍빛의 갸름한 얼굴을 두 해 만에 야위고 적의에 찬 찌푸린 얼굴로 바꿔놓았다. 하지만 아무리 주의깊은 친구라 해도 이 모든 것에 대해 할 수 있는 말은, 정원사가 아침에 온실 문을 열고 가꾸던 식물에 새로 핀 꽃을 발견했을 때 할 법한 말—"피어났군"—외에는 별로 없었을 것이다. 허영심, 야망, 이상주의, 열정, 외로움, 용기, 게으름의 씨앗에서 꽃이 피어났고, 그 흔한 씨앗들이 (유스턴 로드 근처의 하숙방에서) 온통 뒤범벅되어 그를 수줍어하고 말 더듬는 사람으로 만들었으며 자기계발에 열중하게 했고 워털루 로드에서 셰익스피어를 가르치는 미스 이저벨 폴에게 푹 빠져들게 했다.

키츠와 닮았다는 말을 듣지 않나요? 그녀는 물었다. 미스 폴은 그에게 『앤토니와 클리오파트라』를 비롯해 여러 작품을 맛보게 해줄 방법을 고민했고 책을 빌려주었으며 짧은 편지들을 보냈고 그의 가슴속에 평생 한 번만 타오를 불을 지펴주었다. 그 불은 열기 없이 타오르며 미스 폴과 『앤토니와 클리오파트라』와 워털루 로드 위에서 한없이 환상적이고 실체 없는 붉은 금빛 불꽃으로 깜빡였다. 그는 미스 폴이 아름답다고 생각했고 흠잡을 데 없이 현명하다고 믿었으며 그녀가 나오는 꿈을 꾸었고 시를 써서 보냈다. 그러면 미스 폴은 시의 주제는 무시한 채 빨간 잉크로 글을 교정해주었다. 그는 어느 여름 저녁에 광장에서 초록 드레스를 입고 걸어가는 미스 폴을 보았다. "피어났군" 하고 정원사는 말했을 것이다. 방문을 열어보았다면, 다시 말해, 이 무렵 어느 날 밤이든 방안으로 들어가 글을 쓰고 있는 그를 보았다면, 쓴 글을 찢어버리는 그를 보았다면, 새벽 세시에 걸작을 완성한 다음 밖으로 달려나가 거리를 서성이고 교회에 들어가고 어떤 날은 밥을 굶고 다른 날은 술을 마시는 그를 보았다면, 셰익스피어와 다윈과 『문명의 역사』와 버나드 쇼를 게걸스럽게 읽는 그를 보았다면 말이다.

무슨 일인가 벌어지겠어, 미스터 브루어는 알아차렸다. 경매업과 감정업과 부동산중개업 회사 시블리스 앤드 애로스미스의 사무장인 미스터 브루어는 무슨 일인가 벌어지겠다고 생각했다. 그는 아버지처럼 부하 직원들을 아꼈고 스미스의 능력을 높이 평가하여 그가 십 년이나 십오 년 뒤에는 천창天窓이 뚫린 안쪽 사무실의 가죽 안락의자를 물려

받아 증서 상자들에 둘러싸여 있을 거라고 예언했다. "건강을 잃지 않는다면 말이야" 하고 미스터 브루어는 말했는데 바로 그것이 위험 요소였다─그는 허약해 보였다. 미스터 브루어는 그에게 축구를 하라고 권했고 저녁식사에 초대했으며 회사에 그의 봉급 인상을 제안하려고 궁리하던 참이었다. 그런데 미스터 브루어의 계산을 헛되게 하고 그의 가장 유능한 젊은 직원들을 빼앗아가버린 일이 일어났다. 결국 유럽 전쟁의 마수는 너무나 집요하고 음험해서 머즈웰힐에 있는 미스터 브루어의 집에서 케레스* 석고상을 부수고 제라늄 화단에 구멍을 내고 요리사의 신경을 완전히 망가뜨렸다.

셉티머스는 최초로 자원한 이들 중 하나였다. 그는 프랑스로 가서 셰익스피어의 희곡과 초록색 드레스 차림으로 광장을 걷는 미스 이저벨 폴이 거의 전부인 영국을 구하려 했다. 미스터 브루어가 축구를 하라고 권했을 때 바랐던 변화는 전장의 참호 안에서 즉각 이루어졌다. 그는 남자다워졌고 진급을 했으며 에번스라 불리는 장교의 애정에 가까운 관심을 받았다. 그들은 난로 앞 양탄자 위에서 노는 개 두 마리와 같은 관계였다. 젊은 개가 구겨진 종잇조각을 물어뜯고 으르렁대고 잘근거리다가 이따금 늙은 개의 귀를 깨물면, 엎드린 채 불을 보며 졸린 눈을 껌뻑거리던 늙은 개는 앞발 하나를 들어올리며 돌아누워 온순하게 으르렁거리는 것이었다. 둘은 함께여야 했고 서로 나누고 서로 싸우고 서로 다퉈야 했다. 하지만 에번스가(레치아는 딱 한 번 만난 적 있는 그를 "조용한 남자"라고 묘사했다. 여자들 앞에서 감정을 잘 드러내

---

* 로마신화에서 곡식과 농업의 여신으로, 그리스신화의 데메테르에 해당한다.

지 않는 건장한 붉은 머리 남자), 그런 에번스가 휴전 직전 이탈리아에서 전사했을 때 셉티머스는 감정을 드러낸다거나 이제 우정이 끝났음을 인정하기보다는 별 느낌 없이 매우 이성적인 반응을 보인 자신을 자랑스러워했다. 전쟁이 그를 가르쳤다. 전쟁의 가르침은 숭고했다. 그는 우정과 유럽 전쟁, 죽음 등 모든 과정을 겪었고 진급까지 했는데 아직 채 서른도 되지 않았고 전쟁에서 살아남을 운명이었다. 그 판단은 옳았다. 마지막 포탄이 그를 비켜갔다. 그는 터지는 포탄들을 무심히 바라보았다. 전쟁이 끝났을 때 그는 밀라노에서 민가의 숙소를 배정받아 머물고 있었다. 마당과 꽃 화분이 있고 야외에 작은 테이블이 여러 개 놓인 여관 주인의 집이었는데 딸들은 모자를 만들었다. 어느 날 저녁─자신이 아무것도 느끼지 못한다는 것을 깨닫고─공황에 빠졌을 때, 그는 그 집의 작은딸 루크레치아와 결혼을 약속했다.

이제 모든 것이 끝나 휴전협정이 맺어지고 전사자들은 땅에 묻혔는데 그에게는, 특히 저녁이 되면, 불현듯 두려움이 천둥소리처럼 내리쳤다. 그는 아무것도 느낄 수가 없었다. 이탈리아 아가씨들이 앉아서 모자를 만들고 있는 방의 문을 열면 그들이 보이고 목소리가 들렸다. 그들은 접시에 담긴 색색의 구슬더미에 철사를 넣어 구슬을 끼우고 있었다. 그들은 버크럼 직물로 만든 모자 틀을 이리저리 돌려보고 있었다. 테이블 위에는 깃털과 스팽글과 비단 천조각, 리본 등이 어지럽게 널려 있었고 가위가 테이블에 부딪혀 달가닥거리는 소리가 들렸다. 하지만 뭔가 문제가 있었다. 그는 아무것도 느낄 수가 없었다. 그래도 달가닥거리는 가위, 까르르 웃는 아가씨들, 그들이 만드는 모자가 그를 보호했다. 안전하다는 확신을 주었다. 그에게는 피난처가 있었다. 하지만 밤새 거기에 앉아 있을 수는 없었다. 이른아침에 잠에서 깨어나는 순간들이 있었다. 침대가 무너져내리고, 그가 무너져내렸다. 아, 가위 소리와 등불 빛과 버크럼 모자 틀이 있었으면! 그는 두 자매 중 동생인 쾌활하고 발랄한 루크레치아에게 청혼했다. 루크레치아는 예술가 같은 가느다란 손가락들을 들어올리며 "이 손안에 모든 게 있어요" 하고 말하곤 했다. 비단, 깃털 등등 무엇이든 그 손에 닿으면 살아났다.

"모자가 가장 중요해요." 둘이서 함께 산책할 때 루크레치아는 말하곤 했다. 지나가는 모든 사람의 모자를 유심히 살펴보았고 망토와 드레스와 그것을 입은 여자의 자세까지도 눈여겨보았다. 그녀는 맵시 없는 옷차림이나 너무 요란한 옷차림을 비난했다. 그렇다고 가혹하게 헐뜯지는 않고 조급하게 손을 휘휘 젓곤 했는데, 그것은 마치 시도는 좋았지만 결과적으로 지나치게 가식적으로 표현된 그림을 못마땅해하는 화가의 손짓 같았다. 그런가 하면 변변찮은 옷을 멋지게 소화한 가게 점원은 비판적인 시선을 거두지 않으면서도 너그럽게 반겼고, 친칠라 모피와 드레스와 진주로 꾸미고 마차에서 내리는 프랑스 숙녀는 전문가적인 안목과 열정으로 진심을 다해 칭송했다.

"아름다워요!" 루크레치아는 속살거리며 셉티머스도 보라고 쿡쿡 찔렀다. 하지만 아름다움은 유리창 너머에 있었다. 심지어 맛도 (레치아는 아이스크림과 초콜릿과 단것들을 좋아했다) 아무런 즐거움을 주지 않았다. 그는 작은 대리석 테이블에 컵을 내려놓고 밖에 있는 사람들을 바라보았다. 행복해 보이는 그 사람들은 길 한복판에 모여 큰 소리로 떠들고 웃고 아무것도 아닌 일로 티격태격 다퉜다. 하지만 그는 맛을 느낄 수도 감정을 느낄 수도 없었다. 테이블이 여러 개 놓인 찻집에서

웨이터들의 잡담이 들려오는 가운데 그는 끔찍한 공포에 짓눌렸다— 아무것도 느낄 수가 없었다. 이성적인 사고는 가능했고 책도 읽을 수 있었다. 예컨대 단테의 작품도 꽤 쉽게 읽을 수 있었고("셉티머스, 책 좀 내려놓아요." 레치아는 그가 읽던 『신곡』의 「지옥」편을 덮으며 부드럽게 말했다) 계산서의 금액을 확인할 수도 있었다. 두뇌는 완벽히 정상이었다. 그렇다면 그건 세상의 잘못이었다—그가 아무것도 느낄 수 없다는 것은.

"영국인들은 참 조용해요." 레치아가 말했다. 그래서 마음에 든다고 말했다. 레치아는 영국인들을 우러러보았고, 런던과 영국의 말들이나 맞춤정장 등을 보고 싶어했으며, 결혼해서 소호에 사는 이모에게서 그곳의 상점들이 얼마나 멋진지 들었던 기억도 떠올렸다.

혹시 그럴 수도 있어, 셉티머스는 생각했다. 레치아와 함께 기차를 타고 뉴헤이븐*을 떠날 때 그는 창밖의 영국 풍경을 바라보며 생각했다. 세상 자체가 무의미한 것일 수도 있다고.

회사에서는 셉티머스를 상당한 책임을 맡는 직위로 승진시켰다. 회사는 그를 자랑스러워했다. 그는 십자훈장을 여러 개 받은 사람이었다. "자네는 의무를 다했네. 이제는 우리가—" 미스터 브루어는 말을 시작해놓고 가슴이 벅차올라 끝맺지 못했다. 그들은 토트넘코트 로드 근처에 훌륭한 거처를 마련했다.

여기에서 그는 다시 한번 셰익스피어를 펼쳤다. 언어에 도취하게 했던 그때 그 소년의 관심사—『앤토니와 클리오파트라』—는 완전히 쭈

그러들었다. 셰익스피어가 인류를 얼마나 혐오하는지—옷을 입는 일, 아이를 갖는 일, 입과 배의 추악함! 이것이 이제 셉티머스에게 드러났다. 말의 아름다움 속에 숨겨진 메시지. 한 세대가 다른 세대에게 위장하여 전달하는 비밀 신호는 혐오, 증오, 절망이로구나. 단테도 마찬가지다. (번역된) 아이스킬로스도 마찬가지. 레치아는 테이블 앞에 앉아 모자를 장식하고 있었다. 그녀는 미시즈 필머의 친구들 부탁을 받고 모자를 장식했다. 그녀는 끊임없이 모자를 장식했다. 레치아가 창백해 보인다, 신비로워 보인다, 백합처럼, 물에 푹 잠긴 백합, 셉티머스는 생각했다.

"영국인들은 너무 진지해요." 레치아는 셉티머스를 팔로 안고 볼을 맞대며 말하곤 했다.

남녀 간의 사랑은 셰익스피어에게 혐오스러운 것이었다. 인생 후반기에 그는 성교를 더럽게 여겼다. 하지만 레치아는 아이를 가져야 한다고 말했다. 두 사람이 결혼한 지 벌써 오 년이 되었다.

그들은 함께 런던탑에 갔고 빅토리아 앤드 앨버트 박물관에도 갔다. 국왕이 의회를 개원하는 행사를 보려고 군중 속에 서 있기도 했다. 그리고 상점들도 있었다—모자 상점, 드레스 상점, 진열창에 가죽가방을 늘어놓은 상점. 그 앞에서 레치아는 한참 서서 구경을 했다. 그래도 레치아에게는 아들이 있어야 했다.

셉티머스 같은 아들이 있어야 한다고 레치아는 말했다. 하지만 그 누구도 셉티머스와 같을 순 없겠지. 그토록 온화하고 진지하고 영리할 수는 없겠지. 나도 셰익스피어를 읽을 순 없을까? 셰익스피어는 읽기 어려운 작가일까? 레치아는 물었다.

이런 세계로 아이들을 데려와서는 안 돼. 고통을 영속시켜도 안 되고, 이 음탕한 종족, 지속되는 감정이란 없고 오로지 변덕과 허영에 이리저리 휘둘리는 이 짐승들의 수를 불려서도 안 돼.

레치아가 장식을 가위질하고 모양 내는 모습을 풀밭에서 깡충거리고 휘리릭 날아다니는 새를 보듯 바라보면서, 셉티머스는 손가락 하나 까딱할 엄두도 내지 못했다. 진실은 바로 이거지(레치아는 그 진실을 무시하게 놔두자). 인간에게는 순간의 쾌락을 극대화하는 수단이 필요할 뿐 친절이나 신의나 자선은 없다는 것. 그들은 무리 지어 사냥해. 인간의 무리는 사막을 쏘다니고 고함을 지르며 황야로 사라져. 그들은 쓰러진 자들을 버리고 가지. 얼굴에는 찌푸린 표정이 굳게 새겨져 있어. 사무실의 브루어를 보더라도, 그는 콧수염에 왁스를 바르고 산호석 넥타이핀과 흰 셔츠로 치장하고 사람 좋은 표정을 지었다─마음속은 온통 차갑고 축축한데─제라늄 화단이 전쟁중에 파괴되었는데─집안 요리사의 신경이 망가져버렸는데. 혹은 다섯시 정각에 차를 나눠주는 어밀리아 아무개─곁눈질하고 냉소적이고 음탕한 하르피이아, 그리고 풀 먹인 셔츠 앞섶에서 악덕이 줄줄 새어나오는 톰이니 버티니 하는 작자들. 그들은 셉티머스가 알몸으로 바보짓을 하는 자기들을 노트에 그리고 있다는 사실을 알지 못했다. 거리에서는 화물차들이 굉음을 내며 그의 옆을 스쳐갔고 신문 가판대 게시판들에서는 표독한 말들이 터져나왔다. 남자들은 탄광에 갇혔고 여자들은 산 채로 불에 탔다. 언젠가는 한 줄로 늘어선 불구의 정신병자들이 운동을 나왔는지, 아니면 사람들의 구경거리를 위해 전시된 것인지(사람들은 웃음을 터트렸다), 토트넘코트 로드에서 고개를 까딱거리기도 하고 씩 웃기도 하면서 느릿느릿 걸어 그의 옆을 지나갔다. 어쩐지 미안해하는 듯하면서도 의기양양한 태도로 걸어가는 그들 한 사람, 한 사람이 셉티머스에게 절망적인 비애를 안겨주었다. 그 역시 미쳐가는 걸까?

차 마시는 시간에 레치아는 미시즈 필머의 딸이 아기를 낳을 거라고 말했다. 레치아는 점점 나이들어가는데 아이도 없이 살 수는 없었다! 너무나 외롭고, 정말로 불행했다! 레치아는 결혼한 뒤 처음으로 울었다. 셉티머스는 멀리서 들려오는 듯한 아내의 흐느낌을 들었다. 흐느끼는 소리를 정확히 들었고, 분명히 주목했으며, 피스톤이 쿵쿵거리는 소리 같다고 생각했다. 하지만 아무런 느낌도 들지 않았다.

아내가 울고 있는데 그는 아무것도 느끼지 못했다. 다만 그녀가 이렇게 깊게, 이렇게 조용히, 이렇게 절망적으로 흐느낄 때마다 그는 구덩이 속으로 한 걸음씩 더 내려갔다.

마침내 그는 통속적인 몸짓으로 머리를 양손에 묻었다. 진심이 하나도 담기지 않았음을 완전히 의식한 채 기계적으로 취한 동작이었다. 이제 그는 굴복했다. 이제 다른 사람들이 그를 도와야 했다. 사람들을 불러야 했다. 그는 항복했다.

무엇도 그를 일으킬 수 없었다. 레치아는 그를 침대에 눕히고 의사를 불렀다─미시즈 필머의 의사인 닥터 홈스를. 닥터 홈스가 그를 진찰했다. 아무런 문제가 없다고 닥터 홈스는 말했다. 아, 얼마나 다행인가! 얼마나 친절한 사람인가, 얼마나 좋은 사람인가! 레치아는 생각했다. 자기는 기분이 가라앉으면 뮤직홀에 간다고 닥터 홈스는 말했다. 하루는 일을 쉬고 아내와 함께 골프를 친다고 했다. 취침 전에 브로민 정제 두 알을 물에 타서 마셔보시겠어요? 이런 오래된 블룸즈버리 주택들은 말입니다, 닥터 홈스는 벽을 두드리며 말했다. 고급 벽판을 붙인 곳들이 많은데 집주인들이 어리석게도 그 위에 벽지를 발라버리지요. 요전날 보러 갔던 어떤 환자도, 베드퍼드스퀘어에 사는 서 아무개라는 사람인데—

그래서 변명의 여지는 없었다. 아무런 문제도 없었다. 다만 어떤 죄에 대해 인간 본성이 그에게 사형을 선고했을 뿐. 그것은 느끼지 못하는 죄였다. 에번스가 전사했을 때도 그는 신경쓰지 않았고, 그것이 최악이었다. 하지만 다른 모든 범죄가 새벽녘 침대 난간 너머로 고개를 들고 손가락을 흔들며 거기 엎드린 몸뚱이를 비웃고 경멸했다. 침대 위의 그 몸뚱이는 자신이 얼마나 타락했는지 깨달았다. 사랑하지도 않는 여자와 결혼했음을, 그녀에게 거짓말을 하고 유혹했음을, 미스 이저벨 폴을 모욕했음을, 온통 악덕으로 얽어버린 얼굴 때문에 거리에서 여자들이 그를 보면 몸을 부르르 떤다는 것을. 그런 몹쓸 놈에게 인간 본성이 내린 판결은 죽음이었다.

닥터 홈스가 다시 찾아왔다. 그는 건장하고 생기 넘치고 준수한 모습으로 장화를 탁탁 털고 거울을 들여다보면서, 모든 것—두통, 불면, 두려움, 꿈—이 신경성 증상일 뿐, 별것 아니라고 말했다. 닥터 홈스는 자기 몸무게가 11스톤 6파운드*에서 조금이라도 줄면 아침에 아내에게 귀리죽을 한 접시 더 달라고 한다고 했다. (레치아는 귀리죽 끓이는 법을 배우겠다고 마음먹었다.) 하지만, 그는 계속해서 말했다, 건강은 대체로 스스로 조절해야 하는 문제지요. 외부의 관심사에 몰두하세

____

* 약 72.5킬로그램.

요. 취미를 좀 찾으시고요. 그는 셰익스피어―『앤토니와 클리오파트라』―를 펼쳤다가 옆으로 치웠다. 취미 말입니다, 닥터 홈스는 말했다. 사실 그가 이만큼 훌륭하게 건강을 유지하는 것은(게다가 런던의 어느 누구 못지않게 열심히 일하면서 말이다), 언제라도 환자에게서 관심을 끄고 골동품 가구로 눈을 돌릴 수 있기 때문이라는 것이었다. 그런데 실례되는 말씀인지 모르지만, 미시즈 워런 스미스는 정말 예쁜 빗을 머리에 꽂으셨군요!

그 망할 놈의 바보가 다시 왔을 때 셉티머스는 그를 만나지 않겠다고 했다. 남편분이 정말로 그러던가요? 하고 닥터 홈스는 쾌활하게 웃으며 말했다. 실제로 그는 그 매력적이고 아담한 부인 미시즈 스미스를 친근하게 살짝 밀어내고서야 남편의 침실로 들어갈 수 있었다.

"기분이 영 별로인가봐요." 그가 쾌활하게 말하며 환자 옆에 앉았다. 그는 말했다. 아내에게 정말로 죽어버리겠다고 말했다는데, 아내는 아직 어린 여자이고, 외국인 아니던가? 그렇게 하면 그녀가 영국인 남편들을 몹시 이상하게 보지 않겠는가? 사람은 자기 아내에 대한 의무라는 게 있지 않나? 침대에 누워 있기보다는 뭐든 좀 하는 게 낫지 않을까? 여기 이 닥터 홈스는 사십 년 경력의 의사이니 당신은 닥터 홈스의 말을 그대로 믿어도 좋다―당신에게는 아무런 문제가 없다. 그리고 다음에 닥터 홈스가 방문할 때는 침대 밖으로 나와 있는 스미스를 볼 수 있기를, 저 매력적인 부인이 남편을 걱정하지 않게 하기를 희망한다.

요컨대 인간 본성이 그를 덮쳤다―콧구멍이 핏빛으로 물든 그 혐오스러운 짐승. 홈스가 그를 덮쳤다. 닥터 홈스는 날마다 매우 규칙적으로 찾아왔다. 일단 네가 비틀거리기만 하면, 셉티머스는 엽서 뒷면에

적었다, 인간 본성이 너를 덮친다. 홈스가 너를 덮친다. 그들의 유일한 방안은 도망치는 것이었다. 홈스가 모르게, 이탈리아로—어디로든, 닥터 홈스에게서 벗어나 어디로든.

하지만 레치아는 셉티머스를 이해할 수가 없었다. 닥터 홈스는 정말로 친절한 사람이었다. 셉티머스에게 큰 관심을 쏟아주었다. 그들 부부를 돕고 싶어할 뿐이었다. 그는 어린아이 넷의 아버지이며, 레치아에게 집으로 와서 차를 마시자고 했다고, 그녀는 셉티머스에게 말했다.

그리하여 그는 버려졌다. 온 세상이 시끄럽게 떠들었다. 죽어, 우리를 위해 죽어. 하지만 왜 그가 그들을 위해 죽어야 하는가? 음식은 맛있고 해는 뜨거웠다. 그런데 자기 목숨을 끊는 일, 그건 어떻게 하는 걸까? 식사용 칼로, 흉측하게, 피를 철철 흘리면서—가스관을 입에 대고 들이마셔서? 그는 너무 힘이 없었다. 손을 올리기도 힘들었다. 게다가 죽음 직전에 놓인 사람들이 혼자이듯이 그렇게 저주받아 버려진 채 홀로 있었고 그건 어쩐지 호사스럽게 느껴지기도 했다. 숭고함으로 가득 찬 고립이, 세상에 매여 있는 이들은 절대로 알 수 없는 자유가 느껴졌다. 물론 홈스가 이겼다. 콧구멍이 핏빛으로 물든 짐승이 이긴 것이다. 하지만 홈스조차도 손끝 하나 댈 수 없었다. 세상의 끝자락을 떠도는 이 마지막 유물에는, 물에 빠진 선원처럼 세상 끝의 해변에 누운 채 인간의 마을을 돌아보는 이 추방된 자에게는.

바로 그 순간(레치아는 장보러 나가고 없을 때) 위대한 계시가 일어났다. 가림막 뒤에서 목소리가 들려왔다. 에번스가 말하고 있었다. 죽은 이들이 그와 함께 있었다.

"에번스, 에번스!" 셉티머스는 외쳤다.

미스터 스미스가 큰 소리로 혼잣말을 하고 있다고, 하녀 애그니스가 부엌에 있는 미시즈 필머에게 소리쳤다. 애그니스가 쟁반을 들고 들어가는데 그가 "에번스, 에번스!" 하고 말했다. 애그니스는 깜짝 놀랐다, 정말로 그랬다. 애그니스는 허둥지둥 아래층으로 내려갔다.

그리고 레치아가 들어왔다. 꽃을 들고 안쪽으로 걸어가 장미를 꽃병에 꽂았다. 그 위를 곧바로 비추던 햇빛이 와르르 웃음을 터트리며 방 안 여기저기를 팔짝팔짝 뛰어다녔다.

레치아는 거리의 가난한 남자에게서 그 장미를 살 수밖에 없었다고 말했다. 하지만 이미 거의 시들어버렸다고, 장미를 꽂아 정돈하며 말했다.

그래, 밖에 남자가 있었구나, 아마도 에번스였을 것이다. 그리고 레치아가 반쯤은 시들어버렸다고 말한 그 장미는 에번스가 그리스의 들판에서 꺾은 것이다. "소통은 건강이다, 소통은 행복이야. 소통은—" 셉티머스는 중얼거렸다.

"무슨 말을 하는 거야, 셉티머스?" 공포로 정신이 아득해진 레치아가 물었다. 그가 혼자서 주절거리고 있었기 때문이다.

레치아는 닥터 홈스를 불러오라고 애그니스를 보냈다. 남편이 미쳤다고 레치아는 말했다. 자기도 몰라본다고.

"짐승 같은 놈! 짐승 같은 놈!" 인간 본성이, 그러니까 닥터 홈스가 방으로 들어서는 모습을 보며 셉티머스는 소리를 질렀다.

"아이고, 왜 이러는 겁니까?" 닥터 홈스는 세상에서 가장 상냥한 말투로 말했다. "헛소리를 하니까 부인이 무서워하시잖아요." 그래도 그를 잠재울 약을 좀 주겠다고 했다. 그리고 돈이 좀 있다면 어떻게든 할리 스트리트*로 가라고, 닥터 홈스는 방안을 냉소적으로 둘러보며 말했다. 자기를 확실히 믿지 못하겠으면 그렇게 하라고, 닥터 홈스는 그다지 친절하지 않은 표정을 띠고 말했다.

열두시 정각이었다. 빅벤이 알리는 열두시. 그 종소리가 런던 북부의 하늘 위로 퍼져나가 다른 시계들의 종소리와 뒤섞이고 구름과 연기 가닥들과도 아련하게 어우러지다 갈매기들 사이에서 잦아들었다—열두시 종이 칠 때, 클래리사 댈러웨이는 초록색 드레스를 침대 위에 내려놓았고 워런 스미스 부부는 할리 스트리트를 따라 걸어갔다. 열두시는 진료 예약시간이었다. 아마도 저기 앞에 회색 자동차가 주차된 곳이 서 윌리엄 브래드쇼의 집인가보다, 레치아는 생각했다. (납덩이같은 소리가 둥글게 퍼져나가 허공에 녹아들었다.)

정말이었다—서 윌리엄 브래드쇼의 자동차였다. 지붕이 낮고 강력해 보이는 자동차의 회색 차체에는 단순한 이니셜이 서로 얽힌 문양이 붙어 있었다. 그 인물은 영적인 조력자, 과학의 사제이기 때문에 거창한 문장紋章 같은 것은 어울리지 않는다는 듯이. 그리고 자동차가 회색이라서 그 절제된 품위에 어울리게끔 차 안에는 회색 모피와 은회색 담요를 개어두었는데, 이는 서 윌리엄의 부인이 차 안에서 따뜻하게 남편을 기다릴 수 있게 하기 위한 것이었다. 서 윌리엄은 종종 60마일 넘게 떨어진 시골까지 달려가 그가 매우 온당하게 청구하는 고액의 진료비를 감당할 여력이 있는 부유한 환자들을 방문했기 때문이다. 그러면

---

* 당시 런던에서 유명한 개업 전문의가 많이 모여 있던 지역.

귀부인은 무릎에 담요를 덮은 채 등받이에 기대어 한 시간 넘도록 기다리면서, 때로는 환자를 생각했고 때로는, 어쩔 수 없겠지만, 기다리는 동안 시시각각 쌓여가는 금으로 된 벽을 생각했다. 그 벽은 점점 높아지며 모든 변화와 불안을 막아주었고(그녀는 지금까지 참으로 용감하게 견뎌냈다. 그들 부부는 나름대로 고군분투하며 살아왔다) 그리하여 이제 부인은 향긋한 바람만 불어오는 고요한 바다에 안착한 느낌이 들었다. 존경과 감탄과 부러움을 받으며 이제는 더 바랄 게 별로 없는 삶이었고, 다만 유감이라면 비대해진 몸과 매주 목요일 밤에 열리는 의료계의 대규모 만찬회, 종종 주최해야 하는 자선바자회, 왕족과의 인사치레, 그리고 유감스럽게도 점점 일이 많아지는 남편과 함께 보낼 시간이 거의 없다는 점 등이었다. 아들은 이튼에서 공부를 잘했고 딸도 있다면 좋았겠지만, 부인에게는 아동복지라든가, 뇌전증 환자의 요양 치료, 사진 촬영 등 다양한 관심사가 많았다. 새로 짓는 교회라든가 무너져가는 교회가 있으면 교회지기에게 뇌물을 주고 열쇠를 얻어 그런 곳들을 촬영했고, 그 사진들은 전문가의 작품과 거의 구분이 안 될 만큼 훌륭했다. 부인은 그런 생각을 하며 남편을 기다렸다.

서 윌리엄으로 말할 것 같으면, 그는 이제 젊지 않았다. 매우 열심히 일해왔고, (상점 주인의 아들로 태어나) 단지 능력 하나로 지금의 위치에 올랐으며, 직업을 사랑했고, 여러 행사에서 의료계의 훌륭한 모범이 되었고, 말솜씨도 좋았다—이 모든 사연으로 인해 기사 작위를 받을 무렵의 그는 대체로 중후하고 피로한 분위기를 풍기게 되었는데(환자들이 끊임없이 밀려들었고 직업적 책임과 특권이 대단히 과중해서였다), 피로한 분위기는 흰머리와 어우러져 그의 존재를 더욱 특별하게 부각했고, (신경질환을 다루는 데 있어서 극히 중요한) 번개 같은 기술과 무결점에 가까운 진단의 정확성뿐만 아니라 공감능력과 수완과 인간의 영혼에 대한 이해를 갖춘 의사라는 명성을 그에게 가져다주었다. 그들이(워런 스미스 부부라고 했다) 진료실로 들어오는 순간 그는 알수 있었다. 그는 남자를 보자마자 곧바로 확신했다. 극도로 위중한 사례였다. 모든 증상이 상당히 진행된 단계에 있는 완전한 쇠약―완전한 신체, 신경의 쇠약―의 사례임을 서 윌리엄은 단 이삼 분 만에 바로 확인했다. (그는 조심스럽고 낮은 목소리로 속삭이듯 질문하고 환자의 답변을 분홍색 카드에 적어나갔다.)

닥터 홈스가 환자를 얼마 동안 진료했습니까?

육 주 되었어요.

브로민을 조금 처방하던가요? 아무 문제도 없다고 말했습니까? 아, 그렇군요. (하여간 일반의들이란! 서 윌리엄은 생각했다. 치료에 걸리는 시간의 절반은 그들의 실수를 바로잡는 데 쓰였다. 돌이킬 수 없는 실수도 있었다.)

"전쟁에 나가 큰 공을 세우셨다죠?"

환자는 '전쟁'이라는 말을 질문하는 말투로 되풀이했다.

그는 상징성이 있는 단어들에 의미를 부여했다. 카드에 기록해야 할 심각한 증상.

"전쟁이요?" 환자가 물었다. 유럽의 전쟁―화약놀이하는 남자애들의 그 사소한 소동? 자신이 전쟁에 나가 큰 공을 세웠던가? 정말로 기억나지 않았다. 전쟁 그 자체에서 그는 실패했다.

"네, 이 사람은 전쟁에서 아주 뛰어난 공을 세웠어요." 레치아가 의사에게 확실히 말했다. "진급도 했고요."

"그리고 회사에서도 환자분을 무척 높이 평가하는군요?" 서 윌리엄이 중얼거리며, 미스터 브루어의 후한 칭찬이 담긴 편지를 흘낏 쳐다보았다. "그렇다면 걱정거리는 없겠군요. 경제적인 불안이든 뭐든?"

셉티머스는 무시무시한 범죄를 저질렀고 인간 본성에 의해 사형선고를 받았다.

"나는— 나는—" 그가 입을 열었다. "범죄를 저질렀습니다—"

"이 사람은 절대로 나쁜 짓을 하지 않았어요." 레치아가 의사에게 장담했다. 미스터 스미스가 잠시 기다려준다면 옆방에서 미시즈 스미스와 얘기를 좀 나누겠다고 서 윌리엄이 말했다. 남편분이 매우 위중한 상태다, 혹시 자살하겠다고 위협하지는 않았는가, 하고 서 윌리엄은 물었다.

아, 맞아요, 레치아는 소리쳤다. 하지만 진심은 아니었어요, 레치아가 말했다. 물론이라고, 그저 휴식의 문제일 뿐이라고, 서 윌리엄이 말했다. 휴식하고, 휴식하고, 또 휴식해야 하는, 침대에서 오래 휴식해야 하는 문제라고. 시골에 쾌적한 요양원이 있는데 그곳에서 남편분을 완벽히 보살펴줄 겁니다. 그이 혼자 가라고요? 레치아가 물었다. 안타깝게도 그렇습니다. 우리가 병들었을 때 가장 소중한 사람들은 우리에게 별로 도움이 되지 않습니다. 하지만 그이는 미치지 않았어요, 그렇죠? 서 윌리엄은 자기는 절대로 '미쳤다'는 말을 쓰지 않는다고, 대신 균형감각이 없다고 표현한다고 말했다. 하지만 남편은 의사들을 좋아하지 않아요. 그곳에 가지 않으려 할 거예요. 간단하고 친절하게, 서 윌리엄은 그녀의 남편이 어떤 상태인지 설명했다. 그는 스스로 목숨을 끊겠다고 위협했다. 다른 대안은 없다. 이건 법적인 문제다.* 남편은 시골에 있는 아름다운 집에서 침대에 누워 있을 것이다. 간호사들도 감탄스러울 만큼 훌륭하다. 일주일에 한 번씩 자신이 그를 보러 갈 것이다. 미시즈 워런 스미스가 더 묻고 싶은 말이 없다면—그는 절대로 환자들을 재촉하지 않았다—함께 남편이 있는 곳으로 돌아가도록 하자. 레치아는 아무것도 더 묻고 싶지 않았다—서 윌리엄에게는.

그래서 그들은 돌아갔다. 인류를 통틀어 가장 고귀한 자에게로, 판관들 앞에 선 범죄자에게로, 고지에 서서 비바람을 맞는 희생자, 도망자, 물에 빠진 선원, 불멸의 송가를 짓는 시인, 삶에서 죽음으로 넘어간 구세주에게로. 천창 밑 안락의자에 앉아서 궁정 예복을 입은 레이디 브래드쇼의 사진을 응시하며 아름다움에 대한 메시지를 웅얼거리는 셉티머스 워런 스미스에게로.

"우리가 잠시 대화를 나눴습니다." 서 윌리엄이 말했다.

"당신 병이 너무, 너무 심각하대." 레치아가 외쳤다.

"요양원으로 가시도록 준비하고 있어요." 서 윌리엄이 말했다.

"홈스의 요양원으로요?" 셉티머스가 비웃으며 말했다.

불쾌한 인상을 주는 작자였다. 상인의 아들이었던 서 윌리엄은 본능적으로 태생과 의복을 중시하는 성향이 있어서 남루한 옷차림을 보면 심기가 불편했다. 게다가 더욱 깊은 내면에서, 책 읽을 시간이 없는 서 윌리엄에게 뼛속 깊은 반감을 불러일으키는 이들은 교양 있는 사람들, 그의 진료실로 들어와 모든 면에서 최고의 직업적 능력을 요구받는 의

* 당시 영국의 정신보건법에 의하면 자살 위협은 본인과 타인에 대한 위험으로 간주되어 강제입원이 가능했다.

사들이 실은 지식인이 아니라고 은근히 암시하는 사람들이었다.

"나의 요양원입니다, 미스터 워런 스미스." 서 윌리엄이 말했다. "그곳에서 휴식하는 법을 가르쳐드릴 겁니다."

그런데 한 가지 더 유념할 점이 있다고 했다.

미스터 워런 스미스가 건강할 때는 절대로 아내를 겁먹게 할 사람이 아닐 거라고 확신한다, 하지만 당신은 자살을 거론했다.

"누구에게나 우울한 순간들이 있지요." 서 윌리엄이 말했다.

일단 네가 넘어지기만 하면, 셉티머스는 속으로 되뇌었다, 인간 본성이 너를 덮친다. 홈스와 브래드쇼가 너를 덮친다. 그들은 사막을 쏘다닌다. 그들은 황야를 향해 비명을 지르며 날아간다. 고문대와 엄지를 죄는 기구를 사용한다. 인간 본성은 무자비하다.

"때때로 충동이 일어나는 걸까요?" 서 윌리엄이 분홍색 카드에 연필을 대고 물었다.

그건 자기만의 문제라고 셉티머스가 말했다.

"누구도 자신만을 위해 살진 않습니다." 서 윌리엄이 궁정 예복을 입은 아내의 사진을 흘낏 보며 말했다.

"그리고 환자분에겐 훌륭한 직업도 있잖아요." 서 윌리엄이 말했다. 탁자 위에 미스터 브루어의 편지가 있었다. "대단히 훌륭한 직업이죠."

그런데 만일 고백한다면? 소통을 한다면? 그러면 그를 놓아줄 것인가, 홈스는, 브래드쇼는?

"나는— 나는—" 셉티머스는 더듬거렸다.

그런데 그의 범죄는 무엇이던가? 기억이 나지 않았다.

"예?" 서 윌리엄은 어서 말하라고 격려했다. (하지만 진료시간이 너무 길어지고 있었다.)

사랑, 나무, 범죄는 없다―그의 메시지는 무엇이던가?

기억이 나지 않았다.

"나는― 나는―" 셉티머스는 더듬거렸다.

"자신에 대한 생각을 최대한 줄이려고 노력하세요." 서 윌리엄이 친절하게 말했다. 정말로 이 사람은 밖에서 돌아다녀서는 안 되는 상태로군.

이 밖에 더 물어보고 싶은 것이 있는지? 서 윌리엄은 모든 필요한 조치를 해두겠다고(그는 레치아에게 조용히 말했다), 오늘 저녁 다섯시에서 여섯시 사이에 연락하겠다고 했다.

"전부 내게 맡기세요." 그는 그렇게 말하고 그들을 돌려보냈다.

레치아는 평생 이렇게 고통스러운 적이 없었다! 도움을 청했건만 버림받았다! 그는 그들을 실망시켰다! 서 윌리엄 브래드쇼는 좋은 사람이 아니었다.

저 자동차를 유지하는 비용만 해도 상당한 돈이 들겠지, 부부가 거리로 나왔을 때, 셉티머스가 말했다.

레치아는 그의 팔에 매달렸다. 그들은 버림받았다.

하지만 무엇을 더 바랄 것인가?

그는 환자들에게 사십오 분을 할애했다. 만일 의사가, 결국 우리는 아무것도 모르는 것―신경계, 인간의 뇌―과 관련한 이 엄밀한 과학에서 균형감각을 잃는다면 그는 의사로서 실패자다. 건강은 우리에게 꼭 필요하며 건강은 균형이다. 그래서 누군가 진료실에 들어와 자기가 그리스도라고 하면서(흔한 망상), 이런 사람들이 대개 그러듯, 전달할 메시지가 있다고 말하고, 이런 사람들이 종종 그러듯, 자살하겠다고 위협하면, 의사는 균형을 환기시킨다. 침상 휴식, 격리 휴식을 처방한다. 침묵과 휴식, 친구도 없고 책도 없고 메시지도 없는 휴식, 육개월간의 휴식, 들어올 때 체중이 7스톤 6파운드였던 사람이 12스톤*이 되어 나갈 때까지.

서 윌리엄의 여신인 균형, 신성한 균형은 병원들을 회진하고 연어 낚시를 하면서, 할리 스트리트에서 아들 하나를 얻은 일을 통해 이루어졌다. 마찬가지로 연어 낚시를 하고 전문가의 작품에 필적하는 사진을 찍는 레이디 브래드쇼와의 사이에서 말이다. 균형을 숭배함으로써 서 윌리엄은 자신의 번영뿐만 아니라 영국의 번영에도 기여했다. 그는 정신이상자들을 격리하고 출산을 금지하며 절망을 처벌하고 그들이 개인적 견해를 전파하지 못하게 막음으로써 자신과 같은 균형감각을 갖추게 했다—그들이 남자라면 자신과 같고 여자라면 레이디 브래드쇼와 같은 균형감각을. (그녀는 자수와 뜨개질을 했고 일주일에 나흘 밤은 외출하지 않고 아들과 함께 집에 있었다.) 그리하여 동료들은 그를 존중하고 부하들은 그를 두려워했을 뿐만 아니라, 환자들의 일가친지는 그에게 열렬한 감사의 마음을 품었다. 서 윌리엄이 세상의 종말이나 신의 강림을 부르짖는 남녀 예언자 그리스도들을 데려다가 그의 처방대로 침대에 머무르며 우유를 마시게 했기 때문이다. 서 윌리엄에게는 이런 종류의 환자를 삼십 년간 다뤄온 경험, 이것은 광기이고 이것은 이성이라고 판정하는 오류 없는 직관, 그의 균형감각이 있었다.

---

* 각각 약 47킬로그램과 약 76킬로그램.

하지만 균형의 여신에게는 미소를 덜 짓고 힘은 더 막강한 자매가 있었다. 그 여신은 지금도 열심히―인도의 열기와 모래, 아프리카의 진흙과 늪, 혹은 런던 변두리를 비롯한 모든 곳, 다시 말해 기후 혹은 악마가 여신 자신의 참된 신앙을 저버리도록 유혹하는 곳이라면 어디에서나―사원을 무너뜨리고 우상을 파괴하며 그 자리에 자신의 지엄한 두상을 세우느라 바쁘다. 그 여신의 이름은 개종이며, 그녀는 약한 자들의 의지를 마음껏 먹어치우고, 관심을 끌고 강요하기를 좋아하며, 대중의 얼굴에 각인된 자신의 모습을 흠모한다. 이 여신은 하이드파크 코너*에서 큰 통을 연단 삼아 위에 서서 연설을 하고, 하얀 옷을 입고 형제애로 가장한 채 참회하는 태도로 공장과 의회를 누비고 다닌다. 도움을 베풀지만 권력을 탐하고, 반대하거나 불만을 품은 자들을 거칠게 내치며, 여신을 우러러보면서 그녀의 눈에 비친 빛을 자신의 것이라고 순종적으로 받아들이는 이들에게 축복을 내린다. 이 여신 또한 (레치아 워런 스미스가 알아차렸듯이) 서 윌리엄의 마음속에 자리하고 있었다. 그녀가 대개 그렇듯이 그럴듯한 변장 뒤에, 가령 사랑, 의무, 자기희생 같은 덕망 있는 이름 뒤에 몸을 숨긴 채로. 그는 얼마나 열심히 일하는지―기금을 모으고 개혁을 설파하고 기관을 창립하기 위해 얼마나 고군분투하는지! 하지만 까다로운 여신인 개종은 벽돌보다 피를 사랑하고 인간의 의지를 가장 교묘하게 먹어치운다. 예를 들면, 레이디 브래드쇼. 십오 년 전에 그녀는 무너졌다. 딱히 짚어낼 수 있는 원인은 없

---

* 원래는 하이드파크의 남동쪽 모퉁이 구역을 가리키는 명칭이지만, 『런던 백과사전』 등에서는 울프가 공원의 북동쪽 모퉁이에 있는 '스피커스 코너'를 염두에 두었다고 보기도 한다. 이곳에서는 원하는 사람은 누구든 연설을 할 수 있다.

었다. 소동도 감정적 폭발도 없이, 그녀의 의지가 물을 흠뻑 머금은 채 천천히 가라앉아 그의 의지에 잠겨버렸을 뿐이다. 부인의 미소는 상냥했고 순종은 신속했다. 할리 스트리트에서 열 명에서 열다섯 명에 달하는 전문직 종사자 계층의 손님들에게 여덟 혹은 아홉 가지 코스요리를 대접하는 만찬은 순조롭고 품위 있었다. 다만 저녁이 깊어갈수록 아주 경미한 답답함, 어쩌면 불편함, 신경질적인 움찔거림, 더듬거림, 휘청거림, 혼란 등이 나타났고, 이는 진정 믿기 힘든 고통스러운 사실—그 가련한 여인이 자신을 속이고 있다는 것—을 가리켰다. 아주 오래전 언젠가 그녀는 자유롭게 연어를 낚았다. 지금은 남편의 눈을 번들번들 빛내는 지배욕, 권력욕을 재빨리 충족시키기 위해 그녀는 움츠리고 짜내고 깎아내고 잘라내고 물러서고 엿보았다. 그리하여 저녁식사 자리가 왜 그토록 불편한지, 정수리를 짓누르는 압박감은 왜 생기는지 정확히 알지 못했지만(어쩌면 전문적인 대화 내용 때문이거나, 인생이 미시즈 브래드쇼의 말대로 "자신의 것이 아니라 환자들의 것인" 위대한 의사의 피로 때문일 수도 있었지만) 어쨌든 불편한 것은 사실이었고, 그리하여 손님들은 시계가 열시 종을 쳤을 때 할리 스트리트로 나와 바깥 공기를 들이마시며 황홀감마저 느꼈으나, 그의 환자들에게는 그런 위안이 허락되지 않았다.

벽에 걸린 그림들과 값진 가구로 장식된 그 회색 방의 간유리 천창 아래에서 그들은 자신이 정상에서 얼마나 심하게 벗어났는지 알게 되었다. 그들은 안락의자에 앉아 웅크린 채, 서 윌리엄이 자신들을 위해 기묘한 동작을 취하는 모습을 보았다. 팔을 휙 뻗었다가 옆구리로 잽싸게 갖다대는 그 동작을 통해 의사는 행동을 완벽히 통제할 수 있는 자신과 달리 환자는 그렇지 않다는 점을 (고집 센 환자들에게) 증명했다. 그때 유약한 이들은 흐느껴 울며 무너져 굴복했고, 어떤 이들은 어디에서 나오는지 알 수 없는 광기에 휘둘려 서 윌리엄을 면전에서 저주받을 사기꾼이라 부르며 더더욱 불경하게 삶 그 자체를 문제삼았다. 왜 사는 거죠? 그들은 따졌다. 서 윌리엄은 삶은 좋은 거라고 대답했다. 그렇고말고, 타조 깃털로 장식한 레이디 브래드쇼의 사진이 벽난로 위에 걸려 있고 그의 연 수입도 만 2천 파운드에 달했으므로. 하지만 우리에게 신은 그런 은혜를 베풀지 않았어요, 그들은 항변했다. 서 윌리엄도 순순히 인정했다. 그들의 문제는 균형감각 부족이었다. 어쩌면 신이란 결국 없는 걸까요? 그는 어깨를 으쓱했다. 한마디로 말해, 살거나 살지 않는 것은 우리가 스스로 결정할 문제 아닐까요? 그런데 그 점에서 그들의 생각은 틀렸다. 서 윌리엄은 서리Surrey에 친구가 한 명 있는데, 그곳에서는 서 윌리엄도 까다로운 기술이라고 솔직히 인정한 그것—균형감각—을 가르쳤다. 게다가 가족애나 명예나 용기, 탁월한 경력 같은 것도 중요하지 않은가. 서 윌리엄은 마음속에서 이 모든 것을 결연히 옹호했다. 만일 그들이 실패한다면, 치안과 사회의 공익이 자신을 지지해줄 거라고, 그는 아주 조용히 언급했다. 서리 지방에서는 이러한 반사회적 충동, 무엇보다 좋은 혈통의 결핍으로 인해 생겨난 그러한 충동이 통제하에 있도록 치안과 사회의 공익이 잘 관리할 것이라고. 그때 여신이 은신처에서 살그머니 나와 왕좌에 올랐다. 반대를 진압하고 다른 이들의 성소에 자신의 모습을 영원히 각인하기를 욕망하는 여신이었다. 지치고 의탁할 데 없는 이들은 헐벗고 무방비한 상태로 그들에게 각인된 서 윌리엄의 의지를 받아들였다. 그는 급습했고 집어삼켰다. 그는 사람들을 가두었다. 이렇게 결합된 결단력과 인간애 덕분에 서 윌리엄은 그가 희생시킨 이들의 친지들에게 큰 사랑을 받았다.

하지만 레치아 워런 스미스는 할리 스트리트를 따라 걸어가며 그 남자가 싫다고 울부짖었다.

할리 스트리트의 시계들이 유월의 하루를 찢고 저미고 나누고 또 나눠 야금야금 갉아먹으면서, 순응을 권하고 권위를 옹호하며 균형감각의 지고한 이점을 입을 모아 지적했다. 쌓여 있던 시간의 더미가 크게 줄어들어, 옥스퍼드 스트리트의 한 상점 위에 걸린 광고용 시계는, 무료로 시간을 알려주는 것이 리그비 앤드 라운즈 상점의 기쁨이라는 듯이, 다정하고 우애 넘치게 한시 반을 가리켰다.

위를 올려다보니 시계의 눈금 하나하나에 리그비와 라운즈, 두 사람의 이름 철자가 각기 한 글자씩 적힌 모양새 같았다. 그것을 보는 사람들은 그리니치천문대가 인증한 시간을 알려준 데 대해 리그비와 라운즈에게 무의식적으로 감사했고, 이 감사의 마음은(휴 횟브레드가 상점 진열창 앞에서 미적거리면서 곰곰이 생각한 대로) 나중에 리그비 앤드 라운즈의 양말이나 신발의 구매로 이어졌다. 그는 그런 생각에 잠겼다. 그것이 습관이었다. 그는 깊게 들어가지 않고, 표면만을 스쳤다. 그 대상은 한때 고전어나 현대어였다가 콘스탄티노플과 파리와 로마의 삶이었다가 승마, 사격, 테니스 등이기도 했다. 악의적인 이들은 그가 이제는 버킹엄궁전에서 예복 반바지에 실크스타킹 차림으로 아무도 모르는 무언가를 지키며 보초를 서고 있다고 했다. 하지만 그는 그 일을 극히 효율적으로 해냈다. 오십오 년 동안 그는 영국 사회의 최상류층에 자연스럽게 어우러져 살아왔다. 그는 총리들과 교류했다. 이 사회에 대한 그의 깊은 애착은 널리 알려져 있었다. 당대의 거대한 사회운동에 전혀 동참하지 않았고 중요한 직위를 맡지도 않았다는 점은 사실이지만, 한두 가지 소소한 개혁은 그의 공적으로 남았다. 공공 쉼터의 시설 개선이 그중 한 가지였고 노팅의 부엉이 보호가 또 한 가지였으며, 하녀들이 그에게 감사해할 만한 일도 있었다. 〈타임스〉에 투고하여 기금을 요청하거나 대중에게 보호와 보존, 쓰레기 청소, 대기오염 절감, 공원에서의 부도덕한 행위 근절 등을 호소하는 글 말미에 적힌 그의 이름은 존경을 받았다.

참으로 위풍당당한 모습으로, 그는 잠시 멈춰 서서 (삼십분을 알리는 종소리가 잦아드는 동안) 양말과 신발을 비판적이고 권위적으로 바라보았다. 어떤 고지에 올라 세상을 내려다보는 것처럼 흠잡을 데 없이 당당한 모습이었고 옷도 그에 걸맞게 차려입었다. 하지만 그는 체격과 재력과 건강에 따르는 의무를 자각했고 반드시 필요하지 않을 때조차 사소한 예절과 구식 의례를 꼼꼼히 준수했다. 그로 인해 그의 태도에는 다른 사람들이 흉내낼 만한, 그를 기억할 단초가 될 만한 어떤 특징이 생겨났다. 예컨대 그는 지난 이십 년간 교류해온 레이디 브루턴과 점심을 들 때면 어김없이 카네이션 다발을 들고 가서 건네주었고 레이디 브루턴의 비서인 미스 브러시에게 남아프리카에 있는 형제의 안부를 물었는데, 여성적 매력의 모든 속성이 부족한 미스 브러시는 무슨 이유에선지 이를 질색하며 "감사합니다, 그는 남아프리카에서 아주 잘 지내고 있어요"라고 대답했다. 실은 포츠머스에 와서 힘들게 산 지가 육 년 가까이 되었는데도 말이다.

레이디 브루턴은 리처드 댈러웨이를 더 좋아했다. 그는 바로 뒤이어

도착했고, 두 사람은 문 앞 계단에서 만났다.

레이디 브루턴은 물론 리처드 댈러웨이를 더 좋아했다. 그는 훨씬 더 훌륭한 자질을 지녔다. 하지만 부인은 누구든 미덥잖아도 소중한 휴를 깎아내리는 일을 용납하지 않았다. 부인은 그의 친절을 잊을 수 없었다—휴는 정말로 놀랍도록 친절했다. 정확히 어떤 상황이었는지는 잊었지만 정말이었다—놀랍도록 친절했다. 어쨌거나 한 사람과 다른 사람의 차이는 그리 대단하지 않다. 사람들을 조각조각 잘라서 판단하는 일—클래리사 댈러웨이가 그러듯 조각조각 잘랐다가 다시 붙여가며 사람을 판단하는 일—은 부인에게 전혀 의미가 없었다. 특히 예순둘이라는 나이에는 정말로 아니었다. 레이디 브루턴은 각진 얼굴에 엄숙한 미소를 지으며 휴의 카네이션을 받았다. 더 올 사람은 없다고 그녀는 말했다. 거짓 핑계로 그들을 불러들여 어떤 문제를 해결하기 위한 도움을 청하려 한 것이라고—

"그래도 우선 식사부터 합시다." 레이디 브루턴은 말했다.

그리하여 앞치마를 두르고 흰 모자를 쓴 하녀들이 여닫이문을 통해 소리 없이 절묘하게 드나들기 시작했다. 그들은 실질적으로 필요한 인력이라기보다는 메이페어의 안주인들이 한시 반에서 두시까지 행하는 신비 혹은 웅장한 속임수에 동원된 전문가들이었다. 이윽고 손짓 한 번으로 분주한 움직임이 일제히 중단되고 그 대신 무엇보다도 먼저 음식에 대한 심오한 환상이 떠오른다—음식이 돈 없이도 생겨난다는 환상, 식탁이 유리잔과 은식기, 작은 테이블매트, 빨간 과일이 그려진 찻잔받침들을 갖춘 채 저절로 펼쳐진다는 환상. 그 식탁 위에서는 갈색 크림이 넙치를 얇게 뒤덮고, 도막난 닭들이 냄비 속에서 헤엄치며, 벽난로에서는 실용적이기보다는 장식적이고 화려한 불이 타오르고, (역시 돈 없이도 생겨나는) 와인과 커피와 함께 유쾌한 환영이 생각에 잠긴 눈들 앞에 떠오른다. 그 눈들은 조용히 사색하고, 인생을 음악적이고 신비롭다고 여기며, (항상 각진 몸짓으로 움직이는) 레이디 브루턴이 자기 접시 옆에 놓아둔 빨간 카네이션의 아름다움을 다정하게 관찰하며 빛을 낸다. 그리하여 온 우주와 화평을 이루고 동시에 자신의 지위에 완전한 확신을 느끼는 휴 횟브레드는 포크를 내려놓으며 말했다.

"그 꽃은 부인의 레이스 위에서 퍽 매력적으로 보이지 않을까요?"

미스 브러시는 이런 유들유들함에 치가 떨렸다. 그를 점잖치 못한 작자라고 생각했다. 그런 미스 브러시 때문에 레이디 브루턴은 웃음을 터트렸다.

레이디 브루턴은 카네이션을 집어 등뒤에 걸린 초상화 속 장군이 두루마리를 잡은 동작과 비슷하게 다소 뻣뻣이 들었다. 그러고는 무아지경에 빠진 듯 그대로 멈춰 있었다. 지금 부인이 장군의 증손녀이던가, 현손녀이던가? 리처드 댈러웨이는 자문했다. 서 로더릭, 서 마일스, 서 탤벗―그렇지. 그 가문에서는 놀랍게도 여자들까지 생김새가 닮았다. 부인 자신이 용기병*의 장군이 되었어야 했다. 리처드라면 그녀 밑에서 즐거이 복무했을 것이다. 그는 부인을 대단히 존경했다. 명문가의 위풍당당한 노부인에 대해 낭만적인 생각을 품었고, 참으로 그다운 선량한 생각에서 주변의 혈기왕성한 청년들을 부인과 함께하는 점심 자리에 데려오고 싶어했다. 마치 차 마시기를 열렬히 즐기는

---

* 16~17세기 유럽에서 갑옷에 소총으로 무장한 기마병.

온순한 사람들 사이에서 부인과 같은 강인한 유형이 나올 수라도 있다는 듯이! 리처드는 부인의 고향을 알았다. 부인의 집안사람들도 알았다. 그 집에는 아직도 열매를 맺는 포도나무가 있었는데, 러블레이스 아니면 헤릭*이 그 포도나무 아래에 앉은 적이 있었다—부인 자신은 시를 한 줄도 읽지 않았지만, 어쨌든 전하는 이야기는 그랬다. 골치 아픈 그 질문(대중에게 호소할 것인지, 한다면 어떤 말로 해야 할지 등등)은 조금만 더 기다렸다가 저이들에게 내놓자, 저이들이 커피를 다 마실 때까지 기다리는 게 좋겠지, 레이디 브루턴은 생각했고, 그래서 카네이션을 접시 옆에 다시 내려놓았다.

"클래리사는 잘 지내나요?" 부인이 불쑥 물었다.

클래리사는 늘 레이디 브루턴이 자기를 좋아하지 않는다고 말했다. 실제로 레이디 브루턴은 사람보다 정치에 더 관심이 많고 말투도 남자 같으며 1880년대의 어떤 악명 높은 음모에 관여했다는 평판이 있었다. 그 음모에 대해서는 요즈음 여러 회고록에서 언급되기 시작했다. 부인의 응접실 한쪽 벽감실에는 탁자가 하나 있고 그 위에 작고한 서 탤벗 무어 장군의 사진이 놓여 있었다. 그곳에서 장군은 (1880년대의 어느 날 저녁에) 레이디 브루턴을 옆에 두고, 그녀가 상황을 이해한 상태에서, 어쩌면 그녀의 조언에 따라, 어느 역사적 사건에서 영국 군대의 진격을 명령하는 전보를 썼다고 했다. (부인은 그 펜을 보관했고 그때의 이야기를 하곤 했다.) 그래서 부인이 무심한 태도로 "클래리사는 잘 지내나요?"라고 물을 때 이 소식을 전하는 남편들은 부인이 정말로 관심

---

* 찰스 1세 시대의 왕당파 시인 리처드 러블레이스와 로버트 헤릭.

이 있어서 물은 것인지 자기 아내를 납득시키지 못했고 본인들마저 아무리 부인을 따른다 해도 내심 의심스러워했다. 자주 남편의 일을 방해하고 해외 파견을 받아들이지 못하게 막으며 의회의 회기 중간에 바닷가에 데려가 독감 요양을 시켜주어야 하는 여자들에게 레이디 브루턴이 관심을? 그럼에도, 레이디 브루턴이 "클래리사는 잘 지내나요?"라고 질문했다는 말을 들으면 여자들은 어김없이 알았다. 그것이 호의를 품은 사람, 과묵한 벗이 보내는 신호라는 것을. (부인이 평생 대여섯 번쯤 했을) 그런 발언은 남성적인 점심 모임 아래에 흐르는 어떤 여성적 동지애를 인정하고 레이디 브루턴과 미시즈 댈러웨이를 하나로 묶었다. 그것은 서로 좀처럼 만나는 일이 없고 실제로 만날 때는 서로 무관심하거나 심지어 적대적으로까지 보이는 두 사람을 특별한 유대로 연결하는 말이었다.

"오늘 아침에 공원에서 클래리사를 만났습니다." 휴 휫브레드가 냄비 속 음식을 푹 뜨면서 말했다. 런던에만 오면 모든 사람을 한꺼번에 만날 수 있는 자신에게 그런 말로 작은 찬사를 바치고 싶었기 때문이다. 하지만 밀리 브러시는 그가 게걸스럽다고, 여태 본 중에 가장 게걸스러운 남자라고 생각했다. 밀리 브러시는 타협 없는 엄정한 기준으로 남자들을 관찰했지만, 영원한 헌신을 품을 수도 있는, 특히 동성에게라면 더 그럴 수 있는 사람이었으며, 우락부락하고 까칠하고 각진 외모에 여성적 매력이라곤 전혀 없었다.

"시내에 누가 와 있는지 압니까?" 레이디 브루턴이 갑자기 생각해내고서 말했다. "우리의 오랜 친구, 피터 월시."

모두가 미소를 지었다. 피터 월시! 미스터 댈러웨이는 진심으로 반가워한다고 밀리 브러시는 생각했다. 미스터 휫브레드는 그저 닭고기 생각뿐이고.

피터 월시! 레이디 브루턴과 휴 휫브레드와 리처드 댈러웨이까지 세 사람 다 똑같은 기억을 떠올렸다―열정적으로 사랑했고 거절당했고 인도로 갔고 처참히 실패했고 많은 일을 그르친 피터. 리처드 댈러웨이는 정겨운 옛 친구를 무척 좋아했다. 밀리 브러시는 알 수 있었다. 그의 갈색 눈 깊은 곳을 보고 그가 주저한다는 것, 곰곰이 생각한다는 것을 알았으며, 그래서 미스터 댈러웨이를 보면 늘 그렇듯 흥미가 생겼다. 그는 어떻게 생각할까, 밀리 브러시는 궁금했다, 피터 월시에 대해서?

피터 월시가 클래리사를 사랑했다고, 오찬이 끝나면 곧바로 집으로 돌아가 클래리사를 찾겠다고, 아내에게 사랑한다는 말을 분명히 하겠다고. 그렇다, 그는 그렇게 말할 것이다.

한때 밀리 브러시는 이런 침묵의 순간들과 사랑에 빠질 뻔했다. 미스터 댈러웨이는 언제나 그렇게 믿음직스러웠고 너무나 신사다웠다. 이제 마흔이 된 밀리 브러시는 레이디 브루턴이 살짝 고개를 끄덕이거나 다소 갑작스럽게 고개를 돌리기만 해도 그 신호를 알아차렸다. 초연한 정신에 대해서나 삶이 기만할 수 없는 순수한 영혼에 대해서, 아무리 이렇게 깊이 생각에 빠져 있더라도 그럴 수 있었다. 삶은 밀리 브러시에게 털끝만한 가치라도 있는 그 어떤 장신구도 선사하지 않았기 때문이다. 곱슬머리도, 미소도, 입술이든 볼이든 코든, 그 무엇도. 레이디 브루턴이 그저 고개를 끄덕이기만 하면, 커피를 서둘러 내오라는 지시가 퍼킨스에게 전달되었다.

"맞아요. 피터 월시가 돌아왔어요." 레이디 브루턴이 말했다. 그것은 그들 모두에게 은근히 우쭐해지는 일이었다. 피터 월시가 망가지고 실패한 채로 그들의 안전한 해안으로 돌아왔다. 하지만 그를 돕는 일은 불가능하다고 그들은 생각했다. 그의 성격에 어떤 결함이 있으니까. 휴 휫브레드는 아무개에게 피터 얘기를 슬쩍 해볼 수는 있을 거라고 말했다. 그는 "내 오랜 벗 피터 월시"가 어쩌고저쩌고하면서 정부 몇몇 기관의 수장들에게 보낼 편지를 떠올리며 침울한 표정으로, 퍽 중요한 일을 맡은 사람처럼 얼굴을 찌푸렸다. 하지만 그런다 해도 해결책은—영구적인 해결책은—없을 것이다. 피터의 성격 때문에.

"어떤 여자와 문제가 있다던데." 레이디 브루턴이 말했다. 그들 모두 바로 그것이 문제의 핵심임을 이미 짐작했다.

"하지만," 레이디 브루턴이 얼른 말머리를 돌렸다. "전체적인 이야기는 피터 본인이 해주겠지요."

(커피는 아직도 나오지 않았다.)

"주소가?" 휴 휫브레드가 웅얼거렸다. 그러자 날마다 한결같이 레이디 브루턴을 시중들며 일사분란하게 흘러가는 회색 물결에 즉시 파문이 일었다. 그 물결은 정보를 수집하고, 걸러내고, 섬세한 직물로 그녀 주위를 감싸 충격을 완화하고 방해를 최소화하면서 브룩 스트리트에 있는 집 주위에 섬세한 망을 펼쳤고 거기에 걸린 것들은 백발의 퍼킨스가 즉각 정확하게 골라냈다. 지난 삼십 년간 레이디 브루턴을 시중든 퍼킨스가 이제 그 주소를 적어 미스터 휫브레드에게 전하자 그는 수첩을 꺼낸 뒤 눈썹을 치켜올리면서 그 쪽지를 일급 중요 서류 사이에 끼워넣고는 에블린을 시켜 피터를 점심에 초대하겠다고 말했다.

(그들은 미스터 휫브레드가 식사를 마친 후 커피를 내오려고 기다리

고 있었다.)

휴가 너무 꾸물댄다고 레이디 브루턴은 생각했다. 휴가 뚱뚱해지고 있다는 생각도 들었다. 리처드는 늘 최상의 건강 상태를 유지하는데 말이다. 부인은 점점 조바심이 났다. 그녀는 전심전력으로 단호하고 분명하게, 거만하리만치 위압적으로 이 모든 시답잖은 잡설(피터와 그의 문제들)을 툴툴 털어내고, 자신의 관심을 사로잡는 주제에 덤벼들고 있었다. 단순히 관심만이 아니라 영혼의 근간을 이루는 본질, 그게 없다면 밀리센트 브루턴이 밀리센트 브루턴일 수 없을 만큼 핵심적인 어떤 부분을 건드리는 주제인 그것은, 좋은 집안에서 태어난 남녀 청년들을 캐나다로 이주시켜 성공적 미래를 꿈꾸며 정착하게 하는 사업이었다. 레이디 브루턴은 너무 부풀려 말했다. 어쩌면 균형감각을 잃었는지도 모른다. 다른 이들에게 이민은 명백한 해결책도, 절묘한 구상도 아니었다. 그들에게는(휴, 리처드, 심지어 헌신적인 미스 브러시에게도) 이민사업이 억눌린 자아를 표출하는 수단이 아니었다. 좋은 가문 출신의 건강하고 강인하며 기개가 넘치는 여성, 단도직입적인 충동과 솔직한 감정에 충실하지만 내면을 성찰하는 힘은 부족한(통이 크고 단순한—왜 모두가 통이 크고 단순할 순 없는가, 하고 부인은 자문했다) 그런 여성이 젊음이 지나간 뒤 내면에서 솟구치는 것을 느끼고 어떤 대상엔가 투사해야만 하는 억눌린 자아를 표출하는 수단 말이다—그것은 이민사업일 수도 있고, 해방운동일 수도 있다. 하지만, 그게 무엇이든 부인이 매일 영혼의 정수를 흘려보내 가꾼 그것은 필연적으로 프리즘처럼 밝고 선명한 광택을 띠면서 반은 거울처럼, 반은 보석처럼 빛나는 것, 때로는 사람들의 비웃음이 두려워 조심스럽게 숨기고 때로는 자랑스럽게 내보이는 어떤 것이 된다. 요컨대, 이민사업은 대체로 레이디 브루턴 그 자신이 되었다.

하지만 부인은 글을 써야 했다. 그리고 〈타임스〉에 편지 한 통을 쓰는 일은, 이따금 미스 브러시에게 말해온 대로, 남아프리카 원정대를 조직하는 일(전쟁중에 부인이 실제로 해낸 일)보다 더 힘들었다. 편지를 쓰기 시작하고 찢어버리고 다시 시작하는 아침의 전투가 끝나면 부인은 다른 어떤 경우에도 느끼지 못한 여성으로서의 무력감을 느끼곤했고, 그래서 〈타임스〉에 편지 쓰는 기술을 지닌―그 점은 누구도 의심할 수 없었다―휴 횟브레드를 감사한 마음으로 떠올렸다.

자신과 너무나 다르게 이루어진 존재, 언어 구사력이 뛰어나고 편집자들이 좋아하는 방식으로 글을 쓸 수 있는, 단순히 탐욕이라고 치부할 수는 없는 열정을 지닌 존재. 레이디 브루턴은 남자들에 대한 판단을 유보할 때가 많았다. 여자들이 아닌 남자들만이 우주의 법칙과 신비로운 화합을 이루고 있다는 점, 그래서 그들은 무엇을 말하고 어떻게 말해야 할지 안다는 점을 존중하는 의미에서 그러했다. 그리하여 리처드가 조언을 해주고 휴가 글을 써주면 부인은 어떻게든 자신이 옳다는 것을 확신했다. 그래서 휴가 수플레를 먹게 놔두었고 가엾은 에벌린의 안부를 물었으며 그들이 담배를 피울 때까지 기다렸다가 마침내 말했다.

"밀리, 편지를 좀 가져다주겠어요?"

그러자 미스 브러시가 밖으로 나갔다가 돌아와 테이블 위에 편지지들을 놓았고, 휴는 만년필을 꺼냈다. 그 은색 만년필을 이십 년간 사용해왔다고, 그는 뚜껑을 돌려 열면서 말했다. 아직도 완벽한 상태라면서, 제조업자에게 보여줬더니 닳아서 못 쓰게 될 일은 없다고 말하더라고 했다. 어떻게든 그것은 휴가 만년필을 잘 관리하고 그 만년필로 품격 있는 정서를 표현해온 덕분이었다(리처드 댈러웨이는 그렇게 느꼈다). 휴가 서류의 여백에 주의깊게 대문자들을 쓰고 글자 둘레에 동그라미를 치며 교정을 시작하자 레이디 브루턴의 얽히고설킨 생각들이 놀랍게도 의미 있고 문법에 맞는 글로 정리되었고, 레이디 브루턴은 그 놀라운 변화를 지켜보며 〈타임스〉의 편집자들도 이 글을 존중할 수밖에 없을 거라고 느꼈다. 휴는 느렸다. 휴는 끈질겼다. 리처드는 좀더 과감하게 쓸 필요가 있다고 말했다. 휴는 사람들의 감정을 존중한 수정안을 제시했고, 이에 리처드가 웃음을 터트리자 다소 날카롭게, 사람들의 감정은 "반드시 고려해야 한다"고 말하고는 소리 내어 읽었다. "그러므로 우리는 시기가 무르익었다고 생각합니다…… 우리의 인구는 계속 증가하고 있으니 그중 남아도는 수만큼의 젊은이들을…… 우리가 전사자들에게 진 빚을……" 리처드는 그런 말들이 다 껍데기뿐인 헛소리라고 생각했지만, 물론 해될 것은 없었다. 휴는 계속해서 온갖 고귀한 감정들을 형식적으로 나열하는 초고를 정리했다. 그는 조끼에 떨어진 시가의 재를 떨어내기도 하고 이따금 글이 어디까지 진행되었는지 간단히 알리기도 하며 써나가다 마침내 편지의 초안을 마친 후 소리 내어 읽었고, 레이디 브루턴은 그것이 걸작이라고 확신했다. 자신의 원래 의도가 이토록 훌륭하게 표현될 수도 있다니.

휴는 편집자가 그 글을 게재할지 장담할 수 없다면서도 자기가 그쪽 사람을 오찬에서 만날 거라고 말했다.

그러자 우아한 몸짓을 좀처럼 하지 않는 레이디 브루턴이 휴가 가져온 카네이션을 드레스 앞자락에 전부 꽂고 두 팔을 벌리며 그를 "나의 총리님!"이라고 불렀다. 두 사람이 없었다면 어떻게 살았을지 알 수가 없군요. 그들은 자리에서 일어났다. 리처드 댈러웨이는 평소처럼 장군의 초상화를 보기 위해 느긋하게 걸어갔다. 언젠가 여유 시간이 생기면 레이디 브루턴 가문의 역사를 책으로 쓸 생각이기 때문이었다.

밀리센트 브루턴은 자기 가문을 매우 자랑스러워했다. 하지만 가족사는 급할 것 없다, 그건 좀 기다려도 된다, 하고 부인은 초상화를 바라보며 말했다. 군인, 행정가, 해군 제독 들로 이루어진 부인의 가문 사람들은 주어진 의무를 이미 마친 행동가들이었으며, 리처드의 최우선 의무는 조국에 대한 것이라는 의미였다. 하지만 초상화 속 얼굴이 참으로 멋지긴 하다고 부인은 말했다. 그리고 언제든 때가 오면 리처드가 참고할 수 있도록 모든 자료를 올드믹스턴의 본가에 준비해놓겠다고 말했다. 혹시 노동당 정부가 들어설 때를 뜻하는 말이었다. "아, 인도에서 온 소식!" 부인이 외쳤다.*

이윽고 그들이 현관에 나와 공작석 테이블 위에 놓인 그릇에서 노란 장갑을 꺼내는 동안, 휴가 미스 브러시에게 참으로 불필요한 인사치레와 함께 자기는 쓰지 않을 티켓이라든가 어떤 칭찬 등을 건네고 그녀는 마음 깊은 곳에서 우러나는 혐오감으로 얼굴을 벽돌처럼 붉게 물들일 때, 리처드가 모자를 손에 든 채 레이디 브루턴에게 돌아서서 말했다.

"오늘밤 저희 집 파티에서 뵐 수 있겠죠?" 그러자 레이디 브루턴은

---

* 1920년대 인도는 독립운동이 거세져 정세가 불안정했다. 또 1923년 12월 영국 총선에서는 노동당이 자유당과의 연정으로 집권에 성공했다.

편지 쓰기로 인해 산산이 부서졌던 위엄을 되찾았다. 갈 수도, 가지 않을 수도 있다. 클래리사는 참으로 활력이 대단한 것 같다. 나는 파티라면 정말이지 겁이 난다. 그렇지만 나는 이제 늙은이가 아니냐. 그렇게 부인은 에둘러 말하며 당당한 모습으로 허리를 꼿꼿이 세운 채 문가에 서 있었고 그 뒤에서는 차우차우가 기지개를 켰으며 미스 브러시는 서류를 두 손 가득 들고 배경 저편으로 사라졌다.

레이디 브루턴은 느릿하고 위풍당당하게 자신의 방으로 올라가 소파에서 한쪽 팔을 뻗은 채 누웠다. 한숨을 쉬고 코를 골았다. 잠든 것은 아니고 그저 나른하고 묵직할 뿐이었다. 이렇게 더운 유월 한낮의 햇살 아래에서 벌떼와 노란 나비들이 너울대는 클로버 들판처럼 나른하고 묵직했다. 부인은 언제나 데번셔에 있는 그 들판으로 돌아갔다. 그곳에서 조랑말 패티를 타고 형제인 모티머와 톰과 함께 개울을 뛰어넘곤 했다. 개들도 있었고 쥐들도 있었으며 나무 아래 잔디밭에 차도구를 늘어놓은 아버지와 어머니, 그리고 달리아, 접시꽃, 팜파스풀을 키우는 화단도 있었다. 그리고 항상 장난칠 궁리만 하는 말썽꾸러기 세 남매! 못된 짓을 하다가 쫄딱 젖은 채 덤불 사이에 숨어 집으로 몰래 들어가려 했었지. 늙은 보모가 그녀의 원피스를 보고 뭐라고 했던가!

아, 이런! 부인은 떠올렸다―지금은 수요일이고 이곳은 브룩 스트리트로구나. 그 친절하고 좋은 친구들, 리처드 댈러웨이와 휴 휫브레드가 이 더운 날 거리로 나갔고, 웅성거리는 거리의 소음이 소파에 누워 있는 부인에게까지 들려왔다. 그녀에게는 권력이, 지위와 수입이 있었다. 그녀는 시대의 최전선에서 살아왔다. 좋은 친구들이 있었고, 당대의 가장 유능한 사람들과 교유했다. 귓속으로 흘러드는 런던의 소곤거림을 들으며 소파 등받이에 얹은 손으로는 조부들이 쥐었을 법한 것과 같은 상상 속 지휘봉을 쥐고서, 나른하고 묵직하게 가라앉은 채로, 그 녀는 캐나다로 행진하는 부대와 런던 시내를 가로지르고 있을 그 좋은 친구들을 자신이 지휘하고 있는 것 같았다. 손바닥만한 카펫 한 조각에 불과한 그들의 활동 영역인 메이페어를 지나는 두 사람을.

그들은 레이디 브루턴에게서 점점 더 멀어져갔다. 그녀와 (함께 점심을 들었기에) 가는 실로 연결되었던 그들이 런던을 가로질러 걸어갈수록 그 실은 점점 더 당겨지고 점점 더 가늘어질 것이다. 점심을 함께 먹은 친구들은 가느다란 실로 서로의 몸에 연결되기라도 하는 것인가. (부인이 그렇게 졸고 있는 동안) 그 실은 정각을 알리는, 혹은 예배를 알리는 종소리와 함께 점점 흐릿해졌다. 마치 거미줄이 빗방울을 머금고 무게에 눌려 축 늘어지듯이. 그렇게 부인은 잠에 빠져들었다.

리처드 댈러웨이와 휴 휫브레드가 콘딧 스트리트 모퉁이에서 잠시 미적거리고 있을 때, 소파에 누운 밀리센트 브루턴은 코를 골았고 바로 그 순간 실이 끊어졌다. 맞바람이 거리 모퉁이로 몰아쳤다. 그들은 상점 진열창 안을 들여다보았다. 물건을 사거나 대화를 나누고 싶은 것이 아니라 각기 제 갈 길을 가고 싶었다. 다만 거리 모퉁이로 몰아치는 맞바람, 몸안 원기의 흐름 속에서 일어나는 어떤 일시적 멈춤, 오전과 오후라는 두 힘이 맞부딪쳐 일으키는 소용돌이 때문에 그들은 거기 멈춰 있었다. 신문 가판대의 게시물이 공중으로 날아올라 처음에는 연처럼 거침없이 솟구쳐 허공에서 잠시 멈췄다가 펄럭거리면서 급강하했다. 어느 숙녀의 베일이 공중에 떠 있었다. 노란 차양이 펄럭펄럭 흔들렸다. 아침 차량의 흐름이 느려졌고 반쯤 빈 거리를 따라 일인용 마차들이 태평스럽게 덜컹거리며 지나갔다. 리처드 댈러웨이가 무심결에 떠올린 노폑에서는 은은한 훈풍이 꽃잎을 밀어젖히고 물위에 파문을 일으키며 풀꽃들을 흔들었다. 아침 일을 작파하고 산울타리 아래에서 잠들었던 건초 일꾼들은 초록 잎사귀들의 커튼을 열고 사양채의 떨리는 둥근 꽃무리를 헤쳐 하늘을 보았다. 푸르고 한결같고 타는 듯한 여름 하늘.

자신은 제임스 1세 시대의 양손잡이 은제 술잔을 바라보고 있고, 휴 휫브레드는 마치 감정가처럼 거만한 태도로 스페인산 목걸이를 감상하며 에벌린이 좋아할지도 모르니 가격을 물어봐야겠다고 생각하고 있는, 이런 상황을 의식하면서도 리처드는 무기력해서 생각을 할 수도, 움직일 수도 없었다. 인생이 이런 잔해 더미를 토해냈다. 색색의 인조 보석들로 가득한 상점 진열창과, 무기력에 완전히 사로잡힌 노인처럼, 경직성으로 뻣뻣해진 노인처럼, 그 안을 들여다보고 있는 한 사람. 에벌린 휫브레드는 이 스페인산 목걸이를 사고 싶어할지도 모른다―아마도 그렇겠지. 그는 하품을 참을 수가 없었다. 휴가 상점 안으로 들어가고 있었다.

"그럴 줄 알았어!" 리처드는 뒤따라 들어가며 말했다.

그는 정말이지 휴와 함께 목걸이를 사러 가고 싶지 않았다. 하지만 원기의 흐름은 바뀐다. 오전은 오후와 만난다. 산더미처럼 범람한 물 위를 떠가는 허술한 작은 배처럼 레이디 브루턴의 증조부와 그의 회고록, 그의 북미 원정은 파도에 삼켜져 물속으로 가라앉았다. 밀리센트 브루턴도 마찬가지였다. 부인 역시 물속으로 가라앉았다. 리처드는 이민 사업이 어떻게 되든, 편지가 어떻든, 그것을 편집장이 게재하든 말든 털끝만큼도 관심이 없었다. 목걸이가 휴의 멋들어진 손가락 사이에 매달려 늘어져 있었다. 장신구를 꼭 사야겠다면 사서 아무 여자에게나 주라지―길거리의 아무 여자에게나. 리처드는―에벌린에게 줄 목걸이나 사고 있는―이런 삶의 무가치함을 매우 강렬하게 실감했다. 아들이 있었다면 그는 말했을 것이다, 일을 하거라, 일을 해. 하지만 그에게는 엘리자베스가 있었다. 그는 딸 엘리자베스를 무척 아꼈다.

"미스터 뒤보네를 만나고 싶습니다." 휴가 그다운 딱딱하고 세련된 말투로 말했다. 뒤보네라고 하는 이 사람이 미시즈 횟브레드의 목 치수를 알고 있는 듯했다. 혹은, 더욱 이상하긴 하지만, 스페인산 귀금속에 대한 미시즈 횟브레드의 견해라든가 (휴는 기억할 수 없지만) 그녀가 이미 소장하고 있는 귀금속의 규모까지 알고 있는 듯했다. 이 모든 것이 리처드 댈러웨이에게는 대단히 이상해 보였다. 그는 클래리사에게 선물을 준 적이 딱 한 번밖에 없었기 때문이다. 두세 해 전에 선물한 팔찌는 성공적이지 못했다. 클래리사는 그것을 한 번도 착용하지 않았다. 아내가 그것을 한 번도 착용하지 않았다는 사실이 떠오르자 마음이 괴로웠다. 거미줄 한 가닥이 이리저리 흔들리다 나뭇잎 끝에 붙듯이 리처드의 정신은 무기력에서 벗어나 이제 아내 클래리사에게 집중되었다. 피터 월시가 그토록 열정적으로 사랑한 클래리사. 리처드는 좀전에 오찬에서 갑자기 그녀의 모습을 떠올렸다. 자신과 클래리사를, 둘이 함께한 삶을. 그는 골동품 장신구들이 놓인 쟁반을 끌어당겨 처음에는 이 브로치를 그다음에는 저 반지를 집어들며 "얼마입니까?" 하고 물었지만 자신의 안목을 신뢰하지 않았다. 그는 응접실 문을 열고 뭔가를 내밀며 들어가고 싶었다. 클래리사를 위한 선물을. 다만, 무엇을? 그런데 휴가 다시 일어섰다. 그는 이루 말할 수 없이 거만했다. 정말이지, 삼십오 년간 이곳에서 거래한 고객으로서 업무를 전혀 모르는 애송이에게 허술한 응대를 받을 생각이 없었다. 아마도 외출중인 듯한 미스터 뒤보네가 돌아올 때까지는 아무것도 사지 않겠다는 것이었다. 그러자 젊은이는 얼굴을 붉히며 예의바른 태도로 목례했다. 모든 것이 예의바르기 그지없었다. 하지만 자신은 목숨이 걸려 있다 해도 그런 식으로 말할 수는 없었을 것이다! 이 사람들은 왜 그런 빌어먹을 오만불손을 견디는지 이해할 수가 없었다. 휴는 견디기 힘든 멍청이가 되어갔다. 리처드 댈러웨이는 한 시간 넘게 휴와 함께 있으면 견딜 수가 없었다. 그는 중절모를 슬쩍 들어올려 작별인사를 하고 나서 콘딧 스트리트 모퉁이를 돌면서, 자신과 클래리사를 잇는 애착의 거미줄을 따라가고픈 마음이 간절해졌다. 그렇다, 매우 간절해졌다. 그는 곧바로 아내에게로, 웨스트민스터로 갈 작정이었다.

하지만 뭔가 들고서 집에 들어가고 싶었다. 꽃? 그래, 금을 보는 안목은 신뢰할 수 없으니 꽃이 좋겠다. 장미나 난초 여러 송이를 사서, 어떻게 생각하든 하나의 사건인 이 감정, 오찬에서 사람들이 피터 월시를 거론했을 때 아내에 대해 든 이 감정을 기념하는 것이다. 그들 부부는 그런 감정에 대해 얘기하지 않았다. 오랜 세월 동안 그런 얘기는 하지 않았다. 그런데 그건, 그는 빨간색과 흰색 장미(박엽지로 감싼 거대한 꽃다발)를 모아쥐면서 생각했다. 그건 세상에서 가장 큰 실수지. 그런 얘기를 할 수 없는 시간이 와. 너무 쑥스러워서 말할 수가 없는 거야, 그는 생각했다. 그러면서 거스름돈 6펜스 동전 한두 개를 주머니에 넣고 커다란 꽃다발을 가슴에 안은 채 웨스트민스터를 향해 걸어갔

156

다. 꽃다발을 내밀고 (아내가 어떻게 생각하든 상관없이) 곧바로 명확히 말할 것이다. "사랑해." 못할 이유가 무엇인가? 정말로, 전쟁을 생각하면 이건 기적이었다. 수천 명의 가엾은 젊은이들이 창창한 앞날을 펼쳐보지도 못한 채 땅에 한데 묻혀 이제 반쯤은 잊히고 말았다. 기적이었다. 이렇게 런던 거리를 걸어가 클래리사에게, 에두르지 않고 확실하게, 사랑한다고 말하려 한다는 것은. 그건 좀처럼 하지 않는 일이긴 하지, 그는 생각했다. 게을러서도 그렇고 쑥스러워서도 그래. 그리고 클래리사는―그녀를 생각하기는 쉽지 않았다. 좀전에 오찬에서 아내를, 두 사람의 일평생을 또렷하게 보았을 때처럼 뜬금없이 한 번씩 떠오를 때를 제외하고는. 그는 건널목에 멈춰 서서 다시 되뇌었다―걷고 사냥하는 삶을 살아 천성이 단순하고 순박하며, 억압받는 사람들을 옹호하고 직관에 따라 하원에서 활동해온 완고하고 끈질긴 사람이었으며, 단순함은 그대로인 채 점점 말수가 적어지고 다소 경직되게 변해온 그로서는―클래리사와 결혼한 것이 기적이라고 다시 되뇌었다. 기적―그의 삶 자체가 기적이었다고, 그는 그런 생각을 하면서 길을 건널까 망설이고 있었다. 그런데 혼자서 피커딜리를 건너는 대여섯 살 어린아이들을 보자 피가 끓어올랐다. 경찰은 즉시 차량 통행을 정지시켜야 했다. 그는 런던 경찰에 대해 환상을 품지 않았다. 사실은 그들의 부당행위에 대한 증거를 수집하고 있었다. 거리에 수레를 세우지 못하도록 단속당하는 행상인들, 그리고 매춘부들, 젠장, 문제는 그들의 잘못이 아니었다. 젊은 남자들의 잘못도 아니고, 우리의 가증스러운 사회제도 등등의 잘못이었다. 이 모든 것을 곱씹으며 걸어가는 그는 진중하고 끈기 있고 단정하고 청렴한 노신사로 보였다. 그는 아내에게 사랑한다고 말하기 위해 공원을 지나 걸어갔다.

그는 방으로 들어갈 때 그 말을 정확히 할 생각이었다. 느끼는 그대로 말하지 않는다는 건 애석하기 짝이 없는 일이니까, 그는 생각했다. 그린파크를 가로질러가며 가족 단위로 나온 사람들, 가난한 집의 가족들이 모두 나와 나무 그늘에 드러누운 모습을 기쁘게 바라보았다. 우유병을 빨면서 발로 허공을 차는 아이들도 보였고 종이봉지들이 여기저기 버려져 있었지만 (사람들이 건의하면) 제복을 입은 뚱뚱한 신사들이 쉽게 치울 수 있는 문제였다. 모든 공원과 모든 광장이 여름 몇 달간은 아이들에게 개방되어야 한다는 것이 그의 견해였다. (공원의 풀밭이 순간적으로 밝아졌다 어두워졌다 하면서 마치 풀밭 아래에서 움직이는 노란 전등처럼 웨스트민스터의 가난한 어머니들과 기어다니는 그들의 아기들을 비추었다.) 하지만 땅바닥에 한쪽 팔꿈치를 괴고 철퍼덕 누워 있는 저 불쌍한 여자 부랑자 같은 사람들을 어떻게 해야 할지는 알 수가 없었다. (마치 땅바닥에 몸을 던지고 모든 속박을 끊어버린 채 호기심어린 눈으로 관찰하고 대담하게 추측하며 이유와 원인을 사색하는 듯한, 뻔뻔하고 가리는 말이 없고 익살스러운 저 모습.) 리처드 댈러웨이는 꽃을 무기처럼 지닌 채 그 여자에게 다가가 그녀를 의식하며 그 옆을 지나갔다. 둘 사이에 불꽃이 튈 시간은 아직 있었다—이윽고 여자가 그를 보고 웃음을 터트렸고, 리처드는 여자 부랑자 문제를 생각하며 호의적인 미소를 지었지만, 그렇다고 여자와 대화를 나눌 생각까지는 없었다. 하지만 클래리사에게는 사랑한다고 명확히 말할 작정이었다. 오래전에 피터 월시를, 피터와 클래리사를 질투한 적이 있었다. 하지만 클래리사는 피터 월시와 결혼하지 않은 것은 옳은 판단이었다는 말을 종종 했는데, 클래리사를 잘 알기에 단언컨대 그것은 맞는 말이었다. 그녀는 지지를 원했다. 성정이 약한 사람이라는 것이 아니라, 지지를 바랐다는 것이다.

버킹엄궁전을 보자면, (온통 흰옷으로 차려입고 관객 앞에 선 노년의 프리마돈나처럼) 어느 정도 위엄이 있다는 점만은 부인할 수 없지, 리처드는 생각했다. 아울러 결국 그것이 수백만 국민에게 상징하는 의미를 (소규모 군중이 국왕이 차를 타고 나가는 모습을 보려고 문앞에서 기다리고 있었다) 비록 그것이 터무니없다 해도 얕잡아볼 수는 없어. 어린아이에게 장난감 블록 한 상자를 줘도 그보다는 더 잘 짓겠다고 생각하며 그는 빅토리아여왕 기념비의 흰색 기단과 바람에 부풀어오르는 옷자락으로 표현한 자애로움을 바라보았다(뿔테안경을 쓰고 차에 탄 채 켄징턴을 지나가던 빅토리아여왕이 기억났다). 그래도 그는 호사* 후손의 통치를 받는 것이 좋았다. 연속성, 과거의 전통을 이어간다는 느낌이 좋았다. 지금까지 살아온 시대는 참으로 훌륭했다. 실로 그의 삶 자체가 기적이었다. 이 점만큼은 부정할 수 없는 사실이었다. 여기 이렇게 인생의 전성기에 이른 그가 웨스트민스터에 있는 집으로 걸어가 클래리사에게 사랑한다고 말하려 하지 않는가. 이런 게 행복이지, 그는 생각했다.

바로 이런 거야, 그는 딘스야드에 들어서며 말했다. 빅벤이 종을 치기 시작했다. 처음에는 선율적인 예고음이었다가 이어서 돌이킬 수 없는 시각의 알림. 오찬 모임들 때문에 오후를 다 날리는군, 그는 자기 집

---

* 5세기경 형제인 헹기스트와 함께 최초로 영국에 정착한 앵글로색슨족의 지도자.

현관문에 다가가며 생각했다.

빅벤 종소리가 클래리사의 응접실로 밀려들었다. 그곳에서 클래리사는 무척 언짢은 기분으로 책상 앞에 앉아 있었다. 걱정스럽고 언짢았다. 엘리 헨더슨을 파티에 초대하지 않은 것은 명백한 사실이었다. 하지만 일부러 그런 것이다. 그런데 미시즈 마셤은 편지에 '클래리사에게 물어보겠다고 엘리 헨더슨에게 말했다 — 엘리가 너무나 오고 싶어한다'고 썼다.

하지만 왜 그녀의 파티에 런던의 모든 지루한 여자들을 초대해야 할까? 미시즈 마셤은 왜 끼어드나? 게다가 엘리자베스는 도리스 킬먼과 함께 온종일 처박혀 있었다. 그보다 더 진저리나는 일은 생각도 할 수 없었다. 이 시간에 그 여자와 함께 기도를 드리다니. 종소리가 우울하게 파도쳐 방안으로 밀려들었다가 물러나고 다시 한번 모였다가 쏟아지려 할 때, 문에서 뭔가 더듬거리고 긁는 소리가 정신 산란하게 들려왔다. 이 시간에 누구지? 이런, 세시가 되었네! 벌써 세시라니! 시계가 압도적일 만큼 직접적이고 위엄 있게 세시를 알렸기에 다른 소리를 듣지 못했는데, 문손잡이가 돌아가더니 리처드가 들어왔다! 놀라워라! 리처드가 꽃을 내밀며 안으로 들어왔다. 언젠가 그녀는 콘스탄티노플에서 리처드를 실망시켰다. 그리고 특별히 재미있는 오찬 모임을 주최한다고 알려진 레이디 브루턴은 그녀를 초대하지 않았다. 리처드는 꽃을 내밀고 있었다 — 장미, 빨간색과 흰색 장미였다. (하지만 그는 막상 사랑한다는 말은, 그렇게 직접적인 말로는, 할 엄두가 나지 않았다.)

하지만 그녀는 정말 예쁘다고, 꽃을 받으며 말했다. 클래리사는 이해했다. 리처드가 말하지 않아도 이해했다. 그의 클래리사는. 그녀는 꽃을 벽난로 선반 위의 꽃병들에 나눠 꽂았다. 정말로 예쁘네요! 그녀는 말했다. 그래서 점심 모임은 즐거웠나요? 그녀가 물었다. 레이디 브루턴이 내 안부를 묻던가요? 피터 월시가 돌아왔어요. 미시즈 마셤이 편지를 보냈고요. 엘리 헨더슨을 파티에 초대해야 할까요? 그 여자 킬먼이 위층에 있어요.

"그런데 우리 오 분만 앉읍시다." 리처드가 말했다.

사방이 텅 비어 보였다. 의자는 전부 벽에 붙여 치워놓았다. 다들 뭘 하고 있었던 걸까? 아, 파티 준비로구나. 아니, 파티를 잊은 것은 아니다. 피터 월시가 돌아왔다. 아, 그래, 아내는 이미 그를 만났구나. 피터가 이혼을 하려 한단 말이지. 저기 이국에서 어떤 여자와 사랑에 빠졌다고. 피터는 조금도 변하지 않았더라는 거지. 아내가 저기에서 드레스를 수선하고 있었는데……

"보턴 생각이 났어요." 클래리사가 말했다.

"점심 모임에 휴가 왔더군요." 리처드가 말했다. 아내도 휴를 만났다고! 음, 그자는 도무지 견딜 수 없이 변해가더군. 에벌린에게 줄 목걸이나 사고, 갈수록 뚱뚱해지고, 지긋지긋한 멍청이.

"그러자 그런 생각이 들었어요. '당신과 결혼할 뻔했는데.'" 클래리사가 피터 월시를 생각하며 말했다. 작은 나비넥타이를 매고 거기 앉아 주머니칼을 열었다 닫았다 하던 그를. "그 사람은 옛날 그대로더군요, 알잖아요."

점심 모임에서도 그 사람 얘기가 나왔다고 리처드는 말했다. (하지만 사랑한다는 말은 할 수가 없었다. 그는 아내의 손을 잡았다. 이게 행복이야, 그는 생각했다.) 다 함께 밀리센트 브루턴을 위해 〈타임스〉에 보낼 편지를 썼다고도 했다. 휴에게 어울리는 일은 대체로 그게 전부라고.

"그런데 친애하는 우리의 미스 킬먼은?" 그가 물었다. 클래리사는 장미꽃이 정말이지 예쁘다고 생각했다. 처음에는 다발로 뭉쳐져 있던 꽃송이들이 제각각 벌어지기 시작했다.

"킬먼은 우리가 막 점심을 먹고 나면 와요." 클래리사는 말했다. "엘리자베스의 얼굴이 발그레해지죠. 그러고는 둘이 방에 처박혀요. 기도하고 있겠죠."

아, 이런! 그는 못마땅했다. 하지만 이런 일들은 내버려두면 지나가기 마련이었다.

"비옷 차림으로 우산을 들고 온다니까요." 클래리사가 말했다.

그는 "사랑해"라고 말하지 않았지만 아내의 손을 잡았다. 이것이 행복이야, 이것이, 그는 생각했다.

"하지만 내가 왜 파티에 런던의 지루한 여자들을 모조리 초대해야하죠?" 클래리사가 말했다. 그러면 **미시즈 마셤**도 자기 파티를 열 때 클래리사의 손님을 초대할 건가?

"가엾은 엘리 헨더슨." 리처드가 말했다ㅡ클래리사는 왜 이다지도 파티에 신경을 쓰는지, 참으로 이상한 일이야, 그는 생각했다.

하지만 리처드는 공간의 분위기가 중요하다는 걸 전혀 몰라. 그런데ㅡ그는 무슨 말을 하려는 걸까?

클래리사가 파티 걱정을 너무 많이 한다면 이제 파티를 열지 못하게 해야겠다. 클래리사는 피터와 결혼했더라면 좋았겠다고 생각할까? 하지만 이제 가봐야 한다.

이제 가봐야 한다고 말하며 그는 일어섰다. 하지만 잠시 뭔가 할말이 있는 것처럼 서 있었고, 클래리사는 그게 뭘까 궁금했다. 왜? 장미꽃도 주었는데.

"무슨 위원회라도 있나요?" 리처드가 문을 열 때 클래리사가 물었다.

"아르메니아인들* 문제요." 그는 대답했다. 아니, 혹시 "알바니아인들"이었던가.

사람에게는 존엄이라는 게 있어. 고독이 있지. 심지어 부부 사이에도 건널 수 없는 강이 있고, 그것을 존중해야만 해, 클래리사는 문을 여는 남편을 보며 생각했다. 그것을 스스로 버리거나 남편에게서 억지로 빼앗는다면 반드시 자신의 독립성, 자존감을 잃게 되지—결국에는 한없이 소중한 그것을.

리처드가 베개와 누비이불을 들고 돌아왔다.

"점심 뒤 한 시간의 완전한 휴식." 그는 말했다. 그러고 나서 나갔다.

얼마나 리처드다운 모습인가! 그는 세상이 끝나는 날까지 계속 "점심 뒤 한 시간의 완전한 휴식"을 말할 것이다. 언젠가 의사가 그렇게 지시했기 때문이다. 의사들이 하는 말을 곧이곧대로 받아들이는 것이 리처드다웠다. 그의 사랑스럽고 멋진 단순함을 보여주는 그런 성향을 그 정도로 지닌 사람은 아무도 없었다. 그래서 그는 바로 움직여 행동하는 반면에 클래리사와 피터는 옥신각신 다투며 시간을 허비했다. 리처드는 아내를 소파에 앉혀 장미를 바라보게 해두고 이미 하원을 향해 반쯤 걸어가고 있었다. 그의 아르메니아인인지 알바니아인인지에게로.

---

* 제1차세계대전 중이던 1915~1918년에 오스만제국이 기독교계 아르메니아인들을 학살한 사건은 당시 영국 사회에서 국제정치적 쟁점이 되었다.

사람들은 말할 것이다, "클래리사 댈러웨이는 남편 덕에 너무 편하게만 살아." 클래리사는 아르메니아인들보다 장미를 훨씬 더 아꼈다. 존재 자체가 말살당하고 불구가 되고 혹한 속에 죽어간, 잔학과 불의의 희생자들(리처드가 그렇게 말하는 것을 여러 번 들었다)—그렇다, 클래리사는 알바니아인들에게, 아니 아르메니아인들이던가? 하여간 그들에게 아무런 감정도 느낄 수 없지만 장미는 사랑했다(그런 건 아르메니아인들에게 도움이 안 되나?)—장미는 꽃대가 잘리는 모습을 참고 볼 수 있는 유일한 꽃이었다. 하지만 리처드는 이미 하원에, 그가 속한 위원회에 가 있었다. 클래리사의 모든 어려움을 해결해놓고서. 아니, 이런, 그건 사실이 아니었다. 엘리 헨더슨을 초대하지 않으려 하는 이유를 리처드는 이해하지 못했다. 물론 그녀는 남편이 바라는 대로 할 것이다. 그가 베개를 갖다주었으니 누울 것이다…… 하지만—하지만—왜 갑자기, 이유를 생각해봐도 모르겠는데, 기분이 이렇게 극심히 나빠질까? 풀밭에 진주나 다이아몬드 한 알을 떨어뜨린 사람이 긴 풀잎들을 아주 조심스럽게 이리저리 헤치고 여기저기 탐색하며 허탕을 치다가 마침내 뿌리 근처에서 발견하는 경우처럼, 클래리사는 떠오르는 생각을 하나하나 헤아려보았다. 아니, 샐리 시턴이 리처드를 두고 두뇌가 이류급이라서 내각에 입성하진 못할 거라고 했던 (방금 떠오른) 그 말 때문은 아니었다. 아니, 그 말에는 개의치 않았다. 그렇다고 엘리자베스나 도리스 킬먼 때문도 아니었다. 거기까지는 사실이었다. 지금 이건 어떤 기분, 아마도 오전에 느낀 어떤 불쾌한 기분 때문이었다. 피터가 한 어떤 말이 그전에 침실에서 모자를 벗을 때 들었던 우울한 기분과 합쳐졌고, 또 리처드가 한 말로 인해 더욱 강해졌고, 하지만 리처드가 무슨 말을 했기에? 저쪽에 그가 준 장미들도 있는데. 파티! 그것이었다! 파티! 두 사람 다 그녀를 몹시 부당하게 비판했고 아주 불합리하게 비웃었다. 파티를 연다는 이유로. 바로 그것이었다! 바로 그것!

자, 그러면 어떻게 자신을 방어할 것인가? 이제 그것이 무엇인지 알았으니 기분은 완벽히 좋아졌다. 그들은, 아니 어쨌든 피터는, 클래리사가 사람들 앞에 나서는 것을 즐긴다고 생각했다. 유명인사들, 지체 높은 인물들을 주변에 두고 싶어한다고. 간단히 말해, 속물이라고. 글쎄, 피터는 그렇게 생각할지도 모른다. 리처드는 그저 심장 건강에 안 좋은 줄 알면서도 흥분을 즐기는 걸 어리석게 여길 뿐이지만. 유치한 짓이라고 그는 생각했다. 그런데 두 사람 다 완전히 틀렸다. 클래리사가 좋아하는 것은 그저 삶이었다.

"그것 때문에 하는 거야." 클래리사는 소리 내어 말했다, 삶을 향해.

파티 준비에서 벗어나 조용한 방에서 혼자 소파에 누워 있었기 때문에, 이 삶이라는 것의 존재는 매우 분명하게 느껴져 급기야 물리적 실체가 되었다. 그것은 거리에서 들려오는 소리의 옷을 입고 햇살을 머금은 채 뜨거운 숨결을 내뿜으며 속삭이고 블라인드를 밖으로 휘날렸다. 하지만 피터가 '그래요, 그래, 하지만 당신의 파티─그 파티들은 대체 무슨 의미가 있습니까?' 하고 묻는다면, 클래리사가 할 수 있는 유일한 대답은 (아무도 이해하리라 기대할 순 없지만) 그건 헌정이에요, 하는 너무나 모호하게 들리는 말일 것이다. 그런데 피터는 무슨 자격으로 삶이 그렇게 단순하고 쉽다고 단정하는 걸까?─항상 사랑에 빠지고 항상 잘못된 여자를 사랑하는 피터가? 당신의 사랑이라는 건 뭔가요? 하고 그에게 물을 수도 있겠지. 그런데 클래리사는 그의 대답을 알았다.

사랑이야말로 세상에서 가장 중요한 일이지만 어떤 여자도 그것을 이해하지 못했다고. 그래, 그렇겠지. 하지만 남자들 또한 그녀의 말을 이해할 수 있을까? 삶에 대해서 하는 말을? 피터나 리처드가 아무런 이유 없이 파티를 여는 수고를 감수하는 건 클래리사로서는 상상도 할 수 없었다.

하지만 사람들이 뭐라고 하든(그런데 이 판단들이란 얼마나 피상적이고 단편적인가!) 그 아래로 더 깊이 들어가면, 지금 그녀가 삶이라고 부르는 그것은 자신의 마음속에서는 또 어떤 의미일까? 오, 정말 기이했다. 여기 사우스켄징턴에 사는 아무개가 있고, 베이스워터에 사는 누군가가 있으며, 또다른, 예컨대 메이페어에 사는 누군가가 있었다. 그렇게 흩어져 있는 이들의 존재를 클래리사는 늘 의식했고, 이건 정말로 낭비라고, 참으로 안타까운 일이라고 느꼈으며, 그들을 한데 모을 수 있다면 좋겠다고 생각했고, 그래서 그렇게 한 것이다. 그것은 헌정이었다. 융화시키고 창조하는 것은. 하지만 누구를 위한 헌정인가?

아마도 헌정을 위한 헌정이겠지. 어쨌거나 그것은 그녀의 재능이었다. 그 외에 조금이라도 중요한 재능은 하나도 없었다. 사고력도 뛰어나지 않고 글도 못 쓰고 심지어 피아노도 치지 못했다. 아르메니아인과 튀르키예인을 혼동했고 성공을 사랑했으며 불편을 싫어했다. 사랑을 받아야 했고 헛소리를 산더미처럼 쏟아냈다. 이 나이가 되도록, 누가 적도가 무엇이냐고 묻더라도 답을 알지 못했다.

그렇긴 해도, 하루가 지나면 다른 하루가 온다는 것, 수요일, 목요일, 금요일, 토요일이 이어지고, 아침에 잠자리에서 일어나야 한다는 것, 하늘을 보고 공원을 거닐고 휴 휫브레드를 만나고, 그러다 갑자기 피터가 찾아오고, 그러다 이 장미꽃, 그거면 충분했다. 그런 후에 죽음이라니 얼마나 믿기 어려운지!—이것이 끝나야 한다니, 이 세상 누구도 그녀가 이 모든 것을 얼마나 사랑했는지 모르게 된다니, 어떻게 매 순간을 사랑했는지……

문이 열렸다. 엘리자베스는 어머니가 쉬고 있다는 사실을 알았다. 엘리자베스는 아주 조용히 안으로 들어갔다. 그러고는 미동도 없이 서 있었다. 혹시 백 년쯤 전에 난파를 당한 어떤 몽골인이 노퍽 해안에 들어와(미시즈 힐버리가 그런 말을 했었다) 댈러웨이가家 여인들과 어울린 건 아닐까? 댈러웨이가 사람들은 일반적으로 금발에 푸른 눈인데 그와 달리 엘리자베스는 짙은 머리색, 창백한 얼굴에 중국인 같은 눈 때문에 동양적 신비를 풍기는, 온화하고 사려 깊고 차분한 아이였다. 어릴 때는 유머감각이 뛰어났는데 열일곱 살이 된 지금은, 왜 그런지 클래리사는 도저히 이해할 수 없지만, 몹시도 진지한 성격이 되었다. 마치 광택 나는 초록색 이파리에 포위된 히아신스 같았다. 꽃봉오리에 이제 막 색이 들기 시작한, 볕을 보지 못한 히아신스.

엘리자베스는 가만히 서서 어머니를 바라보았다. 하지만 문은 살짝 열려 있었고 문밖에 미스 킬먼이 있다는 것을 클래리사는 알고 있었다. 비옷 차림으로 모녀의 말을 빠짐없이 듣고 있을 미스 킬먼.

그렇다, 미스 킬먼은 계단참에 서 있었고 비옷을 입었지만 그 나름의 이유가 있었다. 첫째, 비옷은 저렴하고, 둘째, 마흔이 넘은 나이에 남의 눈에 들기 위해 옷을 차려입을 생각은 없었다. 게다가 미스 킬먼은 가난했다. 굴욕적일 정도로 가난했다. 그렇지 않다면 댈러웨이 가족 같은 사람들, 베풀기를 즐기는 부자들에게서 일자리를 구하지 않았을 것이다. 미스터 댈러웨이는, 공정하게 말하자면, 친절했다. 그러나 미시즈 댈러웨이는 달랐다. 그저 고고하게 내려다보는 태도였다. 그 여자는 가장 쓸모없는 계급 출신이었다―교양을 찔끔 갖춘 부유층. 그들은 사방에 값비싼 물건들을 두었다. 그림, 카펫, 수많은 하인. 미스 킬먼은 댈러웨이 가족이 주는 모든 것을 누릴 온전한 권리가 있다고 생각했다.

미스 킬먼은 기만당했다. 그렇다, 그 말은 과장이 아니었다. 여자도 어떤 식으로든 행복을 누릴 권리가 있지 않나? 그런데 그녀는 행복한 적이 없었다. 너무 볼품없고 너무 가난했기 때문에. 그런데 미스 돌비의 학교에서 막 기회를 잡으려 했을 때 전쟁이 터졌고, 그녀는 거짓말을 할 수 없었다. 미스 돌비는 그녀에게 독일인에 대해 생각이 같은 사람들과 어울리는 편이 더 낫지 않겠냐고 했다. 떠나야만 했다. 가족이 독일 혈통이고 18세기에는 성의 철자를 킬만이라고 적었던 것도 사실이다. 하지만, 남동생이 전쟁에서 싸우다 죽었다. 그들이 그녀를 거부한 이유는 독일인은 전부 악당이라고 생각하는 척하지 않아서였다― 독일인 친구들이 있고 인생에서 유일하게 행복했던 시기는 독일에서 살던 때였는데 어떻게 그럴 수 있나! 어쩌다보니 역사학을 공부할 수 있었다. 얻을 수 있는 것은 무엇이든 잡아야 했다. 친우회*에서 일하고 있을 때 우연히 미스터 댈러웨이를 알게 되었다. 그는 (정말로 너그럽게도) 자기 딸에게 역사를 가르칠 기회를 주었다. 아울러 대학 공개강좌의 수업도 맡았다. 그러다 주님께서 찾아오셨다(이 점에 대해 그녀는 늘 고개 숙여 감사했다). 이 년 삼 개월 전 미스 킬먼은 깨달음을 얻

---

* 퀘이커교의 공식 명칭.

었다. 이제는 클래리사 댈러웨이 같은 여자들을 부러워하지 않았다. 오히려 동정했다.

마음속 깊은 곳에서 그들을 동정하고 경멸하는 미스 킬먼은 토시를 낀 어린 소녀를 묘사한 오래된 판화를 부드러운 카펫 위에 서서 쳐다보고 있었다. 이런 사치스러움이 여전한데 어떻게 사회가 더 나아지기를 바랄 수 있을까? 소파에 누워 있지만 말고—엘리자베스가 "어머니는 지금 쉬고 계세요" 하고 말했다—공장에 있어야 한다, 계산대를 지켜야 한다, 미시즈 댈러웨이와 다른 수많은 세련된 부인들은!

억울함과 분노에 들끓던 미스 킬먼은 이 년 삼 개월 전에 교회에 자신을 의탁했다. 에드워드 휘터커 목사의 설교를 듣고 소년들의 노래를 들었으며 장엄한 빛이 내려오는 것을 보았다. 음악 때문이었는지 아니면 목소리 때문이었는지(미스 킬먼 자신은 저녁에 혼자 있을 때 바이올린 연주로 위안을 얻었지만 그것은 끔찍하게 거슬리는 소리였다. 그녀는 음악에 소질이 없었다), 마음속에서 들끓고 치밀어오르는 뜨겁고 요동치던 감정이 그곳에 앉아 있는 동안 가라앉았다. 그녀는 눈물을 펑펑 흘렸고, 켄징턴에 있는 미스터 휘터커의 사택을 찾아갔다. 주님의 손길이다, 그는 말했다. 주님이 길을 보여주셨다고. 그래서 지금, 뜨겁고 고통스러운 감정, 미시즈 댈러웨이를 증오하는 마음과 세상에 대한 원한이 내면에서 들끓을 때마다 미스 킬먼은 주님을 생각했다. 미스터 휘터커를 생각했다. 격노가 가라앉고 평온이 찾아왔다. 달콤한 향취가 핏줄을 채우고 입술이 벌어졌다. 비옷 차림으로 계단참에 위압적으로 서서 딸과 함께 나오는 미시즈 댈러웨이를 바라볼 때 미스 킬먼은 차분하고 불온한 평정심을 느꼈다.

엘리자베스는 장갑을 깜빡했다고 말했다. 미스 킬먼과 어머니는 서로를 싫어했기 때문이다. 둘이 함께 있는 모습을 도저히 볼 수가 없었다. 엘리자베스는 장갑을 찾으러 위층으로 달려올라갔다.

하지만 미스 킬먼은 미시즈 댈러웨이를 싫어하지 않았다. 회녹색의 퉁방울눈을 돌려 클래리사의 분홍빛 작은 얼굴과 가냘픈 몸매, 생기 있고 세련된 분위기를 주시하면서 미스 킬먼은 생각했다. 바보! 멍청이! 슬픔도 기쁨도 모르는 당신, 인생을 하찮게 허비하는 당신! 그러자 마음속에서 제어하기 힘든 욕망이 솟구쳤다. 클래리사를 압도하고 가면을 벗기고 싶은 욕망. 저 여자를 쓰러뜨릴 수 있다면 마음이 후련할 텐데. 하지만 미스 킬먼이 제압하고 싶은, 자신의 장악력을 실감시키고 싶은 대상은 클래리사의 육체가 아니었다. 그 가식덩어리 영혼이었다. 저 여자를 울게 할 수만 있다면, 망가뜨리고 굴욕을 주어 땅에 무릎 꿇고 울면서, 당신이 옳아요! 하고 말하게 할 수만 있다면. 하지만 이는 주님의 뜻이지 미스 킬먼의 뜻이 아니었다. 이는 종교적 승리여야 했다. 그래서 그녀는 눈알을 부라렸다. 험악하게 노려보았다.

클래리사는 진심으로 충격을 받았다. 이 사람이 기독교인이라니― 이 여자가! 이 여자가 딸을 빼앗아갔다! 이런 사람이 눈에 보이지 않는 존재와 교감한다니! 둔중하고 못생기고 진부하기 그지없고 상냥함이나 우아함이라곤 찾아볼 수 없는 이 여자가 감히 삶의 의미를 안다고!

"엘리자베스를 백화점에 데려간다고요?" 미시즈 댈러웨이가 물었다.

미스 킬먼은 그렇다고 대답했다. 그들은 그곳에 서 있었다. 미스 킬먼은 사근사근하게 굴 생각이 없었다. 그녀는 언제나 스스로 생계를 꾸려왔다. 현대사에 대한 지식도 더할 나위 없이 완전했다. 수입이 변변찮은데도 일정 금액을 자신이 추구하는 대의를 위해 따로 모았다. 그런데 이 여자는 아무것도 하지 않고 그 무엇도 믿지 않고, 그저 딸이나 키우면서―그런데 이때 엘리자베스가 숨을 약간 헐떡이며 나타났다, 이 아름다운 소녀가.

그래, 둘이서 백화점에 가려고 하는구나. 이상하게도, 미스 킬먼이 거기에 서 있는 동안(실로 그녀는 원시적인 전쟁에 어울리는 갑각을 두른 선사시대 괴물처럼 막강하고 과묵하게 서 있었다) 차츰차츰 킬먼이라는 존재의 관념은 약해지고, (사람이 아니라 관념을 향했던) 혐오는 허물어졌으며, 악의도 덩치도 잃은 그녀는 차츰차츰 그저 비옷을 입은 미스 킬먼이 되었다. 클래리사가 그녀를 기꺼이 돕고 싶어했을 거라는 사실은 누구도 알 수 없겠지만.

괴물이 점점 빈약해지는 모습을 보면서 클래리사는 웃음을 터트렸다. 잘 가라고 인사하면서도 웃었다.

그들은, 미스 킬먼과 엘리자베스는, 함께 아래층으로 내려갔다.

갑자기 이 여자가 딸을 빼앗아가고 있다는 생각이 들면서 격렬한 괴로움을 느낀 클래리사는 충동적으로 계단 난간 너머로 몸을 숙여 크게 외쳤다. "파티 잊지 마! 오늘밤 우리 파티를 잊지 마!"

하지만 엘리자베스는 이미 현관문을 열었고 문밖에서는 화물차가 지나가고 있었다. 엘리자베스는 대답하지 않았다.

사랑과 종교! 클래리사는 생각했다. 응접실로 돌아가는데 온몸이 따끔거렸다. 가증스러워, 그것들은 너무나 가증스러워! 이제 미스 킬먼의 육체가 눈앞에 있지 않으니 그것―관념―이 그녀를 압도했다. 세상에서 가장 잔인해, 클래리사는 생각했다, 어설프고 불같고 고압적이고 위선적이며 훔쳐듣고 질투하고 한없이 잔인하고 파렴치한 모습으로 비옷을 입고 계단참에 서 있는 그것들을 보면서. 사랑과 종교 말이다. 자신은 한 번이라도 누군가를 개종시키려 했던가? 그저 모든 이들이 자기답게 살아가길 바라지 않았던가? 창문 너머로 맞은편 집의 노부인이 계단을 오르는 모습이 보였다. 원한다면 계단을 오르게 하자. 잠깐 멈췄다가, 여기서 늘 보이던 모습대로, 침실에 힘겹게 도착해 커튼을 열고 배경 저편으로 다시 사라지게 하자. 누구라도 어쩐지 이런 것을—자신을 지켜보는 사람이 있다는 사실을 의식하지 못한 채로 창밖을 바라보는 그 늙은 여성을—존중하게 된다. 그 모습에는 엄숙한 분위기가 있다—하지만 사랑과 종교는, 그것이 무엇이든 그것을 파괴하겠지. 영혼의 사생활을. 그 혐오스러운 킬먼이 파괴하겠지. 그렇더라도 그것은 바라보면 울고 싶어지는 광경이었다.

사랑도 파괴했다. 모든 멋진 것, 모든 진실한 것은 사라졌다. 피터 월시를 생각해보자. 매력적이고 영리하고 모든 것에 대해 자기 생각이 있는 한 남자가 있다. 예컨대 포프나 애디슨*에 대해 알고 싶다면, 혹은 그저 헛소리를 떠들고 싶다면, 사람들이 어떤지, 무슨 일이 어떤 의미인지에 대해 피터만큼 잘 아는 사람은 없다. 피터는 클래리사를 도와주었고 책을 빌려주기도 했다. 하지만 그가 사랑한 여자들을 보자—저속하고 하찮고 진부해. 사랑에 빠진 피터를 생각해보자—이렇게 오랜 세월이 흐른 뒤 만나러 왔는데, 그래서 무슨 얘기를 했지? 자기 자신에 대해서. 끔찍한 열정이야! 클래리사는 생각했다. 치욕스러운 열정! 클

---

* 영국의 시인 알렉산더 포프와 수필가 조지프 애디슨.

래리사는 그런 생각을 하면서 딸 엘리자베스와 킬먼이 육해군 백화점으로 걸어가는 모습을 떠올렸다.

빅벤이 삼십분 종을 울렸다.

얼마나 특별한가, 얼마나 이상하고, 그렇다, 감동적인가. 저 노부인이(그들은 오랜 세월 이웃해 살아왔다) 마치 그 소리에, 그 끝에 연결된 듯 창문에서 멀어지는 모습은. 그것은 거대한 소리이긴 해도 노부인과 어떤 관련이 있었다. 아래로, 아래로, 일상적인 것들 한가운데로 손가락이 내려와 그 순간을 엄숙하게 만들었다. 그 소리가 노부인을 밀어붙이고 있다고 클래리사는 상상했다. 움직이라고, 가라고―하지만 어디로? 클래리사는 돌아서서 사라지는 노부인을 눈으로 좇으려 했고, 그러자 침실 안쪽에서 움직이는 흰 모자만이 언뜻언뜻 보였다. 노부인은 아직 방 저편에서 돌아다니고 있었다. 교리와 기도와 비웃이 다 무슨 소용인가? 클래리사는 생각했다. 저것이 기적인데, 저것이 신비인데. 저 노부인, 아직도 저렇게 서랍장에서 화장대로 가고 있는 저 노부인 말이다. 아직도 그 노부인이 보였다. 궁극의 신비는, 킬먼이 풀었노라고 말할지도 모르고, 혹은 피터가 풀었노라고 말할지도 모르는, 하지만 클래리사는 둘 다 그걸 푼다는 것이 무엇인지조차 전혀 모른다고 생각하는 궁극의 신비는 그저 이것이다. 여기에 방 하나가 있고 저기에 다른 방이 있다는 것. 그 신비를 종교가 풀었나, 아니면 사랑이?

사랑―그런데 이때 다른 시계, 늘 빅벤보다 이 분 늦게 종을 치는 그 시계가 온갖 잡동사니를 치맛자락에 모아 담고 비틀비틀 걸어와 와르르 쏟아부었다. 마치 그토록 위풍당당하게 법을 정하는, 너무나 장엄하고 정의로운 빅벤도 좋지만 자기는 그 밖의 온갖 사소한 것들을 기억해야 한다고 말하는 것만 같았다. 미시즈 마셤, 엘리 헨더슨, 아이스크림을 담을 유리그릇—온갖 사소한 것들이, 바다 위에 평평하게 놓인 금빛 막대 같은 그 장엄한 종소리의 자취를 따라 밀려들어 출렁이고 춤을 추며 다가왔다. 미시즈 마셤, 엘리 헨더슨, 아이스크림을 담을 유리그릇. 당장 전화를 해야 한다.

한발 늦은 시계가 빅벤의 자취를 따라 치맛자락에 잡동사니들을 가득 담고 다가와 수다스럽고 떠들썩하게 울렸다. 그 소리는 마차들의 공격과 화물차들의 폭행, 수많은 울툭불툭한 남자들과 보란듯이 화려하게 차려입은 여자들의 열띤 진격, 사무실과 병원들의 둥글거나 뾰족한 지붕에 부딪히고 부서졌고, 잡동사니로 가득했던 치맛자락의 마지막 유물이 지친 파도의 물보라처럼 미스 킬먼의 몸으로 부서져내리는 것 같았다. 미스 킬먼은 거리에서 잠시 가만히 서서 중얼거리고 있었다. "육체가 문제야."

통제해야 하는 것은 육체였다. 클래리사 댈러웨이는 그녀를 모욕했다. 그것은 예상했다. 하지만 승리하지 못했다. 육체를 완전히 제어하지 못했다. 못생기고 투박하다고, 클래리사 댈러웨이는 그녀를 비웃었고, 육체의 욕망을 되살려놓았다. 클래리사 옆에 서면 자신의 모습이 신경쓰였으니까. 게다가 클래리사처럼 말을 하지도 못했다. 하지만 왜 그 여자를 닮고 싶어하는 것일까? 도대체 왜? 미스 킬먼은 미시즈 댈러웨이를 진심으로 경멸했다. 그 여자는 진지하지 않았다. 선하지 않았다. 삶 자체가 허영과 기만 덩어리였다. 그런데도 도리스 킬먼은 꼼짝할 수 없었다. 사실은 클래리사가 비웃었을 때 하마터면 울음을 터트릴 뻔했다. "육체가 문제야, 육체가 문제." 미스 킬먼은 그렇게 중얼거렸고

(소리 내어 혼잣말하는 습관 때문이었다) 요동치는 고통스러운 감정을 애써 억누르며 빅토리아 스트리트를 따라 걸어갔다. 그녀는 주님께 기도했다. 못생긴 건 어쩔 수 없었다. 예쁜 옷을 살 여유도 없었다. 클래리사 댈러웨이는 웃음을 터트렸지만—우체통에 다다를 때까지는 다른 것에 정신을 집중하기로 했다. 어쨌거나 엘리자베스는 자신의 차지가 되었다. 하지만 다른 생각을 하기로 했다. 우체통에 도착할 때까지는 러시아를 생각하기로 했다.

시골에 있다면 얼마나 좋을까, 미스 킬먼은 그렇게 말하며, 미스터 휘터커가 타이른 대로, 자신을 천대하고 조롱하고 내쫓은 세상에 대한 원한과 싸우고 있었다. 그 원한은 이 치욕—사람들이 보기 싫어하는 매력 없는 몸을 타고난 형벌—으로부터 시작되었다. 머리를 어떻게 손질해도 달걀처럼 민숭민숭하고 허연 이마는 그대로였다. 어떤 옷도 어울리지 않았다. 무엇을 사도 소용없었다. 물론 여자에게 그것은 이성을 만날 수 없다는 의미였다. 그 누구에게도 최우선인 사람이 될 수 없을 터였다. 최근에는 이따금 엘리자베스를 제외하면 음식만이 유일한 삶의 목적인 것 같을 때가 있었다. 안락함, 저녁식사, 차, 밤에 온기를 주는 탕파. 하지만 싸워야 한다. 정복해야 한다. 주님을 믿어야 한다. 미스터 휘터커는 그녀가 어떤 목적이 있어서 존재한다고 말했다. 하지만 그 고통은 아무도 알지 못한다! 그는 십자가를 가리키며, 주님은 아신다고 말했다. 하지만 클래리사 댈러웨이 같은 다른 여자들은 피할 수 있는데 왜 자신만이 고통받아야 하는가? 앎은 고통을 통해 온다고 미스터 휘터커는 대답했다.

미스 킬먼은 우체통을 지나갔다. 엘리자베스가 육해군 백화점의 서

늘한 갈색조의 담배 매장으로 돌아들어가는데도 그녀는 고통을 통해 오는 삶과 육체에 대해 미스터 휘터커가 한 말을 혼자 중얼거리고 있었다. "육체." 미스 킬먼은 중얼거렸다.

어떤 매장으로 갈 거냐고, 엘리자베스가 상념을 중단시키며 물었다.

"페티코트." 미스 킬먼은 불쑥 말하고는 곧바로 엘리베이터로 성큼성큼 걸어갔다.

그들은 위로 올라갔다. 엘리자베스가 정신이 산만한 미스 킬먼을 이쪽저쪽으로 데리고 다니며 그녀를 거대한 어린아이처럼, 육중하고 거추장스러운 전함처럼 이끌었다. 페티코트는 갈색인 것, 단정한 것, 줄무늬가 있는 것, 경박한 것, 튼튼한 것, 얇은 것 등등 여러 가지 있었고 미스 킬먼은 산만한 정신으로 거들먹거리며 물건을 골랐다. 점원 여자는 미스 킬먼이 제정신이 아니라고 생각했다.

점원들이 물건을 포장하는 동안 엘리자베스는 미스 킬먼이 무슨 생각을 하는지 궁금했다. 차를 마셔야겠다고, 미스 킬먼이 정신을 차리고 마음을 가다듬으며 말했다. 그들은 차를 마셨다.

엘리자베스는 미스 킬먼이 혹시 배가 고픈가 싶었다. 음식을 먹는 방식 때문이었다. 음식을 맹렬히 먹다가 자꾸만 옆 테이블 위의 설탕 입힌 케이크 접시를 쳐다보는데, 그러다 어느 부인과 아이가 자리에 앉고 아이가 케이크를 먹을 때, 아니, 정말로 미스 킬먼은 그게 아쉬운 걸까? 그렇다, 아쉬웠다. 그 케이크―분홍색 케이크―를 먹고 싶었다. 먹는 즐거움은 아직까지 유일하게 남은 순수한 즐거움인데, 그마저도 마음껏 만족시킬 수 없다니!

행복한 사람들에게는 여유 자원이 있다고, 미스 킬먼은 엘리자베스

176

에게 말했었다. 그래서 그들은 거기에 의지할 수 있는데 자기는 타이어 없는 바퀴 같아서(그녀는 그런 은유를 좋아했다) 자갈 하나만 있어도 덜컹거린다고. 화요일 오전에 수업을 마친 뒤에도 한참 남아서 본인이 '학생가방'이라 부르는 책이 담긴 가방을 들고 벽난로 옆에 선 채로 그런 말을 했다. 전쟁에 대해서도 이야기했다. 요컨대 영국인들이 언제나 옳은 건 아니라고 생각하는 사람들이 있다고 했다. 책이 있다고. 모임이 있다고. 다른 견해가 있다고. 엘리자베스도 함께 가서 아무개(무척 특이하게 생긴 나이든 남자)의 말을 들어볼 생각이 있는지? 그리고서 미스 킬먼은 엘리자베스를 켄징턴의 어떤 교회로 데리고 갔고 그들은 목사와 함께 차를 마셨다. 그녀는 책도 빌려주었다. 법, 의학, 정치, 모든 직업이 너희 세대 여성들에게는 열려 있어, 미스 킬먼은 말했다. 하지만 자신의 경우는 경력이 완전히 망가졌는데 그게 그녀의 잘못일까? 세상에나, 엘리자베스는 말했다, 아니죠.

어머니는 방으로 찾아와 보턴에서 선물 바구니가 왔다면서, 미스 킬먼이 꽃을 좀 가져가겠는지 물었다. 어머니는 미스 킬먼에게 항상 더할 나위 없이 친절했지만 미스 킬먼은 꽃들을 아무렇게나 뭉쳐 짓눌러버렸고 잡담이라곤 한마디도 하지 않았으며, 미스 킬먼이 관심을 갖는 것들을 어머니는 지루해했다. 두 사람은 서로 끔찍하게 안 맞았다. 미스 킬먼은 과장되게 거드름을 피웠고 그러면 아주 볼품없어 보였는데, 그래도 미스 킬먼은 무시무시하게 똑똑했다. 엘리자베스는 가난한 사람들에 대해 생각해본 적이 없었다. 그녀의 가족은 원하는 것을 전부 갖추고 살았다―어머니는 날마다 침대에서 아침을 먹었다. 루시가 위층으로 올려다주었다. 그리고 어머니는 노부인들을 좋아했는데 그들이 공작부인이거나 어떤 귀족의 후손이기 때문이었다. 하지만 미스 킬먼은 (화요일 오전에 수업이 끝난 어느 날) 말했다. "우리 할아버지는 켄징턴에서 화구상을 하셨어." 미스 킬먼은 엘리자베스가 아는 그 어떤 사람과도 달랐다. 미스 킬먼은 사람을 주눅들게 했다.

미스 킬먼이 차를 한 잔 더 마셨다. 엘리자베스는 동양적 기품과 헤아릴 수 없는 신비를 풍기며 등을 곧게 펴고 앉아 있었다. 아니요, 더 먹고 싶은 건 없어요. 엘리자베스는 장갑이 어디로 갔나 찾아보았다— 그녀의 하얀 장갑을. 장갑은 테이블 아래에 떨어져 있었다. 아, 하지만 가면 안 돼! 미스 킬먼은 보낼 수 없었다! 이토록 아름다운 이 청춘, 진심으로 사랑하는 이 소녀를! 미스 킬먼의 커다란 손이 테이블 위에서 펼쳐졌다가 닫혔다.

하지만 엘리자베스는 이 자리가 어쩐지 지루하다고 느꼈다. 그리고 정말로 나가고 싶었다.

하지만 미스 킬먼은 말했다. "난 아직 다 마시지 않았어."

그렇다면 당연히 기다릴 생각이었다. 하지만 실내가 좀 답답했다.

"오늘밤에 파티에 갈 거야?" 미스 킬먼이 물었다. 엘리자베스는 파티에 갈 생각이었다. 그러기를 어머니가 원했다. 파티 같은 것에 빠져들어서는 안 된다고, 미스 킬먼은 2인치가량 남은 초콜릿에클레르 조각을 만지작거리며 말했다.

파티를 그다지 좋아하지는 않는다고 엘리자베스는 말했다. 미스 킬먼은 입을 벌리고 턱을 살짝 내민 뒤 남은 초콜릿에클레르 조각을 삼키고는 손가락을 닦고 차가 든 컵을 빙글빙글 돌렸다.

온몸이 산산이 쪼개질 것 같은 느낌이 들었다. 고통이 어마어마했다.

엘리자베스를 붙잡을 수 있다면, 꼭 부둥켜안을 수 있다면, 엘리자베스를 완전히, 그리고 영원히 차지하고 나서 죽을 수 있다면, 미스 킬먼이 원하는 것은 그게 다였다. 하지만 무슨 말을 해야 할지도 모르는 채로 마냥 이렇게 앉아 있고, 등을 돌리는 엘리자베스를 바라볼 수밖에 없고, 엘리자베스마저 역겨움을 느끼게 한다는 것—너무했다, 견딜 수가 없었다. 두꺼운 손가락들이 안으로 곱아들었다.

"난 파티에 가지 않아." 미스 킬먼이 말했다. 그저 엘리자베스를 붙잡으려고 한 말이었다. "아무도 날 초대하지 않으니까." 그렇게 말하면서도 자신을 망치는 것은 바로 이런 자의식이라는 사실을 미스 킬먼은 알았다. 미스터 휘터커가 경고했지만, 그래도 어쩔 수 없었다. 너무 지독하게 고통받았으니까. "날 왜 초대하겠어?" 미스 킬먼은 말했다. "난 볼품없어, 난 불행해." 멍청한 짓이라는 것을 알고 있었다. 하지만 지나가는 사람들 때문에 그런 말이 나와버렸다—꾸러미를 들고 지나가며 그녀를 경멸하는 사람들 때문에. 하지만 그녀는 도리스 킬먼이었다. 학위도 있었다. 세상에서 자신의 길을 스스로 닦은 여자였다. 현대사에 대한 그녀의 지식은 상당한 수준이었다.

"나를 동정하는 건 아니야." 미스 킬먼이 말했다. "내가 동정하는 사람은"—'네 어머니야'라고 말할 생각이었지만, 아니, 그럴 순 없지, 엘리자베스에게는: "난 다른 사람들이 훨씬 더 불쌍해." 그녀는 말했다.

마치 알 수 없는 목적으로 문까지 끌려온 말 못 하는 짐승이 도망치고 싶어 안달이 난 것처럼, 엘리자베스 댈러웨이는 묵묵히 앉아 있었다. 미스 킬먼은 더 무슨 말을 하려는 것일까?

"날 잊지 말아줘." 도리스 킬먼이 말했다. 목소리가 파르르 떨렸다.

말 못 하는 짐승은 겁에 질려 곧바로 들판 끝까지 전력으로 달아났다.

커다란 손이 펼쳐졌다가 닫혔다.

엘리자베스는 고개를 돌렸다. 웨이트리스가 왔다. 찻값은 계산대에서 치러야 한다고 말한 뒤 가버리는 엘리자베스가 마치 미스 킬먼의 몸속에서 내장을 뽑아내 찻집 저편으로 길게 끌어당기는 것만 같았다. 그러고는 마치 최후의 일격처럼, 고개를 아주 공손하게 숙이고 나서 그녀는 가버렸다.

가버렸다. 미스 킬먼은 대리석 테이블 위에 놓인 에클레르들을 앞에 두고 앉아, 고통의 충격에 한 번, 두 번, 세 번 얻어맞았다. 그녀는 가버렸다. 미시즈 댈러웨이가 승리했다. 엘리자베스가 가버렸다. 아름다움이, 청춘이 가버렸다.

그렇게 미스 킬먼은 앉아 있었다. 그러다가 일어서서 이리저리 조금씩 비틀거리며 작은 테이블 사이를 더듬더듬 걸어가는데, 누군가 페티코트를 가지고 쫓아왔고, 길을 잃은 그녀는 인도 여행용으로 특별히 제작된 트렁크들 사이에 갇혔다가, 출산용품 세트와 아기용 침구 사이를 헤매다가, 금방 상하는 것이든 오래가는 것이든 세상의 모든 상품, 햄, 약품, 꽃, 문구, 다양한 냄새를 풍기며 어떤 것은 달콤하고 어떤 것은 시큼한 상품들 사이로 휘청휘청 나아가다, 모자를 삐뚜름하게 쓰고 얼굴이 새빨개진 채 휘청휘청 걷는 제 모습을 전신거울 속에서 보고 난 뒤, 마침내 거리로 나왔다.

웨스트민스터대성당*의 탑, 하느님의 거처가 눈앞에 솟아 있었다. 차

---

* 영국 로마가톨릭교회의 총본산.

량이 붐비는 거리 한복판에 하느님의 거처가 있었다. 미스 킬먼은 꾸러미를 들고 또다른 성소인 웨스트민스터사원*으로 끈질기게 걸어갔다. 양손을 들어 얼굴 앞에 천막처럼 모은 채, 마찬가지로 그곳에 피신해 온 다른 이들 옆에 앉았다. 다양한 부류의 예배자들이 얼굴 앞에 손을 모으고 있어서 사회적 지위나 심지어 성별마저도 거의 구분되지 않았지만, 그들이 손을 내리자 즉시 경건한 중산층 영국 남녀로 돌아왔다. 그중 일부는 그곳의 밀랍 조상影像들을 보고 싶어서 들어온 이들이었다.**

하지만 미스 킬먼은 계속 손을 얼굴 앞에 천막처럼 모으고 있었다. 잠시 혼자가 되었는가 하면 또 누가 와서 주변에 앉기도 했다. 거리에서 새로운 예배자들이 들어오거나 예배당 안을 거닐던 이들이 나가기도 했고, 사람들이 주위를 둘러보며 무명용사의 묘소***를 느릿느릿 걸어다니는 동안에도 미스 킬먼은 여전히 손으로 눈을 가리고 두 겹의 어둠 속에서―사원의 빛은 실체가 없었으므로―허영심과 욕망과 갖가지 상품들에서 벗어나려고, 마음속에서 혐오와 사랑 모두를 없애려고 애썼다. 미스 킬먼의 손이 경련을 일으켰다. 그녀는 안간힘을 쓰고 있는 듯 보였다. 하지만 다른 이들에게 하느님은 가닿을 수 있는 존재였고 그분께 이르는 길은 평탄했다. 재무성에서 퇴직한 미스터 플레처, 작고한 유명 왕실 변호사의 부인인 미시즈 고럼은 하느님께 간단히 다가갔고, 기도를 마친 뒤에는 의자 등받이에 기대어 음악을 즐기다가

---

* 영국성공회 교회로 역사적 행사가 거행되었고 왕과 위인들의 무덤이 있다.
** 웨스트민스터사원에는 그곳에 묻힌 유명인사들의 밀랍 인형들이 소장되어 있다.
*** 제1차세계대전 전사자들을 대표해 한 무명용사의 유해를 사원에 묻었다.

(오르간소리가 감미롭게 울려퍼졌다) 신도석의 같은 줄 끄트머리에 앉은 미스 킬먼이 기도하고 또 기도하는 모습을 보았다. 그들은 아직 각자의 지하세계에서 완전히 넘어오지 않았기에 그녀를 같은 영토를 헤매는 영혼이라 여기고 공감하는 시선으로 바라보았다. 비물질적 본질로 이루어진 영혼, 여성이 아닌 하나의 영혼.

하지만 미스터 플레처는 나가야 했다. 미스 킬먼 앞을 지나쳐 나가야 했고, 대단히 깔끔한 사람으로서 그 가엾은 여인의 어수선한 몰골에 약간의 괴로움을 느끼지 않을 수 없었다. 머리를 풀어헤치고 바닥에는 꾸러미를 놓아둔 채로, 그 여자는 그에게 곧바로 길을 터주지 않았다. 하지만 거기 서서 주위로 시선을 돌려 (이 사원을 지극히 자랑스러워하는 사람으로서) 흰 대리석과 회색빛을 띠는 창유리, 축적된 보물 등을 응시하는 동안 미스터 플레처는 이따금 무릎을 들썩거리며 앉아 있는 미스 킬먼의 거대함, 강인함, 힘에 강한 인상을 받았다(그녀가 하느님께 다가가는 길은 그토록 험했고—욕망도 그만큼이나 강렬했다). 미시즈 댈러웨이와(그녀는 오후 내내 미스 킬먼을 머릿속에서 떨쳐낼 수 없었다) 에드워드 휘터커 목사와 엘리자베스가 그랬던 것처럼.

엘리자베스는 빅토리아 스트리트에서 버스를 기다렸다. 바깥에 나와 있으니 참 좋았다. 아직은 집으로 돌아가지 않아도 될 것 같았다. 밖에서 바람을 쐬니 참 좋았다. 그래서 버스를 타기로 했다. 그런데 고급스러운 옷차림을 하고 거기에 서 있자니 벌써 느껴지기 시작했다……그녀를 포플러나무에, 이른새벽에, 히아신스에, 새끼 사슴이나 흐르는 물, 정원의 백합에 비유하는 사람들의 눈길, 그 눈길이 엘리자베스의 삶에 짐이 되었다. 시골에서 외따로 자유롭게 지내는 편이 훨씬 좋았기 때문이다. 하지만 사람들은 엘리자베스를 백합에 비유했고 그녀는 파티에 가야 했으며 아버지와 개들과 함께 시골에서 외따로 지내는 것에 비해 런던 생활은 너무나 삭막했다.

버스들이 돌진하듯 다가왔다가 멈췄다가 떠났다—빨간색과 노란색 도료를 칠해 번쩍거리는 요란스러운 대상 행렬. 하지만 어떤 버스에 타야 할까? 딱히 선호하는 것은 없었다. 물론 사람들을 밀치면서 버스에 타고 싶지는 않았다. 엘리자베스는 수동적인 경향이 있었다. 그녀에게 부족한 것은 감정 표현이었다. 하지만 중국인 같은 동양적이고 섬세한 눈에, 어머니가 말하듯, 보기 좋은 어깨와 곧은 자세 덕분에 엘리자베스는 언제나 매력적으로 보였다. 최근에는, 특히 저녁 무렵에, 좀처럼 흥분하지 않는 듯한 엘리자베스가 무언가에 관심을 보일 때가 있었고, 그럴 때는 아름답다고도 할 수 있을 만큼 매우 의젓하고 매우 고요했다. 엘리자베스는 무슨 생각을 하고 있을까? 모든 남자가 엘리자베스에게 반했고 그녀에게는 그런 일이 따분하기 짝이 없었다. 드디어 시작되고 있었다. 어머니로서 클래리사는 알 수 있었다—사람들의 찬사가 시작되고 있었다. 엘리자베스가 그런 데는—예를 들면 옷차림 같은 것에—별로 신경쓰지 않아서 때로 걱정스럽기도 했지만, 주변에 디스템퍼에 걸린 강아지들과 기니피그들이 많은 상황에서는 그런 편이 차라리 더 나았고, 그래서 더 매력적이기도 했다. 그런데 또 이제는 미스 킬먼과 이런 이상한 우정을 나누고 있다니. 그건 뭐, 클래리사는 새벽 세 시까지 잠을 이루지 못하고 마르보 남작의 책을 읽다가 생각했다, 엘리자베스가 마음이 따뜻하다는 증거겠지.

갑자기 엘리자베스는 앞으로 걸어나가 버스에 자신 있게, 누구보다 먼저 올라탔다. 그러고는 맨 위층에 자리를 잡았다. 그 성급한 짐승—해적선—이 덜커덩 앞으로 쏠렸다가 튀어나갔다. 엘리자베스는 균형을 잡기 위해 난간을 붙잡아야 했다. 그것은 무모하고 악랄한 해적선이라서, 가차없이 다가서고 위험하게 에둘러가고 승객을 대담하게 낚아채거나 무시하고 뱀장어처럼 매끄럽고 오만하게 비집고 들어갔다가 뻔뻔하게 돛을 활짝 펴고 화이트홀 거리를 따라 달렸다. 그런데 엘리자베스는 자신을 들판의 새끼 사슴, 숲속의 달로 바라보며 질투 없이 사랑하는 가엾은 미스 킬먼을 잠깐이라도 생각했을까? 엘리자베스는 자유롭게 풀려나서 기분이 좋았다. 신선한 공기가 너무나 상쾌했다. 육해군 백화점 안은 정말로 답답했다. 그리고 지금 이렇게 화이트홀 거리를 달리고 있으니 꼭 말을 타는 기분이었다. 버스의 움직임이 바뀔 때마다 연갈색 코트 속의 아름다운 몸은 말 타는 기수처럼, 뱃머리의 조각상처럼 자유자재로 반응했다. 산들바람이 그녀의 매무새를 살짝 흩트렸고 더위 때문에 뺨은 흰색 페인트를 칠한 나무처럼 창백해졌으며, 누구의 눈과도 마주치지 않고 앞만 응시하는 그 섬세한 눈은 믿을 수 없을 만큼 순진무구하게 빤히 바라보는 조각상의 눈처럼 무표정하게 빛났다.

미스 킬먼은 맨날 자기가 얼마나 괴로운지 늘어놓기 때문에 대하기가 힘들었다. 그런데 미스 킬먼의 말은 옳을까? 위원회에 속해 날마다 수많은 시간을 할애하는 것이(런던에서는 아버지를 거의 볼 수가 없었다) 빈자들을 돕는 일이라면, 아버지는 틀림없이 바로 그 일을 하고 있다—미스 킬먼이 말하는 기독교인이 된다는 것이 바로 그것이라면. 하지만 그건 참 어려운 문제다. 아, 조금만 더 가고 싶다. 스트랜드까지

가려면 1페니를 더 내야 하나? 그래, 여기 1페니가 있구나. 스트랜드까지 쭉 가기로 하자.

엘리자베스는 병든 사람들을 아꼈다. 모든 직업이 너희 세대 여성들에게는 열려 있어, 미스 킬먼은 말했다. 그러면 의사가 될 수도 있겠지. 농부가 될 수도 있다. 동물들은 자주 아프니까. 땅을 천 에이커쯤 소유해 소작인을 부릴 수도 있고. 그들이 사는 오두막으로 찾아가야지. 여기가 서머싯 하우스로구나. 아주 훌륭한 농부가 될 수도 있겠지―그리고 좀 이상하기는 해도 그런 포부는, 비록 미스 킬먼의 공도 있지만, 거의 온전히 서머싯 하우스 덕분이었다. 그 거대한 회색 건물은 대단히 수려하고 진중했다. 그리고 엘리자베스는 사람들이 일하는 분위기가 좋았다. 스트랜드 거리의 흐름에 맞서 회색 종이로 오려놓은 듯한 모양으로 서 있는 교회들이 좋았다. 여기는 웨스트민스터와 전혀 다르구나, 생각하며 엘리자베스는 챈서리 레인에서 하차했다. 매우 진지하고 매우 분주한 분위기였다. 요컨대 엘리자베스는 직업을 갖고 싶었다. 의사나 농부가 되거나, 필요하다고 생각되면 의회로 진출하기로 했다. 모든 것이 스트랜드 거리 때문이었다.

저마다의 활동에 매진하느라 분주한 사람들의 발걸음, 돌 위에 돌을 쌓는 손, 선박, 사업, 법, 행정 등에 영원히 몰두하는 정신, 시시한 잡담(여성을 포플러에 비유하는 일―물론 좀 흥미롭긴 하지만 아주 어리석은 짓)이 아니라 당당하고(엘리자베스는 이제 템플*에 와 있었다) 쾌활하고(강이 있었다) 경건한(교회가 있었다) 것들로 가득찬 정신. 그

---

* 왕립재판소와 법학원 등이 있는 법률지구.

모든 것으로 인해 엘리자베스는 어머니가 뭐라고 말하든 농부 아니면 의사가 되기로 결심했다. 하지만 물론 그녀는 다소 게을렀다.

그리고 그 결심에 대해서는 아무 말 하지 않는 편이 훨씬 나았다. 너무 어리석은 것 같았다. 그것은 사람이 혼자 있을 때 이따금 일어나는 현상이었다—유명 건축가의 작품도 아닌 건물들과 시티*에서 돌아오는 사람들의 무리가 켄징턴의 한 목사보다, 미스 킬먼이 빌려준 그 어느 책보다 더 큰 힘을 발휘하고, 마음의 모랫바닥에 잠자는 듯 서툴고 수줍게 가라앉아 있는 것을 마치 아이가 갑자기 팔을 쭉 뻗듯이 자극해서 수면으로 떠오르게 하는 현상. 아마도 그것은 바로 그렇게 영구적인 영향을 남기고 다시 모랫바닥으로 내려가는 한숨, 팔 뻗기, 충동, 계시 같은 것인지도 모른다. 이제 집에 돌아가야겠다. 만찬을 위해 단장해야 한다. 그런데 시간이 어떻게 되었지?—시계가 어디 있지?

엘리자베스는 플리트 스트리트 쪽을 바라보았다. 세인트폴대성당을 향해 조금 걸어갔다. 낯선 사람의 집에 까치발로 살금살금 걸어들어가 촛불을 들고 곳곳을 살피면서, 주인이 침실문을 벌컥 열고 나와 뭐 하는 짓이냐고 물을까봐 불안한 사람처럼 소심하게. 특이한 골목길이나 궁금한 샛길로 빠져 돌아다닐 엄두 역시 나지 않았다. 그것은 낯선 사람의 집에서 침실 문인지 응접실 문인지 곧장 식품 저장실로 이어지는 문인지 모를 문을 열어젖히는 일이나 마찬가지였으므로. 스트랜드는 댈러웨이가 사람들이 일상적으로 다니는 길이 아니었다. 엘리자베스는 개척자였고 모험을 즐기고 사람을 잘 믿는 방랑자였다.

---

* 시티오브런던. 은행과 증권거래소 등이 있는 금융지구다.

엘리자베스의 어머니는 딸이 여러 측면에서 극히 미성숙하다고 느꼈다. 아직은 인형이나 오래된 슬리퍼에 집착하는 어린아이, 완벽한 아기 같아서 그 모습이 사랑스럽다고 생각했다. 하지만 댈러웨이가에는 물론 공직의 전통이 있었다. 수녀원장, 학장, 교장 등 여성들의 공화국에서 고위 관리를 맡은 이들—그들은 특별히 탁월하지는 않았지만 각자의 역할을 해냈다. 엘리자베스는 세인트폴대성당 방향으로 조금 더 나아갔다. 이 소란 속에서 느껴지는 온정, 자매애, 모성애, 형제애가 좋았다. 그런 느낌이 좋았다. 소음이 어마어마한데, 갑자기 트럼펫소리가 (실업자들이었다) 울려퍼지면서 그 소란 속을 헤집고 다녔다. 군대 음악이었고, 마치 사람들이 행진을 하고 있는 듯했다. 하지만 누군가 죽어가는 중이었다면—어떤 여자가 마지막 숨을 쉬었고 그 옆을 지키던 사람이 저 지고한 존엄의 행위가 일어난 방의 창문을 열고 플리트 스트리트를 내려다보았다면, 그 소란과 군대 음악의 승리에 찬 선율이 그곳까지 올라와 그를 무심히 위로했을 것이다.

그 소리에는 의식이 없었다. 사람의 운명이나 숙명에 대한 인식이 없고 바로 그렇기 때문에 죽어가는 이의 얼굴에서 의식의 마지막 떨림을 지켜보며 망연자실해진 이들에게도 위로가 되었다. 사람들의 망각은 마음에 상처를 입히고 배은망덕은 관계를 침식하지만, 일 년 내내 끊임없이 쏟아져나오는 도시의 소리는 무엇이든 다 받아들인다. 이 맹세, 이 화물차, 이 인생, 이 행렬까지 모든 것을 감싸안고 나아간다. 빙하의 급류가 뼛조각 하나, 파란 꽃잎 한 장, 참나무 몇 그루 따위를 품고 쓸려내려가듯이.

그런데 생각보다 시간이 많이 흘렀다. 이렇게 혼자 배회하는 것을 어머니는 좋아하시지 않을 것이다. 엘리자베스는 돌아서서 스트랜드 거리를 걸어내려갔다.

한줄기 바람이(더운 날씨인데도 바람이 꽤 불었다) 얇은 검은 베일을 날려 해를 덮고 스트랜드 거리를 덮었다. 사람들의 얼굴이 흐릿해졌고 버스들은 갑자기 광택을 잃었다. 구름은 도끼로 찍으면 단단한 조각이 떨어질 것만 같은 거대한 하얀 산이었다. 측면에는 널따란 황금빛 사면과 천상 유원지의 잔디밭이 있는, 신들의 회의를 위해 마련된 세상 위 정착지처럼 보였지만, 그 사이에는 끊임없는 움직임이 있었다. 신호가 오고가면서 마치 미리 계획된 어떤 계략을 실행에 옮기려는 듯 어떤 때는 꼭대기가 줄어들었고 또 어떤 때는 고정된 자리를 든든히 지키던 피라미드처럼 거대한 한 덩어리가 중앙으로 쳐들어가거나 구름 행렬을 새로운 정박지로 엄숙하게 이끌었다. 구름은 자기 위치에 고정되어 완벽히 일치단결해 쉬고 있는 것처럼 보였지만 눈처럼 흰, 혹은 금색으로 빛나는 그 표면보다 더 신선하고 자유롭고 민감한 것은 없었다. 변화하거나 사라지거나 엄숙한 집합체를 해체하는 일도 즉시 가능했고, 그 장중한 고정성, 축적된 강고함과 단단함에도 불구하고 구름은 무시로 대지에 빛을 비추기도 하고 어둠을 드리우기도 했다.

차분하게, 그리고 자신 있게, 엘리자베스 댈러웨이는 웨스트민스터행 버스에 올라탔다.

빛과 그림자가 벽을 회색으로 뒤덮었다가 바나나를 밝은 노란색으로 비추고, 스트랜드를 회색으로 뒤덮었다가 버스들을 밝은 노란색으로 비출 때, 응접실 소파 위에 누워 있는 셉티머스 워런 스미스에게는 그 빛과 그림자가 사라지고 나타나고 손짓하고 신호하는 것처럼 보였다. 그는 흐르는 금색 빛이 장미 위에서, 벽지 위에서 마치 살아 있는 생명체와 같은 놀라운 민감성을 띤 채 어른거리다가 사라지는 모습을 바라보고 있었다. 밖에서는 나무들이 이파리를 그물처럼 허공으로 넓게 드리웠고 방에서는 물소리가 났으며 그 파도를 뚫고 새들이 노래하는 소리도 들려왔다. 모든 힘이 그의 머리에 보물을 쏟아부었고, 한쪽 손은 소파 등받이에 차분히 놓여 있었다. 전에 바다에 나가 멀리 해안에서 개들이 끊임없이 짖어대는 소리를 들으며 파도 위에 떠 있었을 때 보았던 손 모양과 같았다. 두려워 말라, 몸속 심장이 말한다. 더는 두려워 말라.

그는 두렵지 않았다. 매 순간 자연은 벽에서 이리저리 돌아다니는 저 금색 점과 같은—저기, 저기, 저기—웃음 섞인 암시로 제 결심을 나타냈다. 깃털을 휘두르며, 머리채를 흔들며, 망토를 이리저리 내두르며, 아름답게, 언제나 아름답게, 바짝 다가와 오목하게 모은 두 손을 통해 셰익스피어의 말을 숨결로 불어넣어 자신의 뜻을 보여주겠다는 결심을.

레치아는 탁자 앞에 앉아서 모자를 손으로 비틀며 셉티머스를 지켜보았다. 그가 웃는 모습을 보았다. 저이는 행복한가보다. 하지만 레치아는 그가 웃는 모습을 견딜 수가 없었다. 이건 결혼생활이 아니다, 남편이라면 저래선 안 된다. 저렇게 이상한 모습을 보이고, 항상 깜짝 놀라고, 크게 웃었다가 몇 시간이고 말없이 앉아 있거나, 아내를 꼭 붙들며 어떤 글을 적으라고 하다니. 탁자 서랍에는 그런 글이 가득했다. 전쟁이 어떻고, 셰익스피어가 어떻고, 위대한 발견이라느니, 죽음은 없다느니 하는 글. 최근에 그는 아무런 이유 없이 갑자기 흥분해서(닥터 홈스와 서 윌리엄 브래드쇼, 두 사람 다 그에게 가장 나쁜 것은 흥분이라고 했다) 양손을 흔들며 고래고래 외쳤다. 진실을 알았다! 이제 모든 것을 알았다! 그 남자, 전사한 그의 친구 에번스가 왔다고 그는 말했다. 가림막 뒤에서 노래하고 있다고. 레치아는 남편이 하는 말을 종이에 받아적었다. 어떤 말은 무척 아름다웠고 어떤 말은 순 헛소리였다. 그리고 그는 항상 중간에 멈추고, 마음을 바꾸고, 뭔가를 더하려 하고, 새로운 소리를 듣고, 손을 위로 올린 채 귀를 기울였다. 하지만 레치아에게는 아무 소리도 들리지 않았다.

그런데 언젠가 그들은 방을 청소하는 아가씨가 이런 쪽지 하나를 읽으며 발작적으로 웃어대는 모습을 보았다. 정말이지 참담한 상황이었다. 그 모습을 본 셉티머스가 인간의 잔인성에 대해 절규했기 때문이다―인간이 서로를 갈기갈기 찢어발긴다고. 쓰러진 자들, 그는 말했다, 인간들은 그들을 갈기갈기 찢어버려. "홈스가 우리를 덮칠 거야." 그는 종종 그렇게 말하면서 홈스에 관한 이야기를 지어내곤 했다. 귀리죽을 먹는 홈스, 셰익스피어를 읽는 홈스―그러면서 박장대소를 터트리거나 분노 발작을 일으켰다. 닥터 홈스는 그에게 어떤 소름 끼치는 것을 상징하는 듯했다. 셉티머스는 그를 "인간 본성"이라고 불렀다. 그러다 환영이 나타났다. 자기가 익사해서 절벽 위에 누워 있는데 갈매기들이 위에서 날카롭게 우짖는다고 말하곤 했다. 그는 소파 가장자리 너머로 펼쳐진 바다를 보았다. 혹은 음악을 들었다. 사실 그것은 손풍금소리일 때도 있고 어떤 남자가 거리에서 비명을 지르는 소리일 때도 있었다. 하지만 그는 "아름다워!" 하고 외치며 눈물로 볼을 적시곤 했는데, 레치아에게는 전쟁에서 싸웠고 용맹했던 셉티머스 같은 남자가 우는 모습을 보는 것이 무엇보다도 끔찍했다. 그리고 그는 누운 채 무언가에 귀를 기울이다가 갑자기 자신이 아래로, 화염 속으로 추락하고 있다고 소리치기도 했다! 그의 말이 너무 생생해서 실제로 레치아는 화염이 어디에 있나 둘러보기도 했다. 하지만 아무것도 없었다. 방 안에는 그들 둘뿐이었다. 꿈이라고 말하며 레치아는 남편을 타일렀고 결국 진정시키곤 했지만 때로는 그녀 역시 무서웠다. 레치아는 바느질하며 앉아 있다가 한숨을 쉬었다.

부드럽고 매혹적인 한숨이었다. 저녁에 숲 밖에서 부는 바람처럼. 레치아는 가위를 내려놓았다가, 탁자 위의 뭔가를 집으려고 몸을 돌리기도 했다. 약간의 들썩임, 조용한 바스락거림, 가벼운 두드림이 레치아가 앉아서 바느질하는 그곳 탁자 위에 무언가를 지어 올렸다. 셉티머스는 속눈썹 너머로 레치아의 흐릿한 윤곽을 볼 수 있었다. 검은 옷을 입은 그녀의 아담한 몸, 얼굴과 손, 탁자 위의 실패를 집거나 비단조각을 찾아(레치아는 물건을 잘 잃어버렸다) 몸을 돌리는 움직임. 그녀는 미시즈 필머의 결혼한 딸을 위해 모자를 만들고 있었는데, 그 사람 이름이 뭐였더라―그는 그 이름을 잊었다.

"미시즈 필머의 결혼한 딸 이름이 뭐라 했지?" 그가 물었다.

"미시즈 피터스." 레치아가 대답했다. 모자가 너무 작을까봐 걱정이라고, 레치아는 모자를 눈앞으로 올리며 말했다. 미시즈 피터스는 덩치가 큰 여자였고, 레치아는 그 사람을 좋아하지 않았다. 그저 미시즈 필머가 그들 부부를 따뜻하게 대해주었기 때문에―"오늘 아침에는 포도를 주셨어" 하고 레치아가 말했다―고마운 마음을 표현하기 위해 뭔가를 하고 싶을 뿐이었다. 일전에 어느 날 밤에는 방에 들어왔다가, 그들이 외출했다고 생각하고 들어와서 축음기를 틀어 음악을 듣고 있는 미시즈 피터스와 맞닥뜨렸다고 했다.

"정말이야?" 그가 물었다. 그 사람이 축음기를 틀었다고? 그렇다, 당시에 그녀는 셉티머스에게 말했었다. 미시즈 피터스가 축음기를 틀고 있더라고.

셉티머스는 아주 조심스럽게 눈을 뜨기 시작했다. 축음기가 정말로 있는지 보기 위해서. 하지만 실제 물건들—실제 물건들은 지나친 흥분을 일으켰다. 조심해야 한다. 정신을 놓는 일은 없어야 한다. 일단 그는 낮은 선반에 놓인 패션잡지들을 보았고 그다음에는 서서히 초록색 나팔이 달린 축음기를 보았다. 더할 나위 없이 사실적이었다. 그래서 용기를 그러모아 찬장을, 바나나가 담긴 쟁반을, 빅토리아여왕과 부군의 판화를, 장미 화병이 놓인 벽난로 선반을 바라보았다. 그중 어떤 물건도 움직이지 않았다. 전부 제자리에 가만히 있었고 전부 실재했다.

"입이 험한 사람이야." 레치아가 말했다.

"미스터 피터스는 무슨 일을 하지?" 셉티머스가 물었다.

"아" 하고서 레치아는 기억을 더듬었다. 사위가 어떤 회사에서 일하며 여러 곳을 돌아다닌다고 한 미시즈 필머의 말이 생각났다. "지금은 헐Hull에 있대." 레치아가 말했다.

"지금은!"이라고 레치아는 이탈리아 억양으로 말했다. 레치아가 한 말이 분명했다. 셉티머스는 손으로 눈을 가리고 아내의 얼굴을, 처음에는 턱, 그다음에는 코, 그다음에는 이마, 하는 식으로 한 번에 조금씩만 보려 했다. 혹시라도 어딘가 기형이거나 끔찍한 흉터라도 있을까봐서였다. 하지만, 아니었다, 레치아는 완벽히 자연스러운 모습으로 거기

192

앉아서 바느질을 하고 있었다. 입술을 꼭 다물고서, 여자들이 바느질할 때 짓는 딱딱하고 구슬픈 표정을 한 채로. 하지만 두려운 점은 전혀 없어, 그는 스스로를 다독이며 아내의 얼굴과 손을 두 번, 세 번 다시 보았다. 대낮에 저기 앉아서 바느질을 하는 아내의 무엇이 두렵거나 역겨울 수 있단 말인가? 미시즈 피터스는 입이 험한 사람이다. 미스터 피터스는 헐에 있다. 그렇다면 왜 분노를 터트리고 예언을 하는가? 왜 채찍질당하고 소외되어 날뛰는가? 왜 구름 때문에 덜덜 떨고 흐느끼는가? 왜 진실을 찾고 메시지를 전하는가? 레치아가 원피스 가슴팍에 핀을 꽂은 채 앉아 있고 미스터 피터스는 헐에 있는데, 왜? 기적, 계시, 고뇌, 고독, 바다에 빠져 계속 아래로, 아래로 추락해 화염 속으로 떨어지는 고통, 이 모든 것은 불타 없어졌다. 레치아가 미시즈 피터스의 밀짚모자를 장식하는 모습을 보면서, 꽃으로 만든 이불을 덮은 듯한 느낌을 받았기 때문이다.

"미시즈 피터스에겐 너무 작겠는걸." 셉티머스가 말했다.

그가 며칠 만에 처음으로 예전처럼 말했다! 물론 그렇다고―형편없이 작다고, 레치아가 말했다. 하지만 미시즈 피터스가 직접 고른 모자였다.

셉티머스는 아내의 손에 들린 모자를 가져갔다. 손풍금 연주자가 데리고 다니는 원숭이의 모자 같다고 그는 말했다.

그 말에 레치아는 얼마나 기뻤는지! 지난 몇 주 동안 그들은 보통의 부부처럼 자기들끼리 누군가를 놀리면서 이렇게 함께 웃은 적이 없었다. 그러니까, 이 순간 미시즈 필머나 미시즈 피터스, 그 밖에 누구든 방으로 들어오더라도 두 사람이 무엇 때문에 웃고 있는지는 알 수 없을 거라서 좋았다.

"자, 그럼." 레치아는 말하며 모자 한쪽에 장미꽃을 핀으로 꽂아 달았다. 이렇게 행복했던 적이 없었다! 평생토록!

그런데 그렇게 하니까 훨씬 더 우스꽝스럽군, 셉티머스가 말했다. 이제 그 불쌍한 여자는 품평회에 나온 돼지 같겠어. (지금껏 셉티머스처럼 레치아를 웃게 한 사람은 아무도 없었다.)

도구상자 안에는 뭐가 있어? 리본과 구슬, 각종 술과 조화들. 레치아가 그것들을 탁자 위에 쏟아부었다. 셉티머스는 여러 색을 특이하게 조합했다―비록 그는 손이 무뎌서 꾸러미도 제대로 못 싸지만 안목만은 뛰어나서 그의 선택이 옳을 때가 종종 있었다. 물론 터무니없을 때도 있지만 때로는 근사하게 어울렸다.

"그 여자는 아름다운 모자를 갖게 될 거야!" 그는 중얼거리며 장식물을 이것저것 골라냈다. 레치아는 그의 옆에 무릎을 꿇고서 어깨 너머로 바라보았다. 이제 다 끝났다―그러니까, 디자인이 끝났다는 것. 이제 레치아가 꿰매어 붙여야 했다. 하지만 그가 구상한 그대로 장식하려면 아주, 아주 조심해야 한다고 셉티머스가 말했다.

그래서 레치아는 그것들을 꿰맸다. 셉티머스는 그녀가 바느질을 하면서 불 위에 올려둔 주전자 같은 소리를 낸다고 생각했다. 보글거리는 듯도 하고 중얼거리는 듯도 한, 끊임없이 분주한 소리와 함께 작고 강하고 뾰족한 손가락들이 꼬집거나 쑤시고, 바늘은 직선으로 번뜩였다. 해가 술 장식 위나 벽지 위로 들락날락하고 있지만, 그래도 그는 기다리겠다고 생각하면서 발을 쭉 뻗고 소파 끝에 놓인 줄무늬 양말을 바라보았다. 이 따뜻한 장소에서, 공기가 잠잠하게 고여 있는 이곳에서 기다릴 것이다. 가끔 저녁에 숲 가장자리에서 만나게 되는, 땅이 쑥 꺼진 지형이나 나무들이 배열된 형태로 인해 생기는 것과 같은(과학적이어야 한다, 무엇보다 과학적이어야 한다), 아늑한 온기가 흐르고 볼을 스치는 공기는 새의 날갯짓처럼 부드러운 그런 곳에서.

"이제 됐어." 레치아가 말했다. 미시즈 피터스의 모자를 손끝에 올려놓고 빙글빙글 돌리며. "당장은 이 정도면 되겠어. 나중에……" 레치아의 문장은 잠그지 않고 내버려둔 수도꼭지에서 여유롭게 떨어지는 물처럼 졸졸졸 흘러나와 사라졌다.

모자는 근사했다. 지금껏 해온 어떤 일보다도 자랑스러웠다. 분명한 실체가 있는 진짜였다, 미시즈 피터스의 모자는.

"이것 좀 봐." 셉티머스가 말했다.

그래, 그녀는 그 모자를 보면 언제나 행복할 것이다. 지금은 다시 예전의 자신이 되었으니까, 지금은 웃기도 했으니까. 둘이서만 오붓하게 있었으니까. 레치아는 언제나 그 모자를 좋아할 것이다.

그는 레치아에게 모자를 써보라고 했다.

"하지만 너무 이상해 보일 텐데!" 레치아가 큰 소리로 답하더니 거울 앞으로 달려가 이쪽저쪽을 살펴보았다. 그러다가 모자를 다시 휙 벗었다. 문을 두드리는 소리가 났기 때문이다. 서 윌리엄 브래드쇼일까? 벌써 사람을 보낸 걸까?

아니구나! 석간신문을 가져온 꼬마 소녀로구나.

항상 일어나던 일이 그때 일어난 것뿐이었다―그들이 함께 사는 동안 저녁마다 일어난 일. 어린 소녀는 문가에서 엄지손가락을 빨았다. 레치아가 무릎을 꿇고 앉아 다정하게 어르며 아이에게 뽀뽀했다. 레치아는 탁자 서랍에서 사탕 봉지를 꺼냈다. 그들의 만남은 언제나 그렇게 흘러갔기 때문이다. 처음에 이것, 그다음에는 저것. 그렇게 쌓아갔다, 처음에는 이것, 그다음에는 저것으로. 그녀는 아이와 함께 춤을 추고 깡충깡충 뛰고 방안을 빙글빙글 돌아다녔다. 셉티머스는 신문을 꺼내 읽었다. 서리 팀 타자들이 모두 아웃당했다. 폭염이 발생했다. 레치아가 그 말을 되풀이해, 서리 팀 타자들이 모두 아웃당했다, 폭염이 발생했다, 하면서 미시즈 필머의 손녀와 즐기는 놀이의 일부로 만들었다. 둘 다 크게 웃고 재잘거리며 놀이를 했다. 그는 무척 피곤했다. 아주 행복하기도 했다. 자야겠다고 생각했다. 눈을 감았다. 하지만 아무것도 볼 수 없게 되자마자 놀이 소리는 점점 희미해지고 이상해져서 사람들의 비명처럼, 뭔가를 찾는데 찾지 못한 채로 점점 멀어져가는 사람들의 비명처럼 들렸다. 방안의 사람들은 그를 놓치고 말았다!

셉티머스는 공포에 질려 벌떡 일어났다. 그의 눈에 들어오는 것은 무엇인가? 찬장 위 쟁반에 놓인 바나나. 방안에는 아무도 없었다(레치아는 아이를 엄마에게 데려다주러 갔다. 잠잘 시간이었다). 바로 그거다. 영원히 혼자라는 것. 그것이 밀라노에서 어느 방에 들어가 사람들이 모자 틀을 만들며 가위질하는 모습을 보았을 때 그에게 선고된 운명이었다. 영원히 혼자라는 것.

그는 찬장과 바나나와 더불어 혼자였다. 사방이 다 트인 이 황량한 고지에서 몸을 쭉 뻗은 채 혼자였다―하지만 그곳은 언덕 꼭대기가 아니고, 험준한 바위 위도 아니고, 미시즈 필머의 집 응접실 소파였다. 여러 가지 환영, 얼굴들, 죽은 이들의 목소리, 그것들은 다 어디에 있을까? 눈앞에는 검은색 갈대와 파란 제비가 그려진 가림막이 있었다. 언젠가 그가 산을 보고 얼굴들을 보았던 곳, 아름다움을 보았던 곳에 지금은 가림막이 있었다.

"에번스!" 셉티머스는 크게 불렀다. 대답이 없었다. 쥐 한 마리가 찍찍거렸거나, 아니면 커튼이 부스럭거렸을 뿐이다. 그것들이 죽은 이들의 목소리였다. 그에게 남은 것은 가림막, 석탄통, 찬장이었다. 그렇다면 그 가림막을, 석탄통과 찬장을 똑바로 마주하기로 하자…… 그런데 그때 레치아가 방으로 불쑥 들어와 수다를 떨었다.

어떤 편지가 왔대. 모두의 계획이 틀어졌어. 미시즈 필머는 결국 브라이턴에 갈 수 없는 건가봐. 미시즈 윌리엄스에게 알릴 시간도 없다는데, 정말로 아주, 아주 짜증나는 일이겠어. 그러다 문득 모자를 본 레치아는 생각했다…… 아마도…… 이걸 약간만 고친다면…… 레치아의 목소리가 흡족한 선율을 이루며 잦아들었다.

"아, 젠장!" 레치아는 외쳤다(그녀의 욕하는 버릇은 둘 사이의 농담거리였다). 바늘이 부러진 것이다. 모자, 어린아이, 브라이턴, 바늘. 레치아는 쌓아나갔다. 처음에는 이것, 다음에는 저것으로, 레치아는 바느질을 하며 그렇게 쌓아나갔다.

레치아는 장미꽃의 위치를 옮겨 모자가 더 예뻐졌는지 남편에게 묻고 싶었다. 그녀는 소파 끄트머리에 앉았다.

그들은 이제 완전히 행복해졌다고, 레치아는 문득 그렇게 말하며 모자를 내려놓았다. 이제는 남편에게 아무 말이든 해도 될 테니까. 머릿속에 떠오르는 말은 무엇이든 할 수 있을 테니까. 오래전 그날 밤 셉티머스가 영국인 친구들과 카페에 들어왔을 때 그를 보고 거의 처음 든 느낌도 그것이었다. 그는 약간 수줍어하며 들어와 주위를 둘러보았고,

모자를 걸려다가 땅에 떨어뜨렸다. 그 장면이 기억났다. 그가 영국인이라는 것을 알 수 있었다. 언니가 우러러보는 풍채 좋은 영국인들과는 좀 달랐지만. 그는 항상 마른 체격이었고 보기 좋은 건강한 혈색을 띠었으며, 큰 코와 반짝이는 눈, 약간 구부정하게 앉는 자세 등을 보면, 그에게 종종 말한 대로, 어린 매가 떠올랐다. 셉티머스를 처음 만난 날 저녁에, 사람들과 도미노게임을 하고 있을 때 안으로 들어온 그를 보고—어린 매가 떠올랐다. 하지만 그는 레치아에게 항상 무척 다정했다. 제멋대로 굴거나 술에 취한 모습을 보인 적도 없고, 다만 끔찍한 전쟁을 치른 뒤라 가끔 괴로워하기는 했지만, 그럴 때조차도 레치아가 들어가면 아닌 척 숨겼다. 무엇이든, 온 세상의 그 무엇이든, 일과 관련한 사소한 근심을 비롯해 뭐든 하고 싶은 말이 떠오르면 전부 셉티머스에게 말했고, 그는 단번에 이해했다. 가족조차도 그렇게 하지는 못했다. 셉티머스는 레치아보다 나이가 더 많고 매우 똑똑했으며—얼마나 진지한지, 그녀가 아직 영어로 동화책도 읽지 못할 때 셰익스피어를 읽었으면 하고 바랐다!—경험이 훨씬 많아서 레치아를 도울 수 있었다. 그리고 레치아 역시 셉티머스를 도울 수 있었다.

하지만 지금은 이 모자가 우선이야. 그런 다음에는(시간이 늦어지고 있었다) 서 윌리엄 브래드쇼.

레치아는 머리에 양손을 올리고 셉티머스가 그 모자가 마음에 드는지 아닌지 말해주기를 기다렸다. 그녀가 그렇게 앉아서 아래를 내려다보며 기다릴 때 셉티머스는 아내의 생각이 마치 새처럼 이 가지에서 저 가지로 옮겨가다가 늘 정확하게 안착하는 것을 느낄 수 있었다. 레치아가 무척 레치아다운 느슨하게 이완된 자세로 거기에 앉아 있는 동안 그는 그 생각을 따라갈 수 있었다. 그가 무슨 말을 하든 레치아는 곧바로 웃곤 했다. 가지에 모든 발톱을 단단히 붙이고 앉은 새처럼.

하지만 그는 브래드쇼가 한 말을 떠올렸다. "우리가 병들었을 때 가장 소중한 사람들은 우리에게 별로 도움이 되지 않습니다." 브래드쇼는 그가 휴식하는 법을 반드시 배워야 한다고 말했다. 브래드쇼는 그들 부부가 반드시 떨어져 지내야 한다고 말했다.

'반드시', '반드시', 왜 '반드시'인가? 브래드쇼가 그를 좌지우지할 무슨 힘을 가졌는가? "브래드쇼는 무슨 권리로 내게 '반드시'라고 말하는 거야?" 셉티머스가 따졌다.

"그건 당신이 목숨을 끊겠다고 말해서지." 레치아가 말했다. (다행스럽게도 이제는 셉티머스에게 무슨 말이든 할 수 있었다.)

이제 그자들의 손아귀에 들어가고 말았구나! 홈스와 브래드쇼가 덮치려 한다! 콧구멍이 핏빛으로 물든 그 짐승이 온갖 은밀한 곳을 뒤지고 다니고 있다! '반드시'라고 말할 수 있다니! 쪽지들은 다 어디 갔지? 그동안 적은 글은?

레치아가 그의 쪽지를, 그동안 적은 것들을, 자신이 대신 적어준 그것들을 갖고 왔다. 그녀는 종이를 소파 위에 쏟아부었다. 그들은 쪽지들을 함께 보았다. 도표, 도안, 막대기 같은 팔을 휘두르고 등에는 날개가—날개일까?—달린 작은 남자들과 여자들, 1실링과 6펜스 동전들을 대고 그린 동그라미들—태양과 별들, 칼과 포크처럼 나란히 그려진 등반가들이 밧줄로 서로 묶인 채 오르는 지그재그 절벽, 파도처럼 보이는 것 위로 웃고 있는 작은 얼굴들을 그린 바다 풍경들. 그것은 세계지도였다. 태워버려! 셉티머스는 외쳤다. 이제 글을 보자. 죽은 이들이 철

쭉 덤불 뒤에서 노래하는 장면, 시간에 부치는 송가, 셰익스피어와의 대화, 에번스, 에번스, 에번스—죽은 이들에게서 받은 메시지. 나무를 베어내지 말라, 총리에게 알려라. 보편적인 사랑이라는, 세상의 의미. 태워버려! 셉티머스는 외쳤다.

하지만 레치아는 쪽지들 위에 두 손을 얹었다. 어떤 것들은 정말로 아름다워, 그녀는 생각했다. 쪽지들을 비단끈으로 묶어(봉투가 없으니까) 놔둘 거야.

그 사람들이 당신을 데려가더라도, 레치아는 말했다, 내가 함께 갈 거야. 우리를 억지로 갈라놓을 수는 없을 거야, 그녀는 말했다.

레치아는 쪽지 가장자리를 가지런히 모아 정리하고 꾸러미를 거의 보지도 않은 채 능숙하게 묶었다. 그의 옆에 가까이 앉아 꾸러미를 묶는 그녀가 마치 온통 꽃잎에 둘러싸인 것 같다고 그는 생각했다. 레치아는 꽃을 피운 나무였고, 그 가지들 사이로 성역에 다다른 입법자의 얼굴이 밖을 내다보고 있었다. 그 성역에서 그녀는 누구도, 홈스도, 브래드쇼도 두렵지 않았다. 기적이자 최후의 가장 위대한 승리였다. 아찔해진 그는 레치아가 홈스와 브래드쇼를 짊어진 채 무시무시한 계단을 오르는 모습을 보았다. 체중이 11스톤 6파운드 아래로 떨어진 적 없는 남자들, 아내들을 궁정 행사에 보내고 일 년에 만 파운드를 벌며 균형에 대해 말하는 남자들, 서로 다른 판결을 내리기는 했어도(홈스는 이거라고, 브래드쇼는 저거라고 말했다) 여전히 판관인 남자들, 환영과 찬장을 구분하지 못하고 무엇 하나 명확히 보지도 못하면서도 그들은 통치했고 처벌을 가했다. 그들을 누르고 레치아가 승리했다.

"됐다!" 레치아는 말했다. 쪽지들이 한데 묶였다. 아무도 이것에 손대

선 안 돼. 내가 잘 치워둘 거야.

그리고, 레치아는 말했다, 그 무엇도 우리를 갈라놓지 못해. 그녀는 셉티머스 옆에 앉아서 그를 어떤 새의 이름으로 불렀다. 매인지 까마귀인지 확실치 않지만 곡식을 망치는 심술궂은 그 새가 남편과 꼭 닮았다면서. 누구도 우리를 갈라놓을 수는 없어, 그녀는 말했다.

그녀는 침실로 들어가 짐을 싸려고 일어섰지만 아래층에서 사람 목소리가 들리자 닥터 홈스가 찾아왔나 싶어서 올라오지 못하게 하려고 급히 내려갔다.

셉티머스는 아내가 계단에서 홈스와 이야기하는 목소리를 들었다.

"친애하는 부인, 저는 벗으로서 찾아왔습니다." 홈스가 말했다.

"아니요. 내 남편을 만나지 마세요." 레치아가 말했다.

레치아가 작은 암탉처럼 날개를 활짝 펼쳐 그가 지나가지 못하게 막는 모습이 그려졌다. 하지만 홈스는 끈질겼다.

"친애하는 부인, 부디 허락해……" 홈스가 말하면서 레치아를 옆으로 밀쳤다(홈스는 체격이 건장한 남자였다).

홈스가 위층으로 올라오고 있었다. 홈스가 문을 열어젖힐 것이다. 홈스는 "기분이 또 별로이신가?" 하고 말할 것이다. 홈스는 그를 잡을 것이다. 하지만 안 돼, 홈스는 안 돼, 브래드쇼는 안 돼. 셉티머스는 비틀거리며 일어나 발을 동동거리며, 손잡이에 '빵'이라고 각인된 미시즈 필머의 질 좋고 깨끗한 빵칼을 자세히 살펴보았다. 아, 이걸 망가뜨려선 안 되겠지. 가스불? 하지만 지금은 너무 늦었다. 홈스가 오고 있었다. 면도칼을 가져올 수도 있겠지만 정리에 열심인 레치아가 어딘가에 치워두었다. 그러면 남는 것은 창문뿐, 블룸즈버리 셋집의 대형 창문

뿐이었다. 그 창문을 열고 밖으로 몸을 던진다는 지루하고 골치 아프고 다소 멜로드라마 같은 행위뿐. 그것은 셉티머스 자신이나 레치아가 아니라(레치아는 그의 편이므로) 그들이 생각하는 비극이었다. 홈스와 브래드쇼는 그런 걸 좋아하지. (그는 창틀에 앉았다.) 하지만 마지막 순간까지 기다릴 것이다. 죽고 싶지 않다. 삶이 좋다. 햇살은 뜨겁다. 그저 인간들 때문에? 맞은편 건물에서 계단을 내려오던 노인이 걸음을 멈추고 그를 빤히 바라보았다. 홈스가 문가에 와 있었다. "원하는 대로 해주지!" 그는 외치며 힘차게, 맹렬히 몸을 날려 미시즈 필머의 집 울타리로 떨어졌다.

"저 겁쟁이가!" 닥터 홈스가 문을 박차고 들어가며 소리쳤다. 레치아는 창문으로 달려갔다. 그녀는 보았다. 그리고 이해했다. 닥터 홈스와 미시즈 필머가 서로 부딪쳤다. 미시즈 필머가 앞치마를 펄럭거리며 레치아의 눈을 가리고 침실로 데려갔다. 위아래층을 부산히 오르내리는 소리가 요란했다. 닥터 홈스가 방으로 들어왔다―얼굴이 백지장처럼 하얬고 온몸을 떨면서 유리잔을 내밀었다. 마음을 굳게 먹고 뭘 좀 마셔야 한다, 그는 레치아에게 말했다(그건 무엇일까? 달콤한 음료였다). 남편이 끔찍하게 뭉개졌고 의식을 회복하지 못할 테니 그를 봐서는 안 된다, 최대한 피해야 한다, 검시 절차를 거쳐야 할 거다, 가련한 여인. 누가 이런 일을 예견할 수 있었을까? 갑작스러운 충동이었다, 누구도 전혀 탓할 수 없다(그는 미시즈 필머에게 말했다). 그는 도대체 왜 이런 짓을 했을까, 닥터 홈스는 이해할 수 없다고 했다.

달콤한 음료를 마시는 동안 레치아는 긴 창문들을 열고 어떤 정원으로 걸어나가는 듯한 기분이 들었다. 하지만 어디로? 시계가 종을 치고 있었다—한 번, 두 번, 세 번. 저 소리는 이렇게 쿵쿵거리고 수군거리는 소리들과 비교하면 얼마나 분별 있는가, 마치 셉티머스처럼. 레치아는 잠에 빠져들고 있었다. 하지만 시계는 계속해서 네 번, 다섯 번, 여섯 번, 종을 쳤고 앞치마를 흔들어대는 미시즈 필머는(시신을 안으로 들이진 않겠지, 그렇지?) 그 정원의 일부처럼, 혹은 깃발처럼 보였다. 레치아는 언젠가 베네치아에서 이모와 함께 지낼 때 돛대에서 천천히 물결치듯 펄럭이는 깃발을 본 적이 있었다. 전쟁에서 목숨을 잃은 사람들에게 그렇게 예우를 갖추는 중이었는데, 셉티머스 역시 전쟁을 겪었고, 살아 돌아온 사람이었다. 그와 함께한 기억은 대부분 행복한 기억이었다.

레치아는 모자를 쓰고 옥수수밭 사이를 달려갔다—거기가 어디였더라? 어떤 언덕 위, 바닷가 근처 어디쯤이었는데, 배도 있었고 갈매기와 나비도 날아다녔다. 그들은 절벽에 앉아 있었다. 런던에서도 그들은 그렇게 앉아 있었다. 반쯤 꿈꾸고 있는 그녀에게 쏟아지는 비, 속삭임, 마른 옥수숫대 사이의 바스락거림, 바다의 부드러운 손길이 침실 문을 통해 들어왔다. 바다는 그들을 둥근 조개껍데기 같은 품에 감싸안고 해변에 누운 그녀에게 속삭이는 것 같았다. 그녀는 자신이 무덤 위에서 바람에 날리는 꽃들처럼 흩뿌려지는 느낌이 들었다.

“그이는 죽었어요.” 레치아는 미시즈 필머에게 웃으며 말했다. 그 가련한 노파는 레치아 옆을 지키며 정직한 연파랑색 눈으로 문을 주시했다. (시신을 안으로 들이진 않겠지, 그렇지?) 하지만 미시즈 필머는 그럴 리는 없다고 도리질했다. 아, 안 돼, 안 돼! 사람들이 그를 데려가고 있었다. 레치아에게 말해주어야 하지 않을까? 부부는 함께 있어야 하는데, 미시즈 필머는 생각했다. 하지만 의사가 시키는 대로 할 수밖에.

"자게 두세요." 닥터 홈스가 레치아의 맥을 짚으며 말했다. 레치아는 창문을 배경으로 서 있는 몸의 커다란 윤곽을 보았다. 그래, 바로 저게 닥터 홈스로구나.

문명의 승리로군, 구급차의 가볍고 높은 사이렌이 울릴 때 피터 월시는 생각했다. 문명의 승리라 할 만해. 어떤 불쌍한 작자를 즉각적이고 인간적으로 거둔 구급차가 신속하고 단정하게 병원으로 달려갔다. 머리를 다쳤거나, 질병에 쓰러졌거나, 이 근처 어느 교차로에서 조금 전 차에 치였거나, 누구에게나 일어날 수 있는 그런 일을 겪은 사람을 싣고서. 그것이 문명이었다. 동방에서 돌아온 그에게는 꽤 인상적이었다―런던의 효율성, 조직성, 공동체 정신이. 모든 수레와 마차가 자발적으로 옆으로 비켜나 구급차가 지나갈 수 있게 해주었다. 희생자를 태운 이 구급차에 그들이 보인 존중은 어쩌면 죽음에 대한 병적인 관심을 드러내는지도 모르지만 그래도 약간 감동적이지 않은가―바삐 귀가하던 남자들이 구급차가 지나갈 때 즉시 누군가의 아내를 떠올리는 것, 혹은 구급차 안 침상에 누워 의사, 간호사와 함께 달려가는 사람이 자신일 수도 있다고 생각하는 것…… 아, 하지만 의사와 시체를 떠올리기 시작하면 생각이 곧장 병적으로, 감상적으로 변했다. 그런 시각적 인상 위로 약간의 쾌락과 일종의 욕망 같은 것이 빛을 내면서 그런 생각에 더 깊이 들어가서는 안 된다는 경고를 보냈다―예술에 치명적이고 우정에도 치명적이니까. 옳다. 그런데도 피터 월시는 모퉁이를 도는 구급차를 보면서 계속 생각에 잠겼다. 가볍고 높은 사이렌은 구급차가 다음 거리를 달릴 때도, 더 멀리 토트넘코트 로드를 가로지를 때도 끊임없이 울렸다. 그것은 고독의 특권이지. 홀로 있을 때는 하고 싶은 대로 해도 괜찮아. 아무도 보지 않는다면 울어도 되겠지. 이런 민감성, 적절하지 않은 때에 울거나 웃어버린 것—영국령 인도 사회에서 그가 실패한 이유는 바로 그것이었다. 그는 우체통 옆에 서서 생각했다, 내 안에는 지금이라도 눈물로 녹아내릴 수 있는 어떤 것이 있어. 왜 그러는지는 그 누가 알까. 아마도 어떤 아름다움 때문일 수도 있고 하루의 무게 때문일 수도 있다. 아침부터 클래리사를 찾아간데다 더위와 격정, 그리고 그들이 서 있는 깊고 어둡고 아무도 알지 못하는 지하실로 뚝뚝 떨어져내리는 갖가지 인상으로 인해 그는 녹초가 되었다. 어느 정도는 그런 이유로, 완전하고 침해할 수 없는 그 비밀스러움 때문에, 그는 인생이 미지의 정원 같다고 느꼈다. 도처에 굽이와 모퉁이가 있는, 그렇다, 놀라운 곳이라고. 정말로 숨이 멎을 것 같은 순간들이 있었다. 대영박물관 건너편 우체통 옆에 서 있는 그에게로 다가온 그런 순간, 모든 것이 하나로 모이는 순간, 이 구급차, 그리고 삶과 죽음. 그의 감정은 격류에 떠밀린 듯 아주 높은 지붕 위로 휩쓸려 올라가고 나머지 자아는 조개껍데기가 흩어진 하얀 해변처럼 맨살을 드러낸 채 취약하게 남겨지는 것 같았다. 영국령 인도 사회에서 그의 실패는 바로 그 때문이었다—이런 민감성.

한때 그와 함께 버스 위층에 올라 어딘가에 가던 클래리사, 적어도 표면적으로는 아주 쉽게 감동하여 금세 절망했다가 또 금세 활발해지던 클래리사, 그 시절에는 늘 들떠 있어서 정말로 좋은 동행이었던 클래리사는 버스 위층에서 이상한 장면들, 이름들, 사람들을 잘 찾아냈다. 그들은 런던을 탐험했고 칼레도니아 시장*에서 가방에 보물을 가득 담아 돌아오곤 했다. 그 시절에 클래리사는 한 가지 이론을 세웠다— 그들은 젊은이들이 으레 그러듯 항상 이론을, 산더미 같은 이론을 주장했다. 클래리사의 이론은 그들이 느끼는 불만, 그들이 다른 사람들을 모르고 다른 사람들도 그들을 모른다는 불만을 설명하기 위한 것이었다. 사실 사람들이 어떻게 서로를 알 수 있을까? 서로를 날마다 만나다가도 어느덧 여섯 달, 혹은 몇 년간 만나지 않기도 하는데. 사람이 다른 사람에 대해 아는 것이 너무 적어서 불만스럽다는 점에 대해 그들은 동의했다. 하지만 클래리사는 섀프츠베리 애비뉴로 가는 버스 위층에 앉아서, 자기는 모든 곳에 존재하는 느낌이 든다고 말했다. 의자 등받이를 두드리면서, "여기, 여기, 여기"가 아니라 사방 모든 곳에 존재하는 느낌이라고. 섀프츠베리 애비뉴를 따라 달리는 버스 위에서 클래리사는 손을 휘휘 저었다. 자기는 그 모든 것이라고, 그래서 그녀를, 혹은 그 누구든, 알기 위해서는 그 사람을 완성시키는 사람을, 심지어 장소를 찾아가야 한다고 말했다. 클래리사는 한 번도 말을 나눠본 적 없는 사람들과도 기이한 친화력을 발휘했다. 거리에서 만난 어떤 여자, 계산대를 지키는 어떤 남자—심지어 나무나 헛간과도. 그런 일들은 결국 초월적 이론으로 마무리되어, 죽음에 대한 공포가 있는 클래리사가 (회의주의적 성향에도 불구하고) 어떤 믿음을 품도록, 혹은 믿음을 주장할 수 있도록 해주었다. 우리의 현상적인 모습, 즉 밖으로 드러나 보이는 부분은 우리의 다른 부분, 즉 넓게 뻗어나가는 불가시적 일면과

---

* 런던 북부에서 매주 금요일 열리던 벼룩시장.

비교할 때 너무나 순간적이기 때문에 불가시적 일면은 살아남을 거라는, 어떻게든 이런저런 사람에게 붙거나 심지어 사후에 특정한 장소들에 출몰하는 식으로 복구될 수 있을 거라는 믿음이었다…… 아마도— 아마도.

삼십 년 가까운 긴 세월에 걸친 우정을 돌아볼 때, 클래리사의 이론은 이런 정도로 들어맞았다. 그의 부재와 다른 방해로 인해(오늘 아침만 보더라도 클래리사와 막 얘기를 시작하려는데 인물 좋고 말없는 엘리자베스가 다리 긴 망아지처럼 걸어들어왔다) 그들의 실제 만남은 대체로 짧고 단편적이고 자주 고통스러웠으나 그 만남이 그의 삶에 미친 영향은 헤아릴 수 없을 정도였다. 신비로운 느낌이 들었다. 끔찍하게 고통스러울 때가 더 많았던 실제 만남은 날카롭고 민감하고 불편한 씨알과도 같았는데, 한동안 자리를 비운 사이에 전혀 예상하지 못한 장소에서 꽃을 피우고 봉오리를 열고 향기를 풍겼다. 그래서 오랜 세월 잊힌 채 묻혀 있다가 어느덧 피어난 그 꽃을 만지고 맛보고 주위를 둘러보면서 그것을 전체적으로 느끼고 이해할 수 있게 되는 것이다. 그렇게 클래리사는 그에게 왔다. 선상에서, 히말라야에서, 더없이 이상한 연상 작용에 의해서(그래서 그 너그럽고 열정적인 바보 샐리 시턴! 그녀도 파란 수국을 보면 **그를** 생각했다). 클래리사는 피터가 알았던 그 어떤 사람보다 그에게 큰 영향을 미쳤다. 그리고 항상 이런 방식으로 그가 원한 적도 없는데 눈앞에 나타났다. 냉정하고 숙녀답고 비판적인 모습으로, 혹은 매혹적이고 낭만적인, 어떤 들판이나 영국의 추수기를 떠올리게 하는 모습으로. 그가 클래리사를 가장 자주 본 곳은 런던이 아니라 시골이었다. 보턴의 기억이 한 장면, 한 장면 연달아 떠오르는

데……

　피터는 그가 묵고 있는 호텔에 도착했다. 불그스름한 색의 의자들과 소파들이 여기저기 무리 지어 배치되어 있고 잎이 뾰족하고 시들어 보이는 식물들이 놓인 로비를 가로질러갔다. 그는 자기 방 열쇠를 고리에서 빼냈다. 젊은 여직원이 편지 몇 통을 건넸다. 그는 위층으로 올라갔다—클래리사를 가장 자주 본 곳은 보턴이었다. 늦여름에 그곳에서 한 주 혹은 두 주까지 머무른 적도 있었는데 그 시절에는 다들 그런 식으로 휴가를 떠났다. 첫번째로 떠오르는 장면에서 클래리사는 언덕 꼭대기에 서서 양손으로 바람에 날리는 머리칼을 붙잡고 망토를 휘날리면서 일행에게 소리치며 가리켰다—아래쪽에서 흐르는 세번강을 본 것이다. 혹은 클래리사가 숲속에서 주전자로 물을 끓이는 모습인데—워낙 손재주가 없어서 연기가 아래위로 흩날리거나 일행의 얼굴로 불어 닥쳤고 그 사이로 그녀의 작은 분홍빛 얼굴이 보였다. 클래리사는 오두막의 노파에게 물을 좀 달라고 부탁했고, 그 노파는 그들이 떠날 때 문가로 나와 지켜보았다. 그들은 언제나 걸었는데 다른 이들은 마차를 타고 다녔다. 클래리사는 마차를 지겨워했고 모든 동물을 싫어했으나 자기 개만은 예외였다. 그들은 길을 따라 수 마일을 걸었다. 클래리사는 걸음을 멈추고 위치를 파악해가며 시골길을 따라 그를 안내해 집으로 돌아왔다. 그러는 내내 그들은 논쟁하고 시를 논하고 사람을 논하고 정치를 논했다(당시 클래리사는 급진주의자였다). 클래리사는 주위에는 전혀 신경쓰지 않다가도 문득 걸음을 멈춘 채 어떤 풍경이나 나무를 보고 탄성을 지르며 피터 역시 함께 그곳을 보게 했다. 그러다 다시 걸음을 옮겨 그루터기만 남은 들판을 지나갔다. 고모에게 줄 꽃을 들고 앞에서 걷는 클래리사는 연약한 모습과 달리 지치는 법이 없었으며 그렇게 둘은 해질녘에 보턴에 도착했다. 그런 다음 저녁식사가 끝나면 브라이트코프 노인이 피아노 뚜껑을 열고 음치 같은 목소리로 노래를 불렀고 그들은 안락의자에 깊숙이 기대앉은 채 웃지 않으려고 애썼지만 항상 참지 못하고 웃고 또 웃고—아무것도 아닌 일에 그렇게 웃었다. 브라이트코프는 짐짓 못 본 척했다. 그러다 아침이 오면 집 앞에서 할미새처럼 포르르 오르내리며 장난을 쳤고⋯⋯

아, 클래리사가 보낸 편지였다! 이 파란 봉투, 그녀의 필체였다. 이것을 읽어야만 하겠지. 여기 또하나의, 고통스러울 수밖에 없는 만남이 있었다! 그녀의 편지를 읽는 데는 엄청난 노력이 필요했다. '다시 만나서 얼마나 기뻤는지, 그 말을 꼭 전하고 싶다'는 것. 그게 다였다.

하지만 그는 심란했다. 짜증이 났다. 차라리 편지를 쓰지 않았더라면 좋았을 것을. 머릿속의 이런저런 생각에 더해져 그 편지는 갈비뼈를 쿡 찌르는 손길 같았다. 왜 가만 좀 놔두지 않을까? 결국 자기는 댈러웨이와 결혼해 완벽한 행복을 누리며 지금껏 함께 살면서.

이런 호텔들은 위안을 주는 장소가 아니야. 전혀 아니지. 수많은 사람이 이 고리에 모자를 걸었다. 생각해보면, 심지어 파리들도 무수한 다른 사람의 콧등에 앉았을 것이다. 얼굴을 후려치는 듯한 이 청결함, 이것은 청결함이 아니라 헐벗음, 냉랭함에 가까웠다. 반드시 유지해야만 하는 상태였다. 어떤 메마른 하녀장이 새벽에 점검을 돌면서 냄새를 킁킁거리고 유심히 봐가며 코끝이 파랗게 언 하녀들에게 샅샅이 닦으라고 시켰을 것이다. 마치 다음 손님이 티끌 하나 없는 접시에 담아낼 한 덩이 고기라도 되는 양. 잠자기 위한 침대 하나, 앉기 위한 안락의자

하나, 이를 닦고 면도를 하기 위한 컵 하나와 거울 하나. 인간미라고는 없는 매끈한 말총 가구 표면 위에서 주제넘게 분위기를 깨는 물건들처럼 이리저리 흩어져 있는 책 여러 권과 편지들과 실내복 가운. 클래리사의 편지 때문에 이 모든 것을 보게 되었다. '당신을 만나서 기뻤다'고, 그 말을 꼭 해야 했다는 거지! 그는 편지지를 접어 밀쳐두었다. 무슨 일이 있어도 그 편지를 다시 읽지 않을 것이다!

클래리사는 그 편지를 여섯시까지 배달시키기 위해 그가 나간 직후 앉아서 편지를 쓰고 우표를 붙이고 누군가를 우체국으로 보냈을 것이다. 사람들이 얘기하듯, 매우 클래리사다운 행동이었다. 피터의 방문에 몹시 심란해진 것이다. 그를 만나 너무 많은 감정을 느꼈고, 그의 손에 입을 맞췄을 때는 잠시 후회가 들면서 심지어 그가 부럽기도 했으며, 아마도 예전에 그가 한 어떤 말을 기억했을 것이다(그의 눈에는 그렇게 보였다)—만일 둘이 결혼한다면 함께 세상을 바꾸리라고 했던 말. 남은 건 이것뿐이지만. 중년의 나이와 범속함. 그러다가 클래리사는 불굴의 활력을 발휘해 그런 상념을 애써 제쳐놓았을 것이다. 그녀 안에는 생명력이 있었고, 그로서는 경험해본 적도 없는 그 생명력은 강인함, 인내, 장애를 극복하고 당당하게 나아가는 힘의 근원이었다. 그렇다, 하지만 그가 방에서 나간 직후 반작용이 일어났을 것이다. 피터가 몹시 측은했을 것이다. 그에게 기쁨을 주기 위해서 도대체 무슨 일을 할 수 있을까 (언제나 단 한 가지만은 제외하고) 생각했을 것이다. 클래리사가 눈물을 흘리며 책상으로 달려가 그 한 줄을 휘갈겨쓰는 모습이 눈에 선했다. 나중에 숙소로 돌아온 그가 받아보게 될 그 글을…… '당신을 만나서 기뻤다'고! 그녀는 진심이었다.

피터 월시는 장화의 끈을 풀었다.

하지만 둘이 결혼했다 해도 잘 풀리진 않았을 것이다. 다른 쪽과는 결국 훨씬 더 자연스럽게 이루어졌다.

이상하지만 사실이었다. 많은 사람이 그렇게 느꼈다. 피터 월시는 적당히 점잖게 살아왔고 평범한 직책을 적절히 수행해왔으며 사람들의 호감을 샀지만, 약간 까다롭다는 인상을 주었고 거드름을 피웠다―이상한 것은 그런 그가, 특히 머리칼이 희끗희끗해진 지금, 흡족한 표정을 짓고 여유 있는 분위기를 낸다는 점이었다. 그런 점으로 인해 피터는 전적으로 남자답지만은 않은 그의 분위기를 좋아하는 여자들에게 매력적인 존재가 되었다. 그는 남다른 독특함이나 내면에 숨겨진 무언가가 있는 듯한 느낌을 주었다. 책을 좋아해서일지도 모른다―그는 누군가를 만나러 가면 으레 탁자에 놓인 책을 집어들었다(지금도 풀린 신발끈을 바닥에 늘어뜨린 채 책을 읽었다). 혹은, 신사라서일 수도 있다. 그가 파이프의 재를 떨어내는 태도, 그리고 물론 여자들을 대하는 예의 등을 보면 알 수 있었다. 분별력이라고는 손톱만큼도 없는 여자라도 그를 마음대로 휘두를 수 있다는 점이 아주 사랑스럽고 좀 어이없기는 하지만 말이다. 그러나 뒷감당은 여자의 몫이었다. 다시 말해, 피터가 제아무리 편하더라도, 그리고 유쾌하고 교양 있어서 함께 있으면 제아무리 즐겁더라도, 어느 정도까지일 뿐이었다. 여자가 어떤 말을 하면―아니지, 그건 아니야, 그는 속내를 꿰뚫어보았다. 그런 말은 용납하지 않았다―아니지, 그건 아니야. 그런데 또 그는 남자들과 농담을 나누며 고함을 치고 몸을 흔들고 배를 부여잡고 웃기도 했다. 그는 인도에서 최고의 미식가였다. 그는 남자였다. 하지만 우러러보아야만 하는 그런 부류의 남자는 아니었다—다행스럽게도. 예를 들면 시먼스 소령 같은 사람은 아니었다. 전혀 아니지, 데이지는 생각했다. 그녀는 자식이 둘이나 있으면서도 그 두 남자를 자주 비교하곤 했다.

피터는 장화를 벗었다. 주머니 속 내용물을 꺼냈다. 주머니칼과 함께 베란다에서 찍은 데이지의 스냅사진이 나왔다. 하얀 옷을 입고 폭스테리어를 무릎에 올린 데이지, 머리색이 진하고 무척 매력적인, 그가 본 가장 예쁜 모습의 데이지였다. 그 관계는 너무나 자연스럽게, 클래리사의 경우보다 훨씬 더 자연스럽게 이루어졌다. 야단스럽지 않았다. 애쓸 필요도 없었다. 지나치게 까다롭게 굴거나 안달할 일도 없었다. 모든 것이 무난했다. 검은 머리의 어여쁜 그 여자가 베란다에서 외쳤다(그 목소리가 들리는 듯했다). 당연히, 당연히, 당신께 모든 것을 주겠어요! 데이지는 외쳤다(신중함이라곤 찾아볼 수 없는 사람이었다). 당신이 원하는 모든 것을! 데이지는 누가 보건 개의치 않고 그를 맞이하러 달려오며 외쳤다. 그녀는 겨우 스물네 살이었다. 그리고 아이가 둘 있었다. 이런, 이런!

아닌 게 아니라 피터는 이 나이에도 이렇게 엉망진창에 빠져버렸다. 밤에 잠에서 깨면 그런 생각은 꽤 강렬하게 그를 덮쳤다. 정말로 결혼한다면? 자기야 좋겠지만 데이지는 어떨까? 입이 무겁고 선량한 미시즈 버지스에게 마음을 털어놓았더니, 피터가 변호사를 만난다는 핑계로 영국에 가고 없는 동안 데이지가 이 상황이 어떤 의미인지 다시 생각해볼지도 모른다고 말했다. 데이지의 지위에 관한 문제라고 미시즈 버지스는 말했다. 사회적 장벽을 경험할 테고 아이들도 포기해야 할 거라고. 머지않아 데이지는 사연 많은 과부가 되어 교외를 떠돌거나 심지어 무분별한 여자가 되기 십상이라고(그런 여자들이 어떻게 되는지 알잖아요, 미시즈 버지스는 말했다, 얼굴에 너무 진한 화장을 하고서 말이에요). 하지만 피터 월시는 그냥 흘려들었다. 아직은 죽을 생각이 없었다. 그래도 어쨌든 데이지는 스스로 결정하겠지, 스스로 판단하겠지, 하고 생각하면서 그는 양말만 신은 발로 방안을 걸어다니며 정장 셔츠의 주름을 폈다. 클래리사의 파티에 갈지도 모르니까, 아니면 공연장 같은 데를 가거나, 그도 아니면 방에 틀어박혀 예전에 옥스퍼드에서 알던 사람이 쓴 흥미진진한 책을 읽어도 되겠지. 그는 은퇴하면 바로 그런 일을 할 생각이었다―책을 쓰는 일. 옥스퍼드에 가서 보들리도서관을 뒤지고 다닐 생각이었다. 검은 머리의 어여쁜 젊은 여인이 부질없이 테라스 끝으로 달려가고, 부질없이 손을 흔들고, 사람들이 뭐라고 말하든 조금도 상관하지 않는다고 부질없이 외쳤다. 데이지가 세상에서 가장 대단하게 여기는 남자, 완벽한 신사이자 매혹적이고 빼어난 남자가(데이지에게 그의 나이는 조금도 문제가 되지 않았다), 바로 지금 블룸즈버리의 한 호텔방에서 이리저리 돌아다니며 면도를 하고 씻고 있었다. 면도 크림을 집어들었다가 면도기를 내려놓으면서도 생각은 계속해서 보들리도서관을 뒤지고 관심사 한두 가지에 관한 진실을 파헤치는 일로 향했다. 그는 누구와도 기꺼이 대화를 나눌 테고 그러면 점점 더 점심시간을 정확히 지키지 못하고 약속을 어기게 될 것이며, 데이지가 늘 그러듯 키스를, 사랑싸움을 원할 때 (비록 진심으로 그녀를 아끼기는 하지만) 그 기대에 맞춰주지 못할 것이다―요컨대 더 행복해지는 길은, 미시즈 버지스가 말했듯이 데이지가 그를 잊는 것, 혹은 1922년 팔월의 모습, 황혼녘 교차로에 선 사람의 형체로만 기억하는 것이다. 데이지가 탄 무개 이륜마차가 쏜살같이 달려가는 동안 그 형체는 점점 멀어지고, 양팔을 내뻗기는 했어도 안전하게 띠를 묶고 뒷자리에 앉은 데이지는 그 형체가 점점 작아지다가 사라지는 동안에도 외치는 것이다. 세상 무슨 일이든 하겠노라고, 무슨 일이든, 무슨 일이든, 무슨 일이든……

그는 사람들이 어떻게 생각하는지 알 수가 없었다. 집중하기가 점점 더 힘들어졌다. 혼자만의 생각에 빠져들어 골몰했고, 어느새 부루퉁했다가 또 금세 명랑해졌다. 여자들에게 의존했고 멍해지거나 침울해졌으며 점점 더 이해할 수가 없었다, (면도를 하는 동안 그런 생각이 들었다) 클래리사는 왜 그들이 살 곳을 마련해주고 데이지에게 잘해주고 사람들에게도 소개해줄 수는 없는 것인지. 그런데 또, 그냥 그래도 되지 않을까―뭘 그런다는 거지? 그냥 떠돌고 맴돌면서 (이때 실제로 그는 갖가지 열쇠와 서류를 정리하는 중이었다) 맘이 동하면 달려들어 맛을 보고, 혼자 지내는 것, 요컨대 자족적으로 사는 것. 하지만 물론 그는 그 누구보다도 타인에게 의존적인 사람이었고, (그는 조끼의 단추를 잠갔다) 그것이 실패의 원인이었다. 그는 흡연실을 멀리하지 못했고 대령들과 골프와 브리지를 좋아했으며 무엇보다 여성들과의 사교를 즐겼다. 여성들의 섬세한 우정, 사랑할 때의 충실함과 대담함과 위대함은 비록 나름의 단점이 있어도 그에게는 (이때 검은 머리의 어여쁜 얼굴이 봉투들 위로 어른거렸다) 인간 삶의 정점에 핀 한없이 감탄스럽고 찬란한 꽃 같았다. 그러나 그는 기대에 맞춰줄 수 없었다. 늘 모든 것의 여러 측면을 따져보는 경향이 있었고 (클래리사가 그의 내면에 있는 무언가를 영구히 무너뜨렸다) 묵묵한 헌신에 쉽게 질렸으며 다채로운 사랑을 원했다. 비록 데이지가 다른 사람을 사랑한다면 격분하겠지만. 당연히 격분하겠지! 그는 기질상 질투심이 주체할 수 없을 만큼 강했다. 그래서 너무나 고통받았다! 그런데 주머니칼은 어디 있지? 시계는, 인장은, 지갑은, 클래리사의 편지는? 다시 읽지는 않겠지만 생각하고 싶은 그 편지, 그리고 데이지의 사진은? 자, 이제 저녁식사를 하자.

사람들이 식사를 하고 있었다.

꽃병이 놓인 작은 식탁들 주위로 잘 차려입었거나 대충 입은 사람들이 뒤섞여 숄과 가방을 옆에 놓아둔 채 둘러앉아 있었다. 그들은 이렇게 여러 코스로 이루어진 저녁식사에 익숙하지 않기 때문에 짐짓 침착한 척했고, 그런 식사 비용을 낼 수 있기 때문에 자신만만했으며, 온종일 쇼핑하고 관광하며 런던을 쏘다닌 뒤라서 힘들어했고, 주위를 두루 둘러보다가 뿔테안경을 쓴 멋진 신사가 들어오는 모습을 보고는 자연스러운 호기심을 드러냈다. 각종 시간표를 빌려준다거나 유용한 정보를 알려주는 등의 작은 도움이라도 기꺼이 주고 싶은 선의가 흘러넘쳤고, 그저 태어난 곳(예를 들면 리버풀)이 같다거나 이름이 같은 친구가 있다거나 하는 사소한 이유로라도 어떻게든 연결고리를 만들겠다는 욕망이 마음속에서 고동치고 꿈틀거리기도 했다. 그들이 서로 슬쩍슬쩍 훔쳐보거나 이따금 침묵에 빠지거나 갑자기 자기 가족과 농담을 나누거나 혼자만의 생각으로 물러나면서 그곳에 앉아 저녁을 먹고 있을 때, 미스터 월시가 안으로 들어와 커튼 옆 작은 식탁에 자리를 잡았다.

그가 무슨 말이든 한 것은 아니었다. 혼자였기에 웨이터에게만 말을 걸 수 있었다. 그저 그가 메뉴를 보는 방식, 특정한 와인을 검지로 가리키고 테이블 가까이 바짝 당겨 앉는 태도, 음식에 게걸스럽게 달려들지 않고 진중하게 행동하는 점이 그들의 존경을 샀다. 식사시간 내내 드러나지 않던 그 존경심은 식사가 끝나갈 무렵 미스터 윌시가 "바틀릿 배"라고 말하는 소리가 모리스 가족이 앉은 테이블까지 들려왔을 때 확 타올랐다. 그가 왜 그토록 차분하지만 단호하게, 지극히 정당한 권리를 행사하는 규율주의자 같은 태도로 그 말을 했는지는 아들 찰스 모리스나 아버지 찰스, 혹은 미스 일레인이나 미시즈 모리스는 알지 못했다. 하지만 홀로 앉아서 "바틀릿 배"라고 말하는 그가 어떤 적법한 요구에 대해 그들의 지지를 기대한다고 느꼈고, 그가 옹호하는 어떤 대의가 즉시 자신들의 것이 되었다고 느꼈기에 그들은 공감하는 눈빛으로 미스터 윌시를 바라보았다. 그래서 그들이 흡연실에 동시에 도착했을 때는 약간의 담소가 불가피해졌다.

그다지 심오한 대화는 아니었다―그저 런던이 혼잡하다, 삼십 년 만에 참 많이 변했다, 미스터 모리스는 리버풀이 더 좋다, 미시즈 모리스는 웨스트민스터에서 열린 화훼 박람회에 다녀왔다, 그들 모두가 왕세자를 본 적이 있다는 정도의 이야기였다. 그래도, 피터 윌시는 생각했다. 세상의 어느 가족도 모리스 가족에 비할 순 없겠어, 그 어떤 가족도. 서로의 관계가 완벽하고 상류층 따위에는 전혀 관심도 없으며 그저 마음에 드는 것을 좋아할 뿐이잖아. 일레인은 가업을 이어받기 위해 일을 배우고 있고 아들 녀석은 리즈대학교에서 장학금을 받았고 (그와 나이가 비슷한) 노부인에겐 집에 자식이 세 명이나 더 있다지. 가족의 자동차가 두 대나 있는데도 미스터 모리스는 일요일에 직접 장화를 수선한다고 해. 정말 훌륭하군, 대단히 훌륭해, 피터 윌시는 생각했다.

털이 북슬북슬한 빨간색 의자들과 재떨이 사이에서 손에 술잔을 든 채 몸을 앞뒤로 살짝 흔들며 그는 무척 흡족한 기분을 느꼈다. 모리스 가족이 그를 좋아하기 때문이었다. 그렇다, 그들은 "바틀릿 배"라고 말한 남자를 좋아했다. 그들이 자신을 좋아한다고 그는 느꼈다.

클래리사의 파티에 가기로 했다. (모리스 가족은 자리를 떴지만, 다시 만나게 되겠지.) 클래리사의 파티에 가서 리처드에게 묻고 싶었다. 그들이―보수파 멍청이들이―인도에서 무엇을 하고 있는지. 또 요즘 무슨 연극이 상연되는지도? 그리고 음악도 듣고…… 오, 그래, 그냥 잡담이나 나눠도 좋고.

이것이 우리 영혼의, 우리 자아의 진실이니까, 그는 생각했다, 물고기처럼 깊은 바닷속에 살면서 어두컴컴한 곳들을 돌아다니는 거지. 거대한 해초 줄기 사이를 누비다가 햇빛이 깜빡이는 공간을 지나는가 하면 차갑고 깊고 불가사의한 어둠 속으로 계속 나아가다가 갑자기 수면으로 솟구쳐올라 바람에 물결치는 파도 위에서 노니는 거야. 요컨대, 다른 이들과 부대끼고 살을 맞대고 자극하면서 잡담을 나누고픈 절실한 욕구가 있다는 것이다. 정부는 인도를 어떻게 하려는 걸까?―리처드 댈러웨이는 알겠지.

무척 더운 밤, 신문팔이 소년들이 빨간색 큰 글씨로 폭염을 알리는 뉴스 게시물을 들고 지나갔고 호텔 계단에 등나무 의자들이 놓였다. 거기에 앉은 느긋한 신사들이 술을 홀짝이며 담배를 피웠다. 피터 월시는 그곳에 앉았다. 이 순간이야말로 하루가, 런던의 하루가 막 시작되는 때라고 여길 만했다. 무늬 있는 원피스와 흰 앞치마를 벗어던지고 푸른 옷과 진주로 단장한 여인처럼 하루가 변화했다. 일상복을 벗고 얇고 속이 비치는 옷을 걸치며 낮이 저녁으로 바뀌었다. 여인이 페티코트를 바닥에 내던지며 내쉬는 것과 같은 기쁨의 한숨과 함께 하루도 먼지와 열기와 색채를 벗어던졌다. 차량 통행이 줄었고, 육중하게 달리던 화물차들이 물러난 자리에는 빵빵거리며 질주하는 자동차들이 나타났으며, 광장의 울창한 나뭇잎 사이로 강렬한 불빛이 여기저기에서 새어 나왔다. 나는 물러난다, 하고 저녁이 말하는 듯했다. 호텔과 아파트와 상점가의 조형적이거나 뾰족하거나 들쭉날쭉한 윤곽 위로 저녁하늘이 창백하고 희미해졌다. 나는 희미해진다, 나는 사라진다, 하고 저녁이 말하고 있지만 런던은 그리 놔둘 순 없다는 듯이 하늘을 향해 뾰족한 총검을 내지르고 저녁을 억지로 붙들어 환락에 동참하라고 강요했다.

미스터 윌릿*의 서머타임제라는 위대한 혁명은 피터 월시가 마지막으로 영국을 방문한 이후에 일어났다. 길어진 저녁은 그에게 새로웠다. 활기가 솟는 느낌이었다. 서류가방을 들고 지나가는 젊은이들은 일에서 풀려나 몹시 기뻐하고 이 유명한 보도를 밟아보게 된 것에 말없는 자부심을 느끼는 것 같았다. 값싸고 경박할지는 몰라도 어쨌든 열렬한 어떤 기쁨이 그들의 얼굴을 붉게 물들였다. 젊은이들은 분홍색 스타킹과 예쁜 구두까지 옷차림도 훌륭했다. 이제 그들은 영화관에서 두 시간을 보낼 것이다. 석양 기운이 아직 남은 푸르스름한 저녁 빛에 젊은이들이 선명하고 세련되어 보였다. 광장의 나뭇잎들은—마치 바닷물에 담근 듯이—누르스름하고 검푸른 빛을 띠었다. 물에 잠긴 도시의 녹음. 피터 월시는 그 아름다움에 놀랐다. 힘이 솟기도 했다. 영국령 인도

---

* 1907년 영국의 건설업자 윌리엄 윌릿이 에너지 절약 방안으로 서머타임제를 제안해 1916년 처음으로 실시되었다.

에서 돌아온 사람들이 당연한 권리처럼 오리엔탈 클럽에 모여 앉아(그는 그런 사람들을 무수히 알았다) 세상이 망해간다고 성마르게 떠들고 있을 때 그는 이렇게 변함없이 젊은 마음으로 서머타임제라든가 이런저런 변화를 누리는 젊은이들을 부러워하고 있었다. 그리고 그는 어느 아가씨의 말이라든가 어떤 하녀의 웃음소리―손으로 만져지지 않는 무형의 요소들―를 들으며 자신이 젊었을 때는 요지부동일 것 같았던 기존 체제에 변화가 생기고 있음을 깨달았다. 피라미드처럼 층층이 쌓아올린 그 체제는 사람들을 위에서 압박하고 내리눌렀으며 특히 여성들은 클래리사의 고모 헬레나가 만든 압화처럼 짓눌렀다. 저녁식사 후 전등 아래에 앉아 꽃을 회색 압지 사이에 넣고 리트레의 사전*으로 누르곤 했던 헬레나 고모는 이제 돌아가셨다. 헬레나 고모가 한쪽 눈의 시력을 잃었다는 소식은 클래리사로부터 들었다. 노부인 미스 패리가 유리 의안으로 남다니 무척 적절한 일 같았다―자연의 걸작이라 할 만큼. 미스 패리는 횃대를 꽉 움켜쥔 채 서리를 맞은 새처럼 죽었을 것이다. 미스 패리는 다른 시대에 속한 사람이었다. 하지만 너무나 완전하고 너무나 철저해서 언제나 돌처럼 하얗고 위엄 있는 모습으로 지평선 위에 우뚝 서 있을 것이다. 이 모험 가득하고 기나긴 항해에서 지나온 어느 단계를 표시하는 등대처럼. 이 끝이 없는(그는 신문을 사서 서리 대 요크셔의 경기 결과를 보려고 동전을 찾아 주머니를 더듬거렸다. 지금까지 얼마나 무수히 동전을 내밀었던가―서리 팀 타자들이 다시 한번 모두 아웃당했다)―이 끝이 없는 인생에서. 하지만 크리켓은

---

* 에밀 리트레가 편찬한 프랑스어 사전.

단순한 경기가 아니었다. 크리켓은 중요했다. 그는 크리켓 경기 소식을 읽지 않고는 배기지 못했다. 그는 먼저 최신 기사란에 실린 점수를 확인했고, 그런 다음 폭염 소식, 그다음에는 살인사건 소식을 읽었다. 어떤 일을 무수히 반복하면 새로움의 외피는 깎여나갈지라도 깊이는 더해졌다. 과거는 깊이를 더해주고 경험도 그러하며 한두 사람을 사랑한 일도 마찬가지였다. 그리하여 젊은이들에게는 부족한 힘, 하던 일을 그만두고 자기가 좋아하는 일을 하며 사람들이 뭐라 하든 신경쓰지 않고 대단한 기대 없이 오가는 힘이 생겼다. (그는 신문을 탁자 위에 놔두고 자리를 떴다.) 하지만 오늘밤의 그에게는 (그리고 모자와 코트를 찾았다) 온전히 옳은 말이라고는 할 수 없었다. 파티에 가기 위해 나서는 참이라서, 이 나이에, 어떤 경험을 하게 될 거라고 믿으며. 하지만 무슨 경험일까?

어쨌든 아름다움을 경험하겠지. 눈만 즐거운 조악한 아름다움 말고. 단순하고 명백한 아름다움도 아니어야 한다—예컨대 러셀광장으로 이어지는 길인 베드퍼드플레이스. 이곳의 곧게 뻗은 길과 탁 트인 공간, 회랑과도 같은 대칭성도 물론 아름답지만 불 켜진 창문들, 피아노, 축음기 소리가 더욱 아름다웠다. 잘 드러나지 않다가 가끔씩 커튼 없이 열린 창문으로 테이블마다 둘러앉은 사람들이 보일 때 나타나는 유희의 감각이 아름다웠다. 천천히 돌아다니는 젊은이들, 대화를 나누는 남녀, 한가롭게 밖을 내다보는 하녀(일을 끝낸 그들의 모습은 그 자체로 어떤 기묘한 논평이 되었다), 위쪽 창턱에 걸어 말려둔 스타킹, 앵무새 한 마리, 화분 몇 개. 매혹적이고 신비로우며 한없이 풍성한 이 삶. 택시들이 방향을 휙휙 바꾸며 내달리는 넓은 광장에서는 연인들이 어슬렁거리면서 장난을 치거나 포옹하거나 울창한 나무 아래에 웅크리고 있었다. 감동적인 모습이었다. 그들이 너무나 조용히 몰두하고 있어서, 마치 불경한 접근은 용납하지 않는 성스러운 의식이라도 거행되고 있는 것처럼 조심스럽고 소심하게 지나갈 수밖에 없었다. 흥미롭군. 자, 이제 저 현란한 불빛 속으로 계속 나아가보자.

바람이 얇은 코트 자락을 들췄다. 그는 묘사하기 힘든 별난 걸음걸이로 걸었다. 몸을 살짝 앞으로 기울이고 경쾌하게 걸으며 손은 뒷짐을 졌고 눈빛은 여전히 약간 매처럼 날카로웠다. 그는 런던 거리를 구경하며 웨스트민스터를 향해 경쾌하게 걸어갔다.

다들 밖에 나와 저녁식사를 하는 걸까? 한쪽에서 문이 열리며 하인이 위풍당당한 노부인을 밖으로 모셨다. 노부인은 버클 달린 구두를 신고 머리에는 자주색 타조 깃털 세 개를 꽂았다. 다른 쪽에서도 문이 열리고 밝은 꽃무늬가 있는 숄을 미라처럼 칭칭 휘감은 부인들, 모자를 쓰지 않은 부인들이 나왔다. 스투코 기둥이 있는 고급 주거지에서는 머리에 장식용 빗을 꽂고 가벼운 숄을 두른 여자들이 (아이들을 보려고 급히 올라갔다가) 작은 앞마당을 통해 밖으로 나왔다. 남자들이 바람에 코트 자락을 휘날리며 그들을 기다렸고 자동차가 출발했다. 모두가 외출하고 있었다. 문들이 열리고 사람들이 내려오고 출발하는 모습을 보니 런던 전체가 강둑에 정박한 작은 배들에 올라타 물결 위에서 출렁이는 듯, 온 도시가 축제의 분위기를 타고 떠다니는 듯했다. 은박을 씌운 듯 반짝이는 화이트홀 도로의 표면은 그 위로 거미들이 미끄러져 지나다니는 양 어른거렸고 아크등 주위에 하루살이들이 와글거리는 느낌이 들었다. 날씨가 너무 더워 사람들은 서서 이야기를 나누고 있었다. 여기 웨스트민스터에는 은퇴한 판사인 듯한 사람이 자기 집 문 앞에서 온통 하얀 옷을 입은 채 꼿꼿하게 앉아 있었다. 아마도 인도에서 살다 온 사람일 것이다.

그리고 여기에는 악다구니하는 여자들과 술 취한 여자들의 소동, 또 여기에는 경찰관 한 명과 점점 형체를 드러내는 집들, 높은 집, 지붕이 둥근 집, 교회, 의사당, 그리고 강 위에서 울리는 증기선의 뱃고동, 뿌옇게 울려퍼지는 비명. 하지만 이곳은 그녀가 사는 곳, 클래리사의 거리였다. 교각 주위를 돌아 흐르는 강물처럼 모퉁이를 쏜살같이 돌아나오는 택시들이 한데 모여드는 것은 그녀의 파티, 클래리사의 파티에 가는 사람들을 태우고 있어서 그런 것처럼 보였다.

차가운 물줄기처럼 흘러들어오던 시각적 인상은 이제 끊겼다. 마치 눈이 흘러넘친 찻잔 같아서 나머지 풍경은 기록되지 않은 채 도자기 벽면을 따라 흘러내리고 있는 듯했다. 이제 뇌가 깨어나야 한다. 저 집에 들어서는 지금, 몸을 긴장시켜야 한다. 불을 밝히고 문을 열어둔 집 앞에 정차된 자동차들에서 환히 빛나는 여인들이 내리고 있었다. 영혼은 각오를 단단히 하고 견뎌야 한다. 피터는 주머니칼의 커다란 칼날을 펼쳤다.

루시는 아래층으로 재빨리 달려내려갔다. 방금 막 응접실에 들어가 커버를 정돈하고 의자를 똑바로 놓은 뒤 나오려다 잠시 서서 둘러보았을 때는, 누가 들어오더라도 이 아름다운 은식기, 벽난로용 황동 집기, 새 의자 커버, 노란색 사라사 커튼을 보면 모든 것이 얼마나 깨끗한지, 얼마나 환한지, 얼마나 세심히 관리되고 있는지 알 거라고 느꼈다. 그것들을 하나하나 확인하고 있을 때 요란한 목소리들이 들렸다. 손님들이 벌써 식사를 마치고 올라오고 있다. 어서 피해야 한다!

총리님이 오신다고 애그니스가 말했다. 식사실에서 사람들이 하는 얘기를 들었다고, 유리잔들을 담은 쟁반을 들고 들어오며 말했다. 상관이 있을까, 조금이라도 상관이 있을까, 총리 한 사람이 더 있거나 말거나? 이처럼 늦은 시간에, 미시즈 워커에게 그것은 아무런 차이도 없었다. 주위에는 접시, 소스팬, 체, 프라이팬, 젤리로 굳힌 닭고기, 아이스크림 제조기, 잘라낸 빵껍질, 레몬, 커다란 수프 그릇, 푸딩용 대접 등이 쌓여 있고, 바깥 부엌에서 아무리 열심히 설거지를 해도 그 모든 것은 주방 탁자 위에, 의자들 위에 쌓인 채 그녀를 짓누르는 듯했다. 아궁이는 이글이글 활활 타오르고 전등은 눈부시게 빛나는데 아직도 내가야 할 음식이 남아 있었다. 미시즈 워커는 총리 한 명이 더 있든 없든 손톱만큼도 차이가 없다는 생각뿐이었다.

부인들이 벌써 위층으로 올라가고 있다고 루시가 말했다. 부인들이 하나둘 위층으로 올라갈 때 미시즈 댈러웨이는 맨 나중에 따라가면서 거의 어김없이 주방에 메시지를 보냈다. "미시즈 워커에게 수고한다고 전해줘요." 어느 날 밤의 메시지는 그랬다. 파티 다음날 아침이면 그들은 함께 음식들을 검토하곤 했다―수프, 연어, 늘 그렇듯 연어가 덜 익었다는 점은 미시즈 워커도 알았다. 항상 푸딩 때문에 불안해서 연어를 제니에게 맡기는데, 그래서 언제나 자꾸만 연어가 덜 익는 것이었다. 하지만 금발에 은제 장신구를 한 어떤 부인이 앙트레로 나온 요리에 대해, 정말로 집에서 만든 음식이 맞느냐고 물었다고 루시가 말한 적도 있었다. 미시즈 워커는 접시들을 빙빙 돌리고 오븐의 통풍장치를 밀었다 당겼다 하며 남은 요리를 마치는 동안에도 연어 요리가 계속 신경쓰였다. 그때 식사실에서 웃음이 터져나왔고 누군가의 말소리가 들리더니 그다음에 또 한번 웃음이 터졌다―부인들이 나간 뒤에도 신사들은 계속 남아서 즐기는 중이었다. 토커이, 루시가 달려들어오며 말했다. 미스터 댈러웨이가 토커이 와인을 가져오라 했다고, 황실 저장고에서 나온 임페리얼 토커이*를.

와인이 주방을 거쳐 옮겨졌다. 루시는 등뒤로 고개를 돌리며 미스 엘리자베스가 정말 예쁘더라고 전했다. 분홍색 드레스에 미스터 댈러웨이가 준 목걸이를 찼는데 눈을 뗄 수가 없을 정도라고 했다. 그리고 제니에게 미스 엘리자베스의 폭스테리어를 챙기라고 말했다. 언젠가 사람을 문 이후로 가둬 키우고 있는 그 개가 배고플지도 모른다고 엘리자베스는 걱정했다. 제니는 개를 챙겨야 했다. 하지만 제니는 그렇게 사람이 많이 모여 있는 위층에 올라가고 싶지 않았다. 벌써 문 앞에 자동차가 도착했다!** 초인종이 울렸다―남자 손님들은 아직도 식사실에서 토커이를 마시는 중인데!

저기, 손님들이 위층으로 올라가고 있었다. 처음 도착한 사람들이었고 이제 곧 점점 몰려올 거라서 (파티를 위해 고용된) 미시즈 파킨슨은 현관문을 살짝 열어두었다. 귀부인들이 복도 옆에 있는 방에서 망토를 벗는 동안 현관은 기다리는 신사들로 꽉 찰 터였다(그들은 서서 머리

---

* 헝가리에서 제조되는 단맛나는 화이트와인. 제1차세계대전이 끝나고 합스부르크왕가의 저장고에 보관되어 있던 토커이 와인이 시중에 풀리면서 '임페리얼 토커이'라고 불렸다.

** 식사를 같이하지 않고 파티에만 참석하는 손님들이 도착한 것이다.

를 정돈하며 기다렸다). 복도 방에서는 미시즈 바넷이 귀부인들을 거들었다. 이 가족을 위해 사십 년 동안 일했던 나이든 엘런 바넷은 여름마다 파티에 와서 시중을 들었는데, 이제 어머니가 된 귀부인들을 아가씨 적부터 기억했고, 삼가는 태도이기는 했지만 그들과 악수도 나눴다. 미시즈 바넷은 귀부인들을 깍듯이 "마님"이라고 부르면서도 익살스러운 태도로 젊은 부인들을 바라보기도 하고 속옷 때문에 불편해하는 레이디 러브조이를 아주 요령 있게 돕기도 했다. 레이디 러브조이와 그딸 미스 앨리스는 미시즈 바넷을 안다는 이유로 브러시나 빗과 관련해 약간의 특권을 누린다고 느끼지 않을 수 없었다—"삼십 년이네요, 마님." 미시즈 바넷은 그런 물건들을 건네주며 말했다. 예전에 보턴에 머물던 젊은 숙녀들은 립스틱을 바르지 않았다고 레이디 러브조이는 말했다. 그런데 미스 앨리스는 립스틱을 바를 필요가 없겠다고, 미시즈 바넷이 그녀를 애정어린 눈빛으로 바라보며 말했다. 미시즈 바넷은 그곳 코트 보관소에 앉아서 모피를 톡톡 두드리고 스페인제 숄을 반듯이 펴고 화장대를 정돈했는데, 모피와 자수 장식이 아무리 훌륭해도 누가 좋은 숙녀이고 누가 아닌지 완벽히 알고 있었다. 정겨운 노인네야, 레이디 러브조이가 계단을 오르며 말했다, 옛날에 클래리사의 보모였지.

이윽고 레이디 러브조이는 등을 똑바로 세우고 "레이디 러브조이와 미스 러브조이예요" 하고 (파티를 위해 고용된) 미스터 윌킨스에게 알렸다. 그는 찬탄할 만한 예법을 갖춰 허리를 숙였다가 세우고, 숙였다가 세우면서 더없이 공평무사하게 알렸다. "레이디 러브조이와 미스 러브조이이십니다…… 서 존과 레이디 니덤이십니다…… 미스 웰드이십니다…… 미스터 월시이십니다." 감탄스러운 예법이었다. 가정생활도 분명 흠잡을 데 없겠지. 단, 입술이 푸르딩딩하고 면도를 저리도 깔끔하게 한 인간이 아이들이라는 골칫거리를 만드는 실수를 저질렀다고 생각하기는 힘들긴 하지만.

"와주셔서 정말로 기뻐요!" 클래리사는 말했다. 모두에게 그렇게 말했다. 와주셔서 정말로 기뻐요! 클래리사는 최악이었다―마음에 없는 과장된 다정함. 여기에 오다니 엄청난 실수를 저질렀구나. 방에서 책이나 읽을걸, 피터 월시는 생각했다. 뮤직홀에나 갈걸. 방에 그냥 있을걸, 아는 사람 하나 없는데.

아, 이런, 엉망이 될 것 같아, 완전히 망칠 거야. 클래리사가 어쩐지 강렬한 불안감에 시달리는 동안 친애하는 로드* 렉섬은 그 앞에 서서 아내가 버킹엄궁전 가든파티에 갔다가 감기에 걸리는 바람에 오지 못했다고 사과했다. 클래리사는 구석에 서서 자신을 비판적으로 바라보는 피터를 곁눈질로 슬쩍 쳐다보았다. 도대체 왜 이런 일을 벌이는 걸까? 왜 꼭대기에 올라가 불길에 휩싸여 서 있는 걸까? 그 불길에 다 타버릴지도 모르는데! 다 타서 재가 되어버릴지도 모르는데! 그래도 이게 낫다, 횃불을 휘두르다 땅에 내던져버리는 편이 엘리 헨더슨처럼 점점 희미해지다 사라지는 것보다는 낫다! 피터가 와서 그저 구석에 서 있기만 해도 이런 기분에 빠지다니 참으로 놀라웠다. 그는 클래리사가 스스로를 보게 했다. 과장하게 했다. 어리석은 짓이기는 하지. 하지만 그렇다면 저이는 왜 온 걸까? 그저 비난하기 위해? 왜 항상 가져가기만 하고 주지는 않는 걸까? 왜 자신만의 사소한 견해 하나를 과감히

---

* 서(Sir)보다 더 지위가 높은 귀족계층에 사용하는 경칭.

내놓지 않는가? 저기 그가 서성이다가 가버린다, 어서 가서 말을 걸어야 한다. 하지만 기회를 잡을 수 없을 것이다. 인생이 그런 거지―굴욕, 포기. 로드 렉섬은 자기 아내가 가든파티에서 모피 외투를 입지 않으려 했다며, "아이고, 우리 여성분들은 다들 똑같지 않습니까" 하고 말했다―레이디 렉섬은 못해도 일흔다섯은 되었을 텐데! 그 노부부는 서로를 어찌나 아끼는지, 아주 보기 좋았다. 정말로 클래리사는 노신사 로드 렉섬을 좋아했다. 정말로 그녀는 파티가 중요하다고 여겼다. 그래서 파티가 잘못되어간다고 생각하니, 완전히 망해간다고 생각하니 속이 울렁거리는 느낌이 들었다. 무슨 일이 일어나든, 어디서 뭐가 터지거나 어떤 무시무시한 일이 벌어지더라도, 사람들이 망연히 돌아다니거나 구부정한 자세 하나 바로잡을 생각도 없는 엘리 헨더슨처럼 구석에 떼 지어 서 있는 것보다는 나았다.

갖가지 극락조들이 날염된 노란색 커튼이 바람에 날리자 마치 날개들이 방안으로 펄럭펄럭 날아들었다가 이내 밖으로 나갔다가 다시 빨려들어오는 것 같았다. (창문들이 열려 있어서 그랬다.) 찬바람이 들어오는 건가, 하고 엘리 헨더슨은 생각했다. 그녀는 추위를 많이 탔다. 하지만 내일 재채기를 하고 드러눕더라도 상관없었다. 그보다는 맨어깨를 드러낸 아가씨들이 걱정스러웠다. 보턴에서 교구목사를 지낸 병약한 늙은 아버지로 인해 타인을 생각하도록 길들여졌기 때문이다. 하지만 이제 아버지는 돌아가셨고, 그녀는 감기 기운이 있어도 심각한 병으로 번지지는 않았다, 그런 일은 한 번도 없었다. 엘리 헨더슨이 걱정하는 것은 아가씨들, 맨어깨를 드러낸 아가씨들이었다. 그 자신은 머리카락이 성기고 얼굴 윤곽도 흐릿한, 언제나 빈약한 존재였다. 비록 오십

이 넘은 지금은 기나긴 자기부정의 세월로 정화되어 오히려 뚜렷해진 어떤 온화한 빛이 흐르기 시작했지만, 그것은 고작 3백 파운드의 수입과 아무런 방비가 없는 상태(자력으로는 1페니도 벌 수 없었다)로 인해 신분에 어울리는 품위를 유지하지 못하는 고통과 극심한 두려움에 영영 빛을 잃었다. 그리하여 엘리 헨더슨은 더욱 소심해졌고 해가 갈수록 여름 한철 밤마다 잘 차려입고 이런 행사를 벌이는 사람들을 만나기에는 점점 더 모자라는 사람이 되어갔다. 그런 사람들은 단지 하녀들에게 '난 이런저런 옷을 입을 거야'라고 말만 하면 되는데 엘리 헨더슨은 초조하게 달려나가 싸구려 분홍 꽃을 대여섯 송이 사고 오래된 검은 드레스 위에 숄을 하나 걸칠 뿐이었다. 클래리사의 파티 초대장도 마지막 순간에 도착했다. 그래서 썩 유쾌하지는 않았다. 클래리사가 올해는 자기를 초대하지 않을 생각이었다는 느낌이 들었다.

왜 초대해야 할까? 사실 그래야 할 이유는 없었다. 단지 두 사람이 오래 아는 사이라는 점만 아니라면. 사실 그들은 친척이었다. 하지만 클래리사가 너무 인기가 많아서 둘은 자연스럽게 서서히 멀어졌다. 파티는 엘리 헨더슨에게 중대한 행사였다. 예쁜 옷을 보는 것만도 꽤 큰 기쁨이었다. 저기 저 아이는 엘리자베스 아닌가? 이제 다 자라서 머리도 유행을 따라 매만졌고 분홍색 드레스를 입었네? 하지만 나이는 많아 봐야 열일곱일 텐데. 엘리자베스는 용모가 무척 훌륭했다. 하지만 아가씨들이 사교계에 처음 나올 때 예전처럼 흰색 옷을 입지는 않는 듯했다. (모든 것을 기억해서 이디스에게 말해주어야 했다.) 아가씨들은 치맛단이 발목 위로 올라가고 몸에 꽉 끼는 일자형 원피스를 입었다. 그다지 적절하지는 않다는 생각이 들었다.

그렇게 생각하면서, 시력이 나쁜 엘리 헨더슨은 고개를 살짝 앞으로 내밀었다. 대화할 사람은 아무도 없었지만(거기 있는 사람들을 거의 알지 못했다), 정작 본인은 그다지 신경쓰지 않았다. 모두가 보고 있으면 아주 흥미로운 사람들 같았기 때문이다. 아마도 정치인들이겠고, 리처드 댈러웨이의 친구들일 테지. 하지만 리처드는 그 불쌍한 인물이 저녁 내내 거기 혼자 서 있게 놔둘 수는 없다고 느꼈다.

"아, 엘리, 요즘 어떻게 지내고 있습니까?" 리처드는 특유의 상냥한 태도로 말했다. 긴장해서 얼굴이 달아오른 엘리 헨더슨은 리처드가 자기에게 다가와 말을 걸다니 너무나 자상하다고 생각하면서, 정말 많은 사람이 사실은 추위보다 더위를 더 탄다고 말했다.

"네, 그렇죠." 리처드 댈러웨이가 말했다. "맞아요."

하지만 더 무슨 말을 하지?

"안녕하신가, 리처드." 누군가 그를 부르며 팔꿈치를 잡았고, 이럴 수가, 거기에는 옛 친구 피터, 옛 친구 피터 월시가 있었다. 리처드는 그를 만나 기뻤다—그를 보니 정말로 좋았다! 그는 조금도 변하지 않았다. 그들은 함께 방을 가로질러 걸어가며 서로를 토닥거렸다. 아주 오랜만에 만난 사람들 같다고 엘리 헨더슨은 생각하면서 그들이 가는 모습을 지켜보는데 문득 저 남자의 얼굴을 안다는 확신이 들었다. 키가 크고 눈이 좀 멋지고 머리색은 진하며 안경을 썼고 존 버로스를 닮은 데가 있는 중년 남자. 이디스는 분명히 알겠지.

극락조들이 그려진 커튼이 또다시 펄럭였다. 클래리사는 보았다— 랠프 라이언이 펄럭이는 커튼을 밀쳐내고 대화를 이어가는 모습을 보았다. 결국 실패는 아니로구나! 이제 다 괜찮아질 거야—이 파티는. 이미 시작되었어. 출발한 거야. 하지만 아직도 아슬아슬했다. 클래리사는 당분간 그 자리에 계속 서 있어야 했다. 사람들이 한꺼번에 몰려오는 것 같았다.

"개로드 대령 부부이십니다…… 미스터 휴 휫브레드이십니다…… 미스터 볼리이십니다…… 미시즈 힐베리이십니다…… 레이디 메리 매덕스이십니다…… 미스터 퀸이십니다……" 윌킨스가 읊조렸다. 클래리사는 그 사람들 각각과 예닐곱 마디씩 말을 나눴고 그런 뒤에 그들은 계속 걸어가 여러 방으로 들어갔다. 이제 무언가가 이뤄지기 시작한 곳, 랠프 라이언이 커튼을 밀쳐낸 이후로는.

하지만 클래리사 자신에게는 너무나 버거운 노력이었다. 파티가 전혀 즐겁지 않았다. 그것은 그저―누구라도 거기에 서 있기만 하면 되는 일 같았다. 누구나 할 수 있는 일이었다. 하지만 이 '누구나'를 클래리사는 조금은 우러러보았고, 어쨌든 자신이 이 행사를 성사시켰다고 느끼지 않을 수 없었다. 자신이 이 파티의 기둥과 같은 존재가 되었다고 느꼈고 그것은 인생의 어떤 단계를 표시하는 이정표 같기도 했다. 이상하게도 자신이 어떻게 보이는지는 싹 잊고 계단 꼭대기에 박힌 말뚝이 된 느낌이었기 때문이다. 파티를 열 때마다 클래리사는 자신이 아닌 어떤 것이 되었다는 느낌이 들었다. 참석자들 모두가 어떤 면에서는 비현실적이지만 다른 면에서는 오히려 훨씬 더 현실적이라고 느꼈다. 한편으로는 그들의 옷차림 때문이고 한편으로는 일상에서 벗어나 있기 때문이며 또 한편으로는 배경 때문이리라고 클래리사는 생각했다. 파티가 아니었다면 할 수 없는 말, 말하기 힘든 말을 할 수가 있고, 훨씬 더 깊이 들어갈 수가 있었다. 하지만 그녀에게는 아니었다, 어쨌거나 아직까지는.

"와주서서 정말로 기뻐요!" 클래리사는 말했다. 친애하는 서 해리! 이분은 여기 있는 사람들 모두를 알 거야.

그런데 파티에서 이렇게 사람들이 하나둘 차례로 계단을 올라오는 모습을 보면 참 묘한 느낌이 들었다. 미시즈 마운트와 실리아로구나. 허버트 에인스티, 그리고 미시즈 데이커스―오, 레이디 브루턴이 오셨네!

"이렇게 와주시다니 정말 너무나 감사드려요!" 클래리사는 말했다. 진심에서 우러나온 말이었다―그곳에 서서 사람들이 지나가고 또 지나가는 모습을 보는 느낌이 묘했다. 누군가는 연로하고, 또 누군가는……

이름이 **뭐라고?** 레이디 로시터? 하지만 레이디 로시터가 도대체 누구지?

"클래리사!" 저 목소리! 샐리 시턴이었다! 샐리 시턴! 얼마나 오랜만인가! 어슴푸레하게 샐리 같기도 한 모습이 드러났다. 샐리 시턴은 저런 모습이 아니었는데, 클래리사가 더운물이 든 양철통을 붙들고, 샐리가 한 지붕 아래에 있어, 한 지붕 아래에! 하고 생각하던 그 시절에는. 저런 모습이 아니었는데!

서로 얼싸안고 쑥스러워하고 웃음을 터트리는 동안 말들이 쏟아져 나왔다―런던에 들른 참인데, 클래라 헤이던이 말해줬어. 널 만날 수도 있고 얼마나 좋은 기회야! 그래서 쳐들어왔지―초대장도 없이……

더운물이 든 양철통은 아주 차분히 내려놓아도 될 것 같았다. 샐리에게서는 광택이 사라졌다. 그래도 샐리를 다시 만나다니 정말 놀라웠다. 더 나이들고 더 행복하고 덜 예쁘긴 했지만. 그들은 응접실 문가에서 서로의 볼 이쪽저쪽에 입을 맞췄고, 클래리사는 샐리의 손을 잡고 돌아서서 여러 방을 가득 채운 사람들을 보고 우렁우렁 울리는 목소리를 들었다. 촛대들과 휘날리는 커튼, 그리고 리처드에게서 받은 장미꽃도 보였다.

"난 덩치가 커다란 아들이 다섯이나 있어." 샐리가 말했다.

샐리는 단순하기 그지없는 자의식, 항상 첫번째로 대우받고 싶다는 지극히 솔직한 욕망을 지녔고, 클래리사는 그런 면이 아직도 그대로인 샐리가 좋았다. "믿을 수가 없구나!" 클래리사는 옛날을 떠올리며 기쁨으로 달아올라 외쳤다.

하지만 이런, 윌킨스. 윌킨스가 그녀를 찾고 있었다. 윌킨스는 모든 손님에게 훈계를 하고 안주인에게는 이제 그만 체통을 되찾으라고 호령하듯이 위엄 있는 목소리로 어떤 한 이름을 읊었다.

"총리시로군." 피터 월시가 말했다.

총리라고? 정말일까? 엘리 헨더슨은 놀라워했다. 이디스에게 말해주면 너무 좋겠어!

그를 비웃을 수는 없었다. 총리는 너무나 평범해 보였다. 그가 상점 계산대를 지키고 서 있더라도 누구나 태연히 비스킷을 살 것 같았다—불쌍한 작자, 온통 금색 장식끈을 치렁치렁 매달았군. 공정하게 말하자면, 처음에는 클래리사, 그다음에는 리처드의 안내로 장내를 돌며 인사를 나눌 때 그는 매우 잘 처신했다. 중요한 인물처럼 보이려고 애썼다. 재미있는 광경이었다. 아무도 그를 처다보지 않았다. 사람들은 하던 대화를 이어갔지만 그래도 역력히 드러나는 사실은 최고의 권위,

자신들이 대표하는 영국 사회의 상징이 바로 옆에서 지나가고 있음을 모든 이들이 안다는 것, 뼛속 깊이 느낀다는 것이었다. 노부인 레이디 브루턴, 그녀 역시 레이스로 치장한 매우 세련되고 위풍당당한 모습으로 총리에게 부드럽게 다가갔고, 그들이 함께 작은 방으로 들어가자 사람들은 즉시 그곳을 엿보고 조심스럽게 지켜보았다. 동요와 술렁임이 모두를 훑고 지나가면서 이제는 숨김없이 드러났다. 총리가 오셨다!

저런, 저런, 영국인들의 저 속물근성! 피터 월시는 구석에 서서 생각했다. 금색 장식끈을 늘어뜨리고 충성을 맹세하기를 얼마나 좋아하는지! 저건 누구야! 저 사람은 분명히—어이쿠, 맞네—휴 휫브레드잖아. 권력자 주변을 얼쩡거리는 저 녀석은 더 뚱뚱해지고 머리가 희끗희끗해졌군. 감탄스러운 휴!

휴는 언제나 근무중인 사람처럼 보인다고 피터는 생각했다. 특권층이지만 비밀스러운 존재, 비밀을 모으고 그것을 지키기 위해 죽기를 각오하는 사람. 그래 봤자 그것은 고작 궁정 하인이 슬쩍 흘린 사소한 풍문으로, 내일이면 모든 신문에 실릴 잡담거리에 지나지 않았다. 그런 것을 딸랑이 장난감 삼아 갖고 놀다가 어느덧 머리가 하얗게 세어 노년의 문턱에 이른 그는 이제 영국 사립학교 출신의 전형적인 신사를 안다는 것을 특권으로 여기는 모든 이들의 존경과 애정을 누렸다. 휴를 보면 사람들은 어쩔 수 없이 그런 이미지를 떠올렸다. 그것이 그의 스타일이었다. 피터가 대양 건너 수천 마일 떨어진 곳에 살면서 〈타임스〉에서 읽은 그 감탄스러운 편지들의 스타일. 피터는 그걸 읽으면서, 비록 개코원숭이가 깩깩거리고 쿨리들이 마누라를 때리는 소리를 들을지언정 그런 해로운 헛소리에서 멀리 떨어져 있음을 다행스럽게 여겼다. 휴의 옆에는 분명 옥스퍼드 아니면 케임브리지를 나왔을 황갈색 피부의 젊은이가 굽실거리며 서 있었다. 휴는 그 젊은이를 후원하고 길을 터주고 출세하는 법을 가르쳐주겠지. 친절을 베풀고 노부인들의 마음을 헤아려 감동시키는 것만큼 그가 좋아하는 일은 없으니까. 늙고 병들어 이제 아무도 기억해주지 않는다고 생각하는 그들에게 여기 이 정다운 휴가 차를 몰고 달려가 한 시간 동안 옛이야기를 나누고 사소한 기억을 되새기고 집에서 직접 만든 케이크를 칭찬하는 것이다. 비록 휴는 공작부인과 함께라면 언제든 기꺼이 케이크를 먹을 테고, 그의 몸집으로 미루어보아 그런 즐거운 업무에 상당한 시간을 할애하는 듯하지만 말이다. 전지전능하고 자애로우신 하느님께서는 용서하실지 모르나 피터 월시는 자애롭지 않았다. 세상에는 악당들도 분명히 존재하고, 기차에서 소녀의 머리를 난타하여 교수형을 당한 불한당들마저도 넓게 보면 휴 휫브레드와 그의 친절보다 해악을 덜 끼친다는 사실을 하느님은 아실 것이다! 지금 그를 보라. 총리와 레이디 브루턴이 밖으로 나오자 까치발을 들고 춤추듯 앞으로 나아가 번드르르한 인사치레로 아첨하며, 자신은 지나가는 레이디 브루턴과 사적인 대화를 나눌 특권이 있음을 온 세상에 보란듯이 과시하지 않는가. 레이디 브루턴이 걸음을 멈췄다. 그 세련된 머리를 끄덕였다. 아마도 휴가 뭐라고 알랑거리니 고맙다고 반응하는 거겠지. 레이디 브루턴은 정부 곳곳에 하급 관리로 일하는 아첨꾼들을 두고 자기를 대신해 돌아다니며 자잘한 일들을 해결하게 한 다음 그 대가로 오찬을 베풀었다. 하지만 부인은 18세기의 풍습이 몸에 밴 사람이다. 그래서 그러려니 할 수 있지.

이제 클래리사가 총리를 안내해 방안을 가로질러갔다. 희끗희끗한

머리에 중후함을 풍기며 생기 있고 당당하게 걸어가는 그녀는 귀걸이를 달았고 은빛이 도는 초록색 머메이드 드레스를 입었다. 파도를 타고 노닐며 머리를 땋고 있는 것처럼 보이는 클래리사에게는 아직도 그 재능이 있었다. 현존하는, 실존하는 재능, 옆을 지나가는 그 순간에 자신의 본질을 온전히 보여주는 재능. 그녀는 돌아서다가 다른 여자의 드레스에 스카프가 걸리자 그것을 풀어내며 웃었다. 모든 것이 자신의 본령에서 노니는 생물처럼 더할 나위 없이 편안하고 자연스러웠다. 하지만 세월은 그 흔적을 남겼다. 제아무리 인어라도 어느 맑은 날 저녁에 거울 속에서 파도 위로 지는 해를 바라보게 되듯이. 온화함의 기미도 생겼다. 예전의 엄격하고 얌전빼고 딱딱하던 모습이 이제 따스하게 풀어졌다. 금색 장식끈으로 단장하고 중요한 사람처럼 보이려고 최선을 다하는—부디 성공하길—아둔한 남자에게 작별을 고하는 클래리사의 주위로 형언할 수 없는 위엄, 섬세한 다정함이 감돌았다. 마치 온 세상의 행복을 기원하며, 이제 그 가장자리로 물러나기 직전에, 작별을 고해야 한다는 듯. 클래리사를 보고 있노라니 피터는 그런 생각이 들었다. (하지만 사랑하는 건 아니다.)

정말이지 클래리사는 총리가 와주어서 감사하다고 느꼈다. 그리고 그와 함께 방안을 걸어가는 동안, 샐리도 거기 있고 피터도 있는데다 리처드는 흡족해하고 손님들 모두가 아마도 조금은 부러워하는 듯한 모습을 보일 때, 클래리사는 순간의 도취감을 느꼈다. 심장의 신경이 부풀어올라 떨리는 듯하고 감정에 흠뻑 젖어 우뚝 서 있는 듯한 느낌이었다—그렇다, 하지만 결국 그것은 다른 사람들도 다 느끼는 평범한 감정이었다. 클래리사는 그 감정을 사랑하고 그 느낌이 짜릿하기는 해

도, 이런 겉모습, 이런 승리(예컨대 친애하는 피터도 그녀가 대단히 빛
난다고 생각하는 것처럼)는 어쩐지 공허했다. 그것은 팔을 뻗으면 닿
는 곳에 있을지언정 가슴속에 있지는 않았다. 어쩌면 나이가 들어서인
지도 모르지만, 그런 일들은 이제 더이상 예전처럼 만족스럽지 않았다.
그리고 불현듯 총리가 계단을 내려가는 모습을 보다가 서 조슈아가 그
린 토시를 낀 어린 소녀 그림의 금색 액자가 눈에 들어오자 난데없이
킬먼이, 그녀의 적 킬먼이 떠올랐다. 흡족한 느낌이 들었다. 그 느낌은
진짜였다. 아, 킬먼이 얼마나 싫은지—성미가 불같고 위선적이고 부정
직한 여자, 엄청난 힘을 발휘하는, 엘리자베스를 꾀어낸 여자, 슬며시
들어와 훔치고 더럽히는 여자(리처드라면 말하겠지, 무슨 말도 안 되
는 소리!). 클래리사는 킬먼을 싫어했다. 킬먼을 사랑했다. 사람에게 필
요한 건 친구가 아니라 적이지—미시즈 듀런트와 클래라가 아니라, 서
윌리엄과 레이디 브래드쇼가 아니라, (지금 올라오는 모습이 보이는)
미스 트룰록과 엘리너 깁슨이 아니라. 나를 만나고 싶다면 직접 찾아와
야 할 거야. 나는 파티를 위해 여기에 있는 사람이니까!

그녀의 오랜 벗 서 해리가 있었다.

"반가워요, 서 해리!" 클래리사는 세인트존스우드 지역의 다른 왕립
미술원 회원 두 사람을 합친 것보다 더 많은 수의 형편없는 그림을 그
려낸 이 멋진 노신사에게 다가갔다. (그의 그림에는 언제나 소가 등장
했다. 해질녘 물웅덩이에 서서 물을 먹거나, 아니면 그가 늘 묘사하는
소의 특정한 몸짓들이 있어서, 앞다리 하나를 올리고 뿔을 휘둘러 '낯
선 자의 접근'을 표시하는 소들—외식을 하든 경마를 즐기든, 그의 모
든 활동의 밑천은 해질녘 물웅덩이에 서서 물을 먹는 소들이었다.)

"무엇 때문에 웃고 계세요?" 클래리사가 물었다. 윌리 팃컴과 서 해리와 허버트 에인스티 등 모두가 웃고 있었기 때문이다. 하지만 아니라고, 서 해리는 (비록 그녀를 무척 좋아하고 같은 부류 중에서는 가장 완벽하다며 초상화를 그리겠다고 위협하고는 있지만) 클래리사 댈러웨이에게 뮤직홀 무대 얘기를 들려줄 순 없다고 말했다. 그는 클래리사의 파티를 짓궂게 흠잡았다. 자기 브랜디가 마시고 싶다고, 여기에 모인 사람들은 너무 수준이 높다고 투덜거렸다. 하지만 그래도 클래리사 댈러웨이를 좋아하고 존중한다면서, 그 빌어먹을 상류층 예법을 너무 까다롭게 따지는 사람이라 자기 무릎 위에 앉힐 수가 없으니 아쉬울 뿐이라고 했다. 그때 떠도는 도깨비불 같은, 저 흐릿하게 부유하는 인광과도 같은 노부인 미시즈 힐베리가 서 해리의 (공작과 어느 귀부인을 화제로 한) 벼락같은 웃음소리를 향해 양손을 뻗으며 다가왔다. 방 건너편에서 그 웃음소리를 들었을 때 부인은 어떤 생각에서 벗어나 마음의 위로를 받았다. 그것은 가끔 이른아침에 잠에서 깨면 마음을 괴롭히던, 하녀에게 차를 가져오라고 할 마음도 들지 않게 하던 생각, 우리는 반드시 죽게 된다는 생각이었다.

"왜 웃으시는지 얘기를 안 해주신답니다." 클래리사가 말했다.

"우리 클래리사!" 미시즈 힐베리가 외쳤다. 오늘밤 그녀의 모습이 어머니를 빼닮았다고, 오래전 그녀의 어머니를 처음 봤을 때 정원에서 회색 모자를 쓰고 산책하던 모습이 떠오른다고, 부인은 말했다.

그 말에 클래리사는 눈물을 글썽였다. 정원에서 산책하던 어머니! 하지만, 이런, 이제 가봐야 한다.

저쪽에 브라이얼리 교수가 있었다. 밀턴을 전공한 브라이얼리 교수가 (이런 파티에 오면서 넥타이와 조끼를 갖춰 입거나 뻗친 머리를 정돈하지도 못한) 초라한 짐 허턴과 대화하고 있는데, 이 정도 거리에서도 둘이 싸우고 있다는 것을 알 수 있었다. 브라이얼리 교수는 굉장한 괴짜였다. 보통의 글쟁이들과는 차별되는 수많은 학위와 영예와 교수직을 획득했으면서도 그는 기묘하게 복합적인 자신의 성격에 유리하지 않은 기류를 즉각 알아차렸다. 엄청난 학식과 소심함, 다정함이라곤 찾아볼 수 없는 냉담한 매력, 속물근성과 뒤섞인 순진함 등의 복합체라 할 수 있는 그는 숙녀의 헝클어진 머리카락이나 젊은이의 장화 등을 보면서 반항아들과 열정적인 젊은 사람들, 천재 지망생들로 이루어진 하층세계, 나름대로 그럴싸한 면도 없지는 않을 그 세계를 의식하게 되면 몸을 부들부들 떨었다. 그러면서 머리를 살짝 젖히고 콧방귀를 뀌면서―흥!―절제가 필요함을, 밀턴을 이해하기 위해서는 약간의 고전 교육이 필요함을 넌지시 주장했다. 브라이얼리 교수는 (검은 양말은 세탁중인지 빨간 양말을 신은) 짐 허턴과 밀턴에 대한 의견이 잘 맞지 않는 것 같았다. 클래리사가 끼어들었다.

그녀는 바흐를 좋아한다고 말했다. 허턴도 바흐를 좋아했다. 그로 인해 둘은 유대감을 느꼈고, (얼치기 시인인) 허턴은 늘 미시즈 댈러웨이가 예술에 관심 있는 귀부인들 중 단연 최고라고 생각했다. 그런데 그토록 엄격하다는 건 참 이상했다. 음악에 대해서는 순수하게 객관적인데. 다소 오만하기도 했다. 하지만 얼마나 매력적인 모습인가! 저 교수들만 없다면 좋았겠지만 집도 정말 멋지게 꾸며놓지 않았는가. 클래리사는 그를 끌어다 뒷방 피아노 앞에 앉힐까 생각해봤다. 그의 연주는 이루 말할 수 없이 훌륭했기 때문이다.

“하지만 소음이 심해서!” 클래리사는 말했다. “저 소음!”

“성공적인 파티의 징표지요.” 점잖게 고개를 끄덕이며 교수가 우아하게 자리를 떴다.

“교수님은 밀턴에 대해 뭐든지 다 아세요.” 클래리사가 말했다.

“정말로 그렇습니까?” 허턴이 말했다. 그는 이제 햄프스테드 전역에서 그 교수를 흉내내고 다닐 것이다. 밀턴을 연구하는 교수, 절제를 주장하는 교수, 우아하게 자리를 뜨는 교수.

그런데 저 두 사람과 얘기를 좀 나눠야겠어요, 클래리사는 말했다. 로드 게이턴과 낸시 블로였다.

그들이 파티의 소음에 눈에 띄게 한몫하고 있어서는 아니었다. 노란 커튼 옆에 나란히 서 있는 그들은 (눈에 띌 만큼) 대화를 나누지는 않았다. 머지않아 함께 어딘가로 갈 테고, 어떤 상황에서든 그다지 할 말이 많지는 않을 것 같았다. 그들은 바라볼 뿐, 그게 다였다. 그것으로 충분했다. 두 사람은 정말로 순수하고 건전했다. 미스 블로는 살굿빛 파우더와 화장으로 꾸몄지만 로드 게이턴은 깨끗이 씻고 닦은 얼굴이었고, 눈빛은 새처럼 날카로워서 어떤 공도 놓치지 않고 어떤 타법에도 놀라지 않았다. 그는 즉각적으로 정확히 공을 치고 뛰어올랐다. 그의 고삐 끝에서 조랑말들의 입이 부르르 떨었다. 그에게는 가문의 명예와 조상의 기념비들과 고향의 교회에 걸린 깃발들이 있었다. 그에게는 의무와 소작인들과 어머니와 누이들이 있었다. 그는 온종일 로즈 크리켓 경기장에 있다 왔으며, 미시즈 댈러웨이가 다가갔을 때 그들이 하던 얘기도 그것이었다—크리켓, 사촌들, 영화. 로드 게이턴은 클래리사를 대단히 좋아했다. 미스 블로도 마찬가지였다. 부인의 태도가 정말로 매력적이라고 생각했다.

"천사 같네요—사랑스러우셔라, 이렇게 와주시다니!" 클래리사가 말했다. 그녀는 로드 작위를 사랑하고 젊음을 사랑했다. 그리고 엄청난 비용을 들여 파리 최고 예술가들의 옷을 차려입은 낸시는 마치 몸에서 저절로 초록색 프릴이 뻗어나온 듯한 모습으로 거기 서 있었다.

"원래는 춤도 출 수 있게 하고 싶었는데." 클래리사가 말했다.

젊은 사람들은 대화에 능숙하지 않기 때문이었다. 하기야 왜 대화를 해야 할까? 소리치고 껴안고 빙글빙글 돌다가, 새벽에 일어나 조랑말들에게 설탕을 갖다주고, 사랑스러운 차우차우의 주둥이를 쓰다듬고, 물에 뛰어들어 짜릿하게 물을 가르며 수영을 해야지. 하지만 영어라는 언어의 막대한 자원, 감정을 전달하는 그 힘을 결국 그들은 활용하지 못할 것이다(자신과 피터는 그 나이에 저녁 내내 논쟁을 벌였을 테지만). 그들은 젊어서부터 딱딱하게 굳어버릴 것이다. 영지의 사람들에게는 이루 말할 수 없이 상냥하겠지만 둘만 있을 때는 아마도 좀 따분하겠지.

"안타깝네요!" 클래리사는 말했다. "춤을 출 공간도 마련하고 싶었는데."

이렇게 와주다니 정말로 너무나 고마울 따름이야! 하지만 춤이라니! 방마다 이렇게 붐비는데.

헬레나 고모가 어깨에 숄을 걸치고 저기 계시네. 어쩌나, 이제 이들—로드 게이턴과 낸시 블로—과는 일단 헤어져야겠어. 저쪽에 노부인 미스 패리, 그녀의 고모가 있었다.

미스 헬레나 패리는 아직 죽지 않았다. 미스 패리는 살아 있었다. 지금은 여든 살도 넘었다. 미스 패리가 지팡이를 짚고 천천히 계단을 올랐다. 그리고 의자로 가서 자리를 잡았다(리처드가 도왔다). 1870년대에 버마*를 알았던 사람들은 항상 미스 패리에게 이르렀다. 피터는 어디로 갔을까? 두 사람은 정말로 사이가 좋았는데. 누가 인도나 실론**을 입에 올리면 패리 고모의 눈은(한쪽만 유리 의안이었다) 서서히 파랗게 깊어지면서 무언가를 보았는데, 그것은 인간이 아니었다—총독이나 장군이나 항쟁 따위에 대한 그리운 기억도 자랑스러운 환상도 없었다—그녀가 보는 것은 난초였다. 그리고 산길이었다. 1860년대에 쿨리들의 등에 업혀 외딴 봉우리들을 넘어가던, 혹은 난초를 캐려고 산비탈을 내려가던 자신의 모습이었다. 전에는 본 적 없는 그 놀라운 꽃들을 그녀는 수채화로 그렸다. 불굴의 영국 여인, 가령 전쟁이 일어나 문 앞에 폭탄이 떨어지더라도 난초와 1860년대에 인도를 여행하던 자신의 모습에 대한 깊은 사색을 방해받으면 짜증을 내겠지—그때 피터가 나타났다.

"이리 와서 헬레나 고모와 버마 얘기를 나눠요." 클래리사는 말했다.

하지만 클래리사와는 저녁 내내 한마디도 나누지 못했는데!

"우리는 나중에 얘기해요." 클래리사가 흰 숄을 걸치고 지팡이를 든 헬레나 고모에게 그를 데려가며 말했다.

"피터 월시예요." 클래리사가 말했다.

모르는 이름이었다.

클래리사가 오라고 했다. 이건 너무 피곤하고, 너무 시끄러운데, 하

---

* 미얀마의 옛 이름.
** 스리랑카의 옛 이름.

지만 클래리사가 오라고 했고, 그래서 온 것이다. 애석하게도 저애들—리처드와 클래리사—은 런던에서 살고 있다. 클래리사의 건강만 생각한다면 시골에서 사는 편이 훨씬 나을 텐데. 하지만 클래리사는 늘 사교 행사를 좋아했지.

"피터는 버마에 산 적이 있어요." 클래리사가 말했다.

아, 미스 패리는 버마의 난초에 관한 자신의 작은 책에 대해 찰스 다윈이 한 말을 떠올리지 않을 수 없었다.

(클래리사는 레이디 브루턴과 이야기를 나눠야 했다.)

이젠 분명 잊혔겠지만, 버마의 난초에 관한 자신의 책은 1870년 이전에 3판까지 간행되었다고, 미스 패리는 피터에게 말했다. 이제 그가 누군지 기억났다. 보턴에 왔던 사람이구나. (그리고 피터 월시는 기억했다. 클래리사가 보트를 타러 가자고 했던 날 밤에 자기가 미스 패리를 응접실에 남겨두고 한마디 말도 없이 나왔다는 것을.)

"리처드는 오찬 모임이 굉장히 즐거웠던 모양이에요." 클래리사가 레이디 브루턴에게 말했다.

"리처드는 그야말로 최고의 조력자지요." 레이디 브루턴이 대답했다. "편지를 쓸 때 도움을 주었어요. 건강은 좀 어떤가요?"

"오, 완벽히 좋아요!" 클래리사가 말했다. (레이디 브루턴은 정치인의 아내가 병약한 것을 극도로 싫어했다.)

"저기 피터 월시가 있군요!" 레이디 브루턴이 말했다. (클래리사에게 할말이 더는 생각나지 않았기 때문이다. 클래리사를 좋아하는데도 그랬다. 그녀에게는 훌륭한 자질이 많지만 두 사람—자신과 클래리사—은 공통점이 전혀 없었다. 리처드가 조금 매력이 덜한 여자, 내조를 더 잘할 여자와 결혼했더라면 좋았을 텐데. 내각에 들어갈 기회도 놓치지 않았는가.) "피터 월시가 있군요!" 레이디 브루턴은 그렇게 말하며 그 호감 가는 죄인, 이름을 떨쳤어야 마땅하지만 그러지 못한(항상 여자 문제가 많았다), 그 유능한 친구와 악수를 했다. 그리고 물론 노부인 미스 패리와도. 경이로운 노부인!

레이디 브루턴은 미스 패리의 의자 옆에서 검은 옷으로 휘감은 채 근위보병의 유령처럼 서서 피터 월시를 점심에 초대했다. 그녀는 호의적이었지만 인도의 식생에 대해서는 기억이 전혀 나지 않아서 대화에는 끼지 않았다. 물론 그곳에 간 적이 있고 세 명의 총독과 함께 지냈으며 거기서 만난 인도의 민간인 몇몇을 보기 드물게 좋은 사람들이라고 생각했다. 하지만 얼마나 비극적인가—인도의 상황은! 방금 전에 총리가 그 소식을 알려주었고(숄을 뒤집어쓰고 웅크린 노부인 미스 패리는 방금 전에 총리가 무슨 말을 했는지는 아무런 관심도 없었다), 그에 대해 현지에서 막 돌아온 피터 월시의 의견을 듣고 싶었다. 서 샘프슨과도 만날 수 있도록 주선할 생각이었다. 그런 어리석은 사태, 혹은 사악한 상황이라 해야 할까, 그것 때문에 군인의 딸인 레이디 브루턴은 정말이지 밤잠을 이루지 못했다. 이제 그녀는 늙었고 별 쓸모가 없게 되었다. 하지만 집과 하인들과 좋은 친구 밀리 브러시—피터는 밀리를 기억하는지?—가 옆에 있어서 어떻게든 돕겠다고 나섰다—요컨대, 도움이 될 수 있다면. 레이디 브루턴은 영국에 대해 말하지 않았지만, 이 남자들의 섬, 이 소중하고 또 소중한 땅*은(셰익스피어를 읽지는

---

* 셰익스피어의 희곡 『리처드 2세』 2막 1장 참조.

않았다) 그녀의 핏속을 흘렀다. 만일 어떤 여성이 투구를 쓰고 화살을 쏠 수도 있었다면, 군대를 이끌어 공격하고 불굴의 정의로 야만 종족을 다스리다 코를 베인 채 교회에서 방패 아래 안치되거나 중세의 산비탈에서 푸른 풀 무덤이 될 수 있었다면, 그 여성은 바로 밀리센트 브루턴이었다. 성별과 약간의 논리적 사고력 결핍(〈타임스〉에 편지를 쓸 수가 없었다)으로 인해 제약을 받았으나, 그녀는 늘 제국에 대한 생각을 마음에 품고 있었고 그 갑옷 입은 여신*과의 교류를 통해 대쪽 같은 자세와 강건한 태도를 지니게 되었다. 그래서 죽어서조차 이 땅과 분리된다거나 유니언잭 깃발이 휘날리기를 멈춘 영토를 어떤 영적인 형태로 떠도는 레이디 브루턴은 누구도 상상할 수 없었다. 사자의 세계에서도 영국인이 아닌 것은—아니, 아니다! 불가능하다!

그런데 저 사람이 레이디 브루턴일까(예전에 알고 지냈던)? 저 사람은 머리가 희끗희끗해진 피터 월시일까? 레이디 로시터(예전에 샐리 시턴이었던)는 속으로 물었다. 저 사람은 노부인 미스 패리가 확실하다—예전에 보턴에서 머물 때 늘 화를 내던 그 늙은 고모. 알몸으로 복도를 따라 달리다가 미스 패리에게 불려갔던 일은 절대로 잊을 수 없을 것이다! 그리고 클래리사! 오, 클래리사! 샐리는 클래리사의 팔을 잡았다.

클래리사는 그들 옆에 멈춰 섰다.

"하지만 오래 있을 순 없어." 그녀는 말했다. "곧 돌아올게. 기다려." 피터와 샐리를 바라보며 클래리사는 말했다. 이 사람들이 다 갈 때까지

---

* 투구를 쓰고 갑옷을 입고 삼지창을 든, 영국을 상징하는 여신 브리타니아.

기다려야 한다는 뜻이었다.

"돌아올게요." 클래리사는 옛 친구 샐리와 피터를 보며 말했다. 그들은 악수를 나눴고 샐리는 옛날 생각을 떠올리는지 소리 내어 웃고 있었다.

하지만 샐리의 목소리에는 옛날의 매혹적이던 풍부함이 없었고 눈도 예전처럼 반짝이지 않았다. 시가를 피우고, 옷 한 조각 걸치지 않은 채 목욕 스펀지가 든 가방을 가지러 복도를 내달리던 시절, 엘런 앳킨스가 신사분들이 봤으면 어쩌려고요? 하고 묻던 그 시절. 하지만 모두가 샐리를 용서했다. 샐리는 밤중에 배고프다며 식료품 창고에서 닭고기를 훔쳤고, 침실에서 시가를 피웠고, 귀중한 책을 보트에 버려두고 왔다. 하지만 모두가 샐리를 사랑했다(어쩌면 아빠만 빼고). 그것은 그녀의 따스함, 활력 때문이었다―샐리는 그림을 그리고 글을 썼다. 마을의 나이든 부인들은 지금까지도 잊지 않고 "빨간 망토를 입고 너무나 밝아 보이던 그 친구"의 안부를 물었다. 샐리는 하고많은 사람 중에 하필이면 휴 휏브레드가(그런데 오랜 친구 휴가 저기 저쪽에서 포르투갈 대사와 대화하고 있었다), 응접실에서 자기에게 키스를 했다고, 그건 여자들도 투표권이 있어야 한다고 말한 데 대한 벌이었다고 그를 비난했다. 저속한 남자들이나 그런 짓을 할 거라고 샐리는 말했다. 클래리사는 가족 기도 시간에 그를 고발하는 짓만은 하지 말아달라고 샐리를 설득했던 일이 생각났다―샐리의 대담함, 무모함, 모든 것의 중심에 서고 소동을 일으키기를 좋아하는 극적인 성향을 생각하면 충분히 할 수 있는 짓이었다. 그래서 그런 성향이 샐리의 죽음이나 순교자적 고난 등의 어떤 참혹한 비극으로 끝날 거라고 클래리사는 생각했으나, 그러기는커녕 무척 뜻밖에도 양복 상의에 커다란 꽃을 꽂은 대머리 남자, 맨체스터에 방직공장을 소유했다고 알려진 남자와 결혼을 한 것이다. 그리고 아들을 다섯이나 낳았다!

샐리와 피터는 함께 자리에 앉아 이야기를 나누었다. 너무나 친숙한 광경이었다―그들이 이야기를 나누는 모습은. 그들은 옛날이야기를 할 것이다. 그 두 사람과는 (심지어 리처드와의 세월을 능가하는) 수많은 추억을 공유했다. 정원, 나무, 음치 같은 목소리로 브람스의 가곡을 노래하는 조지프 브라이트코프 노인, 응접실 벽지, 깔개들의 냄새까지. 샐리는 언제까지나 그 시절의 일부일 것이다. 피터도 언제까지나 그럴 것이다. 하지만 이제 그들을 두고 가야 한다. 브래드쇼 부부가 왔다. 마음에 들지 않는 사람들이다. 레이디 브래드쇼에게 가봐야 해(회색과 은색이 섞인 옷차림으로 수족관 가장자리에서 균형 잡는 바다사자처럼 행동하면서 초대장을 달라고, 공작부인들과 교제하게 해달라고 빽빽 짖어대는, 전형적인 성공한 남자의 아내), 레이디 브래드쇼에게 다가가 말을 걸어야 해……

하지만 레이디 브래드쇼가 먼저 클래리사를 기다리고 있었다.

"정말 형편없이 늦어버렸네요, 미시즈 댈러웨이. 안으로 들어올 엄두도 나지 않았어요." 레이디 브래드쇼가 말했다.

흰머리와 푸른 눈에 위엄이 넘치는 서 윌리엄도 정말이라고, 그런데도 들어오고 싶은 유혹을 물리칠 수가 없었다고 말했다. 그는 리처드와 대화중이었고 아마도 하원에서 통과시키고 싶은 법안에 대한 얘기 같았다. 그 사람이 리처드에게 말하는 모습을 보자 왜 이렇게 몸이 움츠러드는 걸까? 그는 자기 본연의 모습, 저명한 의사의 모습이었다. 자기

분야에서 절대우위에 있고 세력이 막강한, 다소 지쳐 보이는 인물. 사람들이 그에게 어떤 문제를 가지고 찾아가는지 생각해보라—절망의 구렁텅이에 빠진 사람들, 광기의 문턱까지 간 사람들, 남편들과 아내들. 그는 무시무시하게 어려운 문제들을 결정해야만 한다. 그렇지만 클래리사가 느끼기로는, 누구도 자신의 불행을 서 윌리엄에게 내보이고 싶지 않을 것 같았다. 안 돼, 저 남자에게는.

"아드님은 이튼에 잘 다니나요?" 클래리사가 레이디 브래드쇼에게 물었다.

아들이 볼거리에 걸려 학교 크리켓 팀 주전선수로 뽑히지 못했다고 레이디 브래드쇼가 말했다. 그 때문에 아들보다 아버지가 더 상심했다면서, "아버지 자신도 실은 커다란 소년일 뿐"이라서 그렇다고 했다.

클래리사는 리처드에게 이야기하고 있는 서 윌리엄을 쳐다보았다. 소년처럼 보이지는 않았다—전혀 아니었다. 언젠가 어떤 사람과 그의 조언을 구하러 간 적이 있었다. 그는 완벽히 옳은 말을 했고 대단히 합리적이었다. 하지만 맙소사—다시 거리로 나오자 얼마나 안도감이 들던지! 대기실에서 어떤 가엾은 사람이 흐느껴 울던 모습이 기억났다. 하지만 서 윌리엄의 정확히 어떤 점이 그렇게 싫은지는 알 수 없었다. 하지만 리처드는 자기도 그렇다면서, "취향도 분위기도 다 맘에 안 든다"고 했다. 하지만 그의 능력은 비범했고, 그들은 어떤 법안에 대해 이야기하는 중이었다. 서 윌리엄은 목소리를 낮추며 어떤 환자의 사례를 언급했다. 자신이 얘기해온 전쟁신경증의 후유증과 관련된 사례라고, 법안에 관련 조항을 넣어야 한다는 것이었다.

문득 레이디 브래드쇼가 목소리를 낮추면서, 걸출한 자질과 안쓰럽게도 과로하는 경향이 있는 남편을 둔 자랑스러움을 공유하는 여자들의 영역으로 미시즈 댈러웨이를 끌어들여 (마냥 싫어할 수만은 없는 바보 같은 여자) 속삭였다. "집에서 막 나오려는데 남편에게 전화가 왔지 뭐예요. 아주 슬픈 경우랍니다. 어느 젊은 남자가 (지금 서 윌리엄이 미스터 댈러웨이에게 하고 있는 얘기가 그것이다) 자살을 했답니다. 군대에 있었던 사람이래요." 오! 클래리사는 생각했다. 파티가 한창인데 죽음이라니, 그녀는 생각했다.

클래리사는 그 자리에서 벗어나 총리와 레이디 브루턴이 함께 들어갔던 작은 방으로 갔다. 아마도 누군가가 있겠지 했지만 아무도 없었다. 의자들에는 아직도 총리와 레이디 브루턴이 앉았던 흔적이 남아 있었다. 레이디 브루턴은 정중하게 몸을 살짝 틀고 총리는 꼿꼿한 자세로 권위 있게 앉은 채 인도에 대해 의논했을 것이다. 안에는 아무도 없었다. 파티의 광휘는 순식간에 사라졌고, 화려한 차림으로 혼자서 들어오니 기분이 이상했다.

브래드쇼 부부는 도대체 무슨 심산으로 이 파티에서 죽음을 이야기하는 건가? 젊은이가 스스로 목숨을 끊었다. 그리고 그들은 이 파티에서 그 얘기를 한다─브래드쇼 부부가 죽음을 이야기한다. 젊은이는 자살했다─하지만 어떻게? 갑자기 사고 소식을 들으면 클래리사는 항상 그것을 우선 제 몸으로 겪었다. 드레스가 불길에 휩싸이고, 몸이 타올랐다. 그 사람은 창문에서 몸을 던졌다. 땅이 번쩍 솟아오르고, 울타리의 녹슨 쇠막대는 부딪치고 상처 입히며 몸을 관통했다. 바닥에 누워 있는 그의 머릿속이 쿵, 쿵, 쿵 울리다가 그다음엔 숨막히는 암흑. 그런 장면들을 클래리사는 떠올렸다. 하지만 그 젊은이는 왜 그랬을까? 브래드쇼 부부는 이 파티에 와서 그런 얘기를 하다니!

언젠가 서펀타인호수에 1실링 동전을 던진 적이 있지만 그 이상은 어떤 것도 던지지 않았다. 그런데 그 남자는 목숨을 내던졌다. 우리는 계속 살아가겠지. (돌아가야 하는데. 아직도 방마다 북적이고 사람들이 계속 오고 있었다.) 우리는(하루종일 클래리사는 보턴을, 피터를, 샐리를 생각했다), 우리는 늙어가겠지. 중요한 단 한 가지, 그녀의 인생에서 잡담에 파묻히고 훼손되고 흐릿해지는 것, 날마다 부패와 거짓과 잡담 속에 빠지는 것. 그것을 그는 지켰다. 죽음은 저항이다. 죽음은 도달하려는 시도다. 삶에서 사람들은 희한하게도 자꾸만 자신을 비켜가는 어떤 중심에 도달할 수 없다고 느낀다. 친밀한 사이는 멀어지고, 환희는 사라지며, 사람은 홀로 남는다. 죽음은 아늑하게 안아준다.

하지만 스스로 목숨을 끊은 이 젊은 남자―그는 소중한 것을 간직한 채 투신했을까? "지금 죽더라도 지금이 가장 행복하리." 클래리사는 흰 드레스를 입고 아래층으로 내려가며 그런 혼잣말을 한 적이 있었다.

한편으로는 시인이나 사상가 같은 경우도 있다. 만일 그가 그런 열정이 있는 젊은이였는데 서 윌리엄 브레드쇼를 찾아갔다면, 그는 위대한 의사이긴 해도 왠지 모르게 사악하게 느껴지는 사람, 성에 대한 의식도 육체적 욕망도 없고 여성에게 극도로 정중하지만 어떤 형언할 수 없는 폭력―영혼을 압박하는 폭력, 바로 그거지―을 가할 수 있는 사람인데, 자신을 찾아온 그 젊은이에게 서 윌리엄이 바로 그런 위압감을 주었다면, 그는 이렇게 말하지 않았을까? (클래리사도 정말이지 지금 그런 심정이었다.) 삶을 견딜 수가 없구나. 저들, 저런 사람들이 삶을 견딜 수 없게 만드는구나.

그런데 또 이런 공포(바로 오늘 아침에 그녀 역시 느꼈던 공포)도 있다. 부모가 손에 쥐여준 이 삶을 끝까지 살아내고 그 길을 담담히 걸어가야 한다고 생각할 때 엄습하는 그 압도적인 무력감. 클래리사의 마음속 깊은 곳에는 지독한 두려움이 있었다. 지금도 옆에서 〈타임스〉를 읽는 리처드가 있기에 그녀는 새처럼 웅크리고 있다가 서서히 소생하여 무한한 기쁨의 노래를 날려보낼 수가 있었다―잔가지들을 비벼 불을 피우고, 이것저것을 연결하고 관계 맺으면서. 그렇지 않았다면 죽었을 것이다. 그녀는 피할 수 있었다. 그런데 그 젊은이는 목숨을 끊은 것이다.

어찌되었든 그것은 클래리사에게 재앙이었다―수치였다. 여기에서 한 남자가, 저기에서 한 여자가 이 깊은 어둠 속으로 가라앉아 사라지는 모습을 보면서도 어쩔 수 없이 이브닝드레스 차림으로 여기 이렇게 서 있는 것은 형벌이었다. 살면서 그녀는 책략을 썼고 자잘한 것들을 훔쳤다. 전적으로 훌륭한 사람은 아니었다. 그리고 성공을 원했다. 레이디 벡스버러니 뭐니 하는 사람들처럼 되고 싶었다. 한때는 보턴에서 테라스 위를 걸었던 적도 있는데.

이상하다, 믿기지 않는다, 이보다 더 행복한 적이 없었다. 시간이 더 천천히 흘렀으면, 더 오래 계속되었으면 좋을 것 같다. 이보다 더 큰 기쁨이 있을까, 클래리사는 의자를 정리하고 책장에서 삐져나온 책 한 권을 밀어넣으며 생각했다. 화려한 청춘이 지나간 뒤 일상의 삶에서 자신을 잃어버렸다가 해가 뜨고 날이 저무는 모습에 환희를 느끼며 자신을 되찾는 이 순간보다 더 큰 기쁨은 없겠지. 보턴에서 모두가 담소를 나눌 때 그녀는 자주 하늘을 보러 갔다. 저녁식사 때 사람들의 등뒤로 하늘을 보기도 했고, 런던에서 잠을 이루지 못할 때도 하늘을 보았다. 클래리사는 창가로 걸어갔다.

바보 같은 생각이겠지만, 시골의 그 하늘과 웨스트민스터 위로 펼쳐진 이 하늘은 클래리사의 어떤 본질을 담고 있는 것 같았다. 커튼을 열고 밖을 내다보았다. 아, 얼마나 놀라운지!─길 건너편 방에서 노부인이 그녀를 똑바로 바라보는 것이다! 노부인은 잠자리에 들려는 참이었다. 그리고 하늘. 장엄한 하늘일 거야, 아름답게 물든 뺨을 돌리는 어스름한 하늘일 거야, 하고 생각하며 커튼을 열었는데 눈앞에 보이는 것은─거대한 구름이 점점 가늘어지는 꼬리를 남기며 질주하는 창백한 잿빛 하늘이었다. 처음 보는 광경이었다. 바람이 거세진 듯했다. 건너편 방에서 노부인은 잠자리에 드는 중이었다. 그 노부인이 돌아다니는 모습, 방을 가로질러 창가로 다가오는 모습을 지켜보는 일은 매혹적이었다. 부인에게도 이쪽이 보일까? 응접실에서는 아직도 사람들이 웃고 떠드는데 이렇게 고요히 홀로 잠자리에 드는 저 노부인을 보는 일은 매혹적이었다. 이제 블라인드를 닫았다. 시계가 종을 치기 시작했다. 그 젊은이가 죽었다지만 클래리사는 그를 동정하지 않았다. 시계는 하나, 둘, 셋, 종을 치고, 이 모든 것은 계속되고, 그녀는 그 젊은이를 동정하지 않았다. 저기! 노부인이 불을 껐다! 집 전체가 캄캄해졌다. 이 모든 것은 계속된다, 하고 다시 한번 되뇌자 그 말이 떠올랐다. 더는 두려워 말라, 태양의 열기를. 사람들에게 돌아가야 한다. 하지만 이 얼마나 특별한 밤인가! 클래리사는 자신이 어쩐지 그 사람─자살한 청년─과 무척 닮았다고 느꼈다. 그 사람이 그런 일을 해서, 다른 이들은 계속 살아가는데 목숨을 던져버려서 차라리 기뻤다. 시계 종소리가 계속 이어졌다. 납덩이같은 둥근 소리가 대기에 녹아들었다. 하지만 돌아가야 한다. 사람들과 어울려야 한다. 샐리와 피터를 찾아야 한다. 클래리사는 작은 방에서 나왔다.

"그런데 클래리사는 어디에 있을까요?" 피터가 말했다. 그는 샐리와 함께 소파에 앉아 있었다. (이렇게 긴 세월이 흘렀어도 피터는 샐리를 '레이디 로시터'라고 부를 수가 없었다.) "이 여자는 어디로 간 거지?" 그는 물었다. "클래리사는 어디에 있을까요?"

샐리는 상황을 짐작했고, 그 점에서라면 피터도 마찬가지였다. 중요 인물들, 정치인들이 여기에 와 있는데, 그 둘은 신문에서 보았을 뿐 개인적으로는 알지 못하는 그 사람들을 클래리사는 잘 대접하며 대화도 나눠야 할 거라고. 클래리사는 그들과 함께 있다고. 그런데 리처드 댈러웨이가 내각에 입성하지 못했다는 생각이 떠올랐다. 그다지 출세하진 못한 건가? 하고 샐리는 추측했다. 샐리는 신문을 거의 읽지 않았다. 가끔 그의 이름이 적힌 것을 본 적은 있었다. 하기는, 뭐, 무척 고립된 삶을 살고 있긴 하니까. 클래리사라면 황무지라고 부를 만한 곳에서, 거상들과 쟁쟁한 제조업자들, 어쨌든 뭔가를 이루는 사람들 사이에서. 그리고 자신도 마찬가지로 많은 것을 이루었다!

"난 아들이 다섯이나 있어요!" 샐리가 말했다.

저런, 저런, 샐리는 얼마나 많이 변했는지! 모성의 부드러움과 그 자의식까지. 둘이서 마지막으로 만났을 때가 기억났다. 달빛을 받은 꽃양배추 사이에서 샐리는 특유의 문학적 기질로 이파리가 "거친 청동 같다"고 말했다. 장미꽃 한 송이를 꺾기도 했다. 그 끔찍했던 밤, 분수대

옆에서 벌인 그 소동 직후에 샐리는 그를 데리고 이리저리 끌고 다녔다. 그는 밤기차를 탈 예정이었다. 세상에, 그는 울기까지 했다!

저렇게 주머니칼을 펼치는 건 피터의 해묵은 습관이지, 샐리는 생각했다, 마음이 초조할 때면 늘 칼을 펼쳤다 접었다 하는 습관. 그가 클래리사에게 빠져 있었을 때 둘은, 그러니까 샐리와 피터 월시는 무척 친밀한 사이였다. 그 무렵 점심식사 때 리처드 댈러웨이를 두고 끔찍하고 우스꽝스러운 장면이 벌어졌다. 샐리는 리처드를 '위컴'이라고 불렀다. 리처드를 '위컴'이라고 부르면 왜 안 돼? 그랬더니 클래리사는 불같이 화를 냈다! 그리고 그뒤로 둘은 정말로 거의 만나지 않았다. 아마 지난 십 년간 대여섯 번도 채 되지 않을 것이다. 그리고 피터 월시는 인도로 갔다. 그가 불행한 결혼생활을 했다는 소식은 어렴풋이 들었고 아이가 있는지는 모르지만 직접 물을 수는 없었다. 피터는 많이 변했다. 약간 쭈그러든 것처럼 보이긴 해도 더 친절해졌다는 느낌이 들었다. 샐리는 청춘시절과 이어진 피터에게 진심어린 애정을 느꼈고 그가 준 작은 에밀리 브론테 책도 아직 간직하고 있었다. 피터는 글을 쓸 거라고 했지, 분명히? 그 시절에 피터는 글을 쓸 거라고 했다.

"글은 좀 썼나요?" 샐리는 물었다. 탄탄하고 맵시 있는 손을 그가 잘 기억하는 방식으로 무릎에 펼치면서.

"한 글자도 못 썼죠!" 피터 월시는 말했고, 샐리는 웃음을 터트렸다.

아직도 매력적이고 아직도 개성적이야, 샐리 시턴은. 그런데 이 로시터라는 자는 누구일까? 결혼식 날 동백꽃 두 송이를 달았다는 것—그게 피터가 그 사람에 대해 아는 전부였다. "하인이 셀 수 없이 많고, 몇 마일에 걸친 온실도 있대요" 하고 클래리사가 편지에 쓴 적이 있었다.

샐리는 폭소를 터트리며 인정했다.

"맞아요, 한 해 수입이 만 파운드 정도 되죠"—그 금액이 세전인지 세후인지는 기억나지 않는다고 했다. "당신이 꼭 만나봐야 할," 그리고 "분명히 좋아할" 남편이 모든 것을 도맡아 처리하기 때문이라고 말했다.

예전에 샐리는 행색이 남루했다. 보턴에 갈 경비를 마련하려고 증조할아버지가 마리 앙투아네트에게서 받은 반지를 전당포에 맡겼다고 했는데—기억이 정확한 걸까?

아, 맞아요. 샐리는 기억했다. 아직도 갖고 있었다, 마리 앙투아네트가 증조할아버지에게 준 루비 반지를. 그 시절 샐리는 자기 명의의 돈이 한 푼도 없어서 보턴에 가기 위해서는 항상 지독한 어려움을 겪었다. 하지만 보턴에 간다는 것은 크나큰 의미가 있었다—그래서 미치지 않을 수 있었다고 샐리는 믿었다. 집에서는 너무나 불행했으니까. 하지만 이젠 다 지난 일이죠—지나간 시절, 그녀는 말했다. 미스터 패리는 세상을 떠났고, 미스 패리는 아직도 살아 있어요. 평생 그렇게 놀라기는 처음이에요! 피터가 말했다. 미스 패리는 당연히 돌아가셨을 거라고만 생각했거든요. 그런데 저들의 결혼생활은 성공적이었겠죠? 샐리가 말했다. 그리고 저기 있는 아주 침착하고 당당한 미모의 아가씨가 엘리자베스예요, 분홍색 드레스를 입고 커튼 옆에 있는 아가씨.

(엘리자베스는 포플러 같아, 강물 같아, 히아신스 같아, 윌리 팃컴은 그런 생각에 빠져 있었다. 오, 시골에서 살면서 하고 싶은 일을 할 수 있다면 얼마나 좋을까! 엘리자베스는 제 불쌍한 개가 울부짖는 소리가 들린다고 확신했다.) 저 아이는 클래리사와 전혀 닮지 않았네요, 피터

월시는 말했다.

"오, 클래리사!" 샐리가 말했다.

샐리가 느낀 것은 단순히 이런 것이었다. 클래리사에게는 엄청난 신세를 졌다. 그들은 친구, 단순한 지인이 아니라 친구이고, 아직도 샐리는 하얀 옷을 입은 클래리사가 꽃을 한아름 안고 집안을 돌아다니는 모습이 보이는 듯하다—지금도 담배나무를 보면 보턴이 생각난다. 하지만—피터는 이해할까?—클래리사에게는 뭔가가 부족하다. 무엇이 부족할까? 매력은 있다. 특별한 매력이다. 하지만 솔직히 말하자면(샐리는 피터가 오랜 친구라고, 진정한 친구라고 느꼈다—서로의 삶에 부재했다고 해서, 멀리 떨어져 살았다고 해서 그게 무슨 대수일까? 가끔 그에게 편지를 쓰고 싶었지만 썼다가 찢어버리곤 했다. 그래도 그는 이해할 것이다. 나이가 들면 깨닫듯이, 사람들은 말로 설명되지 않은 것을 이해하기도 하니까. 그리고 실제로 샐리는 나이가 들었고, 그날 오후에는 볼거리에 걸린 아들들을 만나러 이튼에 갔다 오기도 했다), 그래, 솔직히 말해, 그때 클래리사는 어떻게 그럴 수 있었을까?—리처드 댈러웨이와 결혼하다니? 스포츠에 몰두하는 남자, 개들밖에 모르는 남자와. 그가 방에 들어오면 말 그대로 마구간냄새가 났다. 그리고 이런 파티는 다 뭔가? 샐리는 손을 내저었다.

휴 휫브레드가 흰 조끼 차림으로 느긋하게 지나갔다. 멍하고, 뚱뚱하고, 자긍심과 안락함을 빼면 아무것도 눈에 들어오지 않는 듯한 모습이었다.

"저 사람, 우리는 몰라볼 거예요." 샐리가 말했고, 사실은 그녀도 용기가 나지 않았다—저 사람이 휴로구나! 예전의 그 감탄스러운 휴!

"그런데 휴는 무슨 일을 하죠?" 샐리는 피터에게 물었다.

국왕의 장화를 닦는다던가, 원저성에서 술병 개수를 센다던가, 하고 피터가 말했다. 피터의 독한 혀는 아직 그대로군! 하지만 이제 솔직히 좀 말해보라고 피터가 말했다. 그 키스, 휴가 한 키스.

입술에 한 키스가 맞다고 샐리는 대답했다. 어느 날 저녁 흡연실에서. 격분한 샐리는 곧바로 클래리사를 찾아갔다. 휴는 그런 짓을 하지 않아! 클래리사는 말했다. 우리 감탄스러운 휴는! 그런데 휴의 양말은 언제 봐도 예외 없이 샐리가 본 양말 중 가장 아름다웠다—그리고 지금 저 정장 예복. 완벽하지 않은가! 그런데 휴에게는 아이가 있을까?

"이 방에 있는 사람들 모두 이튼에 다니는 아들이 여섯 명씩 있답니다." 피터가 말했다. 자기만 빼고 그렇다고, 감사하게도 그에게는 자식이 하나도 없다고. 아들도, 딸도, 아내도. 뭐, 그다지 유감스러운 것 같진 않네요, 샐리가 말했다. 피터는 그곳의 누구보다 더 젊어 보인다고 샐리는 생각했다.

하지만 여러모로 보아 그런 결혼을 한 건 참 어리석은 짓이었다고 피터는 말했다. "완전히 바보 같은 여자였어요"라면서, 그래도 "정말 멋진 시간을 함께 보냈죠"라고도 했다. 하지만 어떻게 그럴 수 있지? 샐리는 의아했다. 피터의 말은 무슨 뜻일까? 그리고 얼마나 이상한가, 잘 아는 사람인데도 그에게 일어난 일을 단 한 가지도 모르다니. 자존심 때문에 저런 말을 하는 걸까? 그럴 가능성이 아주 크지. 어쨌거나 그에게는 쓸쓸한 일일 테니까(비록 피터는 좀 특이한 괴짜라서 전혀 평범한 남자는 아니지만), 그 나이에 집도 없고 갈 곳도 없는 처지라면 무척 외로울 테니까. 하지만 몇 주도 좋으니 우리집에 와서 함께 지내요.

당연히 그래야죠. 기꺼이 가서 함께 지내고 싶어요. 그래서 그렇게 하기로 결정되었다. 이렇게 오래도록 댈러웨이 부부는 한 번도 오지 않았다. 그렇게 여러 번 초대했는데도. 클래리사는(당연히 클래리사의 뜻일 테니까) 오지 않을 것이다. 클래리사는, 샐리가 말했다, 뼛속까지 속물이니까—인정할 건 인정하자, 속물. 그리고 그들 사이를 가로막는 것이 바로 그거라고 샐리는 확신했다. 클래리사는 샐리가 신분이 더 낮은 사람과 결혼했다고 생각했다. 남편이—샐리 본인은 자랑스럽지만—광부의 아들이니까. 그들의 재산은 단 한 푼까지도 그가 일해서 번 돈이었다. 남편은 어린 시절부터 (샐리의 목소리가 떨렸다) 커다란 자루들을 날랐다.

(그런 식으로 샐리는 몇 시간이고 계속 얘기할 거라고 피터는 느꼈다. 광부의 아들, 자기가 신분이 더 낮은 사람과 결혼했다고 다른 사람들이 생각한다는 것, 아들이 다섯이라는 것, 그리고 다른 건 뭐더라—식물들, 수국과 라일락과 아주 아주 귀한 히비스커스백합, 수에즈운하 북쪽에서는 절대로 자라지 않는 그것을 자기가 맨체스터 근교에서 정원사 한 명과 함께 화단을, 말 그대로 화단 여러 개를 가득 채울 만큼 키워냈다는 것! 한편 클래리사는 이런 것들과는 거리가 멀었다, 모성이 부족할지언정.)

클래리사는 속물일까? 그렇지, 여러 면에서. 클래리사는 어디에 있을까, 지금껏 내내? 시간이 늦었다.

"하지만," 샐리는 말했다. "클래리사가 파티를 연다는 소식을 들었을 때, 난 갈 **수밖에** 없다고 느꼈어요—다시 한번 클래리사를 만나야 했죠(게다가 지금 숙소가 빅토리아 스트리트에 있어서 바로 옆이나 마찬가지고요). 그래서 초대장도 없는데 온 거예요. 그런데," 샐리가 목소리를 낮춰 속삭였다. "말해봐요. 저 사람은 누구죠?"

미시즈 힐베리가 문을 찾고 있었다. 너무 늦은 시간이 되어버렸네! 부인은 중얼거렸다, 밤이 깊어지고 사람들이 돌아가면 옛 친구들을, 조용한 구석을, 가장 예쁜 풍경을 찾게 되지. 저 사람들은 알까, 부인은 자문했다. 이곳은 마법에 걸린 정원에 둘러싸여 있다는 것을? 조명과 나무와 경이롭게 빛나는 호수와 하늘. 클래리사 댈러웨이는 말했다, 뒷마당에 꼬마전구 몇 개를 켜두었을 뿐이라고! 하지만 클래리사는 마법사다! 이곳은 공원이고…… 그런데 미시즈 힐베리는 사람들의 이름을 알 수가 없었다. 친구들이라는 것만은 알았다. 이름 없는 친구, 가사 없는 노래가 늘 최고지. 하지만 문이 너무 많아서, 자꾸만 뜻밖의 공간이 나와서 미시즈 힐베리는 길을 찾을 수가 없었다.

"노부인 미시즈 힐베리예요." 피터가 말했다. 그런데 저 사람은 누구지? 저녁 내내 커튼 옆에 서서 아무 말도 하지 않는 저 부인은? 피터는 그 얼굴을 알 것 같았다. 보턴과 연관이 있었다. 창가의 큰 테이블에서 내의를 재단하곤 했던 사람이 확실한데? 데이비드슨, 그런 이름이었던가?

"아, 저 사람은 엘리 헨더슨이에요." 샐리가 말했다. 클래리사는 저 여자를 너무 가혹하게 대한다고. 친척인데 아주 가난하다고. 클래리사는 **정말로** 사람들에게 가혹하다고.

클래리사가 좀 그런 편이죠, 피터는 말했다. 하지만, 하고 샐리가 특유의 감정적인 어조로 운을 떼는데, 전에는 그런 열정적인 성향 때문에 샐리를 좋아했지만 너무 감정이 흘러넘쳐서 지금은 약간 두렵기도 했다―클래리사가 친구들에게 얼마나 관대한지, 그게 얼마나 귀한 특성인지 모른다면서, 그래서 가끔 한밤중이나 크리스마스에 자신이 받은 축복을 헤아릴 때면 그 우정을 맨 앞에 놓게 된다고 샐리는 말했다. 우리는 젊었어요, 바로 그거예요. 클래리사는 마음이 순수했어요, 바로 그거라고요. 내가 너무 감상적이라고 생각하겠죠. 감상적인 건 사실이에요. 유일하게 말할 가치가 있는 건 바로 그것―자신이 느끼는 것―이라는 생각을 하게 되었기 때문이에요. 영리하게 굴어봤자 어리석은 짓이죠. 사람은 그저 느끼는 대로 말해야 해요.

"하지만 난 모르겠어요." 피터 월시가 말했다. "내가 무엇을 느끼는지."

불쌍한 피터, 샐리는 생각했다. 클래리사는 왜 와서 함께 이야기를 나누지 않는 걸까? 피터는 그것을 갈망하는데. 샐리는 알았다. 지금껏 내내 피터는 클래리사만을 생각하며 칼을 초조하게 만지작거리고 있었다.

인생이 단순하지는 않은 것 같다고 피터가 말했다. 클래리사와의 관계도 단순하지 않았다. 그것이 자기 인생을 망쳤다고 피터는 말했다. (그들은―피터와 샐리 시턴은―무척 친밀했기에 그 말을 하지 않을 수는 없었다.) 사람은 두 번 사랑에 빠질 수는 없는 것 같다고 피터는 말했다. 샐리가 무슨 말을 할 수 있을까? 그래도, 사랑한 적이 있는 편이 더 낫겠지(하지만 피터는 너무 감상적인 소리라고 할 것이다―그는 무척 신랄한 사람이었으니까). 맨체스터로 와서 우리집에서 지내요. 그럼요, 그래야죠, 그가 말했다. 정말로 그래야죠. 그는 기꺼이 가서 샐리의 집에서 머물 생각이었다. 런던에서 해야 할 일만 마치면 곧바로.

그리고 클래리사는 리처드보다 피터를 더 많이 좋아했다고, 샐리는 그렇게 확신한다고 말했다.

"아니, 아니, 아니에요!" 피터가 말했다(그런 말을 해서는 안 되지─샐리가 도를 넘었다). 저 좋은 친구─그는 방 저편 끝에서 예전과 다름없이 열변을 토하고 있었다. 정겨운 옛 친구 리처드. 리처드와 얘기하는 저 사람은 누구죠? 샐리가 물었다. 굉장히 대단해 보이는 저 남자는? 황무지에서 사는 샐리로서는 누가 누구인지 알고 싶은 채워지지 않는 호기심이 있었다. 하지만 피터는 그 사람을 알지 못했다. 생김새가 마음에 들지 않는군요, 피터는 말했다. 아마도 내각의 각료겠죠. 저 사람들 중에서 리처드가 제일 나은 것 같다고 그는 말했다─가장 사심이 없을 거라고.

"그런데 리처드는 무슨 일을 하나요?" 샐리가 물었다. 그러고는 아마도 공직일 거라고 추측했다. 저들 부부는 행복할까요? 샐리가 물었다. (자신은 이루 말할 수 없이 행복했다.) 그러면서, 그들에 대해 전혀 모르는데도 흔히들 그러듯 속단을 내리고 있다고 인정했다. 사실, 날마다 함께 사는 사람에 대해서도 뭘 알 수 있겠어요? 샐리는 물었다. 우리는 모두 죄수가 아닐까요? 감방 벽을 긁는 남자를 그린 훌륭한 희곡을 읽은 적이 있다고, 그런데 인생도 마찬가지라는 생각이 들었다고 샐리는 말했다─벽을 긁는 일이라고. 샐리는 인간관계에 절망하면(사람들은 너무나 까다로웠다) 자주 정원으로 들어가 남자들과 여자들은 준 적 없는 평온을 꽃들에게서 얻었다. 하지만 아니, 자기는 양배추를 좋아하지 않는다고, 사람이 더 좋다고 피터는 말했다. 젊은 아이들은 정말로 아름다워요, 샐리가 방을 가로질러가는 엘리자베스를 보며 말했다. 저 나이 때 클래리사와는 얼마나 다른지! 엘리자베스에 대해 좀 아나요? 도통 말이 없더라고, 아직은 잘 모르겠다고, 피터는 대답했다. 백합 같아요, 샐리가 말했다. 연못가에 핀 한 송이 백합. 하지만 우리는 아무것도 모른다는 말에 피터는 동의하지 않았다. 우리는 모든 것을 알아요, 피터는 말했다. 적어도 자기는 그렇다고.

하지만 저 두 사람, 샐리가 속삭였다, 지금 이쪽으로 오는 저 두 사람, (그나저나 클래리사가 금방 오지 않는다면 이제 샐리는 정말로 돌아가야 했다) 리처드와 얘기를 나누던 저 대단해 보이는 남자와 좀 평범해 보이는 그의 아내—저런 사람들에 대해 무엇을 알 수 있겠느냐는 것이었다.

"빌어먹을 사기꾼이라는 정도." 피터가 그들을 무심히 보며 말했다. 그 말에 샐리는 웃음을 터트렸다.

하지만 서 윌리엄 브래드쇼는 문 앞에 멈춰 서서 그림을 바라보았다. 액자 모서리에서 판화가의 이름을 찾았다. 그의 아내도 함께 보았다. 서 윌리엄 브래드쇼는 예술에 관심이 지대했다.

젊을 때는, 피터가 말했다, 너무 들떠 있어서 사람들을 제대로 알 수가 없는 것 같아요. 그런데 나이가 드니까, 정확히 말해 쉰두 살인데, (자기는 쉰다섯이라고 샐리는 말했다. 신체적으로는 그렇지만 마음만은 스무 살 아가씨라고) 그럼, 원숙해졌다고 하죠, 피터는 말했다. 원숙해지니까 볼 수 있고 이해할 수 있는데 느끼는 능력을 잃지는 않아요, 그가 말했다. 맞는 말이라고 샐리가 말했다. 자기는 해가 갈수록 더 깊이, 더 열정적으로 느낀다고. 느끼는 능력은 오히려 더 커지죠, 그는 말했다. 애석한 일일 수도 있지만 다행스럽게 여겨야 해요—내 경험으로는 계속 더 커지더군요. 인도에 어떤 사람이 있는데, 그 여자 이야기를 하고 싶어요. 당신이 그 여자를 알면 좋겠어요. 결혼한 여자예요, 그는 말했다. 어린 자식도 둘이나 있죠. 모두 함께 맨체스터로 오라고 샐리가 말했다―이곳을 떠나기 전에 약속을 정하자고.

"저기 엘리자베스가 있네요." 피터가 말했다. "저 아이는 아직 우리가 느끼는 것의 반도 못 느끼겠죠. 하지만," 아버지에게 다가가는 엘리자베스를 보며 샐리가 말했다. "부녀가 서로를 얼마나 아끼는지는 알 수 있어요." 엘리자베스가 아버지에게 다가가는 모습을 보고 샐리는 그것을 느낄 수 있었다.

엘리자베스의 아버지는 브래드쇼 부부와 이야기를 나누며 서 있는 동안 딸을 계속 보고 있었고, 저 사랑스러운 아가씨는 누구지? 하고 마음속으로 생각했다. 그러다 그 아가씨가 자기 딸 엘리자베스라는 사실을 문득 깨달았다. 딸을 미처 알아보지 못한 것이다. 분홍색 드레스를 입은 모습이 너무나 사랑스러웠다! 엘리자베스도 윌리 팃컴과 대화하는 동안 아버지의 눈길을 느꼈다. 그래서 엘리자베스는 아버지에게 다가가 나란히 섰고, 파티가 거의 끝나갈 무렵이라서 사람들이 떠나는 모습, 방들이 점점 비어가고 바닥에는 물건들이 어지럽게 널린 풍경을 바라보았다. 엘리 헨더슨까지 떠나고 있었다. 아무도 말을 걸어주지는 않았지만 거의 마지막까지 남아 있었다. 엘리 헨더슨은 모든 것을 눈에 담아 이디스에게 말해주고 싶었다. 리처드와 엘리자베스는 파티가 끝나서 기뻤다. 하지만 리처드는 딸이 자랑스러웠다. 그런 말을 할 생각이 없었는데도 말하지 않을 수 없었다. 네가 보였을 때, 그는 말했다, 저 사랑스러운 아가씨는 누구지? 했는데 바로 내 딸이지 뭐야! 그 말을 들은 엘리자베스는 행복했다. 하지만 엘리자베스의 불쌍한 개가 울부짖고 있었다.

"리처드는 훨씬 나아졌어요. 당신 말이 맞아요." 샐리가 말했다. "가서 얘기를 나눠야겠어요. 작별인사를 해야죠. 머리가 중요하면 얼마나 중요하겠어요." 레이디 로시터가 일어서며 말했다. "가슴에 비하면 말이죠."

"나도 갈게요." 피터는 말해놓고도 잠시 그대로 앉아 있었다. 이 두려움은 무엇일까? 이 희열은 무엇일까? 그는 생각했다. 무엇이 날 이토록 특별한 흥분으로 채우는 걸까?

클래리사로구나, 그는 말했다.

클래리사가 거기에 있었다.

미시즈 댈러웨이의 하루, 『댈러웨이 부인』의 백 년

버지니아 울프가 첫 소설을 발표한 1910년대로부터 백여 년이 흐른 지금, 그의 이름은 더이상 한 시대의 작가에 머물지 않고 현대 문화와 사유의 지형을 바꾼 하나의 아이콘이 되었다. 무엇보다 울프는 문학적 실험의 선두에 섰던 작가로, 전통적 서사 구조를 벗어나 '의식의 흐름' 기법을 통해 시간의 비선형성과 불안정한 주체의 내면을 섬세하게 묘사해 20세기 모더니즘 문학의 지형을 새롭게 그렸다.

그러나 오늘날까지 그의 글이 생명력을 지니는 이유는 단지 문학적 기여에 국한되지 않는다. 울프는 가부장제, 계급, 성적 억압 등을 비판적으로 조명하며 당대에 본격적으로 논의되지 않았던 젠더와 권력의 문제를 앞서 제기했다. 그 통찰은 현대의 페미니즘 담론에서도 유효했으며, 특히 『자기만의 방』은 여성 지성사의 고전으로 남았다.

아울러 우울증과 정신질환, 퀴어 정체성 등에 대한 문제의식을 작품에 반영하면서 당대 사회에서 제기된 여러 질문을 문학의 언어로 풀어냈다. 개인 삶의 차원에서도, 반복적인 신경쇠약, 비타 색빌웨스트와의 관계에서 드러나는 퀴어 정체성, 전통적 성 역할에서 벗어난 레너드 울프와의 결혼생활, 그리고 결국 자살로 마감한 삶은 그를 문학의 울타리를 넘어서는 문화적 상징으로 남게 했다.

버지니아 울프의 생애

후일 버지니아 울프가 되는 애들린 버지니아 스티븐은 1882년 런던에서 저명한 문인 아버지 레슬리 스티븐과 여러 예술가의 모델이 된 아름답고 헌신적인 어머니 줄리아 덕워스 사이에서 태어났다. 두 사람 모두 사별한 배우자에게서 얻은 자녀를 데리고 재혼했고, 그후 둘 사이에서 태어난 네 남매 중 셋째가 버지니아였다. 줄리아는 부부의 전 배우자 자녀들까지 포함해 열 명이 넘는 대가족을 돌보며 집안을 건사하는 동시에 빈민과 병자를 위한 봉사에도 헌신한 인물이었다.

그러나 1895년, 어머니의 갑작스러운 죽음으로 열세 살이던 버지니아는 깊은 충격을 받고 최초의 신경쇠약과 우울증을 겪었다. 뒤이어 어머니의 빈자리를 대신한 이부언니 스텔라까지 세상을 떠나자 대가족의 안주인 역할은 버지니아와 언니 버네사에게 맡겨졌고, 두 자매는 아내를 잃고 점점 침울하고 완고해지는 아버지를 감당하며 집안을 돌봐야 했다. 특히 아버지를 간병하는 과정에서 남자 형제들은 대학에 진학

해 방관자로 머무는 사이 십대 소녀인 자매들에게만 온갖 부담이 전가되는 현실을 겪으며, 버지니아는 가부장적 가족제도의 부당함을 절감했다.

1904년 아버지의 사망 직후 해방감과 동시에 극심한 죄책감과 우울을 경험한 버지니아는 다시 한번 신경쇠약에 시달리며 자살을 시도하기도 했다. 그러나 그 어둠의 시기가 지나자 비로소 자신만의 길을 찾아 글쓰기에 매진했고, 스물두 살이던 1904년 〈가디언〉에 처음으로 서평을 게재한 뒤, 이후 〈타임스 리터러리 서플러먼트〉를 비롯한 여러 문학잡지와 신문에 꾸준히 글을 쓰며 작가로서의 기반을 다져나갔다.

부모를 모두 잃은 스티븐가家의 네 남매는 당시 문학과 예술의 중심지로 떠오르던 블룸즈버리로 이사했다. 그곳에서 버지니아는 화가를 꿈꾸던 언니 버네사, 케임브리지에 다니던 오빠 토비, 그리고 토비의 친구들(리턴 스트레이치, 클라이브 벨, 존 메이너드 케인스 등)을 비롯한 젊은 지식인, 예술가들과 활발히 교류했다. 훗날 '블룸즈버리 그룹'으로 불리는 이 모임은 문학, 미술, 철학 등 여러 분야에서 서로 영향을 주고받으며 창의적이고 혁신적인 작업을 해나갔다.

버지니아는 이들 사이에서 예술적 자극을 받으며 작가의 길을 차근차근 밟아갔다. 하지만 블룸즈버리 그룹의 다른 구성원들이 제도교육과 사회적 인맥을 통해 확고한 지위와 안정된 수입을 확보해나간 것과 달리 버지니아는 정규교육을 받지 못한 채 아버지의 방대한 서재와 가정교사를 통해 쌓은 지식, 끊임없는 습작에 의지해 스스로 훈련해야 했다.

당시 영국 사회 상류층 가정의 딸들은 교육을 받는 일보다는 사교계에 진출해 좋은 집안과 결혼하는 일이 우선시되었고, 문학이나 예술 등 다른 꿈을 좇는 여성들은 선례도 지지도 없을뿐더러 억압적 시선이 따르는 길을 외롭게 개척해야 했다. 버지니아는 이러한 경험을 통해 여성을 공적 영역에서 배제하는 사회구조를 자각했고 이 문제의식은 훗날 『자기만의 방』과 『3기니』를 비롯해 여러 작품에 반영되었다.

1912년, 첫 장편소설 『출항』을 집필하던 시기에 버지니아는 블룸즈버리 그룹의 일원이었던 작가 레너드 울프와 결혼했다. 레너드는 전통적인 성 역할을 강요하지 않고 아내에게 사적 공간을 확보해주며 창작과 정신적 안정을 위한 환경을 마련해주는 헌신적인 동반자였다. 그의 조력 덕분에 버지니아 울프는 『댈러웨이 부인』 『등대로』 『올랜도』 『파도』 등 주요 작품을 발표하며 당대 최고 작가의 반열에 들어섰다.

그러나 1939년 제2차세계대전이 발발하면서 그의 삶은 다시 흔들리기 시작했다. 런던 대공습으로 생활 터전이 위협받자 서식스의 시골집으로 피신했지만 전쟁이 가져온 공포와 불안에 심신이 피폐해졌다. 전부터 반복되던 우울증과 환청이 더욱 심해지면서 글쓰기조차 불가능해지자, 1941년 3월 28일, 버지니아 울프는 외투 주머니에 돌을 채운 채 강에 몸을 던져 생을 마감했다.

『댈러웨이 부인』

울프의 작가 인생에서 전환점이 된 작품이 바로 1925년에 발표한 『댈러웨이 부인』이다. 이 소설은 객관적인 실재의 외적 묘사에 치중한 기존의 사실주의 서사에서 벗어나 인물의 내면에서 바라본 현실을 묘사한 실험적인 형식으로 주목을 받았다. 전작에서 부분적으로 시도했던 모더니즘 기법을 본격적으로 발전시켜, 다중 시점과 심리적 시간, 단절된 의식의 흐름을 통해 삶과 죽음, 인간 존재의 본질, 당대 사회의 단면 등을 깊이 있게 그렸다.

이 소설은 1923년 6월의 어느 날 상류층 중년 여성 클래리사 댈러웨이가 저녁에 있을 파티 준비로 꽃을 사러 런던의 거리로 나섰다가 저녁에 총리까지 참석하는 성대한 파티를 성공적으로 치러내는, 단 하루의 이야기다. 울프는『댈러웨이 부인』에서 의식의 흐름 기법을 통해 인물의 마음속을 따라가는 새로운 형식을 시도했다. 독자는 클래리사라는 인물을 그녀의 행동이나 말이 아니라 머릿속에 떠오르는 생각의 흐름을 통해 알게 된다. 클래리사는 런던의 거리를 걷는 동안 과거의 기억과 미래에 대한 불안, 순간의 감각과 감정들을 끝없이 떠올린다. 공기의 감촉, 빅벤의 종소리, 거리의 자동차 같은 감각적 자극이 곧바로 과거의 특정 순간이나 감정, 존재에 대한 사유로 이어지는 식이다. 아울러 클래리사뿐만 아니라 주변 인물들―남편 리처드, 옛 연인 피터, 전쟁 후유증으로 고통받는 셉티머스 등―의 내면도 마치 영화와 같은 매끄러운 장면 전환을 통해 함께 조명하며, 하나의 시선에 갇히지 않고 다양한 생각과 감정이 교차하는 다층적인 인간 경험을 보여준다.

울프는 이런 방식으로 외부 세계의 재현이 아니라 사람이 시간과 감각을 통해 삶을 체험하는 방식을 그리려 했다. 겉보기에는 평범한 하루일지라도 사람의 내면에서는 수많은 생각과 감정이 끊임없이 떠올랐다가 사라지고, 의식은 현재에 머물면서도 과거와 미래를 자유롭게 넘나든다. 이 소설은 의식의 이러한 작동 방식에 따라 하루라는 짧은 시간 안에 인물의 삶 전체, 나아가 인간 존재의 복잡성을 담아낸다.

클래리사 댈러웨이

근래 병을 앓고 부쩍 늙어버린 오십대의 클래리사는 파티 준비로 분주한 하루 동안 젊은 시절과 그때 함께한 사람들을 추억하며, 이제 점점 주변부로 밀려날 앞날을 떠올리고, 산다는 것이 무엇인지 자문한다. 젊은 시절 그녀는 뚜렷한 신념을 지닌 당찬 여성이었다. 사회개혁에 관심을 가졌고 삶의 여러 문제에 대해 자기만의 견해가 있었으며 열정적이고 도발적인 피터 월시와 가슴 뛰는 사랑을 나누기도 했다. 그러나 피터의 구애를 거부하고 이성적이고 사려 깊은 리처드를 결혼 상대로 택한 것은 모든 것을 함께 나누려 하고 사사건건 자신을 해석하려 드는 연인보다는 안정과 정서적 지지, 그리고 자신만의 공간과 여백이 허락되는 결혼생활을 원했기 때문이다.

그렇게 해서 이룬 안정과 질서 속에서 클래리사는 정치인의 아내로서 모범적인 역할을 수행하고 사교계의 중심에서 파티를 주최하며 사람들을 한데 모으는 일에서 성취감과 의미를 찾는다. 하지만 이런 노력은 종종 저명인사들을 주변에 모아 사회적 위상을 드러내려는 속물적 과시로 치부되곤 한다.

클래리사 댈러웨이는 과연 속물일까?

젊은 시절의 친구 샐리는 수십 년 만에 파티에 와서 클래리사를 "뼛속까지 속물"이라고 말하고 옛 연인 피터도 그 말에 내심 동의한다. 하지만 정작 이 두 사람은 어떻게 변했는가? 과거에 도발적이고 자유로운 기질로 클래리사를 매료시켰고 갑작스러운 키스로 "일평생 가장 강렬한 순간"을 선사했던 샐리는 이제 부유한 실업가의 아내가 되어 넓은 집과 다섯 아들, 근면한 남편을 자랑거리로 여기는 수다스러운 중년이 되었다. 한때 논쟁을 통해 클래리사에게 지적 자극을 주었고 결혼해서 함께 세상을 바꾸자고 했던 피터는 젊은 시절의 이상을 하나도 이루지 못한 채 복잡한 여자 문제에 휘말린 실패자가 되어 돌아왔다. 그런 두 사람의 눈에 비친 클래리사의 삶은 단지 속물적인 허식에 불과할까? 클래리사는 정말 그렇게 단순한 인물일까?

셉티머스 워런 스미스

한편 소설 속에서 클래리사 댈러웨이와 직접적으로 만나지는 않지만 소설을 이끌어나가는 또하나의 중심인물인 셉티머스는 전쟁에서 돌아온 퇴역 군인이다. 그는 정상적인 삶의 외양을 유지하려 애썼지만 전쟁의 참상을 목격한 충격에서 벗어나지 못하고 환청과 환시, 무감각에 시달리며 서서히 무너져간다. 하지만 사회는 그 상처를 이해하지 못한 채 정상과 비정상이라는 폭력적 구분으로만 셉티머스를 바라보고, 특히 의사들은 그의 상태를 인간적 고통의 토로가 아니라 교정 가능한 질병으로만 바라보려 한다. 그리하여 의사들이 그를 억지로 요양소에 보내려고 하는 순간 셉티머스는 창밖으로 몸을 던져 스스로 목숨을 끊는다.

하지만 셉티머스는 죽음을 비극으로 받아들이지 않고 오히려 거짓과 억압에서 벗어나는 유일한 길이라고 생각한다. 죄는 없다고, 살인하지 말라고, 세상을 바꾸라고 외치고 계시와 "우주와 같은 드넓은 사랑"을 부르짖은 그의 죽음은 절망 끝의 무너짐이 아니라 잔혹한 현실에 대한 항의이자 마지막 메시지라고 볼 수 있으며 그런 점에서 셉티머스의 죽음은 소멸이 아니라 표현이다.

모던라이브러리판 『댈러웨이 부인』 서문에서 울프는 셉티머스가 초기 구상에는 없던 인물이며 나중에 클래리사의 분신double으로 추가했다고 밝혔다. 처음에는 클래리사가 자살하거나 파티가 끝날 무렵 죽는 결말을 계획했다고 한다. 그러나 셉티머스의 등장으로 클래리사의 억압된 내면이 외부 인물에 투영되며 그녀의 복합적인 자아는 한층 선명하게 부각되고, 당대의 사회적 배경 역시 더 폭넓게 다뤄질 수 있었다.

삶과 죽음의 경계

언뜻 보기에 클래리사는 사교와 일상의 질서를 중시하는 상류층 부인이지만, 그 내면에는 삶을 사랑하는 활기와 운명에 대한 지독한 회의주의가 복잡하게 뒤섞여 있다. 삶을 한없이 사랑하면서도 늘 죽음을 예리하게 지각하는 사람이다. "살아가는 일은 단 하루일지라도 늘 아주, 아주 위험"하다고 느끼는 그녀에게 파티는 흩어져 있는 사람들을 모아 어울리게 하면서 인생의 무상함에 맞서는 일, 단절과 고립을 잠시나

마 연결과 소통으로 회복하는 행위이다. 그런 의미에서 파티는 단지 허영의 무대가 아니라 죽음과 공허를 잠시 잊고 삶을 아름답게 꾸미려는 노력이자 삶에 "헌정"하는 일종의 제의이다.

하지만 삶에 대한 이 애착은 동시에 죽음의 그림자와 늘 맞닿아 있다. 어린 시절에 친자매가 나무에 깔려 죽는 모습을 본 트라우마, 병을 앓고 한층 약해진 몸과 마음, 저물어가는 인생에 대한 자각으로 인해 클래리사는 자주 외로움과 불안을 느낀다. 그런 클래리사에게 파티 도중 들려온 한 청년의 자살 소식은 그 불안을 현실로 거칠게 끌어낸다. 그의 죽음을 전해 듣고 어지러운 마음을 달래려고 혼자 어둑한 방에 들어간 클래리사가 마침내 죽은 청년에게 묘하게 공감하는 것도 그 극단적 선택이 삶에 대한 애착의 한 방식이라고 이해했기 때문일 것이다. 일상의 부패와 거짓 속에서 훼손되는 가치를 그는 죽음으로써 보존했다고, "죽음은 저항"이며 어떤 중심에 "도달하려는 시도"라고 생각한다. 그래서 어쩐지 자신이 죽은 청년과 닮았다고 느끼고 그가 목숨을 던져버려서 차라리 기쁘다고 생각하는 것은 죽음을 옹호하는 태도라기보다는 그 죽음에서 삶에 대한 불안과 고독을 읽고 모종의 동지애를 느낀 결과가 아닐까. 그래서 삶과 죽음 사이에서 끊임없이 동요하던 클래리사는 그 순간 셉티머스의 행위에서 대리만족을 느끼고 삶을 선택해 파티장으로 돌아가는 것은 아닐까.

이처럼 클래리사에게 삶은 단순한 지속이 아니라 죽음이라는 공허와 단절을 인식하면서 매번 행하는 적극적인 선택이다. 이 소설의 마지막 장면에서 피터 월시가 클래리사를 보며 "이 두려움은 무엇일까? 이 희열은 무엇일까?"라고 자문할 때 어쩌면 피터도 삶과 죽음이라는 양

극단 사이에서 묵묵히 삶을 향해 나아가는 클래리사를 알아본 것인지도 모른다.

『작가의 일기』

버지니아 울프는 삼십대 초반부터 생을 마감하기 나흘 전까지 이십칠 년간 일기를 꼼꼼히 적었다. 그 방대한 일기에서 주로 집필 작업과 관련된 내용을 추려 나온 『작가의 일기 A Writer's Diary』를 살펴보면 『댈러웨이 부인』에 대한 작가의 기대와 포부를 곳곳에서 찾을 수 있다.

그는 "이 책에는 너무 많지 않나 싶은 아이디어가 들어 있다. 나는 삶과 죽음, 이성과 광기를 다루고 싶다. 사회체제를 비판하고 그것이 가장 강력하게 작동하는 모습을 드러내고 싶다"고 하는가 하면(1923년 6월 19일), "잘 써질 듯 말 듯 하면서 매우 다루기 까다로운 작품"이라면서 "굉장한 흥미를 느낀다"고도 했다(1923년 8월 29일). 또한 마지막 장면이 "내 소설을 통틀어 가장 멋진 결말이 될 수도" 있을 거라고 적었고(1924년 9월 7일), 이 작품이 "내 소설들 가운데 가장 만족스럽다"고도 썼다(1924년 12월 13일).

하지만 가끔 클래리사의 인물 설정에 대해 회의를 드러내거나 실제로 지인의 부정적인 의견을 듣고 일기에 적기도 했다.

의문이 드는 지점은 미시즈 댈러웨이의 인물 설정 같다. 너무 경직되어 있고 너무 번쩍거리고 겉만 번지르르한지도 모르겠다. 하지만

그녀를 뒷받침할 다른 인물을 여럿 등장시키면 된다. (1923년 10월 15일)

아니, 리턴(리턴 스트레이치)은 『댈러웨이 부인』을 좋아하지 않는다. 이상하게도 그런 말을 하는 리턴이 더 좋아지고 그 말 자체에도 별로 신경이 쓰이지 않는다. 리턴은 (극히 아름다운) 장식과 (다소 평범한—혹은 중요하지 않은) 사건 사이에 부조화가 있다고 말한다. 리턴은 그 부조화가 클래리사라는 인물에 내재한 모순에서 비롯된다고 생각한다. 클래리사가 불쾌하고 한계가 있는 인물이라나. 그런데 내가 때로는 그녀를 조롱했다가 때로는 나 자신을 투영해 감싸기도 한다는 것이다. 그래서 이 책에는 마땅히 갖춰야 할 통일성이 부족하다는 것이 그의 생각이다. (1925년 6월 18일)

그러나 이러한 모순과 불일치야말로 클래리사라는 인물의 깊이를 보여준다고 볼 수도 있다. 울프는 클래리사를 단순한 상류층 여성의 전형으로 그리지 않았다. 클래리사는 파티와 사교를 삶의 중심에 두는 속물적인 외면과 삶과 죽음, 존재의 무게에 대한 성찰과 질문으로 들끓는 내면이 중첩된 인물이며, 그런 내면은 그녀의 분신 셉티머스를 통해서 완전한 모습을 드러낸다.

『댈러웨이 부인』이 출간되었을 때 평단의 반응은 대체로 긍정적이었고, 특히 문체와 심리 묘사, 그리고 문학적 실험정신을 높이 평가했다. 그러나 명확한 줄거리 없이 의식의 조각들이 짜깁기되어 산만하다거나, 작가 자신의 계급적 한계로 인해 상류층 여성에 국한된 이야기만

한다고 비판하는 의견들도 있었다.

하지만 『자기만의 방』에서 울프는 여성의 글쓰기가 단지 남성의 문체를 모방하는 것이 아니라 여성 고유의 경험과 시선을 바탕으로 새로운 언어와 형식을 모색해야 한다고 제안했다. 그런 측면에서 『댈러웨이 부인』은 그와 같은 울프의 제안이 완전히 새로운 문체로 실현된 작품이라고 볼 수도 있으며, 따라서 이 작품은 상류층 여성의 하루를 다룬 이야기에 그치지 않고 기존의 남성 중심적 서사 방식에 대한 근본적인 도전으로도 읽을 수 있다.

번역, 영감, 재창조

『댈러웨이 부인』은 버지니아 울프가 의식의 흐름 기법을 본격적으로 선보인 작품이다. 이 기법은 인물의 생각, 기억, 연상을 의식이 흘러가는 대로, 논리적인 순서나 문법에 얽매이지 않고 자유롭게 서술함으로써 인물의 내면을 깊이 들여다볼 수 있게 해준다. 그러나 문법적으로 불완전한 문장, 맥락의 생략, 비약적 전개, 회상과 연상의 개입 등이 특징이 되는 이러한 작품은 독해가 까다로울뿐더러, 번역을 할 때도 문장의 해석과 표현에 번역자의 주관이 개입할 여지가 많다.

의식의 흐름을 구현하는 주요한 서술 기법 중 하나는 자유간접화법이다. 이는 간접화법과 직접화법이 결합된 형태로, 문장 외형상으로는 서술자에 의한 진술처럼 보이지만 실제로는 인물의 생각이나 독백, 심지어 대화까지 담아낼 수 있는 복합적인 표현 방식이다. 한국어에서도 자유간접화법이 전혀 쓰이지 않는 것은 아니지만 그 폭이 제한적이어서 『댈러웨이 부인』처럼 이 화법이 다양하고 광범위하게 활용된 작품을 번역할 때는 번역자의 해석과 판단이 결과에 큰 영향을 미치게 된다. 동일한 문장도 번역하는 사람에 따라 서술자의 객관적 진술로도, 인물의 주관적 말투로도 옮길 수 있으며 그중 하나만이 정답이라고 단정할 수는 없다.

출간된 지 백 년이 지난 지금까지 『댈러웨이 부인』은 여러 차례 한국어로 번역되었는데, 거듭된 시도가 헛되지 않은 이유는 각각의 번역에 매번 새로운 의미와 현재성이 덧붙여지기 때문일 것이다. 원본은 변하지 않지만 번역본은 시대에 따라, 번역자에 따라 달라질 수 있다. 바로 그 점이 번역서만의 독특한 성격이자 번역이라는 매개를 통해 문학을 읽는 독자들이 누릴 수 있는 특별한 즐거움일 것이다.

아울러, 『댈러웨이 부인』은 다른 예술 매체에도 큰 영감을 주어 영화와 소설, 음악과 공연예술 등으로 재창조되었다. 먼저 1997년 영화 〈댈러웨이 부인〉과 더불어, 이 소설에 영감을 받아 마이클 커닝엄이 1998년에 쓴 소설 『디 아워스』 그리고 이를 원작으로 한 동명의 2002년 영화가 있다. 커닝엄은 이 소설에서 각기 다른 시대에 사는 세 여성이 『댈러웨이 부인』이라는 텍스트를 마주하며 겪는 경험을 교차시켜 보여주며 원작의 주제를 현대적으로 변주했다. 또한 영국 로열 발레단의 안무가 웨인 맥그리거는 『댈러웨이 부인』『올랜도』『파도』를 바탕으로 〈울프 워크스Woolf Works〉라는 발레를 만들었고, 네오클래식 음악의 거장 막스 리히터는 이 발레 작품을 위해 작곡한 서정적이고 명상적인 음악과 함께 버지니아 울프가 BBC 라디오에서 에세이를 낭송하는 음성을 담아 〈세 개의 세상: 울프 워크스의 음악Three Worlds: Music from Woolf Works〉이라는 앨범으로 발표하기도 했다. 이처럼 『댈러웨이 부인』은 지난 백 년 동안 20세기 영문학의 정전으로 자리매김하면서 끊임없는 해석과 영감의 원천이 되었다.

민은영

1882년	1월 25일 영국 런던에서 출생. 본명은 애들린 버지니아 스티븐. 아버지 레슬리 스티븐은 인명사전을 편찬하는 지식인이자 작가였고, 어머니 줄리아 덕워스는 빅토리아시대의 전통을 지닌 귀족 집안 출신이었다. 부모에게는 각기 이전 결혼에서 얻은 자녀가 있었고 (아버지 쪽은 로라, 어머니 쪽은 조지, 스텔라, 제럴드) 둘 사이의 자녀로는 버네사, 토비, 버지니아, 에이드리언이 있음.
1895년	어머니 줄리아 스티븐 사망. 최초의 신경쇠약 증세를 보임.
1897년	언니 스텔라가 결혼 직후 사망. 킹스 칼리지 런던의 여성 학부에서 그리스어, 라틴어, 역사 등을 배우기 시작.
1899년	오빠 토비가 케임브리지대학교 트리니티 칼리지에 입학해 리턴 스트레이치, 레너드 울프, 클라이브 벨 등과 교유함. 이후 버지니아도 그 영향을 받게 됨.
1904년	아버지 레슬리 스티븐 사망. 심각한 정신질환 증상을 보이며 자살을 시도했으나 미수에 그침. 스티븐가의 네 남매가 블룸즈버리로 이사함. 〈가디언〉(당시 이름은 〈맨체스터 가디언〉)에 처음으로 서평을 기고함.
1905년	몰리 칼리지의 대중 교양 강좌에서 자원봉사로 가르치기 시작함. 오빠 토비의 친구들을 중심으로 예술가와 지식인들의 모임인 일명 '블룸즈버리 그룹'이 형성됨.
1906년	오빠 토비가 여행중 걸린 티푸스로 사망.
1907년	언니 버네사가 평론가 클라이브 벨과 결혼하고, 버지니아와 에

이드리언은 피츠로이 스퀘어로 이사함. 첫 소설이 될 『멜림브로지어*Melymbrosia*』 집필 시작.

1909년 고모로부터 2천5백 파운드의 유산을 상속받음. 다소 경제적 여유를 얻은 버지니아는 집필에 집중할 수 있게 됨.

1910년 여성참정권 운동에 참여함. 건강 악화로 두 달 동안 요양원에 입원. 휴식할 곳을 찾다가 서식스에 가게 되었고, 이후 평생 런던과 서식스를 오가며 생활함.

1911년 동생 에이드리언과 브런즈윅 스퀘어로 이사함. 작가 레너드 울프, 디자이너 덩컨 그랜트, 경제학자 존 메이너드 케인스 등이 하숙인으로 함께 거주. 서식스의 애셤 하우스를 언니 버네사와 공동으로 임대함. 애셤 하우스를 소재로 한 단편소설 「유령의 집」은 1944년 『유령의 집과 단편들*A Haunted House and Other Short Stories*』로 묶여 출간됨.

1912년 레너드 울프와 결혼. 영국, 프랑스, 스페인, 이탈리아를 둘러보는 신혼여행을 마친 후 런던의 클리퍼드 인으로 이사함.

1913년 출판사를 운영하고 있던 오빠 제럴드 덕워스에게 『멜림브로지어』의 원고를 줌. 또 자살을 시도함.

1915년 『멜림브로지어』의 제목을 바꾸어 『출항*The Voyage Out*』 출간. 리치먼드의 호가스 하우스로 이사함.

1917년 인쇄기를 구입해 호가스 출판사를 설립. 출판사의 첫 책으로 부부 합작 『두 이야기*Two Stories*』 출간.

1919년 소설 『밤과 낮*Night and Day*』 출간.

1921년 단편집 『월요일 또는 화요일*Monday or Tuesday*』을 시작으로, 이후 영국 내에서 그녀의 모든 작품을 호가스에서 출간하게 됨.

1922년 심장병과 결핵으로 투병. 소설 『제이콥의 방*Jacob's Room*』 출간. 작가 비타 색빌웨스트와 처음으로 만남.

1924년 케임브리지대학교에서 현대문학에 대해 강연하고 그 내용을 정리해『베넷 씨와 브라운 부인*Mr Bennet and Mrs Brown*』출간.

1925년   소설『댈러웨이 부인*Mrs Dalloway*』과 평론집『일반 독자
Common Reader』출간.

1927년   소설『등대로*To the Lighthouse*』출간. 이 작품으로 이듬해 페미
나상 수상.

1928년   케임브리지대학교에서 '여성과 소설'이라는 주제로 강연. 소설
『올랜도*Orlando: A Biography*』출간.

1929년   에세이『자기만의 방*A Room of One's Own*』출간.

1931년   소설『파도*The Waves*』출간. 울프는 이 작품이 산문이자 시, 소
설이자 희곡이라고 밝힘.

1932년   『일반 독자』제2권을 출간.

1933년   시인 엘리자베스 브라우닝의 반려견을 주인공으로 한 가상의
전기『플러시*Flush, A Biography*』출간.

1935년   유일한 희곡「민물Freshwater」를 발표. 블룸즈버리 그룹과 협
력해 언니 버네사의 스튜디오에서 상연함.

1937년   소설『세월*The Years*』출간.

1938년   에세이『3기니*Three Guineas*』출간.

1940년   블룸즈버리 그룹의 일원이었던 평론가 로저 프라이의 전기『로
저 프라이*Roger Frye: A Biography*』출간. 런던 대공습으로 인
해 서식스로 이주함.

1941년   3월 28일 우즈강에 산책하러 나갔다가 실종. 나중에 시신과 유
서로 보이는 편지가 발견되어 주머니에 돌을 넣고 강으로 들
어가 스스로 목숨을 끊었다는 것이 밝혀짐. 마지막 소설『막간
Between the Acts』이 사후 출간됨.

세계문학은 국민문학 혹은 지역문학을 떠나 존재하는 문학이 아니지만 그것들의 총합도 아니다. 세계문학이라는 용어에는 그 나름의 언어와 전통을 갖고 있는 국민문학이나 지역문학의 존재를 인정하면서 그것을 넘어서는 문학의 보편적 질서에 대한 관념이 새겨져 있다. 그 용어를 처음 고안한 19세기 유럽인들은 유럽 문학을 중심으로 그 질서를 구축했지만 풍부한 국민문학의 전통을 가지고 있는 현대의 문학 강국들은 나름의 방식으로 세계문학을 이해하면서 정전(正典)의 목록을 작성하고 또 수정한다.

한국에서도 세계문학 관념은 우리 사회와 문화의 변화 속에서 거듭 수정돼왔다. 어느 시기에는 제국 일본의 교양주의를 반영한 세계문학 관념이, 어느 시기에는 제3세계 민족주의에 동조한 세계문학 관념이 출현했고, 그러한 관념을 실천한 전집물이 출판됐다. 21세기 한국에 새로운 세계문학전집이 필요하다는 것은 명백하다. 우리의 지성과 감성의 기준에 부합하는 세계문학을 다시 구상할 때가 되었다.

문학동네 세계문학전집은 범세계적으로 통용되는 고전에 대한 상식을 존중하면서도 지난 반세기 동안 해외 주요 언어권에서 창작과 연구의 진전에 따라 일어난 정전의 변동을 고려하여 편성되었다. 그래서 불멸의 명작은 물론 동시대 세계의 중요한 정치·문화적 실천에 영감을 준 새로운 작품들을 두루 포함시켰다.

창립 이후 지금까지 한국문학 및 번역문학 출판에서 가장 전문적이고 생산적인 그룹을 대표해온 문학동네가 그간 축적한 문학 출판 경험을 바탕으로 새로운 세계문학전집을 펴낸다. 인류가 무지와 몽매의 어둠 속을 방황하면서도 끝내 길을 잃지 않은 것은 세계문학사의 하늘에 떠 있는 빛나는 별들이 길잡이가 되어주었기 때문이다. 우리가 자부심과 사명감 속에서 그리게 될 이 새로운 별자리가 독자들의 관심과 애정에 힘입어 우리 모두의 뿌듯한 자산이 되기를 소망한다.

문학동네 세계문학전집 편집위원
민은경, 박유하, 변현태, 송병선, 이재룡, 홍길표, 남진우, 황종연

세계문학전집 262

댈러웨이 부인

초판 인쇄 2020년 4월 25일
초판 발행 2025년 5월 14일

지은이 버지니아 울프 | 옮긴이 민은영

책임편집 김수연 | 편집 권은경 오동규
디자인 백주영 최미영 | 저작권 박지영 형소진 오서영
마케팅 정민호 서지화 한민아 이민경 왕지경 정유진 정경주 김수인 김혜원 김예진 나현후
　　　이서진
브랜딩 함유지 박민재 이송이 김희숙 박다솔 조다현 김하연 이준희
제작 강신은 김동욱 이순호 | 제작처 영신사

펴낸곳 (주)문학동네 | 펴낸이 김소영
출판등록 1993년 10월 22일 제2003-000045호
주소 10881 경기도 파주시 회동길 210
전자우편 editor@munhak.com
대표전화 031)955-8888 | 팩스 031)955-8855
문학동네카페 http://cafe.naver.com/mhdn
인스타그램 @munhakdongne | 트위터 @munhakdongne
북클럽문학동네 http://bookclubmunhak.com

ISBN 979-11-416-0214-7 04840
　　　978-89-546-0901-2 (세트)

www.munhak.com

● 문학동네 세계문학전집은 계속 출간됩니다

253 시체들을 끌어내라 힐러리 맨틀 | 김선형 옮김

254 샌프란시스코에서 온 신사 이반 부닌 | 최진희 옮김

255 포화 앙리 바르뷔스 | 김웅권 옮김

256 추락 J. M. 쿳시 | 왕은철 옮김

257 킬리만자로의 눈 어니스트 헤밍웨이 | 정영목 옮김

258 오래된 빛 존 밴빌 | 정영목 옮김

259 고리오 영감 오노레 드 발자크 | 이철의 옮김

260 동네 공원 마르그리트 뒤라스 | 김정아 옮김

261 앨리스 B. 토클러스의 자서전 거트루드 스타인 | 윤희기 옮김

262 댈러웨이 부인 버지니아 울프 | 민은영 옮김